浙江电力文学丛书

光芒叙事

浙江省电力作家协会　编

百花洲文艺出版社
BAIHUAZHOU LITERATURE AND ART PRESS

图书在版编目（CIP）数据

光芒叙事／浙江省电力作家协会编. -- 南昌：
百花洲文艺出版社，2024. 12. -- ISBN 978-7-5500
-5823-1

Ⅰ. I25

中国国家版本馆 CIP 数据核字第 20249TC836 号

光芒叙事
GUANGMANG XUSHI
浙江省电力作家协会／编

出 版 人	陈 波
责任编辑	郝玮刚
装帧设计	书香力扬
出版发行	百花洲文艺出版社
社 址	南昌市红谷滩区世贸路 898 号博能中心一期 A 座 20 楼
邮 编	330038
经 销	全国新华书店
印 刷	四川科德彩色数码科技有限公司
开 本	710 mm×1000 mm 1/16 印张 22.25
版 次	2024 年 12 月第 1 版
印 次	2025 年 3 月第 1 次印刷
字 数	340 千字
书 号	ISBN 978-7-5500-5823-1
定 价	68.00 元

赣版权登字 05-2024-366

网址 http://www.bhzwy.com
图书若有印装错误，影响阅读，可与承印厂联系调换。

《浙江电力文学丛书》编辑委员会

总序

张浩

习近平文化思想丰富和发展了马克思主义文化理论，构成了习近平新时代中国特色社会主义思想的文化篇。"仓廪实则知礼节，衣食足则知荣辱"，广大民众在具备了文化自信的物质基础之后，追求更高水平的精神文化生活日益成为现实需求。在这个大背景下，浙江省电力作家协会编选这套《浙江电力文学丛书》，总结五年来协会会员创作成果，可以说适逢其时、水到渠成。

《浙江电力文学丛书》为四卷本，分别是小说卷《百合》、报告文学卷《光芒叙事》、散文评论卷《山河与草木》、诗歌电影剧本卷《光明的诗卷》。丛书收录的作品时间跨度为 2019 年至 2023 年五年，在国内报刊或公开发表，或获得奖项，其中不乏电力题材的作品，既有温度，也有鲜明的电力行业辨识度。

五年来，浙江省电力作协会员创作出版了一批有中国电力行业特征、浙江电力行业特色的文学作品。如陈富强、潘玉毅采写的长篇报告文学《点灯人》，以"时代楷模"钱海军和他的志愿团队为蓝本，为中国文学画廊贡献了一位乃至一群"点灯人"文学形象。由孔繁钢组织策划，王琳、鹿杰等 8 位电力行业作家集体采写的《东方启明》是全国首部反映省级农村电网发展的长篇报告文学。协会会员还创作出版了电力题材的长篇纪实作品《中国电力工业简史》《火焰传》《光耀那曲》《正道沧桑》《中国焊匠》，长篇小说《夯基》，散文集《瓯越之光》等。陈富强的《能源工业革命》获"《人民日报》重磅推荐：2019 年 30 本值得一读的好书"，并获得浙江省优秀文学作品奖。何丽萍的长篇小说《在云城》、鲁晓敏的散文集《廊桥笔记》、尹奇峰的《探险左世界》等作品获得较好社会反响。费金鑫的长篇小说《归位》，陈富强、潘玉毅的长篇报告文学《点灯人》，邱东晓的诗集《托举的光芒》获首届中国电力文学奖。

五年来，为进一步激发创作活力、诠释时代价值，浙江省电力作协组织开展了第四届浙江电力文学奖评选、"江浙之巅·文学书写"文学志愿服务活动、1+1+1（省市县）三级文学志愿服务活动、"垦荒杯"征文比赛、"光耀亚运"浙江省电力原创诗歌大赛。开展"守护生命线""建党百年·辉煌电力""致敬时代楷模·书写奋斗故事""致敬劳模·喜迎亚运""能源科普原创作品"等主题征文活动。组织南湖电力文学论坛、凤起电力文学论坛等，借助文学作品及文学活动展现电力人的精神风貌。浙江省电力作家协会工作受到中国电力作家协会和浙江省作家协会的好评，并写入浙江省作家协会第十次代表大会主报告。

五年来，为提供更多展示平台、激发会员创作，浙江省电力作家协会积极发挥内刊作用，会刊《东海岸》出刊 20 期，计 400 余万字。浙江省能源集团工会主办的《浙能文艺》、浙能温州发电有限公司文学协会主办的《瓯江潮》、华电杭州半山发电有限公司文学协会主办的《花港》等，也发表了大量电力行业职工的文学作品，为培育和壮大浙江电力系统的文学创作队伍发挥了不可替代的作用。徐衍、吴楠、陈芷莘等 6 位青年作家入选"中国电力作家协会百名重要中青年作家人才"。蓝莉娅、余涛等入选浙江省作家协会"新荷计划"人才库。目前，浙江省电力作家协会共有中国作家协会会员 10 人、浙江省作家协会会员 47 人、中国电力作家协会会员 87 人，这是一支宝贵的职工文学创作队伍，是不可多得的企业文化建设人才。

《浙江电力文学丛书》正是在上述坚实基础上，必然结出的丰硕果实。编选这样一套丛书，既是学习贯彻习近平文化思想在浙江电力系统的生动实践，也是检验浙江电力职工文化工作的重要方式。希望通过本套丛书的出版，进一步激发广大电力作家的写作热情，创作出更多更好反映浙江电力工业发展，与时代交相辉映的精品力作。

2024 年 5 月

（本文作者系国网浙江省电力有限公司职工董事、党委委员、工会主席，浙江省电力作家协会主席）

目录
CONTENTS

"时代楷模" 钱海军

陈富强　潘玉毅

万能电工：温暖万家灯火

有人把钱海军喊作"活雷锋"，也有人送他"万能电工"的称号。他们说钱海军带来的光明不仅驱逐了视觉上的黑暗；更点亮了盏盏慰藉心灵的明灯，持久而坚定，深情而绵长；驱散了岁月老去的无助；温暖了孤单寂寞的心灵。可是面对赞誉，钱海军却说："我就是个普通人，帮大家做了一些力所能及的普通事情。"

这个世界上有一种人，不惯讲豪言壮语，甚至还有点木讷。如果你打好了腹稿，想让他依着你的思路填空，那么恐怕你要失望。因为他讲着讲着，总要跑题。哪怕你的临场掌控力再好，也未见得能把他拉回来。极有可能，你满头大汗地"盘问"了数个小时，仍没有得到想要的答案。你不禁在心里感慨：这个世界上怎么会有那么"不着调"的人呢?! 但是如果你肯坐下来细细地聆听，与他像朋友一样聊聊天，你一定会发现这个看似不着调的人其实很在调子上，你也一定可以从他那里捕捉到很多人性的闪光点。

钱海军就是这样一种人。

1970 年出生的钱海军个子不高，面庞方正，一如他的性格，鼻梁上架着一副眼镜，看上去有种特有的朴实。他的装束十分朴素，常年短袖衬衣。即使在三九天里，他也很少穿羽绒服一类的防寒衣物。熟悉钱海军的人说，那是因为他有一颗火热的心。

作为国网浙江慈溪市供电公司客服中心的一名普通员工，钱海军在做好本职工作的同时，已经义务为社区居民提供电力维修服务达23年。在这23年里，他利用一技之长为有需要的人（尤其是老年人）提供帮助，架起了一座连接心与心的桥梁。"用电有困难，请找钱海军。"这十个字已经刻在慈溪当地居民的脑海中。大家都说，家中碰到电力故障，只要打电话找钱师傅，保管"马上到、马上修、马上好"。

有人把钱海军喊作"活雷锋"，也有人送他"万能电工"的称号。他们说钱海军带来的光明不仅驱逐了视觉上的黑暗；更点亮了盏盏慰藉心灵的明灯，持久而坚定，深情而绵长；驱散了岁月老去的无助；温暖了孤单寂寞的心灵。可是面对赞誉，钱海军却说："我就是个普通人，帮大家做了一些力所能及的普通事情。"

为了这些"普通事情"，他曾经有七八个年头没和家人一起吃上年夜饭；为了这些"普通事情"，他更是放弃了23年里大部分的节假日。可是他不后悔，他说，看到客户脸上满意的笑容比得到什么宝贝都珍贵。随着服务年限的增加，认识钱海军的人越来越多，他也越来越忙。有人开玩笑说，如果你找不到钱海军，他不是正在服务，就是在去服务的路上。

钱师傅，你是个好人

1300多年前，唐代诗人宋之问渡汉江时写下一首诗："岭外音书断，经冬复历春。近乡情更怯，不敢问来人。"这几句诗表达了一个常年离家的游子返乡时内心欢喜又惶恐的复杂情绪。而1300多年后，从杭州返回慈溪的王先生心里也是这种感觉。因为忙于工作，他平时很少回家，最近一次回去看母亲也已是一年之前的事情了。

老母亲70多岁了，孀居在家。她的视力不是很好，也不大懂手机、电脑这些时髦玩意的操作，所以母子两人除了偶尔通话，联系很少。一年多没见面，不知道老母亲在家是否安好、身子骨是否健朗，王先生的心情颇有几分"到乡翻似烂柯人"的不安。

沿着阒寂的巷子走到自家门前，王先生没有直接进去，而是在门口徘徊了两三分钟，待心里的忐忑稍稍平复了些，才抬手敲了敲门。门开了，他刚想喊"妈，我回来了"，里面的老太太先开口了："海军，你又来看我啦！"王先生不记得亲戚中有个叫"海军"的，想到现在社会上有一些骗子，专门利用老年人孤单寂寞的生活现状和渴望被人关怀、被人重视的心理行骗，他的心不由得"咯噔"一下。再想到母亲眼睛不方便，这担心不免又添了几分。"海军是谁？不会是骗子吧！"这句话卡在了王先生的嗓子里。

听得王先生的呼唤，老人知是儿子回来了，满心欢喜，一边与王先生说着话，一边迈着蹒跚的步子走向厨房，要去给他做点心吃。然而王先生却有些心不在焉，他迫不及待地想要弄清楚"海军"是谁，接近母亲到底有何图谋。谁知道他才说几句，老太太听出了他话里质疑的意味，顿时有些不高兴："儿子，不是我说你，但你人在杭州，一年难得回几趟家，平时我要真有个三长两短也是找不到、叫不应你的。这些年多亏有海军，我有事的时候一个电话过去，他随叫随到，帮我的忙，还不收我的钱。说难听点，叫自己的儿子都没这么顺心的。你不感谢人家，还要说他，普天之下哪有这个理！"

王先生听了这话，有些惭愧，他很想告诉母亲不是自己不想回，而是工作太忙了。可是话到嘴边，他又收了回去，真的是因为忙碌吗？如果连回家看望母亲的时间都没有，那为什么会有时间与朋友应酬呢？王先生摇了摇头，或许潜意识里是懒得往返跑这100多公里的路吧。

见母亲有些生气，王先生连忙笑着赔不是，并恳请母亲讲讲"海军"这个人和他这些年给她的帮助，回头自己好去谢谢人家。老太太脸上的愠色这才缓和了些。她点点头，给儿子讲起了她所认识的钱海军：从钱海军在社区走访中了解了她的情况后上门为她检查用电线路，到她生病时钱海军送她去医院，足足说了两个钟头。"像他这样的好人，你还要怀疑他，真是不应该啊！"母亲说。

听完母亲的讲述，王先生心里五味杂陈。清朝诗人黄仲则有两句诗："惨惨柴门风雪夜，此时有子不如无。"虽然现在生活条件改善了，但老人生病时子女不在身边，孤苦无依，与"有子不如无"又有何异？如果不是钱海军，母亲这些年的大小困难真不知道该怎么解决。他问母亲要了钱海军的联系方式，给他发了一条信息。信息的内容很短，只有八个字："钱师傅，你是个好人。"想了想觉得有点唐突，他又补了一条信息，告诉钱海军自己是谁以及自己对他的感谢。而此时，钱海军正像往常一样，在一位老人家里修完电灯，陪着老人聊天。看到短信，他笑了。他将手机收了起来，继续与老人聊些日常的琐事。

对于钱海军来说，这条"唐突"的短信只是生活中的一个小插曲，曲子放完了，日子照常过，该工作时好好工作，该服务时用心服务。就像他自己说的那样，做这些事从来不是为了得到别人的表扬，你夸他也好，骂他也好，他认为这些事情值得做，他就去做。你支持他，他很高兴；你反对他，他也不在乎。对他而言，做人最要紧的就是求一个问心无愧。

不过，这件事对于王先生来说还没有结束。两天后，王先生拿着定制的锦旗找到钱海军，向他表示谢意和敬意，并为自己先前曾对他产生过的怀疑向他道歉。当王先生来到钱海军的办公室时，他略微愣了愣神：办公桌的抽屉开着，抽屉里满满当当存放着各种纸条，桌上也零零散散地躺着几十张。这些纸条有大有小，类型也有些复杂，有香烟纸，有优惠券，有A4纸的一角，但无一例外都记录着类似的信息："××园2#204，董先生，联系方式：××××××××"……

他很好奇这些纸条是做什么用的，钱海军告诉他，抽屉里的那些纸条记录的是已经提供过服务的客户的信息，桌子上的纸条记录的则是需要服务的客户的信息。见王先生有疑惑，钱海军笑着说，大家打来电话时，自己通常都在忙着工作或者抢修，来不及翻找笔记本，只能随便摸到一张纸就将信息记在上面，反正只要自己看得清、看得懂就好。王先生这时才明白，原来受钱海军帮助的人还有很多，远不止自己的母亲一人而已，可笑自己之前居然以小人之心度君子之腹。当他得知钱海军正在发起"为残疾人贫困户捐一盏灯"的活动时，当即表示自己也要尽一点心力。

不独王先生，很多人对钱海军的态度都曾经历过这样一个转变的过程：从误解到理解，从不屑到尊敬，从旁观到参与。他们第一次听说有个叫钱海军的人免费为老年人提供电力维修服务时，大多嗤之以鼻，觉得"又有人在作秀了"，然而当身边的亲人、朋友甚至自己被服务的时候，才逐渐认识到自己存在偏见，并开始慢慢向钱海军靠拢。想来，志愿服务这件事情，你只有全身心地投入进去，才知它的好处、意义和价值。当你懂了，就算有人让你停下脚步你也不肯停了。以钱海军为例，你要他放下手中的活，去哪儿度个假，从此远离这些老人，对他来说都是不可能的。

有事就找"电力110"

英国诗人锡德尼曾经认为，做好事是人生中唯一确实快乐的行动。也许很多年以后，当那些老人搬走了、去世了，便谁也不会记得那个在一个个漆黑的夜里不眠不休、为他们点亮一盏盏明灯的人。但不管他人是腹诽还是褒扬，钱海军自顾自埋头做他的事情。套用时下流行的说法："这很钱海军！"

如果追溯源头，当初钱海军走上志愿服务这条路，并不是刻意为之。《三字经》开篇就说："人之初，性本善。性相近，习相远。"这个世界上，每个人心里其实都有一颗"善"的种子，在父母的熏陶下，钱海军打小就懂得乐于助人。看到有人推三轮车上桥，他会上前去推一把；看到有人需要捐助，他会把自己积攒多年的零花钱全部拿出来。这些小事如种子发芽，为开花埋下了伏笔。后来，钱海军由于中考没考好，报了慈溪市周巷职业高级中学的钳工班，学习了钳工、电工相关知识和操作。

在那个年代，学技术是很吃香的，常言道："身有一技之长，不怕家中断粮。"钱海军学专业课学得特别用心，常常得到老师的表扬。在此期间，有一个人进入钱海军的视野并成了他心中的榜样，那就是以义务挂箱服务的方式温暖群众的徐虎。"为人民服务从点滴做起，贵在坚持。"这是徐虎的信念，也成了钱海军的目标。从听说徐虎的故事开始，他便萌生了利用自己的一技之长，业余时间为身边有需要的人提供义务服务的想法。

一开始，钱海军只是在身为电工的父亲指导下，替左邻右舍换个保险丝、换个灯泡，服务对象、服务内容相对小众。然而人的经历总是带着那

光芒叙事

005

么一点偶然性，机缘巧合之下，钱海军走上了一条他在后来的十几年甚至几十年里都将为之付出辛劳和心力的义工之路。

1998 年 10 月，钱海军从周巷老家搬到中兴小区。当时他所在的社区刚刚成立，没有业主委员会、居民委员会，也没有物业管理处，社区的管理人员和工作人员加起来总共不过六七人，特别需要帮手。有一天，钱海军在下班回家的路上碰到了当时的社区文书陈亚丽。

陈亚丽是钱海军以前的老邻居，知道钱海军在供电公司上班，就抱着试试看的想法同他商量："海军师傅，你在电力方面是行家。我们想邀请你加入社区的义工组织。小区居民碰到电力故障时，你给帮下忙。当然，这样一来会耽误你很多休息时间，而且我们丑话说在前头，做义工是没有报酬的……"

"好的，没问题。报酬什么的都无所谓，你有什么事情尽管叫我好了。"不待陈亚丽把话说完，钱海军爽快地答应了。

出生在农村的钱海军在淳朴乡风的滋养下长大成人，儿时邻里间互帮互助、和睦相处的情景一直是他记忆里最美好的画面。在他看来，你认识我我认识你，帮个忙，不过是一句话的事情。而且"赠人玫瑰，手有余香"，给别人方便也会让自己得到满足。如今既然有这样一个机会，钱海军自然不会错过。

第二天，钱海军就早早来到居委会填写了一张义工申请表，从此成了居委会的"编外人员"。社区工作人员去居民家中走访、摸底的时候，都会叫上钱海军，走访过程中看到有需要帮忙的，不管脏活、累活他都会抢着去做，一些年纪大的住户问他："你是社区里新来的吧?"钱海军既不说"是"也不说"不是"，而是直接告诉他们："以后有什么事情记得叫我啊。"没过多久，一位老人家里的日光灯不亮了，正在吃饭的钱海军接到电话，放下碗筷立即赶去修理。技艺娴熟的他很快就排除了故障，老人对他赞不绝口，逢人就夸钱海军"水平高、态度好"。

居民的嘴是最好的宣传喇叭。从那以后，社区接到居民用电问题的电话就会联系钱海军，保险丝断了、插座没有电、新买的灯泡不亮……而钱海军呢，面对居民五花八门的求助，有求必应。当时，他在国网慈溪市供电公司下属的大明电气设备成套有限公司上班,每天早上五六点钟就要出门,晚上到很晚才回来。然而不管工作怎么忙,他下班后准保去给居民解决困难,碰到实在棘手的问题就利用周末的时间去处理。很长一段时间,居民们都误以为这个认真负责的小钱师傅是社区里的专职电工。

除了为小区居民解决电力故障,但凡社区举行活动,钱海军都会主动搭把手。社区里的大型活动、小型活动中,常能看到他忙进忙出的身影。哪怕到了现场,只是帮忙装个音响,或者代工作人员点个名,帮老年人填张表格,他都很乐意去做。

老年人看见谦虚又热心的钱海军,有时会问他:"小伙子真不错,是党员吗?"见钱海军摇头,老人遗憾地表示:"小伙子不入党太可惜了。"许多老党员联名向社区党支部书记推荐,希望能让钱海军加入中国共产党。但钱海军觉得自己与党员的标准还有一定距离。他拿着入党申请书走到书记办公室门口又退了回去,他说想等自己够格了再申请入党。

尽管没有入党,但钱海军始终以党员的标准要求自己。小区里的居民有事的时候叫一声"小钱""小钱同志",他立马就会上门帮他们解决问题。起初,去居民家里通常都有社区工作人员陪同,后来,社区工作人员会直接打电话给钱海军:"钱师傅,××家里用电有问题,你去一下好吧?"钱海军从不推脱,他说:"最好天天有人叫我去服务。他们肯来叫我,说明他们相信我。这也是我坚持做志愿服务的初心所在。"

如果说先前为小区居民服务是"受人之托,忠人之事",那么1999年年底发生的一件事,让钱海军对自己正在做的和想要做的事情有了更清晰的认识和更积极的行动。

那是一个周末的上午,钱海军接到社区干部打来的电话,说小区里一位姓林的老先生家里的日光灯不亮了,让他帮忙去处理一下。钱海军放下电话,拿着工具包来到老人家。进屋之后,他发现日光灯一闪一闪的,不稳定。他一边从工具包里掏出工器具准备查找问题,一边安慰老人:"天气冷,日光灯有时是跳不起的。您别着急,我先测一下。"老人摆了摆手说:"不用那么麻烦,把启辉器拿掉就行。"钱海军想起小时候自己家里的日光灯亮不了的时候父亲也是这么操作的,心想:这回算是碰到一个懂行的了。他搬来凳子，按照老人说的方法剪掉电容。很快，日光灯就亮了。

钱海军将凳子擦拭干净，放回原位，两个人开始攀谈起来。老人告诉钱海军，自己有一双儿女，大女儿在杭州，小儿子在北京，平时工作很忙，都不常回家来。老伴过世后，家里只剩下他一个人，好在身体还算健康，日常起居都能自理。聊到专业，老人异常兴奋，像是遇到了知音："小钱同志，调压器你知道吗？调压器以前归我修的啦。""原来是老师傅啊，那您以后有空可得教教我。"钱海军肃然起敬。

老人拉着钱海军的手，感慨地说："小钱，你不知道吧，退休以前我是船厂里的八级维修电工。八级电工你知道吧？电工里等级最高了，工资也属于'太师傅'级别的。那个时候，再复杂的电路都难不倒我，像这种问题我以前随便弄弄就好了。可惜岁月不饶人啊，我今年72岁了，虽然知道是什么原因导致日光灯不亮，但是年纪大了，血压高了，眼睛花了，不能爬高爬低，连个灯泡都换不了喽。"顿了顿，他又重复了一句："老了，没有用了。"说这句话的时候，老人的脸上写满了落寞。

老人失落的神情像针一样扎进了钱海军的心里。虽然以前服务过很多老人，但他却未曾有过如此深的感触。眼前这位老人也曾是一名电力从业者，却因为年纪大了连简单的灯泡都修理不了。钱海军心想，自己老了会不会也跟老人一样呢？想到这里，他把自己的手机号码抄给老人，诚恳地说："以后您家里的电器设备、线路要是出了什么问题，直接打电话找我好了。"

从老人家里出来，钱海军的心情很不平静。"一个人不管他以前多么能干，终究有衰老的一天，很多事都需要别人帮忙。"在长期的走访、服务中，钱海军也留意到，在自己生活的城市里有一些老小区，这些小区有"两个多"：老房子多，老年人多。很多老人家里都有用电问题，生活起居也有很多难题。钱海军想，年纪大了会渴望得到别人的关心和帮助。他暗暗下决心，趁着自己现在还年轻，一定要拿出更多的时间去服务60岁以上的老年群体。当然，年轻人需要帮助的时候他也一样会去。

回到家，钱海军制作了500张名片，将其中一部分送到各个社区，委托社区干部分发给老年人，另一部分则由自己发给走访中发现的需要帮助的人。名片上只有两行字："电力义工钱海军"和他的手机号码。他怕打出来的字不够大，老年人看不清，有些名片上的信息还是用手写的。

第一次接到钱海军的名片，居民的反应各不相同：有人问，真的不要钱吗？钱海军说，义务服务不收钱。也有人问，什么时间打电话都行吗？钱海军回答，白天8小时内自己得上班，下班后什么时间都行。还有人怕上当，不等钱海军开口就抢着说"我什么都不需要"，或者干脆连问也不问，接过名片随手丢在一边甚至直接扔进垃圾桶，显然是当成小广告了。但钱海军并不气馁，他相信自己的服务一定可以为自己正名。

一个电话、两个电话，一传十、十传百，钱海军为社区百姓免费提供电力维修服务的消息就这样传开了。从那以后，他那由11个数字组成的电话号码成了小区居民家喻户晓的"电力110"。很快，有事就找"电力110"成了居民与钱海军之间的默契。只要老人们一个电话，不论刮风下雨，钱海军都会在最短的时间内赶去处理。

万能电工：与电搭边的问题他都处理

随着服务年限的增加，钱海军的"业务"范围也在不断扩大，初时仅限于电灯、电线修理，渐渐地就扩展到了电器维修。电和电器虽然只一字之差，却是两个不同的领域。但普通居民不明白，他们觉得你是电工，当然也懂电器维修。

2000年的一天，一个老太太跑到社区找钱海军："你们这里那个个子矮矮的小钱在吗？"社区工作人员问她有什么事情，老太太说："我家里的电视机坏了，屏幕一闪一闪的，想让他给我看一下。""阿姨，小钱师傅是义工，不是我们社区的工作人员，现在不在这里，而且他是电工，不修电视机的。""你把他的电话号码给我，我自己给他打电话。"见社区工作人员不肯打电话，老太太以为他们是在推诿，就问他们要来了钱海军的手机号码。

接到电话后，钱海军一路小跑，用了一盏茶的工夫就赶到了老人家里。老太太打开门，第一句话就是："我老早就想叫你了。"顿了顿，又说："我家的电视机已经坏了一个礼拜了，屏幕老是闪动，以前用手拍两下就好了，这次怎么弄都不好。你能不能给我修一下啊？"

钱海军顺着老人手指的方向看去，发现那是一台小的老式黑白电视机，机身上的油漆已经脱落，两根天线像羊角辫一样笔直地立着，插上电源，电视画面像滚动屏一样不停地滑动。钱海军调试了一下，并没有解决问题，只能将实话告诉老太太："电工我懂的，但是电器不太懂，可能您得……"老太太说："噢，我以为你是修电的，只要跟电字沾边的都懂呢。唉，这下不知道该找谁好了！"

钱海军不忍心叫老人失望，将"另找他人"几个字吞落肚中，安慰她道："您放心，我不懂还有我师傅呢。您稍微等一会儿，我去去就来。"钱海军回家骑上电瓶车绕浒山街道跑了一圈，最后在金一路上找到一家电视机修理店。这家店是原慈溪供销大厦的家电售后服务基地，修理员的水平想必过硬。钱海军问修理电视机的师傅："师傅，你们这里上门修电视机吗？""去是去的，不过上门的话除修理费用外还要收点出车费。"钱海军爽快地答应了："好的，那你收拾下工具跟我走一趟吧。""今天不行，11点钟我还得去趟附海，那里有个人买了一台大彩电，说是有杂音，我得去回访下。"

钱海军低头看了一下手表，离10点钟还有10分钟，他跟修理师傅商量："你看这样行吗？你先跟我走一趟，等下我带你去附海。你费用照收，我不收你车钱。"修理师傅想了想，答应了。钱海军后来说，他之所以这么建议，心里其实是有"小九九"的：第一，怕老太太等得心急；第二，希望修理师傅收费能便宜一点；第三，也是最重要的一点，他想跟着修理师傅偷偷学点技术，以后社区里有人碰到类似的问题，他好帮忙解决。

两个人来到老太太门口时，钱海军跟修理师傅说："等下你不要收她的钱，钱我会付给你的。"进门之后，修理师傅打开电视机，什么也没有说，在机身背后转了某个零件几下，电视机就恢复正常了。整个过程前后不到两分钟，像是变魔术一般，把老太太和钱海军看得一愣一愣的。老太太问钱海军需要多少钱，钱海军说只是小毛病，就不收钱了。

从老人家里出来，钱海军付了钱，又骑车将修理师傅送到附海。但整个修理过程太快，钱海军没有偷师成功。于是，他又跟修理师傅套近乎，说自己想学学电视机的维修。修理师傅当即劝他打消念头，他说现在电视机的质量普遍比以前要好，一般不会坏，而且要学电视机维修起码要个一两年，费工费时，还不挣钱，他自己现在在学电脑维修技术，还建议钱海军也学这个。见钱海军一再坚持，他无奈松了口："你要真想学那你就来吧。"

打那以后，钱海军的日程安排上又多了一件事情：学习电视机维修。他好像一下子回到了学生时代，从书店里买来许多跟电子机件、电子原理相关的图书，利用茶余饭后的零碎时间自学，遇到不懂的问题就跑到金一路向修理电视机的师傅请教。经过一年的勤学苦练，钱海军已经能熟练完成电视机的基本维修了。然而他又发现了"新大陆"。在与老年人闲聊的时候，他发现除了电视机，洗衣机、电磁炉也是老年人比较常用但找人维修较麻烦的电器。于是，他一边向专业师傅请教，一边利用业余时间自行摸索，学会了这些电器的维修。后来只要与电搭边的问题他都处理，实在处理不了就找人帮忙。总之，无论过程怎样艰难，到最后各种问题都能迎刃而解，他由此得了一个"万能电工"的称号。钱海军说，万能是不可能的，他只是不忍心叫那些信任他的人失望罢了。

2004年，钱海军加入了中国共产党。他对自己说，从此要加倍努力，好好工作，全心全意为人民服务，对得起党旗，对得起共产党员的称号。在长期的服务过程中，他恪守职业道德，不拿客户一分钱，不抽客户一根烟，不喝客户一口水，清廉自守。

2008年，国网慈溪市供电公司领导得知钱海军的事迹后，将他调入客户服务中心担任社区经理，主要负责22个社区近6万户居民的用电服务工作，包括计划停电预告、用电咨询（查询）、故障报修、调表核对登记、业务代办、安全巡检、交费提醒、信息收集、电力宣传、工作监督、纠纷协调、自助交费12项便民服务。按照相关规定，客户服务中心工作人员接到居民打来的电力故障电话后，需到现场查看。如果故障在小区的公共区域，由供电员工维修；如果在居民家中（俗称"表后线"），则由居民自行找人维修。

"到了现场，告诉居民家里的电路故障不归我们管，这话怎么也说不出口。"那些受到帮助的客户一定不知道，为了让他们享受到贴心服务，这些年，钱海军一直在"顶风作案"。后来，国网慈溪市供电公司的领导被钱海军的执着打动，组建了钱海军服务班，专门处理表后的电力故障。打那以后，钱海军24小时都忙。但钱海军觉得自己"忙并快乐着"。因为这份快乐，他给客户尤其是老年客户服务时不收工钱，就连买材料也自掏腰包。有些老年人觉得过意不去，说"你好歹象征性地收个一块两块啊"，追着他给钱。但钱海军一脸严肃地说："我是为了快乐才去做的，你给我钱我就不快乐了，那我以后还敢来吗?"老人只得作罢。

2011年，钱海军获得"感动慈溪"人物称号。组委会给他的颁奖辞是这么写的："这一组号码，铭记在四五个小区的居民心里：137×××4267；这一组号码，将记载在慈溪市标杆人物的光荣榜上：137×××4267。人们不一定知道你是社区客户经理，但口口相传着'万能电工'的美誉。召之即来、来之能战的名气，温暖着万家灯火的昼夜交替。百姓民生无小事，你谱写的是一首冷暖关爱、炎凉相随的电工新曲。"

奔走百里只为送你光明

一千个读者眼中有一千个哈姆雷特。同样，一千个客户眼中也有一千个钱海军。对于钱海军的付出，有人理解，也有人不理解。理解他的人觉得他品德高尚，值得学习，不理解他的人觉得他吃力不讨好，愚不可及。甚至有人这样说——钱海军就是个傻子，这么多年不但不赚钱，还净往里贴钱，一定是脑子坏掉了。而钱海军呢，既不争辩，也不反驳，他说自己就是要当个不计较个人得失的傻子。看到因为自己的努力，客户家用电安全了，客户脸上露出笑容了，他感觉很幸福。这种强烈的幸福感，他觉得值得自己用一生来坚守。面对流言，他的反应印证了莎士比亚的一句话："慈悲不是出于勉强，它是像甘霖一样从天上降下尘世；它不但给幸福于受施的人，也同样给幸福于施与的人。"

23年寒来暑往，钱海军帮助过的人数早就破万，长期服务的老人也已超过百数。岁月蹉跎，轻而易举就改变了人的容颜，消磨了人的斗志，但钱海军心如磐石，用自己脚踏实地的付出赢得了别人的尊重和认可，在慈溪当地拥有了众多铁杆"粉丝"。舒苑社区的老人杨乾说："社会上多些像钱师傅这样的'活雷锋'该多好啊！"古塘街道的洪秀英奶奶说："在小钱师傅身上，我们感受到了春天般的关怀，我和其他居民都很喜欢他。"新四军老战士赵金伏说："当年，我打仗打枪冲在前面，现在小钱拎着工具箱冲在为人民服务的前面，我们都是好样的。"钱海军初中时候的老师范书英则说："我教了二十几年的书，学生中有做生意的，也有走仕途的，但都做不到像钱海军这么全心全意为别人着想、为别人服务。"

一直希望默默做义工的钱海军被一面面锦旗、一封封感谢信推到了幕前。最近几年，钱海军的事迹和形象通过电视、报纸、网络等的宣传，越来越为人们所熟悉，有不少人碰到用电及其他生活方面的难题时，总能想到向钱海军求助。钱海军说，起初自己是不同意宣传的，因为他觉得一个人默默地把一件事情做好就好了，没必要搞得别人都知道。但他的妻子说："你是想一辈子就你一个人做呢，还是想别人跟你一起做？其实，有些人是想做好事的，但是没有勇气迈出第一步。如果他们知道了你的事迹，像你一样去帮助别人那该多好啊。一个人一天做一件好事，一年也就365件，如果由365个人来做，一天就能做这么多。"钱海军觉得有道理，这才尝试着接受媒体的采访。

媒体的力量很大，有一年春节前，宁波一家媒体在报道钱海军的事迹时，把他的电话号码公布在了报纸上，结果那年春节钱海军跑了好几趟宁波城区。

正月初五晚上，大雨滂沱，天上好似缺了一个口子。钱海军正准备熄灯睡觉，这时突然来了一个电话，是个大约20岁的女孩子打来的。她说自己是宁波江东区史家弄的住户，家里停电了，一片漆黑，爸爸妈妈都回金华老家探望住院的爷爷了，家里只剩她一个人。"爸爸让我打电话给你，他说你一定会帮助我的。"女孩在电话里说。

钱海军听女孩说明了原委，便让她用手机拍下电路控制箱的照片传给自己，又在照片中圈定了故障范围。因为夜深了，五金店都关门了，钱海

光芒叙事

军叮嘱女孩注意安全，并允诺自己第二天一定会赶过去的。第二天一大早，他买齐了配件材料，冒着大雨行驶了两个小时赶到江东区。

当钱海军的车子抵达女孩所在的小区时，几名头发花白的老大爷围了上来，其中一个说："你是钱海军吧？想不到雨这么大、路那么远，你还真来啊！"老大爷们热情地同钱海军打招呼，像是见到了一个许久未见的亲人或朋友。这种感觉让钱海军觉得特别温暖。

钱海军在居民的指引下，找到了打电话的女孩。顾不得客套，他放下工具包就忙碌开了。女孩家中的线路十分复杂，他从电路控制箱处查起，一段一段，把12路分路找了个遍，最后把故障锁定在厨房的油烟机上，并成功排除了故障。

"是电器外壳与绝缘体上的螺丝松动，造成了短路。现在修好了，你们放心吧！"屋子里的灯重新亮起后，钱海军给女孩的父亲打了个电话。电话那一端，女孩父亲再三表示感谢。

慈溪以外的抢修，已经超出钱海军的服务范围，加上路途遥远，跑一趟相当不容易，他本可以推辞，却没有这么做："他们信任我，才会给我打电话，只要有时间，以后我还是会去的。"从江东区回来后，钱海军又接到一位北仑区住户的电话。正月初六、初七，他一连去了两趟北仑区。

钱海军就是这样一个人，宁可自己苦点累点，也不愿让别人失望。这些年，客户已然占据钱海军心中最重要的位置。他说，每天再不开心的事情，只要一接到客户的电话，就什么烦恼都忘了。用他的话说，自己在帮人解决困难的同时也得到了更多的快乐。

长年服务，让钱海军车子的后备厢变成了一个"百宝箱"，里面放着日光灯、开关、插座、螺丝等各种备件，足可用"琳琅满目"来形容。因为常去五金店进货，钱海军不无得意地说："慈溪城区哪里有五金店，我一清二楚。"

有人觉得钱海军很伟大，23年如一日，为素不相识的人无偿付出，不求回报；也有人觉得钱海军做的不过是一些大多数人都能做的琐碎事，不见得有多么了不起。平心而论，钱海军所做的服务确实不足以"感天动地"，然而他又何尝想过要感动天地？他的坚持无非是希望那些需要帮助的人能得到帮助。

人们常说，一个人受到的最高礼遇，不在权力、不在财富、不在名气，而在百姓的尊敬与称赞。而要赢得百姓的尊敬与称赞，不是非得成就什么丰功伟业，而是要让小事变得有意义。如果一个人一辈子执着持久地为百姓做好事做实事，而且从中得到快乐，哪怕这事再小，也能蕴含或折射出伟大的光芒。

爱人者，人恒爱之

一位老人曾写信给国网慈溪市供电公司，信上有这么一段话："我与钱海军非亲非故，他为什么待我这么好？我想他是出于一名共产党员的爱民之心吧。而且他不只是对我一个人好，是对所有的老年人都好，我们的社会太需要像钱海军这样的人了！"而在一次采访中，老人更是对着媒体记者接连说了27次"小钱好人啊"！钱海军说："看着他幸福的样子，我觉得我也是幸福的。"

浙江卫视曾经播过一则题为"关爱来敲门"的公益广告，内容讲的是一名邮递员给老人送报纸。他一边喊"李婆婆，李婆婆……"一边透过大门的缝隙看老人是否出来。结果，老人还没出来，邻居倒先出来了，告诉他老人年纪大了，动作慢，让他把报纸放在信箱里就可以了。然而邮递员却说："没事，我再等等，她订报，不光是为了看，更希望每天有人来敲个门。""吱呀"一声，门开了。"李婆婆你还好吧。"邮递员先向老人问好，然后才把报纸递给她。老人显得特别开心，回答"好"的时候脸上露出了慈祥而满足的笑容。离开前，两个人互相道别，但又好像是约定："明天见！""明天见！"

这个广告并未使用花哨的技巧，语言也朴素得像是一幅素描，然而就是这幅"素描"让很多观众为之动容，甚至有种想哭的冲动。对此，家里有老人的更是深有体会。很多老人年纪大了，不求吃得有多好、穿得有多好，只求自己没有被遗忘，儿女们每天出门的时候能同自己打声招呼，有空的时候能陪自己聊聊天，他们便很满足了。有时候，我们觉得老人太啰唆，说话颠三倒四，但他们无非就是希望能陪着儿孙多说一会儿话。他们甚至会刻意去关注年轻人喜欢的东西，以便聊天的时候可以找到共同话题。但还是有一些老人没有找到"被人记得"的感觉，他们有一个共同的名字：空巢老人。

100多位空巢老人心里的"好儿子"

这些年，"空巢老人"这个名词越来越为人们所熟知。就字面上的意思来说，空巢老人指的是没有子女照顾、单居或双居的老年人。但具体而言，空巢老人又分三种：一种是无儿无女的孤寡老人，一种是子女在同一个地方但分开居住的老人，还有一种就是儿女在外地不得已独守空巢的老人。空巢老人多患有"家庭空巢综合征"，一方面面临年老体弱、无人赡养、就医困难等窘境，一方面精神上孤独寂寞、缺乏关爱。

在长久的服务过程中，钱海军对后者的感情尤深。有位老人曾经这样对他说："老太公在的时候，还有人一起说说话，现在老太公没了，老太婆臭臭了，没有人理我了。这些年还好有你钱师傅在，让我们有事的时候可以叫得应。"

《孟子·梁惠王上》有一句话，今人时常将之挂在嘴边，"老吾老，以及人之老；幼吾幼，以及人之幼"。其精神与孔子对大同之世的理解不谋而合，"故人不独亲其亲，不独子其子，使老有所终，壮有所用，幼有所长，矜、寡、孤、独、废疾者皆有所养。"这些话字不多，背诵起来也不甚难，但要做到并不容易。而钱海军这些年来一直用自己的行动践行着这些理念。

对于居住在慈溪城区的100多位空巢老人来说，钱海军就是与他们没有血缘关系的"好儿子"。他虽然与他们非亲非故，却尽着为人子女的义务。每个周末，只要不忙，他都会抽时间去陪伴他们，同他们聊天解闷。只要他们说一句话，连排队买票、去菜场里买菜这种琐事他都乐意去做。若是碰到用电方面的难题，钱海军不管在哪儿都会第一时间赶到，自掏腰包购置电线、开关、电灯等物件，从来不收他们一分钱，逢年过节还会送去礼品和慰问金。有时钱海军去外面培训、学习，也会给他们捎一些当地的土特产。

人心都是肉长的，钱海军的付出，老人们看在眼里，感动在心里。他们对于钱海军不肯收钱这件事都很有意见，也曾不止一次地向他提出"抗议"。有的说："你买香烟的钱拿个10块去，不然我们这些年纪大的要睡不着的。"有的说："海军你工钱不收，材料费一定要拿啊！"老人们都快把嘴皮子磨破了，钱海军依旧坚持不收。他说："每个人家里都有老人，看到你们快乐、健康，我就很开心了。"

不过，在钱海军得到越来越多肯定的同时，质疑之声犹在。

有人问钱海军，这个社会需要帮助的老年人那么多，你哪里帮得过来？钱海军的回答是：帮一个，是一个。其实，他的心里还藏着另外半句话：多帮一个，就少一个。生活给每个人的时间都是相同的，为了多帮一个，钱海军只有比别人更加勤快一点。每天早上，当别人还躺在被窝里的时候，他已经出门了；每天晚上，当别人坐在电视机前休息时，他还留在老人家里；周末和节假日，当别人一家人欢欢喜喜出游的时候，他要么在给老年人服务，要么在同老年人聊天。钱海军说，没有什么事情比需要帮助的人得到帮助更有意义的了，我们既然做了就应该走点心，服务到老人的心坎里去，不能敷衍塞责。

与老人打了10多年交道的钱海军深知，老年人需要的不仅是优质的用电服务，还有出自真心的关怀。现在城市里子女不在身边的老人越来越多，他们特别渴望得到精神上的安慰，身体不便、出不了门、独居的老人更是如此。钱海军有时维修只花十几分钟，但陪老人聊天一聊就是一两个小时。为他们做一些力所能及的事，比如说说话、扫扫地、剪个指甲，远比给他们几百块、一千块钱更能让他们开心。人与人之间，原是先有关心而后才有开心的。

在钱海军服务的对象中有一个叫陈文品的老人，是位退休老教师，他与钱海军的感情颇为深厚，甚至将其视为知音。但起初，他对钱海军也是持怀疑态度的。

2008 年 11 月，戴着志愿者袖标的钱海军来到古塘街道舒苑社区居委会，他问工作人员社区里是否有需要帮助的老人。社区工作人员想也没想，脱口而出："有啊，不过我们这里需要帮助的老人有很多，你帮不过来的！"

面对这样的回答，性格执拗的钱海军没有死心更没有被吓倒，他问工作人员要来了居民联系簿自己翻找起来。"这位叫陈文品的退休教师怎么样？"钱海军指着册子上的一个名字问道。"哦，陈老师啊，陈老师就算了吧。"工作人员一副欲言又止的样子，劝他打消念头。

原来，老人的独子患有智力障碍，已经 40 多岁，但生活不能自理。老人看见别人家庭幸福、其乐融融，自家却是这番模样，心结打不开，便长年把自己锁在家里，鲜少跟左邻右舍来往。钱海军听工作人员介绍了老人的情况，当即表示："我去看看他。"

"咚咚咚"，他敲响了陈文品老人家的房门。老人小心翼翼地将门打开，见是一个陌生男子，有些戒备地看着他："你找谁？""大爷您好，我是供电公司的志愿者，今天来就是想了解一下您家里的情况。"老人低头看到钱海军衣服上的袖标，迟疑了一下，让他进了屋。

钱海军热情地向陈文品说明了来意，并递给老人一张名片，告诉他有什么事情可以随时打电话。老人的态度则显得有些不冷不热，似乎并不信他。在老人眼里，如今这个社会，人与人之间的冷漠已成常态，根本不可能有古道热肠的人，而钱海军也与先前许多批"上门慰问"的人没什么不同，不过是走走形式而已，当不得真。送走了钱海军，老人的生活依旧如常，除了上街买菜，几乎闭门而居，足不出户。

两个月后的一天下午，陈文品家里的电磁炉坏了，不知道该找谁帮忙，情急之下，突然想起了仅有一面之缘的钱海军。"我家的电磁炉坏了，能帮忙看一下吗？"陈文品拨通了钱海军的手机。"好的，好的，我马上来。"当时，钱海军离陈文品的住所有些远，但听说老人碰到了用电难题，钱海军放下手头的事情，赶了过去。

"马上？明天能来就不错了。"老人暗自嘀咕了一声。但因为一时之间也找不到其他人，只能选择信他。

45 分钟后，门外响起了敲门声。老人打开门，看到满头大汗、气喘吁吁的钱海军站在外面，心里又是吃惊又是感动，他赶紧将钱海军请到屋里，准备烧茶给他喝。而喘息未定的钱海军喊了一声"大爷"，摆摆手，示意他不要倒茶，便埋头查起了电磁炉的故障。经过检查，他发现故障是由电磁炉电源线短路造成的。钱海军去楼下的五金店买来材料，三下五除二，干净利索地把问题解决了。老人拿出吃的东西请他吃，并要把买材料的钱给他。钱海军说什么也不肯收，他对老人说："大爷，以后有事继续找我好了。"随后，拾起工具包一溜烟就跑没影了。

　　后来，这样的事情又发生了几次。一来二去，钱海军与老人成了朋友。老人的房子年久失修，线路老化严重，钱海军给他拉上新的电线，换上新的灯泡，并告诉他怎么用电磁炉才安全。见钱海军说得仔细，老人听着听着眼泪就下来了，他说，之前因为家庭原因很少与人交流，从来没想过会有人像钱海军这样关心他、帮助他。这让他感受到了久违的温暖。老人的话让钱海军觉得自己应当给他更多关心。从那以后，钱海军每隔一段时间就会去看望老人，有时候忙了，就打电话向他问好，天气冷了，还和妻子买羽绒服给老人送去。

　　2009 年，老人因犯心脏病住院治疗，老伴要在家照看儿子没法去医院陪护。钱海军每天忙完工作，就跑到医院去探望老人，给老人端茶倒水。同一个病房里的患者都以为他是老人的儿子，不住地夸他孝顺。出院后，钱海军又多次开车带老人去宁波买药，渐渐地，积在老人心头的冰块一点点地融化了。"是海军让我走出了家庭不幸的阴影。"老人激动地说，"让我觉得生活又重新有了期盼和希望。"

　　世界上最遥远的距离不是生与死的距离，而是心与心的距离。两个人的心若是远的，纵然对面而坐，也好像隔着汪洋大海；反之，两个人的心若是近的，纵隔万水千山，也会感觉如在眼前。只要彼此肯将心扉打开，人与人之间的物理距离便不再是距离。因为信任，陈文品心里有什么话都愿意同钱海军讲。

　　有一次，老人向钱海军说出了自己内心的担忧："海军啊，你说如果哪天我们老两口不能动了，这个家可怎么办啊？"钱海军毫不犹豫地说：

光芒叙事

"还有我呢，您就把我当成自己的儿子好了。"老人听完，眼泪"唰"的一下就下来了。但这眼泪不是苦涩的，而是幸福的。钱海军呢，用他如春风般温暖的关怀让老人觉得这幸福是自己可捕捉的。

2012年10月29日，老人肺气肿发作。钱海军接到电话来不及多想，匆匆赶到老人家中，开车送他去宁波一家医院住院治疗。怕老人心脏难受，车不能开得太快，一路上听着老人的咳嗽声，钱海军的心里一阵阵发疼。到宁波的路他已经往返不下上百次，快的时候一个多小时，慢的时候两个小时，却从没有像那天那样让他觉得漫长，感觉怎么都到不了似的。

好不容易到了医院，挂完号交完押金，却被告知没有床位了。老人此时又渴又饿，累得一点力气都没有。他虚弱地说："海军，要不我们还是回去吧。"钱海军知道以老人的身体状况回慈溪就诊恐怕来不及了，又怕老人着急，就骗他说自己有同学在医院里，再去想想办法，让他稍微等等。钱海军给老人买来水和饼干，自己跑去找院方商量。他说："我是慈溪来的，老父亲病得有点重，能不能给帮帮忙？"在他的再三央求下，院方本着治病救人的初衷，经过与病人协商，同意在心血管科加一张床位。钱海军听说可以加床，当时高兴得跳了起来，如同一个稚气未脱的孩子初得玩具时一般欣喜。

钱海军给老人买好了饭票和洗漱用品，领来了热水瓶，并为他请了一个护工。他对护工说："我的父亲就拜托你了。"将许多细节一一交代之后，他赶回单位上班了。第二天当他再次赶去的时候，病房里的人都冲他竖起大拇指，原来闲聊间老人把一切都告诉了他们。而钱海军觉得，这是自己应该做的。

他有些不好意思地挠了挠后脑勺，憨厚地笑了。在老人住院的27天里，钱海军去看了他6次。每次去，钱海军从来不叫"陈老伯"，而是称呼老人为"爸爸"。当年11月25日，钱海军去接老人出院，老人脸上的笑容堆成了"知足"二字。

渐渐地，老人的性格变得开朗了许多，平时与左邻右舍也会经常联系，偶尔还会参加社区组织的活动，认识了不少新朋友。而这一切的改变，都源于钱海军的真诚关心。

老人曾写信给国网慈溪市供电公司，信上有这么一段话："我与钱海军非亲非故，他为什么待我这么好？我想他是出于一名共产党员的爱民之心吧。而且他不只是对我一个人好，是对所有的老年人都好。我们的社会太需要像钱海军这样的人了！"在一次采访中，老人对着媒体记者接连说了27次"小钱好人啊"！钱海军说："看着他幸福的样子，我觉得我也是幸福的。"

宁波妈妈和慈溪儿子

放眼慈溪，沐浴着钱海军"爱心春风"的远不止陈文品一人，他们中还有孤寡老人，以及残疾老人。而钱海军的出现，为他们洗去了许多生活的尘霾。

家住金山小区的陈亦如老人就是钱海军常去服务的对象之一。老人没有退休金，每个月只有丈夫留下的500多元抚恤金。老人虽有三个儿女，但不能常来照顾她。老人说，平时来看她次数最多的就是钱海军。几年前，钱海军通过社区了解到老人的情况，就经常上门看望老人，帮忙收拾碗筷、打扫房间。帮老人洗衣服、剪指甲这些事情，只要有空，他就会做。

有一次，老人家里的马桶堵住了，马桶里的水倒灌出来，弄得卫生间一地污秽。钱海军也不嫌脏，自付工钱找了个专业人员，两个人从下午2点一直弄到晚上7点多，才把事情搞定。由于管子不合适，这一日，他进进出出跑了六七趟。老人本来也在一旁相陪，钱海军怕她累着，就让她先去休息："您去睡吧，我会给您弄好的。"问题解决之后，他清理完"战场"才回家，由于身上的异味太重，回到家中洗了好几遍澡才洗掉。

又有一次，老人晚上发病，打电话给钱海军。钱海军连夜开车带她去医院，一直陪到凌晨3点才回家。老人康复出院后，钱海军又去她家里帮忙照应，带上妻子亲手做的糕点，还烧菜给她吃，糖醋带鱼、清炒卷心菜……怕老人没有胃口，他每餐都变换着花样。后来，因为手头的事情实在忙不过来了，钱海军给老人请了一个钟点工，照料日常饮食。"心情不好的时候，想到海军就好了，他比宝贝儿子还要好。"老人说起这些事情，差点就哭了出来，"要是没有海军，我早就走了。"

陈亦如老人感受到的温暖，家住青少年宫社区的王爱春老人也深有体会。王爱春患有先天性小儿麻痹症，行动不方便，连走路都必须扶着椅子。她没有结过婚，也没有子女，独自一人居住在一个并不宽敞的小房子里，平时雇了一个钟点工解决一日三餐。2010年1月，老人家里的用电线路发生故障，她通过社区要到了钱海军的电话，打电话向他求助，从此便成了钱海军的重点服务对象。

钱海军上门服务过一次后，就成了老人的贴心"儿子"。这个"儿子"常常会扛着米、提着油、带着食物和生活用品来看她，而且非常细心，每次都把菜洗好了才带过来。老人多次提出"抗议"："海军，以后你人来就好了，东西不要拿，给你钱又不要，这不好……"每当这时，钱海军都会告诉她："我是您的儿子啊，儿子看娘，捎点柴米油盐，天经地义！"钱海军是这么说的，也是这么想的。老人是退休教师，喜欢看书，钱海军就给她订了几份报纸杂志，时间久了，老人便戏称自己是个"只进不出的进出口公司"。

钱海军不光自己去看望老人，还常常带着妻子、女儿一起去。他们陪老人聊天，为她打扫房子，仿佛三代同堂。

不过，钱海军有钱海军的坚持，老人也有老人的固执。她觉得这个世界上比自己更需要帮助的人有很多，钱海军不应该围着自己转，所以钱海军来看她的时候常常被她下"逐客令"："海军，你帮人家去，我这里好好的。"见钱海军不放心，她又说："我真碰到麻烦了会打电话给你的。"钱海军这才离开，转去下一个老人家里。

钱海军说，尽管老人身体有残疾，但她是一个特别阳光、特别有正能量的人。从老人身上，他也学到了很多东西。老人遇到困难了，不会直接打电话给钱海军让他过来帮忙，而是会先发一条短信给他："海军，你空了到我这里来一下。"感觉就像是对待自己的小孩一样，特别体谅，这让钱海军心里暖暖的。而他也能第一时间读懂老人的心思，赶去处理。钱海军说，服务不是一方对另一方的施舍，而是彼此的互相成全。

像陈文品、陈亦如、王爱春这样没有血缘关系的"父母"，钱海军认了足有 100 位之多。他们之中年龄最小的 60 出头，最大的已经 100 多岁。看到老人们在他的照顾下，每天都笑意盈盈的，钱海军说他很快乐。"我希望善待老人成为我们骨子里的一种基因，等我到了 70 岁、80 岁的时候，也有年轻人为我服务，就像我现在为老年人服务一样。"钱海军坦言，为老年人服务已成为自己的一种本能，要是哪天没活干了还真不适应。

在慈溪之外，钱海军还有一位"宁波妈妈"。

故事还要从 2013 年 3 月 5 日晚上举行的"最美宁波人" 2012 年度人物颁奖典礼说起。当天的晚会是现场直播的。颁奖结束后，高票当选"最美宁波人"的钱海军收到了几十条短信，有熟人发来的，也有陌生人发来的，内容多是感动于钱海军的为人，向他表示祝贺。而钱海军的注意力却被其中一条略显"矫情"的短信吸引了，"小钱，人生在世，生老病死是客观规律，谁也逃脱不了。有些人希望青春得以永驻，衰老得以延缓，身体得以健康。而我更注重精神生活，虽然身患重病，但我的心态放得很平，人生一世，草长一秋，既来之则安之吧。刚才，我在电视直播中观看了你十几年如一日的服务故事，我看见你在台上因爱而流下激动的眼泪时，你的女儿正深情地注视着你……你的事迹你的精神激起了我对美好明天的向往。愿你在新的一年里事事顺利、阖家安乐、身体健康！一位有求于你的空巢老人。"

"严重疾病""空巢老人"这些字眼涌入了钱海军的脑海里。他看了一下时间，信息是 20 分钟前发来的，估摸着老人这会儿还没睡，他立即回了一个电话过去。老人在电话里跟钱海军说："我住在江北区中马街道义庄巷，我家里卫生间的灯坏掉了，但这盏灯晚点修不打紧。我晓得你住的地方离我家很远，没关系，不方便就不用来，我只是特别想见见你。"

老人的话前后矛盾，放下电话，钱海军久久不能入睡。第二天，他起了个大早，开车来到了老人居住的地方。对于换灯泡这种一个月要碰到好几十次的活，钱海军早已轻车熟路。他几下就把灯泡换好了，又仔细查看了老人家中的线路，排除了隐患，前后不过 20 分钟，远不及路上时间的四分之一。准备返程时，钱海军看到老人眼里的那份不舍。他放下工具包，陪老人坐下，聊起了家常。老人把自己这些年闷在肚子里的话一股脑儿地倒了出来，说了两个多小时。从聊天中，钱海军得知：老人名叫余芝兰，退休前是个老师。她性格开朗，爱说爱笑，得空时还喜欢写写东西。余芝兰的老伴去世 10 多年了，孩子住得远，工作又忙，平日里都是她一个人待在屋子里，连个说话的人都没有。自从在报纸上读到钱海军的事迹后，一直很想见见本人。她不仅抄下了他的电话，还把有关钱海军的报道都收集了起来。

从宁波回来以后，钱海军就经常惦记着给余芝兰打个电话，有空的时候陪她说说话、解解闷，偶尔还会抽时间赶到宁波去看她。余芝兰感慨地说："我常说一句话，'一百个儿子不及丈夫的一条腿'，自从丈夫没了之后，生活已然没有什么乐趣，没想到老天却赐给我一个这么好的儿子。"

之后，钱海军又陆陆续续地去看了她许多次。每次钱海军出发去看她前都会发短信与她约定时间，老人的回信通常都是这样的："欢迎海军儿子，宁波妈妈等着慈溪儿子……"

搜寻空巢老人

2014 年的冬天来得很早，这年冬天接连发生了两件事情。

第一件事发生在 10 月份。10 月 25 日，在上海工作的陈先生风尘仆仆地赶回位于嘉兴市南湖区某一小区的父母家中，却发现父母一个趴在地上、一个躺在床上，都已没有了呼吸，遗体已散发出气味。另一件事情发生在 11 月份的安徽省蚌埠市。11 月 21 日，当地警方接到辖区居民报警，称楼上有一名年约六旬的空巢老人许多天没见踪影，家里养的狗却一直叫个不停。警方随即通知了老人的两个女儿，在她们的陪同下进入老人居住的屋内，结果竟发现老人倒在客厅里早已离世。

这两件事经过报纸、电视、网络的报道和发酵，引发了国人对孤寡、空巢老人缺乏照料的社会现象的隐忧和如何关爱空巢老人的讨论。

很多人看到这样的消息，震惊之余，更多的是心酸。生活压力大，工作任务重，为谋生计远离家乡，没有足够的精力照顾父母，没有兄弟姐妹帮衬……想想，当看到父母遗体的一瞬间，他们一定在心里痛骂自己为什么不多给父母打打电话，为什么不常回家看看，为什么说好接父母一起住却迟迟没有行动。

随着当今社会人口老龄化趋势的不断加剧，这样的现象绝不是个例也不会是个例。我们必须直面一个事实，那就是老人晚年生活的质量和安全令人担忧。在慈溪，老龄化和空巢老人现象也日益突出。据慈溪市民政局统计，截至 2013 年年底，全市 60 周岁以上老年人共有 22.45 万人，占当地户籍总人口的21.52%，其中 80 周岁以上高龄老人达 3.46 万人。高龄化也直接推动失能老年人的数量大幅增长，全市失能和半失能老年人总计超过 1.5 万人。同时，城乡家庭空巢化现象明显，空巢老年人达到 9.66 万人，占老年人口的 43%。另外，据不完全统计，70 周岁以上、子女不在慈溪当地生活的老人约有 4000 户。

这些老人中，有的子女在外地工作，有的虽然同处一个地市，但因为子女工作忙碌也很难见上面，他们内心有对儿女的思念和牵挂，也有对日常生活碰到困难时的无助和担忧。

当嘉兴和蚌埠空巢老人的新闻进入到钱海军和同事唐洁的视线时，两人陷入了沉思。这些年，他们做的很多工作都与老年人有着直接或间接的关系，老年人的苦与乐他们早已深有体会，他们知道老年人最需要什么，最不需要什么。而唐洁因为之前遇到的一件事情感触尤深。

几个月前的一天晚上，9 点多钟，唐洁和家人从人民公园散步回来，发现路边坐着一位邋遢的老者，大热天的居然还穿着一身棉毛衫裤，脖子上挂着一只破旧不堪的老式公文包，神情茫然，形如乞丐。昏黄的灯光下，老人的眼神空空的，如同离了水的鱼儿，只有间或转动的眼珠子和不时发出的喘息声表明他还是一个活生生的人。

很多人都发现了老人的异样，但是谁也没有停下脚步，只是窃窃私语几句。唐洁走到老人身边，问他住在哪里，为什么大晚上不回家。老人嗫嚅着，上下两片嘴唇碰到又分开。唐洁费了好大的劲，才大概听明白——老人说自己走了很多很多的路，走着走着忽然感到一阵头晕眼花，就坐下来休息，至于家在哪儿他也不记得了。唐洁无可奈何，只得拨打了 110。

民警赶到后，在老人随身携带的破皮包里找到了几张证件，按照证件上所写的地址把老人送回了家。

唐洁和民警来到老人的住处，打开门，首先映入眼帘的是堆满半个客厅和卧室的报纸，然后是桌子上杂七杂八的药盒。从这些药盒来看，老人应该患有轻微的阿尔茨海默病。吃过药之后，老人的神志稍稍清醒了一些，看到守候在一旁的唐洁和民警，起身搬椅子给他们坐，嘴里含糊不清地说着："你们是客人，坐，坐。"

在与老人的交谈中，唐洁得知老人名叫胡民熙，已经93岁了，年轻的时候当过兵，退伍后回到老家，被分配在中学教书。"我只会扛枪打仗，哪会教什么书啊？所以别的老师在上面讲课的时候，我就去当学生旁听，等我学会了，再去教学生，一直到退休。"

缓过劲来的胡民熙特别健谈，话匣子一开，便关不住了，一边讲，一边还不时发出爽朗的笑声，说到伤心处，又不由得黯然神伤。

老人膝下无子，只有一个侄子，平时都是一个人生活。"我吃饭都是去外面小饭店解决的，年纪大了，不挑食，馒头、包子或者面条，好消化就行。吃完饭就回家看报纸，有时候也会乘公交车去公园里走走，不想今天犯病了，忘了怎么回家，亏得有你们。"

从老人家里出来后，唐洁唏嘘不已。她深知像老人这种情况，如果当时没有被自己发现或者以后的日子没有人照顾，极有可能又是一个悲剧。

想再多的可能，不如一个脚踏实地的行动。本着这样的想法，一场以关爱空巢老人为主题的"暖心行动"在钱海军和唐洁的共同努力下渐渐成形。他们向单位领导作了请示，领导很支持他们的想法。然而光有想法是不够的。为了得到更详细的数据和信息，国网慈溪市供电公司党群工作部和钱海军共产党员服务队开会讨论，决定成立"暖心"工作小组，开展服务空巢老人专项行动。

他们一边组织人员在虞波社区、三碰桥社区、舒苑社区、团圈社区、青少年宫路社区、白果树社区、金山社区、南孙塘社区8个共建社区实地走访，调查、了解空巢老人的情况，一边在微博、微信、报纸等媒体上张贴"寻人启事"，全城搜寻70岁以上的、子女长期在宁波以外生活不能常回来的空巢老人。

为了方便知情人士联系，他们还专门开通了两条服务热线，24 小时接听来电，并将收到的老人的信息记在本子上，由志愿者与老人取得联系，上门了解情况。

时间过得飞快，一转眼已是半月有余，钱海军和唐洁带着其他志愿者走访了 98 户空巢老人。他们发现，这些空巢老人家庭情况各不相同，隐忧也分很多种，具体说来，大致可以归为以下几类：

第一类老人遇到困难无处求助，由此产生住养老院的想法，譬如上房小区的沈大爷。

沈大爷已经 84 岁高龄，老伴去世多年。因为平时家里只有自己一人，他不太爱打理房间。用他的话说，打理了也没有人来，好比媚眼抛给盲人看，没什么意义。年深日久，房间里堆满了杂物，看起来乱糟糟的。

沈大爷有一个儿子，在澳大利亚定居多年。正因为儿子离得远，有困难，沈大爷都只能靠自己解决。最近几年，大爷的耳朵越来越不好使，别人必须同他贴着耳朵"喊话"他才能勉强听见。六七年前，老伴过世之后，沈大爷就思量着住养老院，免得出了意外都没人发现。他去慈溪、余姚、宁波的几个养老院考察了一遍，想找价格适中又可以住单间的，但打听下来，不是价格太高，就是环境欠佳，总之没有令他满意的。

说起与儿子之间的隔阂，沈大爷解释说，自己年轻的时候曾经离婚又再婚，再婚时遭到儿子的反对。沈大爷觉得自己应该找个伴相互依靠，便没有理会儿子的反对。没想到，从此父子俩的关系一落千丈。直到儿子出国前，两人还是形同陌路。

提及这些往事，老人从抽屉里翻出一张泛黄的名片，用手不住地摩挲着，说是儿子早年留给他的。"最近儿子有来看您或者联系您吗？"钱海军问他。老人回答："今年 10 月份来过一次，不过他是来看他丈母娘的，我只是顺带。"大爷又掏出一个同样陈旧的小本子，上面记着一个名字和手机号码："儿子说，我有什么事就找这个人，打这个电话。""那您联系过这个人吗？"老人摇摇头，算是回答了钱海军，失落的神情怎么也掩饰不了。

第二类老人是因为心疼儿女，遇事宁愿自己担着，最具代表性的便是家住城西的熊大爷和陈大妈。

在中国，有很多老人辛苦了一辈子，临到老也不想麻烦子女，怕给他们增添负担。即使身体出了毛病，也是能挨就挨；至于生活上遇到的麻烦，更是一字不说，总是自己想办法解决。已过古稀之年的熊大爷夫妻俩便是如此。

儿子和媳妇在宁波工作，只有过年过节时才会回一趟家。两年前一个冬天的夜晚，熊大爷的老伴邵大妈突然肚子疼，脸色苍白不说，额头还直冒冷汗。大爷赶紧叫来邻居帮忙送到医院。医生一查，邵大妈得的是急性阑尾炎，要马上做手术。第二天手术做完，熊大爷才想起要给儿子说这事。儿子和媳妇赶到后，怪老人怎么不当天就通知，大爷说："大晚上的，你们开车危险。"

熊大爷说，儿子、媳妇如今也快 40 岁的人了，到这个年龄又要忙事业，又要照顾年幼的女儿，特别不容易。

同是过了古稀之年的陈大妈和老伴也是如此，因为儿子和媳妇工作、生活在上海，他们平时都是报喜不报忧。两位老人居住的小区是个老小区，平日里最担心出现用电问题。就在不久前，客厅的日光灯突然不亮了，大爷搬了个凳子，站上去想探个究竟。不料"砰"的一声，灯泡突然爆裂，把老人家吓得直哆嗦，站在凳子上一动也不敢动。事后，两位老人没有把这件事情告诉儿子。他们觉得，反正也没出什么事，说了只会让儿子担心。至于故障，还是钱海军到社区走访的时候帮忙解决的。

除了以上两类，还有一类空巢老人，他们盼着能有人每天说说话却苦于找不到对象。中兴小区的陈大爷便在此列。

86 岁的陈大爷有三个儿子，大儿子在慈溪，二儿子在北京，小儿子在宁波。老大因为住得近，每个月都会来探望老人，但老二和老三人不怎么来，电话也不怎么打，陈大爷甚至记不起最近一次和他们通话是在什么时候了。有一段时间，大儿子因为视网膜脱落、胆囊发炎而自顾不暇，自然也不能常去看望老人，于是老人愈发寂寞了。

2013 年，陈大爷遭遇了一场车祸，被撞伤了腿，就在他住院期间，老伴去世了。"她没有留下任何遗言,我也没见上她最后一面……"陈大爷说着说着,眼眶就红了。

事后,车祸的肇事方为老人请了一个保姆,照顾了陈大爷几个月。陈大爷叹了口气:"说句不吉利的话,还是受伤的那个时候好,至少有个人陪,后来保姆走了,都没有人跟我说话了。实在是孤单啊!"

好在老人家爱好文学,没事做的时候喜欢读书写字。为了打发时间,他一口气订了6份报纸杂志。"每天翻一翻,偶尔也作首小诗排遣排遣,时间很快就过去了,但这毕竟比不上有人在一起说说话啊。"

与许多渴望生活上得到帮助的老人相比,陈大爷只是渴望能够得到哪怕只是一丝丝情感上的关注。也许,一个陌生人不经意的一声问候,就会让他倍感关爱;也许,儿子们回家为他斟上一杯白开水,就可以让他整个冬季都觉得温暖。

表达灵魂的重要载体

美国散文家、诗人爱默生说过:"表达灵魂的重要载体当然是清晰明畅的语言,但它也同样醒目地表现在生命肌体的仪态、动作和姿势当中。这种无声而又微妙的语言,就是我们的行为举止。"很多时候,爱,正是通过人的行为举止来表现的。为了使更多孤苦无依或者子女不在身边的老人感受到来自社会的温暖,"暖心"工作组从众多需要关爱的老年人中选出了10户人家进行试点结对,并趁这个机会成立了钱海军志愿服务中心。为了能够全方位地给老人们提供更好的服务,而不仅仅局限于电力方面的帮助,他们同时面向企业内部和社会招募志愿者。短短3天时间,就有30多名志愿者报名。

万事俱备,只欠东风。2014年12月2日,以国网慈溪市供电公司钱海军志愿服务中心名义发起的"关爱空巢老人'暖心'行动"正式启动,来自新华社、中新社、《工人日报》《浙江日报》等16家媒体的记者共同见证了这次有温度的活动。

"今天,我们为那些空巢、失独老人送上一份关怀和帮助。明天,当我们老了，也会有人像我们一样，给我们帮助和温暖。"在启动仪式上，时任国网慈溪市供电公司党委书记李广元介绍了成立钱海军志愿服务中心的初衷以及服务空巢老人活动开展的情况，并号召广大志愿者发扬钱海军的精神，在服务空巢老人方面尽自己的一份心力。

随后，现场认领结对仪式正式开始。主持人在介绍空巢老人的情况时几度哽咽："93 岁的胡爷爷，很热的天，还穿着棉毛衫裤坐在路边，一脸茫然地发呆，说找不到回家的路了；76 岁的朱奶奶，老伴今年刚去世，膝下无子，我们离开的时候，朱奶奶一下子抱住了我，她说舍不得我们走；71 岁的李奶奶患有严重的高血压和干燥综合征，常年服用大量药物，每隔三个月就要去省级医院检查一次，她的老伴 74 岁的郭爷爷一坐长途车就要不停地上洗手间，他们经常说'我们这样的人，活着就是一种累赘'……"

老人们的现状让在场的志愿者听得心酸不已，很多人多次落泪。当主持人问"谁愿意结对"时，浒山街道金山社区的张利珍第一个站了起来，表示愿意担负起照顾其中一对空巢老人的职责，并定期陪老人去医院做检查。主持人请她谈谈感受，张利珍的回答甚是干脆："如果非得说，那么，我也想做个像钱海军一样的人。"

张利珍说，自己平时在社区工作，每天和居民打交道，经常有人同她说起钱海军和钱海军共产党员服务队的好，深入接触之后，她更被居民朴素的话语和真挚的感激之情所打动。"这些年，钱师傅一个人结对了那么多老人，在生活上有求必应，在精神上体贴入微。他用实际行动改变了老人的精神状态，提高了他们的生活品质，也感染了我们身边一大批基层工作者，我觉得我们都应该向他学习。"

张利珍的话说出了很多人的心声，片刻之后，10 户空巢老人都和志愿者成功结对。

作为一对双胞胎儿子的父亲，国网慈溪市供电公司职工周海珍与 88 岁的空巢老人朱奶奶结对。他说："朱奶奶住得离我家比较近，照顾起来比较方便。我有两个孩子，现在正在启蒙的阶段，我想周末的时候带他们一起去朱奶奶家里，陪她聊天，帮她整理房间，用我的行动给孩子树立一个榜样，让他们从小就有主动关心老年人的意识。我觉得这远比把孩子带到公园去玩更有意义。"

第一批空巢老人的顺利结对让钱海军和唐洁信心倍增，打消了他们心中原有的许多顾虑。很快，他们又制订了第二批次的结对计划。英国诗人华兹华斯有一句话用来形容他们可谓恰到好处："生活里没有真正的幸福，只有在智慧与美德中，我们才能够寻找到快乐。"很明显，他们是以一种满怀愉悦的心情去做这些事的。因为愉悦，事后他们还对结对的老人进行了多次回访。

回访过程中，志愿者发现很多老人即便物质上没有大的改观，但是精神状态发生了巨大的变化，一个个脸上的尘霾尽去、有了光影，变得开朗许多。其中改变最大的非朱阿姨莫属。自从在"暖心行动"中与钱海军志愿服务中心志愿者高栋寅结对之后，老人的脸上总是挂着笑容。

唐洁至今仍记得，朱阿姨第一次打来电话时语气是很冷淡甚至是颇不耐烦的。当时，朱阿姨在社区驿站张贴的"寻人启事"中看到如果老人有电力方面的需求也可以拨打求助电话。恰巧，她家里的浴霸坏了，看到告示，就拨通了电话。那时正是冬天，各种抢修、服务特别忙，唐洁登记了老人的信息，告诉她钱海军第二天会上门修理。但朱阿姨并不买账，一连打了三个电话，语气特别生硬："怎么那么久没见你们的人来？""怎么还不来啊？""你们怎么一直不来的啊？"那一天，等钱海军忙完各种抢修单已是深夜，估摸着老人早已睡下。第二天，他便起了个大早赶去处理。修完后，等唐洁回访的时候，老人有些不好意思地说："原来你们还是不收钱的啊？怎么那么好的啦，钱不收，服务还好！"

几番闲聊，唐洁了解了老人的生活状态：老人没有子女，相依为伴的丈夫年初刚刚过世，对老人的打击很大，一说起这件事情老人就忍不住掉眼泪，嘴里反反复复地说一句话："现在只剩下我孤苦无依一个人了。"不过，这是唐洁最后一次见到她伤心落泪，后来再去时，朱阿姨总是开心的。每次唐洁去看她，她都会亲热地打招呼："阿洁，你来了！"然后献上一个大大的拥抱，有时甚至是一个亲吻，平时她也经常与唐洁和钱海军保持通话。

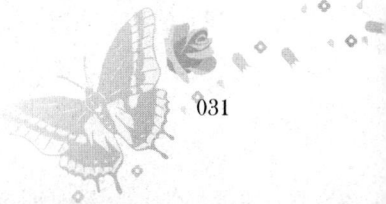

光芒叙事

老人之所以有这样的转变，都是因为"暖心行动"。与朱阿姨结对的高栋寅下班后、双休日时常会抽时间去看望她，把她当成自己的亲奶奶一样，有时买菜，有时也做菜，而且他不光自己去，还会带着妻子和孩子一起去。朱阿姨说，小孩认生，却肯让她抱，这让她开心不已。"以前觉得自己老公死了，小孩也没得，不愿意到社区里去，现在我儿子有了，孙子也有了，底气很足，隔三岔五地跑去社区里凑热闹。"

朱阿姨的话，让钱海军和唐洁很有成就感。他们付出这么多的努力，无非就是希望通过志愿者的结对帮扶，为空巢老人提供力所能及的帮助，让他们的生活不再孤单。"谁家都有老人，谁都会有老的一天。今天我们为他们做点什么，等我们老了，相信也一样会有人来关心我们的。"钱海军说，"能坚持做志愿服务 10 多年真的是一件挺幸福的事，它让我收获了快乐，也得到了成长。在今后的日子里，我们会努力做得更多，做得更好。"

在"暖心行动"开展过程中，志愿者发现前期走访占去了他们的大部分时间，致使效率提不上去。为了温暖更多的空巢老人，钱海军找到了慈溪市民政局相关负责人，想要得到一份慈溪空巢老人的详细名单。虽然在过去近 20 年的服务过程中，钱海军手头也记录了很多老年人的信息，但比起全市空巢老人的总数却是百不及一。他迫切地想知道所有空巢老人的位置分布，在能力所及的范围内，帮助更多需要帮助的人。

在了解中，他们发现与空巢老人相比，还有一个群体更加需要帮助——残疾人。残疾人因为听力、视力、语言、肢体、精神、智力等方面的缺陷，谋生能力较差，生存状况堪忧。一个新的计划在钱海军等人心中形成了。他们决定在继续关注空巢老人的同时，将一部分精力用在服务残疾人贫困户上面——为残疾人贫困户排除家中的用电隐患，点亮一盏灯，这盏灯既是屋里的电灯，更是他们的心灯。

"只是心中点亮一盏灯，光芒照耀黑夜如明月，待到鲜花飞舞落缤纷，与你再相逢。"诚如歌中所唱，点亮一盏灯，屋子里就有光明；点亮一盏灯，年迈的老人将不再孤冷；点亮一盏灯，能给困境中的家庭温暖和希望。然而，点亮一盏灯，这在常人看来简单不过的事，对身体残疾的老人和贫困家庭来说却非易事。如果有一群人的出现，可以帮他们把灯点亮，那么灯亮了，他们的心也暖了。

爱人者，人恒爱之

有人帮钱海军算了一笔账，这些年，他花在老人身上的钱都够在内陆省份买一套小户型公寓了。然而与对待老人的慷慨形成鲜明对比的是，他对自己却很吝啬。他一年到头穿的都是工作服，因为抢修较多，衣服常被钩出许多破洞。平时他将有洞的地方塞入裤腰里，免得别人看见，但一开工就露了出来。

俗话说："你敬我一尺，我敬你一丈。"钱海军像对待自己的亲人一样对待这些老人，老人们自然也会以同样的方式回报他。有位叫朱可淦的退伍老战士因为钱海军帮他装了电灯又修了电扇还不肯收钱，待他忙完之后，老人坚持要送他下楼，钱海军本不答应，但老人说："送你下去对我来说是一件快乐的事情，你不能拒绝。"到了楼下，老人站得笔直笔直，向钱海军敬了两个军礼："看到你，我才知道'助人为乐'四个字的真正含义。请你接受一个退伍老兵最诚挚的敬意，敬礼！"这一声"敬礼"，让钱海军眼眶一热。

服务的次数多了，人也熟悉了。每次，钱海军从金山、虞波、青少年宫路等社区走过，社区里的老人总是热情地同他打招呼："海军，你来啦。"就像是日日见面的老朋友。在这些社区，钱海军还有一个"慈溪老娘舅"的美誉。邻里间发生了摩擦，只要他到场一劝，大家都变得和和气气的，账也不算了，架也不吵了。

有一次，有对婆媳起了争执。婆婆80多岁了，和儿子媳妇住在一起。因为一些小事情，婆媳之间的关系闹得非常僵，儿子夹在中间左右为难，最后只能在房里用三合板隔一个空间出来。他们把钱海军请到家中，让他帮忙拉一根电线。钱海军赶来后看到这样的场面，心平气和地对那位儿媳妇说："我们以后也会老的，现在让着老人一点其实也就是在让着以后的自己啊。"朴实的一句话，让原本剑拔弩张的两个人缓和了不少。钱海军又和他们聊了很多。最后，线也没拉、三合板也没隔，婆媳之间的关系慢慢地改善了。

得到过钱海军帮助的老人对钱海军都很信任，他们有的记不住子女的电话号码，却大多能背得出钱海军11位数的手机号，有些老年人遇到事情的时候无论别人说什么都是一副将信将疑的态度，但是钱海军说一句话，他们坚信不疑。他们凡事都会想到钱海军。有时甚至连门锁不紧，也会打电话给钱海军："要么你帮我锁锁看？"于是，钱海军变得更忙了。

在从事义工的23年里，从刚开始的每周1至2个求助电话，到后来每天3至5次上门服务，钱海军的繁忙程度随着时间的推移与日俱增。翻看他的通话记录，你会发现，最多的时候他一天接到过21个求助电话，但钱海军觉得，为那些需要帮助的人排忧解难，自己责无旁贷。如果因为帮不过来就不去帮，那就太自私了。如今的钱海军俨然已经把服务当成一种习惯，把帮助别人当成一种乐趣。

有人曾对钱海军说，虽然你做了那么多的事，但是那些老人未必会记得你的名字。这话不假，有些老人记性不好，钱海军去过很多次了还是记不住名字，每当老人觉得不好意思的时候，钱海军就说："没关系，不用记住名字。您只要记住我的号码就行，有事情就打我电话。"私下里，钱海军说："其实，服务那么久，他们记不住我的名字，他们的名字我也记不全，但是我知道他们的号码，知道他们住在哪里，知道他们需要的时候怎么找到他们，这就够了。我们做事情，关键是要让人满意，让人感到快乐，干什么非得知道别人叫什么名字？"

爱人者，人恒爱之。社区居民用最朴实的方式回报了钱海军的赤子之心。2013年7月，浒山街道虞波社区居民委员会换届选举，在选票的推荐人选一栏里，十几个居民不约而同地写上了钱海军的名字。钱海军并不是这个社区的居民，按说没有选举权和被选举权，但他们说："像钱师傅这样的好人都不选，我们还选谁呢？"

同时，他们对钱海军也有了更多的体谅。早些年，除夕夜里，钱海军经常会接到各种求助电话，以至于他连续好几个年头没有同家人一起吃上一顿完整的年夜饭。但从2015年开始，老人们即使碰到问题也会等到正月初一再打电话，让钱海军能陪着家人一起好好地看场春节联欢晚会。等钱海军上门的时候，进门先给他一个红包、一杯糖茶，寓意新年里生活越来越甜蜜。钱海军说："虽然我不会收他们给的红包，也不会喝他们倒的茶，但是这种人与人之间的亲近感，让我觉得很温暖。"

还有一位老人以自己独特的方式记录了钱海军带来的温暖。老人患有白内障，但她时不时会翻翻家里珍藏的一本记事本。记事本里记录的是钱海军为她做过的每一件事——这些内容大多是她怕自己记性不好，特意找人帮她记录下来的："10月24日10点左右，海军又来看我了，他叫我注意身体，天气冷要注意保暖，有事给他打电话，看到我家的水龙头坏了，他说他记在心里了；10月28日10点左右，他用自己的钱买来新的冷热开关龙头给我换上，我心里非常欢喜，给他买水龙头的钱，他坚决拒绝了，说我给他钱他下次就不来我家了。这样的好人真的太少见了……"

光阴在不断流逝，类似的故事也在不断上演。对于受助的社区居民（尤其是空巢老人）来说，钱海军提供的不仅是生活上的帮助，更是心灵上的慰藉。他把心掏给百姓，百姓自然和他心贴心。

（原载《脊梁》2022年第4期）

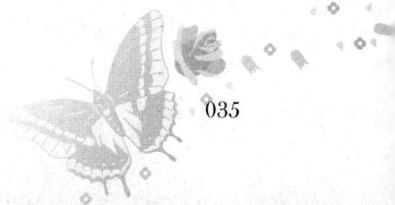

青 春 礼 赞

——党的二十大代表、全国劳动模范徐川子采访实录

陈富强

采访对象

徐川子，女，出生于 1985 年 10 月，中共党员，国网杭州供电公司滨江供电分公司服务拓展班班长。自 2008 年浙江大学毕业入职供电公司后，她一直扎根基层，为客户提供智能用电、电能替代、节能潜力挖掘等能源增值服务。经过 14 年的磨炼，她从一名一线装表接电工，逐步成长为国内顶尖计量专家。截至 2019 年，她和她的团队先后完成国家创新成果 14 项、申请发明专利 25 项。近年来，她先后获评全国劳动模范、全国五一劳动奖章、全国五一巾帼建功标兵、全国青年岗位能手标兵、全国电力行业技术能手、国家电网公司特等劳模、国家电网公司楷模、浙江省高新技能人才工作室带头人、杭州市道德模范（平民英雄）、2019 全球契约中国网络联合国可持续发展目标先锋等荣誉称号。她是新时代产业工人的典型代表，被媒体称为"不爱红妆爱工装"的女汉子。

2021 年，她参加了"中国梦·劳动美——永远跟党走 奋进新征程"全国工会劳模工匠宣讲活动，并受邀参加庆祝中国共产党成立 100 周年大会。2022 年，她当选为党的二十大代表。

楔 子

2022 年 10 月 14 日 9 时，一架长龙航空的"诗画浙江号"专机满载出席

中国共产党第二十次全国代表大会的浙江代表团，从杭州萧山国际机场起飞，目的地是北京。飞机在杭州城区上空划过一道清晰可见的轨迹，爬升至巡航高度，向北飞去。天气晴朗，飞机在升空过程中，乘客可以通过飞机舷窗俯瞰西湖、钱塘江、湘湖、西溪湿地、钱江新城、亚运村等杭州地标。

长龙航空是浙江省唯一的本土客货运航空公司。以"诗画江南·活力浙江"命名的专机就是一张移动的飞行名片。机身上的喷绘是嘉兴南湖红船、杭州亚运场馆"大小莲花"、西湖断桥、三潭印月、双子楼"杭州之门"、安吉余村等浙江标志性的风景和建筑。飞机内舱布置得也非常精心，连行李架和小桌板上的精美贴纸都展示了浙江元素，比如"忠实践行'八八战略'奋力打造'重要窗口'""高质量发展建设共同富裕示范区"等文字，这让代表们倍感亲切和自豪。

徐川子坐在靠近舱口的位置。她身材娇小，戴着口罩，几乎被淹没在机舱里，但人们依然能从口罩上方看到一双充满灵气与智慧的眼睛，眼睛里闪着略显紧张与期待的光。她透过舷窗眺望渐渐远去的杭州城，这还是她第一次如此清晰地从高处俯视这座她生活与工作的城市。与此前任何一次赴京都不同，这一次，她是以党的二十大代表的身份前往首都北京。这对于一名年仅 37 岁的女士来说，将是一次刻骨铭心的飞行，也将是一次永生难忘的记忆。

或许是盼望已久，抑或稍许有些兴奋，徐川子感觉这次飞机飞行的速度特别快。她清楚地记得：8 时 27 分登机，8 时 54 分起飞，10 时 45 抵京，从她登机到飞机落地，一共只用了 2 时 18 分钟。

更让徐川子意想不到的是，她刚出舱门，就被中央电视台记者拉到一旁采访。徐川子没有一点心理准备，面对镜头，她稍稍镇定和整理了一下自己的思绪，说："即将召开的中国共产党第二十次全国代表大会，是中华民族迈向伟大复兴新征程中的一次盛会，必将团结带领全国各族人民以更加昂扬的姿态书写更加宏伟的篇章。"这段代表参会感言在央视《新闻联播》的报道"喜迎党的二十大"之"党的二十大各代表团全部报到"中播出。当晚，在浙江代表团第一次碰头会上，浙江省委的领导对徐川子说："你刚刚在《新闻联播》上讲得很好。"

上　篇

她的家在富春江边

杭州富阳区，古称富春。富阳在公元前 221 年（秦王政二十六年），置富春县，算起来已有 2000 多年的建城史。富阳有典型的江南水乡风貌。一条富春江穿城而过，仿佛珍珠项链串起十条溪流，且溪名皆富有诗意，分别是渌渚江、宋家溪、壶源江、剡溪、上里溪、苋浦、大源溪、里山溪、渔山溪、常绿溪。除常绿溪流至萧山浦阳江，其他 9 条溪流全部经富春江流入钱塘江。富春江，上接新安江，下连钱塘江，丰富的水资源也成为建设水电站的理想区域。

富阳历史上，名人如星光闪耀，古代武有孙坚孙权父子、文有黄公望，现代则有作家郁达夫。特别是元画家黄公望创作的《富春山居图》，更是传世之作，名满九州。

《富春山居图》是黄公望于 1350 年创作的纸本水墨画，被誉为中国十大传世名画之一，被誉为"画中之兰亭"，属国宝级文物。这幅画是黄公望为师弟郑樗所绘，几经易手，并因"焚画殉葬"而身首两段。前半卷《剩山图》现收藏于浙江省博物馆；后半卷《无用师卷》现藏台北故宫博物院。画作以富春江为背景，画面用墨淡雅，山和水的布置疏密得当，墨色浓淡干湿并用，极富变化。

我曾经在浙江省博物馆观赏过《剩山图》，虽然只是《富春山居图》的一半，但从画中可见富春江两岸秀丽的山光水色。《富春山居图》画的是一条漫长的江水数百里景色。这幅画，前面一段是夏天的景致，到后面一段则出现了秋天的景物。秋景部分，树叶部分很淡，全部用垂直的皴法画，给人繁华落尽的感觉。很显然，《富春山居图》不只是一张画，更是一种生命态度的象征。

铺垫了这么多，我无非是想说明，徐川子的家乡是一片多么值得她热爱的土地。这也是她从浙江大学毕业后，首选富阳作为职业生涯起点的原因。

1985 年，徐川子出生在富阳区（原富阳县）场口镇。她的父亲是一名电力职工，因为工作需要经常住在变电所里。回顾她最初的从业经历，其实与她父亲的职业有很大关系。她小时候就常常去父亲上班的变电所。其实，她家就在变电所旁边的职工宿舍。她从小就看惯了那些四方四正的变压器、高大的电线杆和各种发着光的零件。父亲反复告诉她，这些东西危险，不要触碰，但她渐渐对这些看上去坚硬冰冷的设备有了好感。在她幼小的心中，那些电线啊、电能表啊、继电器啊都是神奇的东西，电从那里出发，就有了万家灯火。她常常向父亲问一些"电从哪儿来""灯为什么会发光""红的线代表什么，绿的线为什么一定要接到那个孔里"等诸如此类的问题。而父亲也总是耐心地向她解释。虽然懵懵懂懂，但她长大后要探究其中奥妙的念头已经在她心中扎下了根。父亲也很支持她，上学后就给她看一些电气基础之类的书，她竟也看得津津有味。

那些年，在富阳的乡镇，停电还是常见现象。父亲值班的时候，常常回家很晚。开始，徐川子不了解，问："爸爸，为什么回来这么晚？"父亲告诉她："如果今天这路电不送出去的话，就会影响一个村庄的居民用电。"慢慢地，在徐川子心里有了一个概念：父亲的工作是给别人送去光明与温暖的，非常重要。

因为带电设备危险，那些年，徐川子只能远远观望，不能靠近。因此，她对这些设备，既陌生，又亲切。她告诉我："那时候，我就告诉自己，等我长大了，一定要把这里的所有电线都弄得明明白白，这就是我的电力情结。"

从高中阶段开始，徐川子的理科成绩一直在年级名列前茅。她显露出的灵气似乎已经隐隐约约为她日后的电工生涯做好了准备。但徐川子的母亲不这想。母亲是会计，觉得女孩子还是做会计好，坐坐办公室，算算账，轻松又受人尊敬。但孝顺的女儿没有听母亲的话，在顺利考上浙江大学后，填报志愿的时候毫不犹豫地填写了"电气工程及自动化"专业。因为喜欢，读得就认真，学得就轻松，她以优异的成绩从浙江大学毕业。然后，她就回到生她养她的家乡，并顺利通过考核进入国网杭州市富阳区供

光芒叙事

电公司。

徐川子说，她这也算是接了父亲的班。

后来，徐川子在多个场合讲到她选择回家乡富阳工作："刚刚走出校园的我，回到富阳家乡，努力扎根，向上生长，度过了职业生涯的第一个十年。这是我梦开始的地方，也是为我筑梦、帮我逐梦的地方。"

富阳城里的小徐师傅

徐川子入职以后的第一个职务，是国网杭州市富阳区供电公司客服中心计量班的装表接电工。徐川子的电工生涯由此开始。

单位要求所有新进员工都到一线工作，徐川子被安排到装表接电班。同事见她是女孩，就按照惯例让她负责后勤，做文职工作。可徐川子不同意，主动要求和人家一起外出作业。班里是做高压电的，起步就是10000伏，之前没有女员工参与，可徐川子要做。

"当时心里还是有点打鼓的，毕竟需要真刀真枪去操作，和之前自己掌握的理论知识还是有不一样的地方。"徐川子说，"但是父亲告诉我，工作中集中精神，在实践中努力提高技能，只要按照规范去操作，就不会有危险。"

就这样，穿着宽松的工作服，戴着蓝色的安全帽，徐川子开始和同事一起外出作业。当年，单位里的同事曾和她开玩笑说："女孩子做做内勤工作就好，每天这样装电表、弄电线，像个男人一样，小心找不到老公哦！"面对善意的玩笑，徐川子总是笑而不答。

在徐川子心里，父母那代人最大的特点就是兢兢业业地做好本职工作，踏实认真。这深深影响了徐川子。工作中，她也是一个"较真儿"的人。

为了提高表计安装工艺美观度，每次安装电能表时，她都会把所有线路排布整齐，让电线保持横平竖直，转角则要基本达到90度。这样的一套工序做完，特别考验安装者的细心和腕力。徐川子的认真和努力，得到了客户的认可，还受到了"沈加鑫电能计量示范工作室"带头人沈加鑫的关注。

沈加鑫是国网杭州市富阳区供电公司的"名人"。对于沈加鑫，徐川子从进单位后就非常敬重。认识沈加鑫的人都知道，他在计量岗位工作了几十年，练就了一身超强本领。他实战经验丰富，乐于带年轻人，且因材施教，耐心细致，不厌其烦。他总是说"要教就要教好"。就这样，徐川子成为沈加鑫年龄最小的徒弟。

徐川子说："师父对我的影响很大，尤其是对工作的热情。他就像一头不知疲倦的老黄牛。比如，研究培训学校新购置的仿真设备这件事。面对复杂的仪器设备和厚厚的说明书，他要反复研究、不断尝试，确保掌握每一个细节，又仔仔细细地备好课、做好PPT（演示文稿）后，才会安心下班。他从来不计得失，在单位就是默默奉献！"在师傅的严格要求下，徐川子成长迅速，磨出了一手老茧，也练就了一身本领。不到两年时间，她就破格成为单位的兼职教师，为装表工授课。

那些年里，徐川子走遍富阳区的大街小巷，从企业用户到百姓家庭，一次次地为客户解决用电难题，被用户亲切地称为"小徐师傅"。

一次，有用户来电反映说分表与供电公司安装的总表对不上，怀疑电表出了问题。徐川子立刻登录系统、查找数据，但解惑不成。为尽快解决问题，她又立马赶到现场校验表计，并详细了解了用户的生产情况。从现场回到办公室后，徐川子又钻进一堆数据中，比对抄表数据和表计显示的每日负荷、电量情况。在排除一系列故障情况后，她终于找到用户电量变化的原因，原来是用户分表接线差错引起的。问题找到了，挂钟的指针也已转向午夜。第二天一早，徐川子又登门拜访用户去解决问题。

浙江金固股份有限公司是一家从事滚型车轮研发、制造和销售的公司，2022年的年产能可达1300万只，出口额遥遥领先同行，被商务部和国家发展改革委认定的首批"国家汽车零部件出口基地企业"。2015年11月12日夜里，厂内正热闹生产的机器车间，突然安静了下来。厂里的电工师傅找不到具体原因，只好电话求助国网杭州市富阳区供电公司。徐川子连夜从家里出发，直奔该公司机器车间，并很快查到是电流互感器出现故障。若干天后，金固股份有限公司给供电公司送来一面锦旗，并说："厂里停电一天就损失好几十万，供电公司非常给力，你们得知情况后连夜帮我们处理好了。"

2012 年 7 月，国网杭州市富阳区供电公司客服中心成立用电信息采集班，徐川子被任命为副班长并主持工作。

徐川子所在的班组七八个人，却要维护富阳区 4000 余户专业变压器客户和城区近 10 万户居民的用电。无论是在迎峰度夏期间实现"限电不拉电"的目标，还是在春节假期期间的无功管理，她总是带领班组人员认真对照工作目标制订预案、做好监测，并根据轻重缓急安排人员现场走访，为客户提出用电优化建议。可以这么说，哪里有难题，哪里就有徐川子的身影。仅 2013 年春节假期期间，徐川子平均每天都会走访或电话咨询 20 余家企业，提醒客户要实时退出无功补偿装置。仅这一项，供电公司就为当地企业节省了电费支出近 20 万元。

有一天，一位客户来电话询问，他怀疑电表有问题。客户的需求就是命令。徐川子立即登录内网查找相关数据，并于当日下午赶赴现场检查。在耐心听取客户近段时间的生产情况后，她决定明天再次上门查看。那一晚，时间对徐川子来说似乎变得缓慢起来，她一直忙到零点以后。在排除了一个又一个可能的故障情况后，最终她确认了用户电量变化的原因。这时，她才发现凌晨的微光已经透进窗户了。这么迟了，她决定不回家了。幸好，加班之前她就事先与家人打过招呼。办公室抽屉里有备着的快餐面，她泡了一碗，三口两口吸溜完，才发现手脚酸胀，睡意也像电流一样袭遍全身。她躺在沙发上很快就睡着了。一早，她就醒了，做好了准备工作便出发，赶到客户单位的时候，他们才刚刚上班。她马上拿出各种数据清单，向客户耐心解释，直到取得了客户的认同和理解。这时候，她的手机又响了，又一个问题在等着她去解决。

我们都熟知一个词——兵头将尾。徐川子是名副其实的"兵头"，只是这个兵头不那么好当。麻雀虽小，五脏俱全，管理一个班组，从管理的属性上来说，其实跟管理一家企业有异曲同工之处。如果能管好一班人，就具备了管好一家企业的基本功。企业管理者在用人时，往往很注重考察对象的履历表中是否有过当班组长的经历。作为用电信息采集专业集约化管理班组的班长，徐川子是国网杭州市富阳区供电公司"日均采集成功率""计量异常告警处理率""自动抄表核算比率"等指标的归口管理人。这是个精细工作，这些年来徐川子在确保工作的各项指标一直保持在国网浙江省电力有限公司（下简称国网浙江省电力公司、浙江电力）同专业 A 段的成绩上，还将"日均采集成功率"大幅提升，并在省公司系统取得了提升 10% 以上幅度的好成绩，有力支撑了国网杭州市富阳区供电公司总体对标工作和综合实力的提升。

几年来，在近百次的电量退补中，客户只要听到"这电量是小徐师傅算出来的"，就会毫不犹豫地签字确认。他们知道，"小徐师傅"就是一杆"公平秤"，她做的事情，让人放心！

从一张照片说起

事实上，我是从一张照片上认识徐川子的。那是徐川子在参加国家电网有限公司第二届供电服务技能竞赛的场景。当时，她是国网杭州市富阳区供电公司客服中心计量班的一名装表接电工。

照片上，徐川子戴着蓝色安全帽，身着蓝色工装，腰上系着工具袋，一把橘色手柄的螺丝刀插在工具袋上。徐川子位于画面右侧，她正面对电表全神贯注地记录书写着，那专注而坚毅的眼神让人过目不忘。她身后，是超过十位的大赛评委和观摩者。徐川子处于镜头最前面，给人的感觉她并不矮，但事实上她是现场个子最小的那个人，用娇小玲珑来形容她，恰如其分。

那次竞赛，徐川子一战成名。和 100 多名选手同场竞技，徐川子成为唯一获得个人名次的女选手，并获评国网公司技术能手。那一年，是 2014 年，距她入行只有 6 年时间。这次竞赛的成绩在徐川子的个人履历中，只能算是初露锋芒。两年后，在第十届全国电力行业职业技能竞赛装表接电工决赛中，徐川子与来自全国 25 家电力企业的 40 名选手同台竞技，获得电力行业技术能手的称号。

只有经历过类似技能大赛的人才知道，获得大赛名次有多难，它犹如一场越野跑比赛，能坚持跑到终点的前几名就那么几个。他们站在领奖台上时的光芒四射，都来自平时的刻苦训练。

所有的成功，都是以付出为代价的。

2014年7月，徐川子离开不满两岁的女儿去杭州参加国家电网公司装表接电技能比武培训。这是一段封闭式的训练，足足三个月，他们不能离开训练场半步。她思念女儿，但只能在培训结束回到宿舍时才能打开手机看丈夫发来的女儿的照片。女儿可爱的模样会让她的心变得柔软起来，觉得对不起丈夫和女儿。丈夫是支持她的，但有时看她太拼也会劝她，甚至于发点小脾气："一个女人家，应该以家庭为重，说难听点，你拼死拼活，也不会增加多少收入，何况家里经济条件也不错，值得这样拼吗?"她也动摇过，毕竟她也是一个女人，也懂情调，也喜欢把自己打扮得漂漂亮亮。晚饭后，她会抱着活泼的女儿，依偎着丈夫的肩膀，去公园里散散步。这么辛苦，干什么呢?但这样的念头不过是她在疲劳的时候、想家的时候，才会出现的。她的心里非常明白，事业对于她而言是多么重要!

那段时间，正是浙江卫视《中国好声音》节目热播的时候，她在完成了功课后会见缝插针地看一下。以前她也喜欢这个节目，不过是以娱乐的心态观看的，可这一次她沉浸进去，常常泪流满面。她看台上那些选手精彩的表演，听他们讲述不同的故事。他们为了音乐艰辛付出，十分执着。她就为台上的他们愁、为他们忧。看着看着，徐川子就会想到自己，想到自己一个小女子在一群大男人的赛场上比试、斗勇。汗湿了衣衫，手上生出厚厚的茧子，她害怕自己不知什么时候就会被淘汰。想想受到的苦和痛、辛和劳，她便会跟着舞台上的选手一起哭起来。好痛快啊!发泄完了，第二天一早，她又精神焕发地出现在训练场上。

徐川子回忆起那段经历时还有很深的感触，但她从来没有后悔过，毕竟这样的机会十分难得。那些选手都是各地区层层选拔上来的好手，有40多人，除她之外，清一色男子。这样，一次次地交锋、淘汰，再交锋、再淘汰，她硬是坚持到了最后。最终，她作为国网浙江电力计量专业唯一一名女选手参加了国家电网公司的专业比武，并获得了个人第四名的好成绩。就是在这次大赛上，她被授予国网公司技术能手的称号。

"E 路小黄蜂"与"当代鲁滨孙"

2014 年,徐川子所在的计量二班,工作内容有了变化,在原先的信息采集基础上又增加了计量工作。她在工作中发现,"无功倒送"并非"粗放"方式可以有效解决,于是,总结了一套"无功倒送精细化算法",让客户无功倒送情况精准化。

但这显然不够。2015 年,经常在农村田间地头跑客户的徐川子,带领团队开发了农村台区导航系统。"农村的路,有的路百度、高德地图都查询不到,我们去检修时需要抄表员带路。抄表员人不在,检修工作就无法完成。"当时,微信朋友圈流行晒"咕咚"跑步路线,这触发了徐川子的灵感。她的团队模仿"咕咚"记录用户行动轨迹的功能,开发了一套属于他们自己的系统。

徐川子刚刚当上采集班班长那会儿,正好遇上电能采集项目工作的高峰期。为了解决当时手工资料错误率高、后期检修找路难、检修问题复杂等电力采集建设中的突出问题,徐川子带着团队成员一次次地深入采集现场。经过一年的现场调研,她和团队成员成功研发了一台具有移动互联网思维的智能集抄运维设备"E 路小黄蜂",解决了一线工作人员"用户数量多,地址难找""故障类型多,上手困难"等检修效率不高的问题。这个发明获得了国家电网公司第二届青年创新创意大赛营销工器具最具推广价值奖第一名。如今,这款"E 路小黄蜂"已经申请了六项国家发明专利,并在浙江多地推广应用。

在徐川子劳模创新工作室,我见到了这台传说中的"E 路小黄蜂"。一只不起眼的四方形铁箱子,打开来里面是几块模块,徐川子拿起一块向我讲解起来。其实,她说的那些专业术语我听得不是太明白。一开始,我还抱着必须弄懂的决心,但当我问到第三遍的时候,连我自己也不好意思了。经过专业学习和研究的徐川子,在这个项目的研究中起到了重要作用。

徐川子回忆起刚开始有这个想法的时候,她经历的那些不眠之夜:查阅资料，废寝忘食；求教同行，不耻下问。当"E路小黄蜂"图纸出来后，她去一些企业联系生产，有的人觉得不可能，有的人认为花这么多钱搞出来得不偿失。她一度也产生过怀疑，但是当她再次静下心来仔细研究这个项目的可行性后，就最终下了决心——必须把它做出来。她说到了单位的领导，说能进入这个供电企业是幸运的，单位领导特别重视员工"传、帮、带"的传统，重视发挥员工的特长，注重以点带面培养优秀员工。她就是在单位领导的全力支持下取得了一些成绩的。"E路小黄蜂"最后能顺利做出来，也是单位领导全力支持的结果。

我在一份资料上看到过，我国的许多好产品都是基层技术人员研究开发出来的，因为他们知道什么是最需要的，他们研究出来的产品往往最实用。徐川子团队研发的"E路小黄蜂"一经面世，就得到了一线员工的喜爱并得以推广使用。她和她的团队研发"E路小黄蜂"的经过还被编写成典型经验，推选至国网浙江电力。特别引起我关注的是，这项发明中的通用型操控器的功能、性能等相关成果被编写入《浙江省电力公司用电信息采集现场调试设备招标技术规范》。在 2015 年度招投标后，该设备在浙江省得到全面推广使用。一个班组的发明能够在全省推广，以我几十年的电力行业从业经历看，这还是不多见的。

我在富阳采访期间，听说了一个有趣的故事，徐川子和她的伙伴们利用工作优势帮助过一位"当代鲁滨孙"。

为了做数据采集，徐川子经常带着团队成员往深山、田野跑。一次偶然机会，她得知在富阳区常安镇的大山深处的蓬里村，住着一位名叫倪金祥的人。倪金祥过着劈柴烧火、与世隔绝的原始生活，被媒体称为当代"当代鲁滨孙"。徐川子得知，倪金祥其实一直有发展高山养殖业的想法，希望可以把他居住的人迹罕至的荒山变成一座遍地是宝的"金山"。

2016 年，倪金祥的梦想终于有了希望。徐川子和同事们主动帮倪金祥打了申请。经过多方努力，一条 10 千伏电力线路从山脚下架到了山顶。有了电，倪金祥一天生活的终点从傍晚延长到了深夜。不用下山打煤油的他养了蜂，种了一片高山茶，还盘算着买一台炒茶机和一台电脑。他想在网上卖货致富，在那一片云山中用低碳方式一步步远离贫困。

我对这个倪金祥产生了浓厚兴趣，上网检索。果然，杭州媒体报道过这位"当代鲁滨孙"。我从记者的探访中得知，倪金祥之所以选择隐居在蓬里自然村，与他的一次创业失败有关。以前，正值壮年的倪金祥在杭州摸爬滚打10多年后，结了婚，有了乖巧可爱的儿子。他们夫妻二人在杭州南星桥经营一家水暖器材店。踏实肯干，为人厚道，他的生意不错，还攒下了近10万元的积蓄。倪金祥有本事，在杭州赚了大钱的说法传开，他成了附近村庄人人知晓的能人。然而，安逸的生活止步于2005年年初。他想回富阳老家创业，而且说干就干。他看中了高山养殖这一块，觉得绿色农产品市场前景大好。虽然交通不便，但蓬里的自然环境非常好，在倪金祥看来这个村比较原始，适合初期创业，而且一旦种养殖业成功还能带动邻村发展。

"当年，他就是带着这样的雄心壮志进了山。"倪金祥的姐姐说。那时，倪金祥怀揣所有积蓄只身来到蓬里，面对着望不到边际的群山，立誓要大干一番。但是迎接他的并不是想象中的一帆风顺，而是一败涂地的亏损。从此，倪金祥成了"野人"。山上没有自来水，他只能靠着零星的茶叶和大山里的野果度日，一个月最多下山一两次，卖一些野果，以此为生。

他始终没有放弃梦想。他的心愿是还清债务，然后一身轻松地下山。

倪金祥相信自己的判断，高山种植是个好项目，而且他还养了黄牛。电线接到山上后，他的生活发生了变化。就在那一年，他接到了一个5000多斤黄牛肉的订单。他种植的高山茶叶也在有电的第二年产量翻番。有了电，一切都不一样了。黄牛太少，满足不了订单需求。倪金祥计划下一年多养几头牛，至少养上8头，他自产的茶叶也能卖到四五百元一斤。倪金祥说："最艰难的年份已经过去，熬过去就'天亮'了。我也能堂堂正正地下山了。"

在工作中，徐川子始终铭记"为民解忧要热心，对待客户要耐心，提供帮助要诚心，真情服务要恒心"。客观地说，年轻的徐川子，已经十分努力地做到了这"四个心"。她和同事为深山老林里的倪金祥解决用电问题，帮助他脱困，恰是实践"四个心"的经典案例。和大多数电力系统从业人员一样，徐川子习惯称自己是一名电工。只不过，她这个电工的成色，和普通电工终究不同。她身怀绝技，张开青春的翅膀，以同龄人难以企及的速度和耐力飞翔。

徐川子劳模创新工作室

有不少人问我，徐川子究竟是怎样一个人？我不知从何答起。我想起七八年以前到访她的工作室时，她留给我的第一印象。那也是我第一次见到她。

一个清秀的女孩子，有一双格外明亮的眼睛。一触到她的目光，我仿佛看到一眼泉水，清澈见底，是传说中的那种双瞳剪水。如果你不知道她身上的光环，那在你面前的就是一个普通的邻家女孩。她的普通话说得特别标准，这在她的家乡场口镇是罕见的。这是一个外表有书生气质，看上去文静，但内心又十分坚强的女孩。她讲话不疾不徐，有什么说什么，不夸饰不虚假。有些成绩，你不追问，她就不说。说完了一个问题，她就静静地坐在一旁，等候我的提问。她的办公室不大，布置得颇为素雅，几盆精致的植物，看似随意地摆放在办公桌的一角，墙上挂一幅清雅的山水画。她泡出的茶也颇有特色，我喝了一口，有一股清香味。我方知里面藏着一些麦子。茶汤上面则漂浮着几朵欲放的花蕾。看得出，她是一个对生活有情调有想法的小女子。

时任国网杭州市富阳区供电公司工会的楼主席是我的老熟人。楼主席说，她是看着徐川子进单位的，说她永远也忘不掉第一次见到徐川子时的情景。一个身材玲珑的女孩，在一批新员工里特别亮眼。我说是不是因为进单位的大多是男孩子，出现一个女孩有些突兀？她说，这是一个方面的原因，另外一个原因是徐川子的爸爸是企业的老员工，所以她对徐川子也熟悉。之前见到过徐川子，当时还是学生。当年，徐川子考上浙江大学，在场口镇上是引起了轰动的。再见到徐川子时，就感叹徐家有女已长大，而且是同事了。楼主席又说，徐川子的长相是她喜欢的那种，天生丽质，芙蓉出水，像富春江的水，清清爽爽。

楼主席跟我说："你一定要去看看川子的工作室。"楼主席嘴里的"川子工作室"，其实就是"徐川子劳模创新工作室"。这是一间 100 多平方米的大屋子，里面摆放着十多台电脑，屋子的一边是各种电气图书和他们团队编辑的工作杂志。工作室主墙上贴着几行字：开拓创新聚能量，着力探索务实效；劳模精神一线牵，技术引领结硕果。这么年轻就拥有了以她名字命名的工作室，这应该是非常了不起的事吧。但徐川子谦虚，说："这个工作室其实是大家共同打造的，我不过是放了个名而已。"后来，我与徐川子熟悉以后，发现她的这个特点尤其明显。她从来不显山露水，也不喜欢抛头露面，说到她这些年获得的荣誉，她总是反复强调"是组织培养的结果"。

徐川子告诉我："我们设立这个工作室，有个基本理念，是为了学习、创新、传承、辐射。"她特别地讲到沈加鑫师傅，说他是大家学习的榜样。现在，徐川子也带了个徒弟，徒弟刚从大学毕业。她觉得传承对一个企业来说是非常重要的。说到辐射和创新时，她说她的工作室现在已经集合了单位各条战线上的精英，专业技能不仅涵盖电能计量，更扩展到人力资源管理、法律法规、用电检查、优质服务、用电采集等专业。

工作室成立以来，坚持务实管用、突出重点、集思广益、创新完善，结合实际开展各项活动，不断增强成员思想素质，提高队伍技能水平，提升优质服务能力，真抓实干，勇于创新。工作室以"1+1+N"模式（1 位名师带出 1 位高徒培养 N 个骨干）为核心，定期开展"正能量大讲堂"、员工技能实训、供电报务站现场指导等活动，成为企业的员工培育示范平台。

经过几年的探索和实践，徐川子劳模创新工作室在 2014 年被国网浙江省电力有限公司命名为第二批 A 级劳模创新工作室；又被评为国网杭州市供电公司首批五星级劳模创新工作室。

毫无疑问，这些成绩的取得，徐川子在其中是付出了巨大的精力和努力的。每逢年休假，徐川子总说她放心不下，因为她早已习惯了电脑上的一排排数据指标的导出、习惯了风驰电掣飞奔在城市的大街小巷、习惯了为客户尽心尽责答疑解惑的日日夜夜。她就像一只系着无数根线头的风等，线的那端是情绪各异的客户，线的这头是她无怨无悔的付出和深情的牵挂。

当然光解决难题是不够的，在实际工作中，徐川子发现让客户亲身感受和了解计量设备也是非常必要的。在工作室的旁边就是"电能计量示范工作室"，这里一堵墙上装满了几乎市场上所有能见到的电能表。她按动开关的时候，所有的机器都亮起了灯光，伴随着轻微的"嗡嗡"声，这些机器开始工作。这时候的徐川子完全像一个指挥员似的，仿佛战场上的一切都在她的掌握中。她对这些设备的性能了如指掌。她向我介绍每一款电能表的作用，看得出她对这份工作的热爱。在电能计量示范工作室中间，摆放着几只大型的配电装置，另一边放着一些工具。她说，这是他们培训用的。刚进单位的时候，她一度迷恋它们。这些不同颜色的电线和零部件在她眼里渐渐有了生命。只有把它们按照标准、规矩装配好，它们才会发挥作用，并成为一个整体为客户服务。她说，这让她想起团队的重要性，这也是成立工作室的重要原因。在这个电能计量示范工作室里，她与她的团队曾经多次邀请普通客户来参观。他们耐心地向公众宣讲，以直观的形式让人们了解各类电能表及采集终端的情况，介绍新设备的优越性和先进性，这个举措得到了大家的赞赏。

每逢"世界计量日"，徐川子还主动配合质量监督局开展各类活动。5年来，她参加进社区、进农村、进校园宣传活动不下40次，推动了电能计量知识的宣传和普及。电能计量示范工作室还积极筹划开展了"与您携手走近计量感受智能电网"之"学习日""宣传日""开放日""交流日"等系列活动。

2014年，徐川子获得国网浙江电力公司第三届劳动模范称号；2017年，获得国家电网公司劳动模范称号。其实，她在班长这个岗位上，获得的荣誉远不止这两项，她还获评国家一级注册计量师，并先后获得国家电网公司技术能手、全国青年岗位能手标兵、五星级班组优秀班组长、省公司A级劳模创新工作室带头人等荣誉。由徐川子带领的国网杭州市富阳区供电公司采集开拓者QC小组，获得第十二届"海洋王"杯全国QC小组成果发表赛一等奖。

徐川子和她带领的班组已然成为国网杭州市富阳区供电公司的一个响亮的品牌，一扇明亮的窗户。这个班组成立不到两年，就获得了国网浙江省电力有限公司五星级班组、杭州市金融信息服务工会工人先锋号等多个荣誉。作为班组的核心人物，徐川子始终秉持着"确保计量工作公平公正地开展，不仅关系着客户的切身利益，更直接影响着国家电网在客户心中的信任程度"这一信念行事。

倪萍和徐川子既是同事，也是师徒。一次，我在一个培训班授课，恰好倪萍是学员。课间休息时，我与倪萍闲聊，她告诉我一个有关徐川子劳模创新工作室的故事。原来，我看到的"徐川子劳模创新工作室"，原先是"沈加鑫电能计量示范工作室"。徐川子渐渐成长、成熟后，沈加鑫找徐川子谈话，主动提出将"沈加鑫电能计量示范工作室"更名为"徐川子劳模创新工作室"。徐川子当即表示反对，但是沈加鑫说："这个工作室不属于任何一个个人，是属于这个集体的，这个集体的带头人也是需要传承的，今天是你来接下这个使命，未来也会有人从你手上接过去。"事实也确实如此，几年后，徐川子把工作室交接给了自己的徒弟倪萍，工作室再次更名为"倪萍劳模创新工作室"。这个三代劳模工作室传承与更名的故事，堪称一段佳话。

新冠疫情下的电力大数据

从来没有一个春天像 2020 年的春天那样寂静。新冠病毒以令人意想不到的速度在全世界蔓延。

2020 年 2 月初，浙江各地的企业慢慢返岗复工，但当时正值疫情防控的关键时期，复工情况究竟如何，政府难以科学掌握。虽然，当时杭州部分企业陆续开工，但依旧有许多企业由于产业链、物流链、销售链等种种问题开不了工、卖不出货，面临重重困难。

于是，政府部门提出诉求：能否通过电量的变化来判断企业的复工情况？

徐川子很快想到已经被她用"活"了的电力大数据，她分析起了全市

4.4万家企业每一天的用电数据。每天早上9点，徐川子都会把杭州滨江区前一天不同产业、不同行业、不同规模企业的复工率和复产率数据分门别类算出来。林林总总1900多个数据，汇聚成每天一份、每份33页的《杭州企业复工生产情况分析报告》。拿着这份报告，当地政府就能按图索骥摸排产业链上下游的堵点、断点，更聪明更智慧地指挥"作战"。这就是全国首套"企业电力复工指数"，该指数很快在全市、全省被推广普及应用。

针对国家推动复工复产中的电费优惠政策有可能被中间商截留的全国性难题，徐川子和团队还首创了"转供电费码"，把电费减免"红包"及时足额送到复工复产的转供电用户手中，特别是小微企业用户手中。这个做法迅速在全国推广，仅5个月就为全国40多万个工业园区、商业综合体的3400万户小微企业优惠电费近百亿元，让众多小微企业在复工复产中"轻装上阵"。这项创新也引起中央电视台《新闻联播》的关注，并作了长达2分24秒的重点报道。

和电表打交道10年，徐川子成了电表数据专家，也让她对用电数据有着自己独特的理解。这些宝贵的经历和体验在此次带领队伍开发疫情防控所需的电力大数据中成了"克敌制胜"的法宝。电力大数据网格化防疫推广应用的一大难题，便是智能电表的抄表采集路线与实际社区划分存在差异。在设定阈值和制定数据运行规则时，徐川子和团队没有时间反复推演，只能选择用算法来论证，通过代码跑数的结果来验证初设电量值等数据的合理性，从而获得更符合实际情况的阈值。这个时候，个人丰富的专业经验就起到了重要作用。最终，在极短时间内出炉的电力大数据网格化防疫构建了复工复产监测等6个场景13套算法模型，准确率超过97%。

徐川子团队的电力大数据产品，一经推出便大受好评。企业复工电力指数和分析报告先后获浙江省政府、国家电网公司的高度肯定。2020年2月16日，国家电网公司印发通知，在公司经营区域内推广企业复工电力指数应用，支撑地方政府有序组织企业复工复产。电力大数据网格化防疫应用，在浙江省11个地市全部上线，被列为各级政府开展疫情防控和复工复产的参考依据，2月14日起在国家电网公司经营区域内全面推广。

企业复工电力指数采集的企业用电数据，能够长期、动态反映企业生产情况。除了依据生产率提供经济指导外，它对于污染企业的生产用电监控还能够提供环保监测，助力打赢蓝天保卫战。而基于电力大数据网格化防疫的经验，今后供电公司还能更方便地提取不同社区的用电数据用于特定的监测分析。比如，可以长期监测住房空置率、居民出行变化等数据，为地方政府优化社区管理和交通管理提供指导。然而，从更宏观的视野来看，电力大数据的应用，促成了电网企业与地方政府的深层次合作。电网企业在为政府提供电力数据侧参考信息的同时，实现了更为密切的政企互动与交流。

在徐川子看来，她就像是电力企业数据的"淘金人"。供电企业拥有庞大的数据库，从一只电表的电压电流、功率因数，到一项业务的时间节点、进度流程，再到一个平台的数据整合、分析比对，它的价值甚至可能不低于电网本身的价值。如何挖掘各项枯燥的数据之间的联系和变动，便是他们工作的重点。而这些数据的挖掘和运用，为企业复工电力指数在较短时间内生成提供了可靠而精准的支撑。

到联合国去

2019 年 8 月 21 日，一封来自联合国全球契约中国网络的邀请函抵达国网杭州供电公司。邀请函称：联合国全球契约组织将于 9 月 23 至 26 日在纽约举办"全球契约领导人峰会周"，该活动作为联合国大会关于气候变化、可持续金融、全民医疗保险等议题的相关活动，将展示企业在支持可持续发展目标的实现方面作出的贡献。活动周期间将举办可持续发展先锋等主题活动。贵公司徐川子同志为"2019 全球契约中国网络联合国可持续发展目标先锋"称号获得者，应作为中国代表参加相关活动。

　…………

9 月 22 日，徐川子飞赴美国纽约，随后进入联合国总部出席第九届联合国全球契约领导人峰会周。这也是中国唯一一位以"全球契约中国网络联合国可持续发展目标先锋"身份参会的代表。

　　徐川子获评"2019 全球契约中国网络联合国可持续发展目标先锋"并参会，有一个不可或缺的背景。她所在的国网杭州供电公司，近年来致力于绿色能源发展和电力科技创新，大力推动清洁电力走进千家万户，并网18000 个分布式光伏电站，投运国内首座电气油综合供能站；积极服务乡村振兴，完成 135 个城中村、41 个特色小镇配网改造，推广建设全电民宿，实施民宿"低碳入住计划"；持续开展泛在电力物联网建设，上线全国首个电力云计算服务独居老人模块，用智能电表为社区老人提供全天候监护服务；打造"城市大脑"智慧能源服务平台，签约包括阿里巴巴在内的用户 1983 家；实施"乡村振兴、电力先行"战略，以"电力驿站一次都不跑"为重点，推出超前谋划打造"坚强农网"、创建清洁绿色"美丽大花园"、智慧用能提升"品质生活"等服务措施，实现供电更可靠。

　　国网杭州供电公司也因此获评联合国中国网络 2018 "实现可持续发展目标（SDGs）先锋企业"。

　　此外，还有一个更广阔的背景也不容忽视。徐川子代表的国家电网公司，是近年全球能源行业可持续发展的领军者。近年来，国家电网公司在全球范围内可再生能源发电机装机容量和消纳新兴能源并网容量均居世界首位。

　　在峰会期间举行的"可持续发展先锋论坛"上，徐川子面向来自全球各国政府、商界、民间组织、联合国机构等，分享了一张新颖的电子"碳单"，引起众多参会者的点赞。这张"碳单"是她与团队推出的一款互联网节能产品。依托于自主开发的"智慧绿色民宿"系统，这款产品当时计划接入杭州近 500 家星级民宿用电数据，经过运算后推出能耗排名榜单，并向每个客房推出电子"碳单"，以创新方式倡导全社会绿色用能。"碳单"推出一年后，实现了为接入民宿降低平均能耗近 7.5%。

　　联合国全球契约领导人峰会是目前世界上最大规模、最高级别的企业可持续发展盛会，由联合国全球契约组织主办。第九届联合国全球契约领导人峰会重点围绕联合国 2030 可持续发展目标（SDG），聚焦"消除贫穷和饥饿、保障饮水、清洁能源和改善气候变化"等 17 项议题、169 个共同目标，探讨联合国可持续发展框架下企业的发展前景与机会。

在峰会上，徐川子面向全球各国政府、商界、投资者团体、民间组织、联合国机构等主体，以向代表赠阅国网杭州供电公司《落实联合国可持续发展目标（SDGs）进展报告》，分享"绿色酒店电子碳单"等方式，利用论坛发言、现场交流和参与主办方举行的接待晚宴等交流平台，展示了国网浙江电力助力浙江清洁能源示范省建设的实践和成果，向国际社会呈递了绿色清洁能源可持续发展的浙江方案，获得了来自英国、意大利、南非、新加坡、荷兰、丹麦、巴西、孟加拉国、斯里兰卡、黎巴嫩等数十个国家代表的好评。代表们表示国网浙江电力在消纳清洁能源等方面的创新举措非常具有启发性。

时任联合国全球契约组织总干事金丽莎也表示："这样的举措非常具有启发性，国家电网公司是一家卓越的企业，希望将更多的中国可持续发展方案、议程带向全世界。"

徐川子参加联合国可持续发展目标活动，获得美联社、路透社、法新社、彭博社等媒体的报道。在国内，中央电视台、中新社、人民网、《人民日报海外版》等媒体也不吝篇幅，对其进行了重点报道。"杭州女孩联合国分享她的绿色'碳单'"一时刷屏中外媒体。

在这次峰会上，徐川子还被全球契约中国网络评选为2019联合国可持续发展目标中国青年领军人物。自从参加这次峰会后，徐川子在媒体记者的报道中多了一个雅号——"联合国小姐姐"。

所有对徐川子参加联合国活动的新闻报道，都有一个共同点——有迹可循，就是引用了不少她之前从事电力大数据研究、倾力节能低碳供电解决方案的事例。有一案例，可以佐证徐川子和她的团队在浙江清洁能源示范省建设过程中付出的努力。

2018年3月，习近平总书记提出"打造各具特色的现代版的'富春山居图'"。作为《富春山居图》实景地的电力人，徐川子和团队经过大半年努力交出了一张绿色清洁的答卷，成功打造浙江省首个综合能源服务示范区——黄公望综合能源服务示范区。为了让这个有着数百年历史的小镇摒弃高危高排放的燃煤烧柴传统，徐川子和同事们走遍333公顷的山水田园，挨家挨户敲开百姓、景区、酒店民宿、地方管委会的门，竭力倡导用清洁的电力替代烧煤烧柴。无数次的碰壁和挫折后，在徐川子的坚持和努力下，《富春山居图》里的山山水水开出了美丽的花朵。眼下，在黄公望森林公园的能源消费中，98%是电力。在徐川子和同事们的努力下，如今的黄公望景区，用一段顺口溜来比喻再合适不过，"电瓶船儿水上漂，黑色尾巴不再摇。谁人能画富春山？山间水间说新貌。"

在服务全社会绿色低碳转型的道路上，徐川子和她的团队不断创新攻坚。在走访产业园区用电客户时，徐川子发现，很多产业园区、办公楼宇和商场用能比较粗放，如果能有精细化管理的工具就可节约出20%至30%的用能。她带头研发了"低碳用能数智平台"，并以杭州滨江人工智能产业园为试点，打造了浙江首个基于轻量级改造的低碳数智园区。她和团队成员对园区实施了软、硬件改造，通过红外感应器、温湿度监测仪等智能硬件传导，将用能数据采集细化到园区内每一家企业、每一台设备。手机App上一键启动，园区内上百家企业的照明、空调等设备几乎同时响应，自动执行无人公共区域照明关闭、空调温度上调等节能策略。目前，这样的系统已在杭州滨江、余杭、临平，多个写字楼、大型商场和园区推广应用。

10多年来，国网浙江电力以"数字化牵引"为抓手，努力在坚强、智能、绿色电网建设上实现新突破。徐川子说："10多年来，我见证了用抄表掌机在现场抄表到智能电表集合成上亿条大数据的巨大转变。今天，杭州城网户均停电时长已低于20分钟，供电可靠性超过99.996%，核心区域已达到99.999%的世界最高供电标准，户均停电时间低于5分钟，比肩纽约、巴黎等国际大都市。杭州实现供电可靠性达到世界先进水平，靠的就是提升科技和专业两个能力。"

其实，徐川子在联合国出示的"绿色碳单"之所以能引起广泛关注，与世界各国普遍实行的"碳中和"目标有关。中国要在2060年实现碳中和目标，肩负的责任和压力比任何一个国家都要大。

2021年9月22日，中共中央、国务院发布"关于完整准确全面贯彻新发展理念做好碳达峰碳中和工作的意见"，明确到2025年，单位国内生产总值能耗比2020年下降13.5%；单位国内生产总值二氧化碳排放比

2020 年下降 18%；非化石能源消费比重达到 20% 左右；森林覆盖率达到 24.1%，森林蓄积量达到 180 亿立方米。到 2030 年，非化石能源消费比重达到 25% 左右，风电、太阳能发电总装机容量达到 12 亿千瓦以上。到 2060 年，非化石能源消费比重达到 80% 以上。

随后，国务院印发《2030 年前碳达峰行动方案》。方案指出，能源是经济社会发展的重要物质基础，也是碳排放的最主要来源。要坚持安全降碳，在保障能源安全的前提下，大力实施可再生能源替代，加快构建清洁低碳安全高效的能源体系。

很显然，在实现"双碳"目标这个大背景下，徐川子和她的团队的"绿色碳单"实验就更加有意义，能获得联合国的首肯，也在情理之中。

在全球这个大趋势下，作为能源行业从业人员，徐川子当然不甘人后。除了继续她驾轻就熟的"绿色碳单""智能楼宇"等项目，她的团队又瞄准了电动汽车迅速增长的趋势，在国网浙江电力揭榜挂帅了"面向电网与电动汽车协同互动的居住区有序充电关键技术研究"创新项目，探索电动汽车、充电桩、智能电表、台区间的协同联动技术，通过"削峰填谷"柔性充电策略，挖掘电网潜力资源。

对于科技创新，徐川子有自己的想法，她认为科技创新的灵感来源于生活，更要服务创造更美好的生活。

下　篇

我会把现场的事仔细讲给女儿听

2021 年 7 月 1 日，在庆祝中国共产党成立 100 周年大会上，6 位来自浙江的代表到天安门广场观礼。在这份光荣的名单中，就有徐川子。徐川子回忆了她见证伟大历史的那个时刻。

作为钱江晚报·小时新闻联合浙江省委网信办推出的"身边的党员"主题宣传活动人物之一，在赴京前徐川子接受了媒体采访。她说："百年党史恢宏厚重，继往开来，作为青年劳模代表，有机会亲赴北京参加庆祝中国共产党成立 100 周年大会系列活动，特别是参加天安门广场的大会，我倍感荣幸，无比振奋。"

客观地讲，这段话代表了徐川子真实的内心。这是徐川子第二次去北京，而距离她第一次去北京，时隔不到一年。2020 年 11 月，在北京人民大会堂，徐川子作为全国劳动模范代表领奖。那是她第一次到北京，第一次见到天安门，第一次进入人民大会堂。徐川子告诉我这个信息时，我有点惊讶。中国的孩子，但凡家庭经济条件稍稍好一点的，父母都会在假期带孩子去一趟北京，看天安门，爬长城。但徐川子说，她真的是为领奖才第一次去的北京。惊讶归惊讶，我感叹，徐川子首次赴京就是以全国劳动模范的身份，并且进了人民大会堂。而徐川子第二次进京，则是去见证建党百年盛典。这样荣耀的赴京记录，我相信全国也找不出几个来。

2021 年 7 月 1 日 3 时 50 分，徐川子就起床了，因为 5 点钟就要完成集合。她再次检查需要携带的证件与请柬，和其他代表一起步行到达现场。

庆典开始，当悬挂着党旗、排列成"100"队形的飞机方阵从天安门城楼前飞过，徐川子和身边每一个人一样，都兴奋地挥舞着手中的党旗，高声呼喊。100 发礼炮响彻天际。在国旗护卫队的护卫下，七万人共唱国歌，对国旗行注目礼。

徐川子坐的位置就在天安门城楼的左前方。她第一次如此近距离聆听了党的最高领导人讲话。观礼结束后，她发了一条朋友圈：生逢盛世，肩负重任！总书记的寄语激励着我们当代青年走上奋斗的道路。作为一名能源行业的青年劳模，坚定围绕"3060 双碳目标"、新型电力系统建设、数字化改革、优化电力营商环境等重点任务，坚持走技能成才、技能报国之路，始终保持忧患意识，加强知识学习，把基层一线作为最好的课堂。坚持解放思想，勇于创新，不断增强"志气、骨气、底气"，将个人的理想追求融入党和国家事业之中，不负时代、不负韶华、不负党和人民的殷切期望。

徐川子说，这次来京参加盛典前，上小学的女儿拉着她说："妈妈，我好羡慕你啊，我长大了也要像你一样！"她答应女儿，回去会把现场的事仔仔细细地讲给她听，以此激励女儿好好学习，努力进步。

激情澎湃的时刻

2022 年 10 月 16 日 10 时，中国共产党第二十次全国代表大会在北京人民大会堂开幕。

第三次进京、第二次踏上人民大会堂红毯的徐川子，此刻的身份是党的二十大代表。作为一名年轻的一线电力员工，她一步一步跨上大会堂的台阶，她当时的心情肯定非常激动。我问她："如果用一个词来形容，哪个词才能恰当地表达你当时的心情呢？"徐川子想了想，说："澎湃。"那是内心无法抑制的涌动的感情，是一种对党、对国家和民族的感情，是对自己代表青年参会的感情。她被大会堂内的那种氛围感染。所有代表，无论走路还是交谈都是轻言细语，但她能感受到会场内那种类似大海涨潮时的起伏的澎湃。

徐川子说，其实那种激情澎湃的感受从前一天晚上就开始了。她一整晚几乎都睡不着觉，脑子里过电影一样，交替出现各种场景——既有自己刚入职时参加培训的画面，也有参加全国技能大赛时的情景，还有和同事们在疫情防控期间昼夜攻关，吃泡面充饥、喝咖啡提神的镜头。当然，这些画面里，还有家人团聚的温馨，以及在富阳工作时和伙伴们夏流汗、冬披雪的场景。虽然一夜未眠，但她第二天一早起床还是精神抖擞。精神的力量真是无穷啊！

徐川子说，一走进人民大会堂，一种庄严肃穆的感觉扑面而来。在会场，她看到头顶巨大的红色五角星灯与 500 盏满天星灯交相辉映时，脑海中瞬间浮现出"江山就是人民，人民就是江山"这句话。在大会堂外面，有首场代表通道。她经过时发现，十五位代表分了五组，正在接受中外媒体采访。第一批代表里有航天员王亚平、短道速滑运动员武大靖、故宫博物院院长王旭东。浙江省淳安县下姜村党总支书记、村委会主任姜丽娟第二组出场，讲述下姜村走出了一条绿色发展之路。下姜村通过农文旅融合实现了从"脏乱差"到"绿富美"的精彩蝶变，乡村老百姓在家门口就能实现就业；更多年轻人回家乡创业，每年拿到村里的分红；下姜村与周边

24 个村抱团组建"大下姜"乡村振兴联合党委，通过资源整合、产业联结，打造"共富联盟"，这也是浙江探索高质量发展共同富裕的一个缩影。姜丽娟是 1989 年生人，比徐川子还要年轻，这是一个令人欣喜的细节。更多的年轻党员走上前台成为主角，从一座村庄开始，他们的道路就会越走越宽广。

徐川子特别提到的下姜村，在浙江可以说是一个知名度很高的村庄，过去是当地有名的贫困村。不过，我在几年前去下姜村时，那儿已经是一个绿水长流、青山葱郁的生态村，村民安居乐业，人与自然和谐相处。如果说它是新农村的样板，应该不会有人反对。

徐川子给我描述了进入会场时的感受。她说，会场总体给人感觉是简朴务实，简朴中透出震撼人心的力量。当党和国家领导人随着音乐步入会场的一刹那，所有代表都站了起来，长时间热烈鼓掌。那一刻，能够见到总书记，聆听总书记作报告，那份激动她从未有过。她说："无法用言语表达，那个感觉与坐在电视机前看完全不同，这是我一生中最难忘的荣光时刻。总书记所作的报告是一份顺应党心民心的好报告，听到振奋之处大家都情不自禁鼓掌。"

徐川子还特意向我讲述了投票选举时的心情。浙江代表团共有 49 名党员代表，代表全省 426 万共产党员，肩负 6500 万浙江人民的重托。徐川子说，这神圣的一票也让她瞬间感到重任在肩，拿在手上的笔每下笔一次都无比严肃庄重。

与党的最高领导人合影，让徐川子难掩兴奋与喜悦。

10 月 23 日，中共中央总书记、国家主席、中央军委主席习近平等领导同党的二十大代表合影留念。合影地点是在人民大会堂二楼宴会厅。宴会厅面积约 7000 平方米。宴会厅约有 102 米长、76 米宽。浙江代表团站在宴会厅左侧。大家都特别激动，都在喊："总书记好！总书记好！"当总书记路过浙江代表团所在位置时，徐川子说她当时距离总书记 2 到 3 米，这是她离总书记最近的时刻，也是她人生中最心潮澎湃的时刻。她深切感受到了总书记对浙江的深厚情谊，内心有股暖流在涌动。

宝贵的六分钟

参会期间，徐川子有一个在浙江代表团分团讨论时的 6 分钟发言。其实，最初给的时间是 10 分钟，后来压减到 8 分钟，最后明确是 6 分钟。这让徐川子紧张了起来。一方面，徐川子明白，这次参会不是代表她个人，而是代表广大基层产业工人。另一方面，她有一个按 10 分钟时间准备的发言提纲。一下子要缩减到 6 分钟，如何提纲挈领地讲重点，这对她来说是一个考验。在接到通知的当晚，徐川子连夜修改了发言提纲。次日上午，徐川子的发言比较靠前，但她已是胸有成竹。她开始流畅地表述，虽然只能讲重点，但因为准备充分，所以讲得详略得当，与会代表频频点头。

我看了徐川子的发言提纲，我的第一感觉是电力十足，充满了电网元素。她作为一名电力系统的代表，把该讲的话都讲到了，而且讲得十分到位，既不添油加醋也不刻意拔高，讲的话都十分接地气、有烟火味。

徐川子说："作为浙江'红色根脉'驻地央企员工，我们杭州电力人对习近平总书记有着质朴深情和无限崇敬。2003 年 12 月 30 日，时任浙江省委书记的习近平同志到国网杭州供电公司调研，嘱咐'宁让电等发展、不让发展等电'。"

"宁让电等发展、不让发展等电。"实际上揭示了电力工业相对于国民经济发展要适度超前发展的基本规律。在主政浙江时，习近平同志多次深入电力企业考察调研，提出一系列关于能源和电力工业发展的理念，符合浙江乃至中国能源电力工业的发展，具有卓越的前瞻性，并为日后形成"四个革命、一个合作"能源安全新战略奠定了基础。2004 年 7 月 26 日，习近平同志在调研嘉兴电厂建设项目时，强调"从长远看，我们还要考虑电力结构的调整，要大力发展清洁能源，如天然气发电、核电、水电、风电，还有利用潮汐发电等"，进一步提出了发展能源多元供应体系的要求，与他在党的二十大报告中提出的"加快规划建设新型能源体系"一脉相承。

徐川子熟读党的二十大报告，她的发言与浙江电力工业发展实际相结合，体会深刻。她说："19 年来，我们牢记习近平总书记殷切嘱托，不忘初心、感恩奋进。进入新时代，全国全省都发生了沧桑巨变。作为基层电力工人，我见证了电力事业伴随社会发展所发生的翻天覆地的变化。10 年来，我们国家电网坚持人民电业为人民，持之以恒建好网、供好电、服好务，实现了从'用上电'到'用好电''用好能'的历史性转变。以我们杭州电网为例，时时处处都发生了日新月异的变化。"

接着，徐川子用了"三个变化"来阐述自己的观点。

"变化发生在小小的电表中。2008 年我从浙江大学毕业后，到基层一线从事供电服务工作，每天都在与电表打交道。记得刚工作时，电表功能很少，需要骑着自行车挨家挨户手工抄表。2016 年左右，浙江实现智能电表全覆盖，在办公室电脑里就能看到数据。如今，我们和用户一样，在手机上就可以随时随地看到用电量变化。不仅如此，我们发现电表中海量的电力大数据，是一个巨大宝藏。近年来，我们主动融入全省'数字化改革'浪潮，依托杭州'数字经济第一城'优势，深度挖掘电力大数据价值，推出电力看经济等多跨应用场景，赋能城市经济发展和整体智治。记得 2020 年疫情暴发的时候，我带领公司 90 后青年党员突击队连续奋战五天五夜，研发了全国首个'电力大数据+社区网格化防疫'模型和'企业复工复产电力指数'。3 月 31 日，习近平总书记调研杭州城市大脑，我和同事们在新华社刊发的新闻图片中，看到总书记驻足观看的屏幕中正是我们研发的电力指数，感到特别自豪。

"变化也发生在客户的用电体验中。10 年来，群众的用电更加可靠、更加便捷，生活也更加美好，更加幸福可感。记得小时候，停电还时不时发生，家里总备着几根蜡烛。如今，生活中早已感知不到停电。这主要得益于电网的日益坚强，杭州 10 年间新增的电网容量相当于再造 1.5 个海南省电网。同时，我们秉承'宁可我带电，不让你停电'理念，在全国率先取消传统计划停电，杭州全域供电可靠性跃居全国第一、媲美东京巴黎等国际大都市。客户称赞说'不停电就是最好的服务'！我们坚持'你用电、我用心'服务理念，打造全国最优数智用电营商环境，小微企业平均接电时长从曾经的好几个月缩短至 4 天，杭州电力营商环境指标晋位全国第四。

"变化也发生在能源的绿色转型中。国家电网公司以能源转型的推动者、引领者、先行者为己任，选择浙江先行建设新型电力系统省级示范区，着力提升系统调节能力，实现多种能源资源互补，努力让绿色成为浙江发展最动人色彩。如今，浙江省新能源装机容量已成为省内第二大电源。在能源绿色转型上，我和同事们进行了不少探索创新。2019年9月，我受邀去纽约参加联合国全球契约领导人峰会周，向各国友人分享了全球首张'电子碳单'，通过酒店客房能耗排名引导游客低碳入住，这份绿色发展'浙江方案'得到全球数百家媒体报道点赞，引领了绿色出游新时尚。2023年，将举行举世瞩目的杭州亚运会。我们坚持'绿电，让亚运别样精彩'，组建零碳工程师团队，在亚运主场馆建设降碳提效智能绿网，提升能效23%，推动实施绿电交易，实现亚运场馆100%绿电供应，助力打造世界首个'零碳亚运'。"

　　对于发展前景，徐川子也作出了自己的回答。

　　"答好电力保供'责任卷'。习近平总书记在报告中强调，能源的饭碗必须端在自己手里，要加快构建现代能源体系，保障安全稳定供应。保障电力供应始终是我们电力人的首要政治责任。我们国家电网将扛起电力保供首要责任，坚持政企协同联动、源网荷储齐发力、各方齐心合力，加快各级电网协调发展，用好各类可调节负荷资源，全力保障电力安全可靠供应。我们浙江电力'头号工程'就是白鹤滩至浙江特高压工程，每天仅杭州就有1000多名同事在现场工作，我们秉承'早半天投运也是好的'理念，全速推进工程建设，确保按期投产，届时将为浙江新增约800千伏水电输送能力，推动杭州非化石能源占终端消费比例从16%提高到24%。'十四五'期间，浙江电力将投资1710亿元，较'十三五'增长24%，把电网建设得更加坚强可靠。我也将立足岗位做好供电服务，为全省保供稳价贡献自己的力量。

　　"答好能源转型'引领卷'。习近平总书记在报告中要求，推进碳达峰碳中和，加快能源生产和消费革命，构建清洁低碳、安全高效的能源体系。我们主动融入全省数字化改革，以数字化为牵引建设新型电力系统，落实全省能源绿色低碳发展三年行动，不断提升系统调节能力、企业治理能力和社会综合能效，助力美丽浙江建设。节能提效是能源转型的重要一环。在我工作的杭州滨江区，楼宇用能占了大头，全区共有楼宇 400 多栋，楼宇用电占了全社会的 60%，这也是当前全国城市用电的一个缩影。近期，我带领团队打造了全省首个滨江低碳数智园区，建立统一的园区低碳数智运营平台，通过空调柔性控制等技术，提升能效水平 20% 以上。这也将为迎峰度冬电力保供提供重要支撑，有效解决 5%～10% 的尖峰负荷。目前，我们在滨江区政府的支持下，正在全区推广楼宇节能，希望这项技术也能在全社会推广。

"答好共同富裕'担当卷'。高质量发展建设共同富裕示范区是习近平总书记和党中央赋予浙江的光荣使命和重大政治任务。习近平总书记在党的二十大报告中特别强调，要扎实推进共同富裕，积极应对人口老龄化，探索'一老一小'整体解决方案，完善普惠性养老、育儿服务和政策体系。我们国家电网坚持'共同富裕、电力先行'，落实乡村振兴战略，实施城乡同网同规，全面构建新时代新农村新电力'三新'常态服务模式，持续优化营商服务、积极助企纾困、服务保障民生，为美好生活充电、为美丽浙江赋能。特别是针对'一老'养老服务重大需求，我和同事们用电力大数据破题，创新推出'电力关爱码'。利用每家每户都有的智能电表，通过用电情况的变化，及时研判并预警突发情况，守护老人生活安全。目前，在杭州淳安县下姜村，我们针对独居老人等特殊困难群体，推出了'电力关爱码'的'智慧关爱'和红船党员服务队主动服务的'特别关爱'，取得了很好的效果，希望能在更多地方发挥作用。

在徐川子参加党的二十大期间，国内主流媒体对她进行了多次报道。我发现，2022 年 10 月 15 日，人民日报社新媒体播发记录徐川子工作服务场景的短视频《二十大代表小徐师傅拍了段 Vlog（视频记录），想和你分享这句话!》，一时间登上新浪微博热搜，浏览量超过 2 亿。10 月 22 日，《人民日报》头版刊发评论，以徐川子的个人成长经历为例，展现了有理想、敢担当、能吃苦、肯奋斗的电力青年好形象。

这两则新闻，从时间点上看，恰好是党的二十大开幕前一天和闭幕日，很显然，《人民日报》在这个时间节点播发有关徐川子的新闻，意义非凡。

只有努力向下扎根，才能不断向上生长

宣讲党的二十大精神，徐川子责无旁贷。我手头有一张徐川子宣讲安排计划表，从 2022 年 10 月下旬到 12 月下旬的两个月时间，宣讲安排得满满当当。徐川子坦言，参加和见证了党的二十大的代表，感受最为直接，体会最为深刻，同时也深感责任重大。按照上级部署要求，她会充分发挥劳模工匠宣讲员作用，在学习宣传贯彻党的二十大精神、服务人民美好生活中，当好模范、引领风范、打造示范。徐川子说，她将发挥来自基层一线的优势，进现场、进班组、进社区，面对不同的宣讲对象准备各有侧重的宣讲内容，把参加党的二十大的心情感受和履职情况，把对党的二十大报告的学习体会以及自己将如何在工作实际中践行好党的二十大精神，讲清楚、说明白。

在随后的两个月时间里，徐川子马不停蹄，奔走于省内各地，在各行各业都留下了她的印迹。在多场次宣讲中，面对不同受众她会有不同的宣讲重点，但涉及她个人成长的部分时，"只有努力向下扎根，才能不断向上生长"是贯穿始终的一个理念。这个理念也成为徐川子与人共勉并时刻提醒自己的座右铭。

在数十场的宣讲中，有三场宣讲的地点引起了我的注意。这三处都是徐川子的母校，分别是杭州市富阳区实验小学、杭州银湖实验中学和浙江大学。

在富阳区实验小学，徐川子从"党的二十大概况""参加党的二十大的心情感受""党的二十大报告学习体会""带头学习宣传贯彻党的二十大精神"四方面向师生们宣讲了二十大大会议程。并从"最使命光荣的行程""最激动人心的大会""最神圣庄严的投票""最紧张兴奋的发言""最忙碌工作的身影""最珍贵难得的合影"等六个精彩场面，回顾了参加党的二十大激动难忘的经历。在宣讲中，川子结合她一直从事的电力能源工作是如何科学谋划、持续创新来不断满足社会发展和人民需求进行了深入浅出的讲解，让在场的师生真切地感受到了平时的光盘行动、随手关灯

等小事都事关国家能源安全，告诉大家要重视劳动，通过双手创造幸福生活。

在银湖实验中学，徐川子见到了她当年的班主任高振华老师、思政老师郎超文老师、年级组长裘志平老师。其中有一个细节颇为令人动容。徐川子向高振华老师献花合影，并动情地说："是高老师的物理课让自己爱上科学，最终考入浙江大学电机工程系。"徐川子也引用习近平总书记的话语与学弟学妹们共勉，"当代中国青年生逢其时，施展才干的舞台无比广阔，实现梦想的前景无比光明。"

徐川子在母校的宣讲，也让师生们深有感触。他们纷纷写下发自内心的体会。一位叫窦贤森的老师说："工作之余，有幸聆听徐川子代表讲座，她通过图片展示、语言描述，多次提起了党的二十大的宏伟蓝图，让我即便没有现场观看也有身临其境的感受，一幅幅宏伟壮丽的画面犹在眼前。"徐川子讲座中也多次提及她心中的"永兴情怀"，只有"心中常常牵挂"才有"时时放心不下"。窦贤森说的"永兴情怀"中的"永兴"，其实就是富阳永兴中学，也是徐川子就读的中学，银湖实验中学则是永兴中学的一个分校。

在浙江大学的宣讲，川子与师生的互动则要多一些。

1936年9月，浙江大学校长竺可桢在开学典礼演讲上向学生提出两个问题："到浙大来做什么？将来毕业后做什么样的人？"这两个问题时至今日，还刻在浙大校园内的石头上，供一代代浙大学子思考，而这也是徐川子一直思考的问题。

在和川子聊天过程中，她也回忆了在浙大的学习生活。

刚上大学那会儿，徐川子尽情享受自己的大学生活，与一群志同道合的同学创建了D.F.M爱艺者协会。担任会长的她带着社员们开展各种活动，拉赞助，跑项目，忙得不亦乐乎。D.F.M爱艺者协会还获得了"浙江大学三星级社团"称号。同时，徐川子还沉下心来在专业知识上做研究下功夫，一步一个脚印向前迈进。浙大浓厚的学术氛围，让她能沉下心来思考很多专业问题。对竺可桢提出的两个问题，徐川子的答案是：来浙大丰富自己的专业知识，去社会上做一个有坚持、能创新的人。

其实，这已经是徐川子第二次回母校作演讲。第一次在浙江大学 2019 年本科生毕业典礼上，她作为优秀毕业生代表回母校演讲。我问她，上台演讲，面对学弟学妹是一种什么样的感觉。徐川子说，觉得非常荣幸，也很激动，时隔 11 年重返母校，自己有更深的感触，大学里所学的知识能在实践中得以验证并有所创新，正是老校长竺可桢对他们的要求。在那次宣讲中，徐川子说："时光飞逝，11 年前，我毕业后回到了家乡的供电公司，成为一名装电表的工人。11 年后的今天，我带着全国五一劳动奖章、全国五一巾帼标兵的荣誉站在这里，骄傲地向母校递交一份立足岗位、务实创新的答卷。我想，竺老校长的两个问题，我找到了属于自己的答案。接下来，我想与大家分享我找到答案的两个关键词——坚持和创新。"

徐川子的发言中，有一段话引起在场师生的共鸣："只有坚持才有积累，才能发现一些'卡脖子'的现实问题，才能发现一些牵一发而动全身的细节问题，也只有坚持，坚持不懈地学习，坚持不懈地思考，才能找到解决问题的方法和途径，在平凡的岗位上做出不平凡的业绩。"徐川子勉励同学们要敢于创新，只有打破思维定式，敢于自我革新，才能让个人的视野和境遇豁然开朗，形成最硬核的竞争力，让社会发展充满动力和活力。徐川子回忆："当我站在颁奖台上时，我更深切地体会到，所有努力无不都是从零开始、从点滴积累开始，所有成绩都是持之以恒、开拓创新的结果。"在徐川子看来，当时在场的学子正值青春年少、意气风发，正是他们人生中最闪亮的高光时刻，但也要清醒地认识到：人生并不总是一帆风顺，前方也许会有想象不到的困难和波折，但他们时刻要记得通过学习来不断提升自己。能继续深造的同学要抓紧时间继续学本领，选择扎根基层的同学要秉承坚持和创新，边干边学，一样能发光发热，一样能在平凡的岗位上干出不平凡的事业。徐川子请学弟学妹们要记得，人生最快乐之事，莫过于为理想奋斗。成功不等于名和利的相加，而是选择了一个目标，并为之坚持和创新，最终实现人生价值。

那次演讲后，徐川子再次回到母校，她的身份又发生了变化。此时的她，不仅是党的二十大代表，也是全国劳动模范。

在这次和浙大师生的交流中，徐川子给人的印象更成熟、更稳重了。

光芒叙事

"'坚持'与'创新'就是我多年来不变的信念，也是我找到的青春奋斗的'正确打开方式'。"徐川子说，"我这份工作就是给人们送去光明和温暖，生逢其时、重任在肩，唯有努力向下扎根，才能不断向上生长。"

浙大电气工程学院2021级硕士生董萌苇听完宣讲后，说："守护万家灯火的韧劲、服务双碳目标的闯劲，这些是我从徐川子学姐身上学到的。同为电气工程专业的学生，今后我也将努力锤炼专业本领，增长素质才干，力争在服务能源电力绿色低碳转型发展等工作中贡献青春力量。"

教育部高校思想政治理论课教学指导委员会委员、浙江大学马克思主义学院教授代玉启对徐川子的这次宣讲作出点评：关心青年、爱护青年、重视青年是我们党的优良传统。青年发展与新时代处于双向塑造的关系中：一方面，新时代塑造着青年发展样态；另一方面，青年群体编织着新时代。在新时代提供的广阔舞台上，广大青年应当洞悉自身发展位势，坚定不移听党话、跟党走，用习近平新时代中国特色社会主义思想武装头脑，筑牢理想之基；胸怀"国之大者"，锤炼担当之能；传承中华民族艰苦奋斗的优良传统，磨砺耐劳之品；奋进社会主义现代化国家建设新征程，激发奋斗之力。

最 美 员 工

她是专业竞赛领军者，纵横赛场，笑看奖牌如花；她巾帼不让须眉，架起企业与客户的连心桥；她是青年成长示范领跑者，阳光导航，天地宽广；她领衔劳模工作室，用无私写下奉献电网，忠诚无价。

这是"感动浙电——2015最美员工年度人物"评选委员会对徐川子的授奖辞。

徐川子在获得这个荣誉的时候，刚好在而立之年。在历年获奖者中，属于年轻一辈。

我一直认为，这个"最美员工"的称号，是徐川子成长道路上的一个重要里程碑。当时，她既非全国劳模，也不是全国五一劳动奖章获得者。

在星光灿烂的电力系统，她只是一颗不那么起眼、不那么闪亮的小星星。但是，从那一刻起，她在职业生涯的跑道上开始加速，并进入一条金光大道。她以令人炫目的速度，成为国网浙江电力的一颗耀眼新星。

"感动浙电——最美员工年度人物"的评选始于2012年。我连续10年几乎全过程参与了这个评选的策划。后来，在全国具有重大影响的先进典型，如"时代楷模"钱海军，"大国工匠"黄金娟等，都曾是这个称号的获得者。可以毫不夸张地说，在徐川子的成长过程中，钱海军与黄金娟对她的影响不亚于她从小就熟知的雷锋、王进喜。

钱海军被誉为百姓身边的"点灯人"。2022年5月6日，中共中央宣传部以云发布的方式，向全社会宣传发布钱海军同志的先进事迹，授予他"时代楷模"称号。新华时评《成功在于奉献，平凡造就伟大》中则称，钱海军"在生活工作的时时处处，浸润'以人民为中心'的理念，给千家万户送去光明、送去温暖；用年深日久的实干，展示出打动人心的劳模精神、劳动精神、工匠精神。在一个优秀产业工人的情怀中，可以看到不忘初心、牢记使命的政治品格，看到扎根基层、埋头苦干的职业操守，看到无私奉献、为民服务的道德情操"。

钱海军是首批获评"感动浙电——最美员工年度人物"的员工。那时，徐川子正在国网杭州市富阳区供电公司的一线班组，带着她的伙伴们翻山越岭、走村串巷为客户提供电力服务。钱海军从事的公益服务，与徐川子的工作有异曲同工之处。国内顶尖计量专家黄金娟则可以说是徐川子的同行。事实上，徐川子也一直以黄金娟作为自己工作上学习和努力的榜样。

黄金娟曾任国网浙江省电力有限公司电力科学研究院高级技师、高级工程师。她扎根电能表计量检定一线，牵头开展技术攻关，实现了电能表检定从人工操作向智能化作业的变革，创造了巨大的经济社会效益，被誉为"醉心钻研的老黄牛""细节之美的追逐者""一项创新取得一百多项专利的大国工匠"。黄金娟和她的团队完成的《电能表智能化计量检定技术与应用》获得2017年度国家科学技术进步奖二等奖。这是国家科技进步奖首次授予一线女工人。

徐川子坦言，有钱海军、黄金娟这样的优秀前辈引路，自己作为一个晚辈，没有任何懈怠的理由。"奋斗是青春最亮丽的底色。"徐川子始终牢记在心，并以此激励自己。她虽风华正茂，但不忘千里之行始于足下。

劳模的眼睛

全国劳动模范何贝也是"感动浙电——2015 最美员工年度人物"。那年，颁奖典礼之前，我把 10 位"最美员工"召集在一起，替他们拍了一张合影。何贝说，这张合影弥足珍贵，他一直珍藏着。朋友相见，又同时上台领奖，格外开心。

何贝现在是国网诸暨市供电公司枫桥供电所党支部书记。著名的"枫桥经验"就诞生在这里。所谓"枫桥经验"，是指 20 世纪 60 年代初，浙江省诸暨县（今诸暨市）枫桥镇干部群众创造的"发动和依靠群众，坚持矛盾不上交，就地解决，实现捕人少，治安好"的经验。1963 年，毛泽东同志批示"要各地仿效，经过试点，推广去做"。"枫桥经验"由此成为全国政法战线的一面旗帜。组织上将何贝放在枫桥，显然是想让这位全国劳模带出一支素质过硬的队伍，让电力枫桥也出经验。后来，枫桥供电所的确是国网浙江电力基层站所的一个先进典型。无论是管理还是技能水平，在国网浙江电力同行中都堪称翘楚。何贝说，供电所地处"枫桥经验"诞生地，他肩上的压力也就特别大，不过他相信这支队伍能够为"枫桥经验"提供电力方面的优秀案例。

何贝还有另外一个身份，他曾经担任过徐川子的教练。那是 2017 年，何贝作为教练组成员之一，带领徐川子和她的团队备战国家电网公司第六届供电服务之星劳动竞赛。其实，在竞赛比武这个领域，这是何贝第二次与徐川子打交道，第一次是 2015 年的夏天。何贝和徐川子一起入选国网浙江电力备战国家电网公司第五届供电服务之星劳动竞赛。当时，何贝是老选手，上一届也参加了比赛。徐川子则是新选手。见面第一回，徐川子就让何贝眼前一亮。何贝向我讲述了与徐川子首次见面的印象："川子个头不高，但长得漂亮，尤其一双眼睛，闪着灵性的光，让人印象深刻。我得知她是浙大毕业生，是国网杭州市富阳区供电公司一个采集班的班长。高学历却扎根一线，让我对她更有好感。在当时，她的大学同学想必都去了省、市级的供电公司，像她这样安心在基层的定是寥寥无几。有力量的人不走寻常路，是金子总会发光。"

何贝第一次见到徐川子的感觉和我类似，就是注意到了她的眼睛。其实，与徐川子打交道的人，不用刻意看就能发现她的眼睛特别清澈、乌黑，仿佛两颗黑宝石。而她的眼神也特别有精神，闪着力量的光。当何贝得知徐川子在国家电网公司、全国计量装接竞赛比武中都拿了大奖后，对她小小的体内竟然蕴藏着如此惊人的能量，在靠体力和技艺获胜的电力领域杀出重围，佩服不已。

何贝以教练的身份再次与川子见面，又发现仅仅两年，徐川子已今非昔比。不光是竞赛成绩，在创新创效、传帮带、个人贡献和品牌形象等各方面，她都是遥遥领先同龄人。她还这么年轻，就取得了如此耀人成绩。与2015年他们初识时相比，徐川子在何贝眼中更全面、更成熟了，且人生的方向更清晰了。不过，那个谦虚、爱笑、执着地留着短发的徐川子始终没有变。

何贝给我发来一段文字，特别讲到川子的眼睛。在何贝的印象中，徐川子的眼睛能穿透万物，所以，她能看得更远、走得更远。

尾　声

2022年春天，根据徐川子事迹创作的情景剧《谁说女子不如男》，在多个平台推出。情景剧的主题来自《人民日报》。报道徐川子时，作者称她是"不爱红妆爱工装"的"女汉子"。后来，国内多家媒体都沿用了这个说法，情景剧的灵感也由此而来。

也有人把徐川子喻为供电公司里的"花木兰"。情景剧台词中有"万里赴戎机，关山度若飞""谁说女子不如儿郎，不闻胭脂香，策马奔腾扬鞭长……"徐川子喜欢剧中自己的这个形象吗？她说过，要不是在大学里谈了恋爱，估计她工作后连男朋友都找不到。尽管这是一种特定语境下的幽默之语，但也可以想到她在后来面临的是一种自己无法左右的状态。

这是徐川子的 A 面。

事实上，熟悉徐川子的人都知道，她是一个美丽且爱美的女孩。网上铺天盖地的报道以及配图都是她的工作场景。但我发现一篇报道中，还有一张温婉可人的照片，那是徐川子和女儿的合影。照片上，她着长裙。恰好微风起，裙裾轻飘，她面露微笑，女儿则依偎在妈妈怀里。自从徐川子成为公众人物，类似的照片已很少出现在大众视野中了。徐川子给我讲过一件事，是媒体从来没有报道过的，我想那也是徐川子不愿说出来的。徐川子说："家人对我的工作支持是无条件的，特别是父亲，2020 年父亲得了肝脓肿，差点进了重症监护病房，我因为要照顾他，有个项目的会议就请了两天假。他耿耿于怀，觉得耽误我工作了。"为此，徐川子非常心痛。

在联合国总部外，徐川子和其他国家的获奖者交流时，有一张自拍合影。徐川子伸出左手，摆出一个剪刀手的姿势。当她伸出并张开双指时，我们看到的是一个可爱的、俏皮的邻家女孩。

然而，这同样是我们喜欢的，有生活、爱家庭的一个真实的徐川子。

这是徐川子的 B 面。

徐川子团队的"绿色楼宇"项目正在冲击国际标准。她给我列了一份名单，都是她的团队成员。她说，她的内容可以少写，但这些小伙伴的名字不可漏掉，他们分别是：参与软件平台建设的陈奕、龚成尧；参与标准制定的向新宇、夏天、陆涛、葛蔚蔚……

同样是在 2022 年春天的一个傍晚，我下班步行回家，在经过一个公交车站候车亭时，突然发现候车亭的一面墙上换上了杭州"平民英雄"的群像图片。这些群像在夜色中光芒四射，其中一张年轻而熟悉的面孔映入我的眼帘。正是徐川子，她被评为第十七届杭州市道德模范（平民英雄）。在徐川子的荣誉光环中，这个"平民英雄"似乎并不起眼，但徐川子说她在乎和珍惜每一个荣誉，这是社会和大众对她的认可。尤其是"平民英雄"这个称号，她格外喜欢。

（原载《脊梁》2023 年第 2 期）

梦起拱宸桥　电耀钱塘江

张　屏　朱晓雯

浙江地处中国东南沿海长江三角洲南翼，东临东海，南接福建，西与江西、安徽相连，北与上海、江苏接壤。这里通江达海，山水灵秀，民可以安居乐业，士可以兼济天下，商可以汇通四海，不负"鱼米之乡""丝绸之府""文化之邦"的美誉。勾践在此卧薪尝胆，书圣王羲之在此挥毫泼墨，岳飞在此精忠报国。近代，这里涌现过以富可敌国的财力支持革命的富商，为推翻封建统治贡献重要力量的政界要人，悄然推进农业时代向工业时代转变的开明之士。在他们的推动下，电力文明与不甘屈服的热血和实业救国的探索相携而来，破冰试水。1896 年，拱宸桥畔的世经缫丝厂亮起了浙江大地上的第一盏电灯；1897 年，浙省电灯公司开浙江公用电力事业的先河；1911 年，板儿巷电厂向城区供电，为浙江公用电力事业初步奠定基础。1912 年始，宁波、嘉兴、绍兴、温州、湖州等城市的富商和士绅竞相办电；台州、金华、衢州、丽水、舟山等地也不甘人后，于 1918 年前后陆续有电。这一路走来，披荆斩棘，从无到有，虽然风雨交加，充满坎坷，但追求光明的初心始终未改。

拱宸桥畔起微光

电的产生和应用引领了第二次技术革命。它带来的是一次生产力的飞跃，而非通常意义上的进步，自诞生之日起，便以无穷的影响力迅速席卷世界，当然也包括东方古国的那个江南水乡。

19 世纪末，清王朝走向没落，它的统治者们对于"电"这种洋玩意儿并不怎么认可。光绪十四年（1888 年），李鸿章曾将发电设备和电灯作为贡品献给慈禧太后和光绪皇帝。由于宫廷内部保守势力的反对，本应在这时用于宫中照明的电灯未能使用。据清宫内务府档案及金易、沈义羚《宫女谈往录》记载，在光绪二十六年（1900 年）前，宫中均未使用电灯，仍以烛光照明。而此时，遥远的江南，电力照明却已然透过灰暗的天际，燃起一抹微光。

首先发端出浙江电力文明的地方在杭州拱宸桥西。1894 年，中日甲午战争以北洋海军的全军覆没宣告失败，持续三十余年的洋务运动，终因清政府的无能画上了破产的句号。这场后来被写进历史教科书的晚清洋务派的自救运动，虽不能挽回大势，却客观上刺激了中华民族资本主义的发展。此后，"实业救国"的思想更加风靡而深刻，许多富绅陆续投资创办企业，他们将救亡图存的希望寄托在民族工业上。

这一时期，一位来自湖州南浔的富绅——庞元济，将投资办企的目光投向了杭州。庞元济，字莱臣，是湖州南浔富商庞云鏳的次子。在定址杭州创办企业之前，庞元济曾去日本考察实业。在那里，他获悉法国里昂丝绸市场畅销日本产的丝，而自己熟知的辑里丝（一种产于浙江南浔的丝），虽色白质韧，却粗细不匀，只能沦为杂用丝。敏锐的庞元济察觉到，传统的手工缫丝并非输在质地上，而是输在了技术工艺上，倘若这一短板能够补齐，定能和洋货一争高低。

与他一同联手的是身在杭州的姻亲丁丙。丁丙，字嘉鱼，杭州士绅，家族世代经营布业，在实业中颇有建树。当时，为摆脱洋商控制，应对西方工业化生产的冲击，他抵住压力，积极兴办近代纺织企业，彰显了民族实业家的爱国精神。

1895 年，32 岁的庞元济与 64 岁的丁丙联手，创办了颇具规模的世经缫丝厂，厂址位于京杭大运河一隅——杭州拱宸桥西侧的如意里。世经厂自诞生之日起就有几个"最"加身：其一，为当时国人自办的最大的缫丝厂；其二，乃浙江最早应用电力的场所；其三，是浙江历史上第一个机器丝织厂。1896 年 8 月 15 日，世经缫丝厂正式投产，使用自备发电机发电，是为浙江有电之始。

一盏灯点亮一种希望。世经缫丝厂的创办者庞元济和丁丙就是心生希望，富有爱国情怀的实业家。为改善工作条件、提高工作效率，他们引进当时最为先进的直流发电设备以供夜间生产照明。面对西方列强的倾轧和资本主义的生产技术输入，他们师夷长技，主动作为，大力发展民族工业，试图以实业救国。不久后，庞元济、丁丙二人再度联手，创办了通益公纱厂。

据史料记载，缫丝厂所用的机械为上海摩宜笃公司制造的意大利式直缫式缫丝车，制丝所用的原茧为余杭仓前所产，品质良好，以此为原料机织而成的"西泠牌"生丝一度畅销江南。尽管"世经"作为浙江省最早的缫丝厂，最终因内部经营管理不善和蚕茧受洋商垄断而无奈停产转让，但透过它的影子，依然可以看见历史的光耀在黑暗中生辉。

回顾两位实业家的生涯，除投资创办世经缫丝厂、通益公纱厂等多个现代工厂外，庞元济还在湖州南浔创办浔震电灯公司，先后创办或投资了龙章造纸厂、浙江兴业银行、浙江铁路公司、正广和汽水公司等一系列近代企业，在各个产业中都做出了许多贡献。而以丁丙为代表的丁氏家族，不仅奠定了杭州城北工业文明的基础，还集资重建了以拱宸桥为代表的许多损毁失修的古迹，为后人留下了宝贵的财富。如今，拱宸桥已经成为京杭大运河南端终点的标志性建筑，游人如织，时光如梭。

1896 年夏日，世经缫丝厂所亮之灯虽然只在巷陌一隅，不甚醒目，但它代表的现代工业文明的星火却在清末的浙江大地渐渐燎原。此后数年间，实业家、金融家、商人、学生、士绅纷纷登场，挽袖办电，演绎了一段又一段激荡人心的故事。电力文明的触角也在诸多有识之士的推动下逐渐伸向浙江大地。

那年元宵那年灯

1897 年只是清末一个普通的年份，甲午《马关条约》伤痕犹在，戊戌变法图强则波澜未起。地处江南水乡的杭州梅花碑一带，现代文明最重要的代言人——电，穿透暮霭，骤然登上浙江公用事业的舞台。

梅花碑地处今杭州城中心地带，它东起城头巷，西至佑圣观路，向南的道路通往长寿弄，向北则连接着水亭址。其名由来可追溯至明代著名画家蓝瑛和孙挞在一块石碑上画下的梅花和石，再往前追溯，则曾是南宋宸轩宝地德寿宫的一部分。沧桑变幻之后，这片帝王君临之所成为杭州百姓初尝用电滋味的发源地。

陆肖眉，一个杭州书院的学生集资在佑圣观巷杭城馆驿后试办电厂，创立了浙省电灯公司，并在元宵节试灯，向附近衙署供电。元宵当天，人们争相前往试灯现场，梅花碑、佑圣观巷（1917 年拓宽后，改称佑圣观路）一带联袂成云。幸好电灯公司事先与当地保长及巡防局取得联系，及时派员维持秩序，才没有滋生事端。佑圣观巷一带房屋狭小，且地处偏僻，为便于就近向商民供电，公司重新选址，经禀呈巡抚同意，改择三元坊某染坊厂旧址办电。浙省电灯公司初办时对外规定，供电至午夜三更时分，每盏每夜需制钱 25 文，这也是浙江最早的电价。

同样是在 1897 年，宁波商人孙衡甫在今宁波海曙区战船街创办了一家电灯厂，以电压 380/220 伏线路直接向市中心江厦街、东大路（今中山东路）等主要商业区和少数居民区供照明用电，揭开了宁波有电的序幕。

然而遗憾的是，杭甬二地对外供电的尝试短短几年间均以失败而告终。

浙省电灯公司投运之初，灯光通亮，但未及一月，电机、线路故障不断，灯光忽明忽暗，于是愿意装灯的人日渐稀少，股东也不再继续投资。而陆肖眉等人更是被学政斥为"以振兴商务为名，行唯利是图之实，与民争利，殊属不安本分"，剥夺了秀才功名和贡生资格。几个月后，浙省电灯公司拆股停歇，改由一名绍兴医生接办，并更名为杭州电灯公司。这位医生姓裘，名庆元，字吉生，出生于 1873 年。他年少自学成医且热衷实业，曾投身革命，参加光复会、同盟会，与秋瑾等留日学生为友，革命后又继续从医，开创了杭州最早的中西医结合医院。

1897 年 8 月，接办电灯公司的裘吉生登报招股集资，并委托上海信义洋行购买德国西门子直流发电设备。1898 年，电厂在杭州葵巷建成，采购的机器也尽数安装完成。是年4月，杭州电灯公司向城区供电。令人意想不到的是，街灯竖起来了，原先还争相观看试灯的民众却开始担心所谓的"天烧火"，不愿意接灯用电。到了1899年，陷入困境的杭州电灯公司宣告倒闭，那个能够游刃于清末官僚群体间的商者兼医者也黯然离开了。裘吉生走后的数年里，杭城再也没有升起电的光亮。

孙衡甫在宁波创办了一家电灯厂命运也和杭州电灯公司相似——在开办4年后因亏损严重于1901年停业。彼时，这位开宁波有电先河的小商人尚且名不见经传，但宁波商人特有的冒险精神却在他身上体现得淋漓尽致。电灯厂倒闭后，孙衡甫做过鸦片行的学徒，当过上海仑余钱庄的账房，任过浙江银行上海分行营业部主任。1911年，他趁宁波四明银行股价大跌之际，盘进四明银行，出任董事长兼总经理，把四明银行带入正轨。多年后，受虞洽卿之邀，与周仰山、刘鸿生等人合作创办永耀电力股份有限公司（简称"永耀电办公司"），续写了自己与浙江电力发展的另一段故事。

细究起来，19世纪末杭甬两地对外供电的尝试起起落落、难以为继，其实也有迹可循。一则创办电力事业的先驱们有的是传统意义上的士子，有的是旧式绅商，不仅资本脆弱，在电力生产经营上也都是门外汉，对生产经营中暴露出来的问题无力解决。二则清政府地方官空言洋务，对企业却毫无扶植之力，陆肖眉等书院学生的创举因"士、农、工、商"的阶层偏见被斥"与民争利"，严重挫伤了有识之士紧跟时代、创办实业、富民强国的满腔热情。三则西方列强凭借其掌握的先进技术肆意抬高设备价格，使得供电成本和电价虚高，导致弱小的中华民族工业背上了沉重的包袱，加大了投资风险，阻碍了电力事业的发展。

杭甬两地亮起的电灯虽然熄灭了，但点点光芒却不曾被掩盖。多年后，当大有利公司在板儿巷里竖起灯箱对外供电时，浙省电灯公司的名字早已被淡忘，但关于电的梦想却在浙江大地上延展了开去。

百年匆匆而过，岁月淘澄下，举目回望，却依然能想起清末丁酉年的那个元宵，现代文明的电力之光在"凤箫声动，玉壶光转，一夜鱼龙舞"的热闹中，藏于灯火阑珊处，静待花开。

光芒叙事

板儿巷里基业长

板儿巷（今建国南路）位于杭州的鼓楼附近，毗邻中河，明朝时巷内多木材作坊，故名板儿巷。如今，这个地名杭州人已不太知晓，可昔日兴建板儿巷电厂的几亩（1 亩约 666.67 平方米）地倒是历经 110 年不曾变过归属，时至今日依然是国网浙江省电力有限公司的一处办公场所。

20 世纪初，世界局势动荡不安，新老帝国主义实力消长引发了重新分配利益的斗争，彼此的牵制使得帝国主义列强无暇东顾。与此同时，清政府也开始了自我反省，在"中学为体，西学为用"思想的影响下，逐渐接受西方文明。有远见卓识的商人看到了资本主义对国内旧式小商业的冲击，以极大的勇气和热情兴办实业。正是在这样的背景下，浙江的电力事业迎来了发展曙光。

1907 年，南京珠宝商杨长清闻悉上海、苏州已在市肆中使用电灯。他憧憬着开发电力事业的前景，专程到苏州、上海看个究竟，随后又来到杭州，与陈素臣、金敬秋等发起筹办电厂。

办电先期投入大，回报却慢。因此，尽管当时浙江工商业发达，有钱人不在少数，但真正愿意投资电力的却不多。毕竟，这是全新的事业，资金投入进去，是福是祸，实难预料。民间商人的资本本就不多，瞻前顾后也在情理之中。珠宝商人金敬秋变卖了全部珠宝饰品，出资银圆 2000 元，购得板儿巷菜地 7 亩（约 4666.67 平方米）以建设电厂，杨长清又邀请了陈文卿、陈竹卿入股，各投资银圆 5000 元用于建筑办公用房和宿舍。虽然金敬秋等人倾其所有，但资金仍然缺口甚大。直到陈文卿的同乡——金融界名流吴毅庭入股，才算是给众人吃了一颗定心丸，投资入股者踊跃起来，创办浙省大有利电灯股份有限公司。也算是有了一个良好的开端。

公司成立之初打的是官商合办的名义，由江苏候补道刘思训出面向浙江省劝业道申请立案，并说好出资各半。然而，所谓的出资各半，官方却是打了个擦边球，以铜元局铸造钱币的闲置设备估价银圆 10 万元充作公股。这堂而皇之的银圆 10 万元设备对于组建中的电灯公司无异于一堆废铜烂铁。当时的清王朝已经没落，而投资电业的富商们又都是地方上兜得转的人物，如此一来，居然也没再给官府面子，于清宣统二年（1910年）将公司改组为浙省官商合股商办大有利电灯股份有限公司（简称"大有利电灯公司"），将官府远远抛开。据史料记载，彼时"大有利"发起人共16人，分别是王湘泉、朱畅甫、阮海珊、刘达卿、刘铨庭、刘虞卿、吴纯伯、吴毅庭、陈文卿、张筱庄、金润泉、柯耀卿、翁沄青、高宇坤、函淦堂、谢纯叔。

旧时的电力企业是发电供电一手抓，白手起家的大有利电灯公司最初几年的经营不外乎是建电厂，买设备，铺线路，只见钱出，不见钱入。银钱业出身的吴毅庭一辈子和钱打交道，从来没有在资金上碰到这么多困难。在招股资金尚未到位的情况下，他由中国银行担保，向西门子洋行订购了3套蒸汽引擎交流发电机组，配锅炉两台及全套附属设备。贷款分期支付。

发电设备到货后，洋行里来了一位叫"派生"的洋工程师，这位洋大人的月薪达银圆500元，比当时大有利电灯公司职工月工资总额还多。可没想到，这位洋工程师并不在行，在设备安装过程中，工人们碰到问题向他请教时，他翻阅图纸，却说不清楚。这时，他就往上海跑，向洋行其他人请教，现买现卖，当起了"二道贩子"。后来一揭底，原来他只是一名押货员，滥竽充数，冒充工程师来蒙骗大有利电灯公司。最后，大有利电灯公司自己的老师傅胡佛海等人凭借智慧和勤劳，花了六个月时间，边摸索、边施工，安装好发电设备，试车运行一举成功。

1911年7月8日，板儿巷电厂建成投运，安装蒸汽动力发电机3台，每台容量160千瓦，发电机电压5.25千伏。当天晚上，"大有利电灯公司"巨幅灯箱广告在板儿巷里亮了起来。那两日，板儿巷里摩肩接踵，热闹非凡，远近前去观看的人堵塞了公司周边的街道，拥挤到了极点。据报纸记载：这时候，有一个老姬携着一个少妇及两小孩，也昧昧然前去看灯。那少妇涂脂抹粉，打扮得新奇，却不巧被流氓打围，混乱中不仅脚上的鞋丢失了，两个小孩也走散了。幸好，当时巡士、保卫从公司旁门进入，把老少两妇护到一旁静坐。接着，巡士、保卫汇报情况，寻觅小孩，公司则安排把老少两妇送回家去。这事之后，公司发觉试灯后出现的情形很难控制，便商议决定，除了办事房外，其他试点的电灯都撤去，以免酿出祸端。

亮灯虽然成功，可大有利电灯公司运营实是困难重重，一方面需要立杆架线把电送出去，另一方面也要积极招揽客户。有的人觉得立杆会破坏风水，有的则觉得电杆会被宵小利用，顺杆而上便可登屋入室，极不安全。立杆工作很不顺利。再者，那个时代，电厂所需的材料，大至燃煤，小到螺丝，全由洋商供应，购买 1 盏进口的 32 支烛光电灯泡要花费银圆1.7 元，大大加重了发供电成本。此外，当时的杭州夜市萎靡不振，杆线只敷设了几条大街，中小里巷都未延及，供电区域甚是狭小。这些情况直接导致装灯费高企，达银圆几十元以上，让一般的中小商店和居民望而却步。

为了排除种种干扰，吴毅庭拜访了杭州总商会会长王湘泉，请他担任公司"名誉总经理"。此后，公司与工商户出现瓜葛，王会长出面调解，无不迎刃而解。为了招揽顾客，吴毅庭又专门请当时著名的说唱艺人徐锡林编唱"电灯滩簧"（滩簧是一种坐唱的曲艺形式），上街宣传演唱。经过几个月的努力，加上各种优惠活动，用电新户逐渐增加，电灯公司业务渐渐转好。

1911 年，板儿巷电厂在杭州城南一隅建成发电，当年发电最高负荷112.5 千瓦，发电量约 8 万千瓦时。自此浙江电力事业就一直曲折发展，再也没有停止过前进的步伐。

此后的岁月中，大有利电灯公司曾数度更名异主，它的发展史几乎就是整个浙江电力事业发展的缩影。110 多年后，回首观望时，辉煌、沧桑和数不尽的故事历历在目。

星星之火渐燎原

20 世纪初，神州大地经历了一系列变革。统治中国约 300 年的清王朝轰然倒塌，在一片混乱纷杂中，浙江各地办电之风鹊起，宁波、嘉兴、绍兴、温州、湖州等城市的富商和士绅纷纷投资电业，掀起了兴办电力的热潮。

1905 年，戴瑞卿等 21 人创办了和丰纺织股份有限公司。起初，工厂发电仅供厂区照明和驱动机器纺纱，极大提高了生产效率。随后，顾元琛等人便筹划将电力送至城厢和江北，并专程从外国购买优质发电机，开办和丰电灯公司。从自发自用到办电公用，宁波商人蹚出了电力发展的另一种模式。虽然和丰电灯公司的发展并不顺利，但已经为后来接手的永耀电力公司奠定了良好的基础。1914 年，长年在上海经商的虞洽卿积累了一定资金后，决定回乡投资电力，便联合实业家孙衡甫、周仰山等人，集资银圆 13 万元，盘顶宁波和丰电灯公司，在余姚江与北斗河之间购地 0.73 公顷筹建宁波永耀电力公司。1915 年，电厂建成发电，设一台 50 千瓦电机及一台近 60 千瓦蒸汽机，商埠宁波自此有了稳定的电力供应。

1912 年，嘉兴地方士绅金沧伯等人筹措两年多，投资银圆 5 万元在嘉兴西河街 94 号建设电厂，创办永明电灯公司，为城区供电。7 月 1 日晚，金沧伯约同地方士绅、亲朋好友、商会的会董及报馆的记者们上街赏灯，禾城《禾报》等先后发布了新闻。自此，嘉兴掀开了电力工业的帷幕，进入工业文明时代。此后的 18 年，永明电灯公司始终是浙北电力发展的重要标志，曾三次增机扩容，运行良好时，电厂总容量达 308 千瓦，年发电量 70.9 万千瓦时，算是当时民营电厂的个中翘楚。值得一提的是，1917 年永明电灯公司出版了民国时期禾城第一张《嘉兴城市全图》。图中细致描绘了嘉兴的城墙、护城河、府署、县署、驻军、街坊、学校、寺庙、桥梁、火车站，还特别标注了永明电灯公司厂址，并配有指南针坐标系。

1912 年，商人张荣堂等人筹资银圆 1 万元，在绍兴县城营桥小花园 1 号创办华光电灯公司，并于翌年投产发电，绍兴地区始有电力供应。然而，由于初办电厂，经营不善，华光电灯公司在 1928 年被新兴的大明电气公司兼并。相比之下，大明电气公司显然更有经营眼光，接手华光电灯公司后立刻淘汰更新电厂的旧设备，并不断兼并当地的小自备发电厂，供电范围辐射到柯桥、钱清、马山、安昌、皋埠、孙端、平水等几个大集镇，绍兴电网初具规模。

说来也巧，如同约好了一般，同样是 1912 年，地处浙江南部的温州也迎来了电的曙光。商人李湄川、何醒南等人筹资银圆 8 万元在永嘉县城小南门外购地 7 亩，楼房 5 间，创办永华电灯公司，公推李湄川、何丽川（何醒南之父）为正副经理。1914 年，发电机器安装和线路铺设都基本完毕，于是公司选了温州习俗"拦街福"这天试车发电。一时间，华灯初上，绚丽无比。何醒南，名传基，他所在的何氏宗族从温州有电那天起就一直为电力事业守灯续脉。1924 年，何醒南将自己的薪火传给了儿子何纪英，何纪英又将电力的血脉融入了儿子何广立的人生。时至今日，何氏家族奉献温州电力事业的已有 5 代人，可谓见证了电力文明在温州的诞生、发展和辉煌。

1913 年，吴兴县（今湖州市吴兴区）商会会长王亦梅等人在县城中心江渚汇寿仙桥创办吴兴城厢电灯公司。1915 年 12 月 7 日，两台功率分别为 86 千瓦和 148 千瓦的蒸汽发电机安装完成，投产发电。此后的几年中，电灯公司发展迅速，灯光华彩逐渐融入了湖州社会生活的方方面面，尤以丝绸和碾米行业为著，仅丝绸行业，电机便达 4000 余台。而更为可贵的是，吴兴城厢电灯公司在电力界先贤李彦士、沈嗣芳的主持下不断开拓电力应用于生产生活领域，率先推出了电力灌溉和电犁耕田，成为中国民营电力事业的领跑者。他二人还凭借自己的威望，在浙江率先成立民营电气事业联合会，继而又联合全国各省市民营电业，成立中华全国民营电业联合会。

20 世纪初，浙江大地虽然动荡不安，但封建社会的结束毕竟也带来了生产力的飞跃。在浙江几个中心城市的辐射下，各地乡镇的电力企业也纷纷兴起，并形成了一定的规模，这个东南富庶之地算是踏踏实实地走进了电力文明时代。

实业兴邦挽危局

大有利电灯公司初创之时报装的用户只有两家，分别是大井巷的聚丰园京菜馆和高银巷口的亨达利钟表行。虽然此后用户陆续有所增加，但数量十分有限。供电业务不振，入不敷出，企业生产经营不得不依靠借贷维持，其中积欠浙江兴业银行的透支额就超过银圆 10 万元。吴毅庭主持大局时，凭借他在金融业的威望尚可维持，他一辞世，兴业银行便加紧欠款追还，规定每日的营业收入必须全部交到账务整理处，日常的开支未经账务整理处申请核准不予付给。公司经济权一夜沦陷。除此之外，账务整理处强行掌握人事权，将公司原任职员十余人，除金敬秋、杨长清外，全部无故解雇，易以新人。

吴毅庭病重期间推荐侄儿吴厚卿进公司接替自己的工作。吴厚卿深深为未能保住"家业"而痛心，日思夜想皆是如何挽救危局，重整旗鼓。于是，他想到了同乡俞丹屏。

俞丹屏，名炜，号载熙，浙江嵊县（今嵊州市）人，中国近代民主革命家，辛亥革命元勋。1912 年起，曾任陆军八十九团团长、混成旅旅长、省稽勋局局长等职，并被选为国会众议院议员。吴厚卿专程拜访俞丹屏时，正值袁世凯恢复帝制、孙中山发动"二次革命"时期。俞丹屏既愤慨于革命成果被袁世凯窃取，同时也对多年来漂泊不定的戎马生涯生出倦意，产生了投身实业的想法，于是欣然同意助一臂之力。俞丹屏在军政界旧僚中筹措到足够的资本，于 1915 年正式入主大有利电灯公司，把亏欠兴业银行的债款悉数归还，"吃人"的账务整理处也随即撤销。慑于他在浙江军政界的权势和威望，亦无人敢兴风作浪。

俞丹屏入主大有利电灯公司的 12 年正是杭州工商业飞速发展的时期。期间，清政府时的旗下营一带改筑成了马路，沿途开出不少店面，大多用电灯照明。客户多了，大有利电灯公司也就跟着兴旺起来。敷设线路等工程加快进行，各中小里巷开始立杆放线，并在全市主要街道架设了路灯，供电地区随之扩大，原有的 480 千瓦发电容量已不敷供应。大有利电灯公司便于 1916 年进行了第一次扩充，在原厂址上增加了一套装机容量为 400 千瓦的汽轮机发电设备，并以 5 千伏电压输出线直配供电，扩大城区供电范围和送电能力。

1918 年前后，杭州武林门外运河畔的湖墅一带为米市集散地，各大米行林立期间。这些米行自备机器碾米都以柴油引擎为动力，管理困难，成

光芒叙事

本较高，因此纷纷要求大有利电灯公司迅速供电，否则将自行组织筹办电厂。为适应湖墅米业需要，大有利电灯公司增加 1000 千瓦的汽轮机发电设备一套，全厂发电设备总容量达到 1880 千瓦。至 1921 年，全厂发电最高负荷 1700 千瓦，年发电量约 500 万千瓦时。

对湖墅供电后，放线工程也迅速发展，不久后就达到拱埠，大有利电灯公司的供电区域由此扩展至城外。与此同时，机织业纷纷改木机为铁机，用上了马达。其他轻工业也逐步发展，都对电力供应提出了需求。大有利电灯公司在深感发电设备不敷供应的同时，也看到电力事业大有可为，随即在 1919 年初着手规划扩建。不过，当时的板儿巷电厂水源受到限制，煤运又极为不便。经过一番勘查，大有利电灯公司认为艮山门附近离城河极近，水源充沛，便选址于此建立分厂。取得铁路局同意后，他们又修建了一条铁路支线，从艮山门车站直达厂内煤场，解决了煤运困难。1920 年起，第三次扩充计划开始落地。大有利电灯公司首先订购了一套 800 千瓦汽轮发电设备，1922 年安装完成开始发电。1923 年，大有利电灯公司订购的两套装机容量分别为 2000 千瓦和 2300 千瓦的发电设备也投入运行。至此，艮山门发电厂的发电设备总容量达到 5100 千瓦，并以两条 5 千伏线路和城区电网连接，初步形成城市电网，杭州主要电源由板儿巷电厂转向艮山门电厂。大有利电灯公司的职工人数也已增至 170 余人，不论管理和运行，都足够供应当时杭州城区及郊区的用电需要。

在俞丹屏任大有利电灯公司董事长期间，公司发电机组容量从 480 千瓦扩大到 6980 千瓦，为杭州电力工业迅速发展立下汗马功劳。此后，俞丹屏还先后在余杭镇、硖石镇、枫桥镇、泗安镇投资办电。更难能可贵的是，俞丹屏曾与工人代表对话，将工人每天工作时间从 12 小时改成 8 小时，每星期休假一天，最低月工资从银圆 8 元增加到银圆 16 元。他也在大有利电灯公司厂区南侧创办了职工子弟学校——光明小学，聘请优秀教师，在当时的杭城也算是一流的完全小学。同时，为活跃全体职工的业余文化生活，大有利电灯公司还建立了以京剧团为核心的职工俱乐部。俞丹屏秉性朴实、严于律己、宽以待人，前期献身于推翻封建王朝，后期致力于兴办实业和培养人才，为浙江电力工业作出了重要贡献。

电润百业开新篇

辛亥革命后，浙江各地经济开始复苏，百业兴盛。碾米厂、缫丝厂、织布厂、火柴厂、面粉厂、铁工厂、肥皂厂、电池厂等都配备了动力设备，酿酒、制茶、纸扇、榨油、砖瓦等手工业作坊也逐渐开始使用电力。杭嘉湖地区的电厂迎来了大展宏图的机遇，地处山地和海岛的台州、金华、丽水、衢州、舟山等地，电力事业也先后鹊起。

1917年，台州富商黄楚卿创办了恒利电灯公司。与大多数人合股办电不同，黄楚卿本身便是巨富，又有官商界的人脉背景，恒利电灯公司是他发展商业帝国重要一步。他的工厂在电力助推下逐渐摆脱手工作坊模式，电力照明更是给他名下众多商行带来了更长的营业时间、更好的经营条件和更多的顾客。彼时，恒利电灯公司甚至还设了一条专线，长约800米，专门给位于当时三春祥村的下街路6号的黄家大宅供电，现在想来，也是霸气无比。

金华办电动议甚早，1915年便由兰溪富商和绍兴钱帮发起创办。然而受第一次世界大战影响，设备运输和安装都有阻滞，直到1918年，兰溪电灯公司才完成安装开始发电。电厂开始发电的同时，兰溪电灯公司的技术工人们用木杆子在县城架设了220伏低压线路，沿彼时的兰溪前街、后街一直延伸至东门和西门码头一带。

1919年，丽水商人郑宝琳联合当地乡绅创办普明电灯公司。当时配的是仅有5千瓦的蒸汽机，甚至以烧柴火为燃料，尽管灯光幽暗，终究也将丽水这个偏远的小城拉入了有电的世界。郑宝琳不仅投资办电，他名下的普昌火柴梗片厂更是当时浙江第一梗盒厂。所谓近水楼台先得月，普昌火柴梗片厂的动力便来自普明电灯公司。电力白天驱动机器，晚上供路灯和周围商铺照明，有了电能的加持，普昌火柴梗片厂生产效率和质量大大提升，销量极佳。

同样是在1919年，衢州染坊商人叶恪章召集13人筹备成立衢县（今衢州市）城厢电气公司，并于次年8月开机发电。1920年，定海商人马学功在定海城关创办舟山电气公司，为舟山有电之始。

早期公用电厂供电能力较弱时，缫丝、织布等用电大户往往自备发电，随着电力事业的发展，这一局面逐渐改观。1921年，吴兴城厢电灯公司便开始为湖州达昌电力织绸厂供应电力。其间还与吴兴县丝织业同业公会达成丝织业用电协议：规定凡丝织厂改用电力织机或新办电力丝织厂时，均需使用公司电源，丝织业电价依现时0.16元/千瓦时计核，供电时间为每日5时至次日0时，除天灾或不可抗事故外不得停供，否则应赔偿经济损失。诸多条款已与当代的供用电协议颇为相似。

20世纪20年代末，农业用电也开始在浙江落地开花。这里不得不提两位重要的人物——电气工程师李彦士和沈嗣芳。

李彦士，名憔恒，字彦士，是当时中国著名的电气工程师，先后在奥地利维也纳大学、德国柏林大学留学。他回国后，深感只有实业才能救国，于1923年加入当时被誉为"江南第一大厂"的常州震华电气机械总厂筹建组。在那里，他认真研读国外的书籍资料，攻克了长距离输电的难关，成为国内实现此项技术的第一人。1927年夏天，湖州水患严重，人力排水已无法缓解。李彦士凭借在常州震华电气机械总厂工作的经验，想到了用电力戽水解决问题，于是在吴兴县北郊太湖边临时架设低压线路，装置电动机，排涝救灾。次年，他又开始尝试电犁耕田，以缓解劳作压力，提高效率。此举也开启了全国最早的农业电气化进程。李彦士曾受邀前往德国柏林参加第二次世界电力大会，并代表中华全国民营电业联合会加入万国电业联合会。在赴柏林参加大会途中，他考察了菲律宾、意大利、瑞士等国家的电业情况，回国后撰写了《世界各国电业情况统计比较》《德国电价制度之情况》等论文。此外，在他的努力下，我国第一次统一了各电厂的电压与频率，可谓对浙江乃至中国的电力事业厥功至伟。

沈嗣芳（字馥盦）任常州震华电气机械总厂工程师期间，与武进县（今常州市武进区）定西乡协议试办电力灌溉，设置19.8千瓦电动机2台和6寸口径抽水机2台，在该乡蒋湾桥和吉三垛两地灌田2000亩（约1333.33万平方米）。当年适值大旱，其他农田禾苗干枯无收，这两处农田均获丰收。此后，沈嗣芳还任过芜湖明远电灯公司总经理，发行《电业月刊》。朱大可盛赞他："中国技师，能改良机械，增进电力者，自馥盦始……我国实业界有数人物也。"

灯火万家展宏图

电力是国家的命脉，虽然民国初年其重要性远及不上现在，但有识之士已然开始围绕它筹谋布局。张静江（原名增澄，又名人杰）被时人称为国民党四大元老，曾以巨资资助孙中山的革命事业，极具建设实业，发展经济的才能。他曾言"电气建设系物质文明之枢纽""可以解决民生衣、食、住、行四大问题之全部，诚应为建设之中心也"。基于这种认识，张静江就任浙江省政府主席后，努力构建浙江电气事业。1929 年，浙江省政府成立了浙江省电气局，统筹全省电气规划和经营，制定了浙江省 1930 年到 1949 年的 20 年发展计划，出台《浙江省电气局建设电气网计划大纲》（1930 年出台）。虽然张静江 1930 年便卸任浙江省政府主席，许多事项未能付诸实施，但他主政浙江期间电力事业发展却是有目共睹的。

在张静江极力推动的电力事业中，杭州电厂最为引人注目。1929 年 5 月，浙江省电气局接收大有利电灯公司，将其改名为杭州电厂，收归浙江省政府官办。此举虽有争议，但客观上对杭州电力事业的发展是颇有助益的。浙江省电气局接管大有利电灯公司时用户仅 1.4 万户，其中三分之一为包灯。为推广用电，杭州电厂在居民中开放 1.5 安倍小容量电表，免收押表金，降低电费。同时还购买了大批小容量电动机廉价出租，帮助手工业户进行生产技术改造，指定有实力的电料店承接工程后分期向用户收取工料款，减轻初装费用负担。一时，杭城医院、旅馆、餐饮业纷纷使用电力，用电量大幅增加。而颇为有意思的是，首届西湖博览会后，杭州电厂还接管了博览会大礼堂设施，创办杭州电厂用户娱乐电影院，用户凭电厂随电费收据分赠的《电气月刊》上所印赠券，免费观看电影，做足了宣传功夫。多措并举之下，短短三年，杭城的用电户数增加了一倍，动力用户增加了 2.5 倍，无形中为后来闸口电厂的经营奠定了基础。

1929 年，张静江开始描绘浙江电力事业蓝图上的重要一笔——闸口电厂。然而所料未及的是，翌年他便卸任了浙江省政府主席，不免有宏图未展之憾。而此时，浙江的财政状况也不容乐观，继任的浙江省政府主席张难先不得不力主收缩。1931年，浙江省电气局裁撤。然而，闸口电厂工程开工日久，厂房地基已打，设备也已经向外商订购，无法中止，不得不另外筹措资金。金融巨头李铭（字馥荪）闻讯，萌发了组建银团来杭办厂设想。他觉得闸口电厂工程垫资数额大，还贷周期不定，与一般银行贷款有别，于是联合周宗良、叶琢堂，并邀中国银行、交通银行、浙江兴业银行、浙江实业银行等组成企信银团，透支银圆300万元用于闸口电厂建设。随着闸口电厂工程的推进，银圆300万元很快告罄。浙江省政府又因杭江铁路建设工程急需资金，无奈之下，只得将杭州电厂及闸口电厂的全部资产和为期30年的专营权让给企信银团，充作债款。如此一来，企信银团便名正言顺地接管了公司，并将杭州电厂改组为杭州电气股份有限公司（简称"杭州电气公司"）。

1932年10月，位于杭州水澄桥的闸口电厂1号发电机组竣工发电，设7500千瓦凝汽式汽轮发电机组2台，发电设备总容量1.5万千瓦，居全国第二位，与同时期的南京下关发电厂、上海杨树浦电厂并称为"江南地区三大电厂"。闸口电厂是浙江省第一座采用煤粉炉的发电厂，煤炭经过磨煤机磨成粉末后再吹入炉膛燃烧加热，用于供给蒸汽。充足的火力不但提高了效率，还降低了发电成本，比艮山门、板儿巷两家发电厂的综合热效率提高了79.1%。

随着闸口电厂的建成，为适应发电机电压，配套建立了艮山门变电所和鼓楼变电所，这也是浙江最早的变电所。三者之间架设13.2千伏线路各1条，组成互相连通的13.2千伏网络。鼓楼、艮山门两个变电所在杭城南北遥峙，各设13.2千伏、5千伏主变压器2台，单台容量均为2500千瓦，为城区5千伏电网的电源。由此构成了5千伏及13.2千伏两级电压电网，前者内层供电，后者外环送电。浙江第一个较为完整的电网形成，全城电力负荷全部由闸口发电厂供应。1934年5月，以闸口电厂为始端的电缆穿过钱塘江送电至萧山县（今杭州市萧山区）西兴，全长2330米，这也是浙江第一条水底电缆。全面抗战前，杭州电气公司除了向城区供电以外，线路的分布区域西达留下仓前而至余杭县（今杭州市余杭区），北至湖墅拱宸桥、小河祥府桥及笕桥，东至七堡、八堡，南至西兴。

20 世纪 20 年代到 30 年代是浙江各地电力事业发展的黄金期，一大批技术人才和产业工人投身电力，工商业发展也刺激了电力需求，供销两端都有了长足的进步，让人颇有一种万家灯火逐渐被点亮的期待。然而美好的画卷终究是在随后的战火纷飞中被烟尘掩埋，直到 1949 年五星红旗再度升起光明与希望……1957 年，在杭州艮山门外闸弄口建起了一座 35 千伏的临时升压站，架设 35 千伏杭州至海宁输电线路一回，这也是浙江的第一条输电线路，开浙江省 35 千伏电网之始。1958 年，黄坛口水电站发电，110 千伏黄新输电线路和 110 千伏塘坞降压站建成，拉开了 110 千伏电网建设的序幕，随之，衢州化工厂、龙游、江山等 110 千伏变电站相继投运，初步形成了浙西电网。1960 年 9 月，浙江第一座 220 千伏变电站和第一条 220 千伏线路——新杭线建成投运，新安江水电站碧波冲刷出的蓬勃动力经杭州入沪，浙江电网开始并入华东电网。1987 年 6 月，浙江第一座 500 千伏变电站——瓶窑变投运，担负起华东电网水电、火电功率交换的重任，和它一起投入运行的是从安徽 500 千伏繁昌变电站到瓶窑变电站的繁窑线，也是浙江省第一条 500 千伏线路。2013 年，"皖电东送"特高压工程投入运行。2016 年建成以"两交两直"特高压为核心的骨干网架。从一隅到一县，从一市到一省，从华东至中国，盛世之下，连电成网，源源不绝，生生不息。

百年岁月如白驹过隙，2021 年底，浙江电网已拥有 110 千伏及以上输电线路 7 万千米、变电容量 4.91 亿千瓦；建成 1000 千伏变电站 3 座、变电容量 1800 万千瓦，±800 千伏直流换流站 2 座，换流容量 1600 万千瓦；最高负荷突破 1 亿千瓦，供电服务人口超过 6400 万。回望 1896 年拱宸桥畔的如意里，世经缫丝厂亮起的灯在浙江大地上点燃了一个与光明有关的梦想，也开启了一段披荆斩棘，百折不回的征程。这段征程中有过失败——开浙江电力公用事业先河的浙省电灯公司、永耀电力公司在短短几年里先后折戟沉沙；有过艰辛——大有利电灯公司因债台高筑，一度经营权和人事权旁落；有过挫折——戴瑞卿等人在和丰纺织股份有限公司开办的电灯公司因经营困局盘顶出让。然而时代浪潮中不息的电力之光从不缺少点亮者和守护者。这段征程中更多的是抗争——当时湖州电气公司总经理李彦士、总工程师沈嗣芳振臂一呼，成立浙江省民营电气事业联合会维护自身权益；是坚持——孙衡甫初创电灯公司失败后不改初心，最终与虞洽卿、周仰山等人合作创办永耀电力公司，为宁波电力事业添上浓墨重彩的一笔；是创新——太湖之畔的农村初尝电力灌溉、电犁耕田之利，开启了农业电气化进程；是奋进——钱塘江畔的闸口电厂投产发电，享"江南三大电厂"之誉，发电能力足以负担当时杭州全城的用电需求。

中日甲午战争失败的屈辱催生了实业救国的宏愿，辛亥革命胜利的号角激励了振兴中华的理想，盏盏光亮就此破土而出，在民生百业的忙碌里盛放出电力的璀璨光华，在农耕文明的土壤上打下坚实的强国之基。昔日星火，今成璀璨，云歌丰碑，嘹亮醒目。

商帮沃土孕育电力光明

陈依平　郑　颖　范文雯

宁波的历史源远流长。传说早在公元前473年，越王勾践筑城于句余，改称句章，这便成为如今宁波境内的第一座城。经过近两千年的繁衍生息，到明洪武十四年（1381），此地从明州府改为宁波，取"海定则波宁"之义，始称"宁波"。

1842年，宁波被辟为五个通商口岸之一，西方列强纷纷在宁波江北岸设领事、立税司，主权外溢。从那时起，宁波和其他口岸城市以及西方列强的贸易往来迅速增加。上海开埠后，大量宁波人移居上海。宁商旅沪，成就了宁波商帮。宁波商帮的出现，对宁波的发展有着深远的影响。他们涉足各个行业，并在20世纪初第一次把电力引入宁波，经历波折起伏，终于让电力在宁波各地扎根，点亮了工业文明的光芒。

及至永耀电力公司成立，宁波电力历史更添鲜亮一笔。1937年，抗日战争全面爆发，宁波电力行业受到了极大的冲击，但在一众商人的齐心协力支援下，宁波电力的火种保留了下来。

一、商帮崛起与宁波有电序幕

宁波商帮在上海崛起，最早是在19世纪30年代。宁波方介堂、李也亭家族来到上海滩，经营糖业和沙船。接着，蔡同德、孙增来家族等从宁波到上海创办洋布业和呢绒业，并成功扎根。

1843年，上海开埠之后，由于贸易量太大，对周边地区产生了虹吸效应，形成了环沪贫困带。宁波当时的贸易地位变得有些尴尬，原先的港口优势被瓦解蚕食，英国人用一艘艘轮船运来的洋布把宁波的丝农搞到破产。大量外国商人到上海进行贸易，也让宁波口岸失去了往昔的繁荣。迫于生计，宁波人开始移居上海。在涌向上海的人潮中，不仅有胆大包天的商贩、横行街头的痞子、闷头干活的苦力，还有那些对新事物充满强烈憧憬的冒险家、野心家。这些人成了上海大都市的一部分，也成了那个时代的一部分。19世纪末到20世纪早期，从宁波移居上海的人数达到了50万。这尚且还不包括宁波各县的数字。到新中国成立前，上海约有五分之一的人口都是从宁波来的。

宁波商人很快就在上海大展身手。比如奉帮裁缝，便是近代中国一个响当当的招牌。他们做出了中国的第一套西装和第一套中山装。第一家火柴厂、第一家灯泡厂、第一家印刷厂（赫赫有名的商务印书馆）、第一家化妆品厂，也都是宁波人开的。

宁波人乡土观念极重，极其团结，坚持抱团发展。中日甲午战争之后，已有深厚积累的宁波商帮陆续在上海、杭州、宁波等地，全方位、大规模地投资近代工业。可以说，宁波受上海影响极深，这与宁波、上海的地缘关系密切有关。如果说上海走在时代前列，那么宁波则是最快受到影响的地方。几方力量，在时代的催化剂作用下，共同培植出了中国近代民族资本主义的土壤，最终为宁波的电力工业奠定了基础。

只不过，谁也没想到，首次在宁波办电的，却是一个在当时名不见经传的小商人——孙衡甫。

1875年3月6日，孙衡甫出生在宁波慈溪县（今慈溪市）半浦村一个贫寒家庭中。这个出身贫寒，没有受过系统文化教育的"乡下人"，日后却在上海打下一片天，成为举足轻重的金融巨子。他一生的事业基本上都集中在金融领域，其中不为人知的，是他曾经在宁波有电的历史上写下过浓墨重彩。

1897年，20多岁的孙衡甫出资1.4万元，在今宁波海曙区战船街创办了一家电灯厂，开宁波有电之先河。该电灯厂以380/220伏线路直接向市中心的江厦街、东大路等主要商业区和少数居民区供照明用电，给当时宁波的百姓们带来了新鲜感。发电照明之初，很是吸引宁波城区的老百姓。1898 年 10 月 28 日的宁波《德商甬报》上曾专门登载过一则广告，广告内容是出售"奇巧水月电灯"，称其为"焰火亮如望月，光耀射目，与市上灯烛比之，相去天涯"。可见，在当时电力照明仍是新奇事物，百姓远没有把电力能源当成生活中的必需品。商家的营销手段多以"奇巧"而非"实用"来招徕用户。

尽管广告营销清奇诱人，可毫无办电经验的孙衡甫还是低估了电灯厂"烧钱"的厉害程度，区区 1.4 万元根本不足以支撑长期的发电运营，他当时也没有其他融资渠道可以填补后续资金的投入。1901 年，开办 4 年后因亏损严重，该电灯厂被迫停业。

历史从不以成败论英雄，这家电灯厂倒下后，变成了一座特殊的丰碑——宁波有电的历史从此揭开序幕，孙衡甫也把自己的名字刻在了宁波电力工业发展史册上。

从更深远的历史角度来看，当时的宁波电灯厂是中国历史上第一家由华商创办的电灯厂，甚至比《清实录》中记载的更早。1904 年，商部曾上奏慈禧太后："华商创办电灯公司，请予立。"这个保守的老太太将此交给朝廷众官员审议，最终作出了决定："允之。"从 1904 年起，全国陆续出现华商办电。孙衡甫办电要早于朝廷的谕旨批准，宁波商人特有的冒险精神在他身上体现得淋漓尽致。电灯厂倒闭后，孙衡甫先是到宁波鸦片行担任学徒，后又去上海发展，但他和宁波电力的缘分还远没有结束，只等时机酝酿合适。像孙衡甫这样的闯劲也并非其独有，在朝廷允许华商办电的批准下发后，1904 年 11 月，宁波商人季某联合某洋商在宁波筹办电厂。可惜的是，季某就像当初的孙衡甫一样，大大低估了办电的"烧钱"程度，待厂房建成以后，事先准备的资金已经用完，也没后继参股者。因此，季某在宁波兴办电灯公司的努力亦付诸流水，重蹈了孙衡甫的覆辙。季姓商人没有留下名字，其探索戛然而止，远不如孙衡甫办电坚持得久。

接连两次失败的办电，让其他宁波商人不得不驻足观望，或退而求其次，用"曲线办电"的方式重新谋划。1906 年，顾元琛、戴瑞卿等著名宁波商人在江东创办了和丰纱厂。

他们购进了自备发电机，用以发电、供电。厂区内的各个房间都装有电灯，并成功实现了发电。除此之外，发电机发出的电能还能驱动机器纺纱，生产效率大为提高。这次办电成功地刺激了顾元琛等人的雄心，他们筹划把电力能源进一步送到城厢及江北岸。1907 年 7 月，经过细密的考察论证，顾元琛等人决定投入血本办电。他们专程从外国购买优质发电机，在和丰纱厂内开办电灯公司，并且把开办章程呈报给喻庶三观察批准立案。他们在同年 7 月 30 日的《申报》第 11 版刊登了一则告示——

《实业类·禀准开办电灯公司》（宁波）："甬江和丰纱厂总办顾君往外国购买头等机器，就该厂内开办电灯公司。已将所拟章程禀奉宁道喻庶三观察批准立案。闻俟机器购到，即行开办云。"

告示里面提到的顾君，自然就是顾元琛。喻庶三则是当时宁绍台道观察使。虽然有官方的支持，但和丰纱厂电灯公司开办后发展得并不顺利。到了 1909 年，顾元琛等人又以银圆 8.28 万元梳理了股份，重建了新公司——和丰电灯股份公司，厂址也搬到了战船街。这个和丰电灯股份公司，是在旧有电灯厂的废基之上建立起来的，开工初期经营状况甚佳，用户很多。很快，原有电力设备不能承载所需电流量，电灯有时暗弱间断，顾元琛等人又着手采购新设备，希望灯光可以更加明亮，满足用户需求。

可好景不长，到了 1911 年，该厂的运转已出现困难。为了摆脱经营困局，顾元琛曾把电厂承包给他人，公司名前面还加上了"亿记"以示区别，可是经营仍然不见起色。最终，公司董事局决议，把原公司以银圆 5.5 万元的价格盘出，交给宁波的另一家电力公司接办。1912 年 8 月 26 日，盘顶合同刊登在了《申报》上（第 4 版，《宁波和丰电灯公司盘顶声明》），里面写明了该厂以银圆 3 万元之值作为顾元琛及和丰电厂入股新厂的股本。

接手和丰电灯股份公司的这家电力公司大有来头，可谓宁波办电历史上的一个传奇，大名叫作永耀电力股份有限公司（简称"永耀电力公司"），又称宁波电灯公司。自孙衡甫 1897 年独立创办电灯厂开始，经过

10多年，到1912年和丰电灯股份公司盘顶出让，宁波有电办电的历程称得上是步履维艰。但是，转机即将到来，永耀电力公司的成立，将为宁波电力工业发展史添上浓墨重彩的一笔。

二、再续前身的永耀电光

话分两头，孙衡甫办电失败之后，辗转到了上海。他和电力的缘分，还需要多年的沉淀才会再度发酵。1906年，孙衡甫在鸦片烟行当学徒满师之后，出人意料地去了上海仑余钱庄担任账房。仑余钱庄当时刚刚创办不久，于上海北市（今黄浦区和静安区交界处）开门营业，因为种种原因，在1909年即告歇业倒闭。孙衡甫转而加入了升大钱庄充当信房。至此，孙衡甫已经进入上海钱庄业高级职员行列，未来金融巨子之路已经铺就。1910年，孙衡甫应邀进入浙江银行上海分行担任营业部主任，由于他工作勤勉，善于处理各种棘手事务，后被提拔为经理。时代巨轮运转至此，宁波电力工业的转机也悄悄来临。宁波地区初期的电力发展，离不开一个重要角色——四明银行。

四明银行，全称四明商业储蓄银行，行名取自宁波西南的四明山。它是继浚川银行、浙江兴业银行之后的第三家商办银行，而且，它还是第一家把"储蓄"二字写入行名的银行。1908年，由袁鎏等人出面奏请清政府批准办立四明银行，大楼位于上海江西路（今江西中路）34号。创办人包括袁鎏、朱佩珍（朱葆三）、虞洽卿等十数人，孙衡甫也参与入股。注册资本为150万两白银，先期征集75万两白银，周晋镳为总董事长，陈薰为总经理，虞洽卿为协理。虞洽卿当时是实际负责人。四明银行在成立时就获得了货币发行权，并于1909年开始发行第一版纸币，直到1935年法币出现，才被收回了特权。

然而，四明银行在经营上却遭遇了重重困难。尤其是1911年，受橡皮股票骗局的影响，四明银行股票大跌，发生挤兑事件。四明银行总董事长、协理等人被迫辞职，该行董事会因此找到了孙衡甫。

当时的孙衡甫正担任浙江银行上海分行经理，是崭露头角的金融家、银行家，他也是四明银行的小股东，很清楚四明银行的资产负债情况。他认为这是一次千载难逢的良机，果断筹资了银圆 10 万元，乘机盘进四明银行，出任董事长兼总经理。在孙衡甫的亲自管理下，四明银行走上了正轨。

四明银行成立的初衷，就是为了融资给旅沪商人的工商产业。所以，当和丰电灯股份公司出现经营困难后，其经营者便找到了四明银行。孙衡甫和虞洽卿等人在商议之后，一致看好电灯公司的前景，于是斥资盘进和丰电灯股份公司。孙衡甫早年曾办过电，本就对电力行业有了解。虞洽卿是笃信实业兴国的大商人，早在 1906 年就已功成名就，曾赴日本考察。那次考察，虞洽卿借助其官绅身份，由当时两江总督亲自举荐，和朝廷大员一同前往日本求取强国攻略。他虽然是一个商人，但却对从政入仕有着勃勃雄心。考察日本，让他开了眼界，日本的工业文明程度、明治维新后国力强盛、经济繁荣的景象给他带来了很大的震撼。回国后的虞洽卿决心发展实业，四明银行正是其发展实业的第一个尝试。涉足电力行业，也是其中一个尝试。

顾元琛等人创办的和丰电灯股份公司，经营状况不佳，其惨状曾经被当时的报纸报道。报道称："和丰电厂并无成效，电机乏力，显然昭著，以致停办已有年余，今该公司添招资本，重新组织，城内电灯业已复点。"可知，和丰电灯股份公司在 1912 年 8 月 26 日刊登盘顶合同前后一年的时间曾停止发电。

1914 年，虞洽卿、孙衡甫、周仰山、刘鸿生等几位有识之士集资创办了永耀电力股份有限公司。由虞洽卿出任董事长，周仰山担任经理。公司的创办过程比较简单：一方面，筹资银圆 13 万元，盘下了现成的和丰电灯股份有限公司，使得永耀电力公司有了基本盘；另一方面，公司董事会派遣工程师张鸿卿赶往南京南洋劝业会，购置该会的两台发电设备，即 25 千瓦发电机和 58.8 千瓦蒸汽机各 1 台，使得永耀电力公司的发电容量得到保证。永耀公司招募工人，搭建了几千米长的 2.3 千伏输电线路，打通电力能源送往城内繁华地区的廊道，并且在闹市街区的马路上安装了电灯。这也是宁波电网的雏形。永耀电力公司的业务起初为单一照明，供给有钱有需要的商户，或是供给路灯照明使用。

1915年2月6日傍晚，宁波街头的几家商号早已经在盼着夜幕降临，他们并没有像往常那样点亮煤油灯和蜡烛，而是点亮了几盏电灯。电灯照明重现宁波繁华街头，很快就吸引了熙攘的人群。永耀电力公司终于走出了第一步。相比最早时孙衡甫创办的宁波电灯厂，以及商人季某的第二次办电，永耀电力公司在初创时就是兵强马壮、经验丰富。永耀电力公司的诞生是时代潮流的巧合。作为新兴行业，电力能源的潜力在当时并不能被人们完全认识到。投资电力，需要有高瞻远瞩的大格局眼光、包容新事物新文化的胸襟，还要了解电力行业特有的技术管理知识。

永耀电力公司从创办开始就有雄厚的资金支持，其董事会和经理层人员也都是人杰。然而，摆在永耀电力公司面前的，并非一马平川。经过精心运营，披荆斩棘，永耀电力公司克服时代与环境的重重障碍，成就了宁波办电史上的一个辉煌篇章。

考察其原因，"人和"至为关键。永耀电力公司成立伊始，就占尽人和之利。孙衡甫是四明银行的董事长，虞洽卿和周仰山是四明银行的董事，孙衡甫和周仰山后来更是成了儿女亲家。刘鸿生则是宁波商帮中成就最高的人物之一，他的事业当时不过刚刚起步，此后他将以"中国火柴大王""毛纺业大王"闻名于世。他一直活到1956年，是新中国成立后公私合营阶段仅次于荣家的最富有民族企业家。

有如此财力雄厚、精诚团结的董事局，才能为永耀电力公司的发展遮风挡雨。根据当时的出资情况，占据永耀电力公司股本大头的是孙衡甫，但当时虞洽卿名气大、声望高，在上海官商两界，乃至帮派里都有着巨大的影响力。永耀电力公司把"商办"二字作为前缀，正是为了对抗随时可能出现的官方收购行为。当时很多民办企业被官商勾结窃取股份，转而成了官办。针对此情况，虞洽卿和孙衡甫一开始就做了准备。在上海的宁波商帮，利益关系彼此交织，互为照应和保护，一般官绅势力不敢对其动歪脑筋。当时的孙衡甫已是羽翼丰满的金融大鳄。他手握强大资本，资金流充裕，股份大约占据了20%至30%。时任永耀电力公司总经理的周仰山，则出资10%。

在日常运营资金方面，除了孙衡甫代表的四明银行，还有中国通商银行（简称通商银行）和众多宁波商帮开办的钱庄作为后盾。永耀电力公司在1936年12月31日的《固定资产·存放银行钱庄表》里记录了当时各银行的注资情况：申四明银行，21865.63两白银；甬四明银行，109.95两白银；通商银行，475.33两白银；通商银行活期户，10204.35两白银；……合计有64839.1两白银。

这还只是永耀电力公司的存款注资额，此外还有贷款的相关数据。在孙衡甫等人的运作下，永耀电力公司与这些银行、钱庄建立了良好的信贷关系。而且，这些银行、钱庄的股东或者负责人，本身就持有永耀电力公司的股份，真可谓是两边得利，肥水不流外人田。这种模式也是永耀电力公司数十年得以成功发展壮大的重要原因。

永耀电力公司已经认识到，办电事业不同于办寻常企业，必须有专业的工程师、技术人才，因此，他们聘请以张鸿卿为代表的工程师团队，负责日常的电厂运营。董事会还认真听取了工程师们的经验意见，总结分析和丰电灯公司创业失败的原因，从技术层面解决了很多难题。这也是永耀电力公司良好发展的关键。

比如，当初和丰电灯公司发电机组的冷却水使用了附近姚江里的水，而河水里含有大量盐分，对管道的腐蚀作用很强。河水里泥沙很多，常有泥浆灌入管道，导致冷却系统出现故障，机器不能正常运转。有了此前车之鉴，永耀电力公司的选址经过了精心挑选，选了一块北临甬江、南面北斗河的11亩（约7333.33平方米）地建厂。主机则改用淡水进行冷却，彻底解决了咸水腐蚀、泥浆堵塞冷却管的问题，机器得以正常运行。此外，选址此处，交通运输极为方便，可以节约燃料运输成本。

从1919年到1933年，永耀电力公司先后4次增加股金，股金总额增加至银圆120万元，并且5次购置新设备。新购机组的单机容量也从当初的120千瓦提高到了1600千瓦。1936年，永耀电力公司又从德国禅臣洋行上海分行购进了德国产的3300千瓦发电机组，从瑞士购进3200千瓦发电机组，以及各1台相应的锅炉设施。当时永耀电力公司的发电机组全部都是交流三相，实际最高负荷约2400千瓦，一般只开一炉一机，高峰时再开另外的备用机组。之后，周仰山在得到董事会认可后，派第三子周信涛分管永耀电力公司。孙衡甫等人终于掌握了电力行业发展的钥匙。至此，永耀电力公司稳稳地站住了脚跟，并在国内产生了深远的影响。

孙衡甫作为一名金融家，对资本的运用早已炉火纯青，虽然并没有完整的资料讲述他投资撤资或转让股份的细节，但孙衡甫一直没有放松过对永耀电力公司的关注。据《永耀电力公司股息发放清单年表》披露，孙衡甫名下46445元，儿媳妇洪靓秋名下38448元，孙子孙可钦名下38448元，孙子孙联璋名下19948元，孙女孙惟琦名下38448元，合计181737元。这些股金占全部私方股份的7.81%，可见孙衡甫他始终牢牢掌控永耀电力公司，一手抓金融，一手办电、办实业。其中还有一段有意思的插曲，孙衡甫和周仰山因共同投资管理永耀电力公司，后结为姻亲关系。

英雄相惜、精诚团结、管理专业、有金融机构支持，这些或许正是永耀电力公司经过多年风雨却屹立不倒的内因所在。当时兵荒马乱，宁波商帮在全国各地的产业屡受冲击，波折不断。1937年抗日战争全面爆发后不久，上海便沦陷了，宁波、杭州也很快落入日军之手。永耀电力公司的巅峰到1936年便戛然而止，从此勉力维持经营。它无力抗衡时代，却依然奋力自强图存，向死而生。

三、星星之火，电光燎原

19世纪末20世纪初，宁波商帮的商人们虽然多数旅沪或者定居上海，但致富之后，便纷纷回到宁波置业或是开办工厂。这些旅沪宁商在家乡兴办各种工厂、商号，促进了当地的工商业贸易发展，带动了家乡经济。

到永耀电力公司成立时，辛亥革命已经告一段落，代表着封建王朝被扫入历史的角落，旧的思想正被刷新，新的思想带动了电力和工业文明的发展，并在华夏大地上蔓延渗透。上海和江浙一带的人们对工业文明早已不再陌生，宁波商帮多年来运筹帷幄，虽然落脚点在上海，却深刻影响了宁波各县。继永耀电力公司之后，宁波各县城陆续掀起了建设电灯厂和发电厂的热潮，有如星星之火，渐成燎原之势。

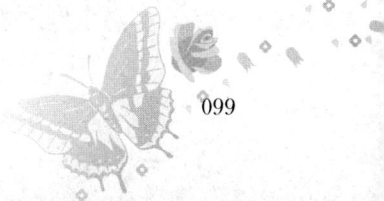

1917 年 10 月，余姚余耀电灯公司在候青门（现候青门桥附近）设厂，机组容量 30 千瓦。余姚自古人杰地灵，也开始融入近代工业文明发展的圈轮。是年，镇海华明电灯公司发电设备机组容量 62 千瓦，创办人是本地商人陈雍琅。1923 年，象山丹城的何越等人创办了耀华电气股份有限公司，机组容量 41 千瓦，他们向永耀电力公司学习办电经验，意图在象山打造一番光明景象。1925 年，鄞县（今宁波市鄞州区）西乡古林镇建立古林米厂，除了使用电力碾米，夜间还对外提供少量照明电。他们走的是和丰纱厂的办电模式，主要以自用电为主，主业则是碾米等传统商业。只不过这次，有电力作为动力电源，效率远超人力碾米。1926 年，奉化永明电灯公司成立，由当时奉化商会会长戴南村等人集资，在大桥镇建成容量为 20 千瓦的发电厂。在商会的助力下，奉化也开启了发电历史。

在那个年代，民智未开，中国广大农村还停留在农耕文明时代，县城多数残破，倾倒的城墙根还残留有 2000 多年封建王朝的陈腐气息。彼时的宁波电源稀少、电网弱小，电力能源却已在悄无声息中慢慢改变老百姓的生活。

星星之火在宁波地区燎原之后，电力光明通向宁波的县城农村。1930年，陶公山建了一座小型电灯厂，供附近照明使用。同年，奉化武岭电厂成功发电，这座电厂与蒋介石创办的武岭学校同步建成，专供武岭学校、丰镐房和镇上沿街（溪）路灯。电力应用变得广泛，既可以支持工厂，也可以支持各类学校等公共机构用电。

此后多年，宁波各县办电的热情似乎也并未减退。1935 年，鄞江镇建立了光明电灯厂，以极小的发电量在夜间为镇上的沿街商店及居民供电。1936 年 2 月，宁海永明电灯厂在城关春浪桥建成发电，机组容量 25 千瓦。就这样，宁波电灯厂渐成规模发展之势，城关被接连点亮，电网也在各县城之间延伸。

那一时期，宁波各县的老百姓们对电力不再陌生，也褪去了起初的懵懂无知，他们热情欢迎电力照明点亮古老的街道，给村镇的沉沉夜幕带来光明。以虞洽卿、刘鸿生为代表的宁波商帮，也在各自的产业中广泛应用电力，提高了生产效率，成为各行业的龙头翘楚。

在这些电厂之中，发展最好的还是永耀电力公司，它的发展壮大，离不开实业发展和观念变化的双重助力。1914年成功运行的永耀电力公司，最初只有不足100千瓦的发电能力，主要是供一些商店或者路灯照明使用。但随着宁波当地工商业贸易的发展，工商户越来越多，永耀电力公司蓬勃发展，势不可当，电力用户随之增多，用电量也不断增加，在宁波当地起到了很好的示范作用。

工商户们对电力的欢迎程度更甚。为了增加发电量，适应发展需求，从1919年到1933年，永耀电力公司虽多次购置新设备，但电力仍供不应求。1935年前后，永耀电力公司的用户已经达到9000余户，拥有灯头10万盏。至1949年，公司已拥有发电设备总装机容量9520千瓦，实际发电量近6000千瓦，其电力用户多以商户、富家为主。

新中国成立前，宁波地区的工业用电并不多，几家大的工厂，如和丰纱厂等，都有自己的发电设备。随着工业的发展，动力用电也渐渐普及，电力发展不再只是单纯倚靠工商业照明。以虞洽卿的实业发展为例，便可见端倪。早在1914年，虞洽卿除了合办永耀电力公司之外，还在老家慈溪龙山兴办发电厂。这是一个小型的火力发电厂，装机容量10千瓦，除供虞氏轮埠公司、电话电报房用电，还供应周边数家商店照明用。该小型发电厂提供了整个码头及其他设施所需的电力。这其实是虞洽卿在龙山创办的系列实业中的一小部分，他在家乡龙山投资最大的项目是三北轮埠公司码头。除了这座火电厂，他还为码头配备了电报局、电话处、铁路等设施，甚至还有一家"救火会所"。

虞洽卿的三轮北埠公司成立后，小轮船可以从龙山码头出发，直抵宁波与上海。地方的土特产也借此航道运往外地销售。但因当时大轮船还是无法进入，虞洽卿便又筹建了公路，以沟通三北与镇海。有了电力能源作为支撑，虞洽卿的码头、工厂生产效率得到很大提升，龙山夜间星星点点的照明，更是给家乡百姓带来了便利。

实际上，电力工业自诞生的那一天起，就带着改善人类生活的天然属性，无论是寒暑四季，还是穷人、富人，电力能源都在改善人们的生活体验，给机械化、电气化、电子化、信息化产业提供源源不断的支持。显然，对虞洽卿、孙衡甫等宁波商人而言，永耀电力公司乃至电力工业，并非他们事业的核心所在，但他们投资发展电力产业，绝非偶然，其实是时代发展的推动。对人类历史而言，一种新的能源可以带来一场激烈而深远的革命。每个人都被裹挟在历史的洪流之中，在沉浮中曲折前进。

无心插柳柳成荫，或许这正是历史奇妙之所在。宁波商帮中的这些富商巨贾们，为了发展各自的事业而创办的电灯公司和火电厂，成了宁波电力的发源，电力文明就此走入宁波、遍地开花。1936 年，这些发电厂的经营基本达到了鼎盛时期。

令人颇感遗憾的是，当电力工业文明的触角正不断向宁波各地顺势伸展时，那些电灯公司和发电厂却要在乱世中逆流而上。随着 1937 年抗日战争全面爆发，战火狼烟骤起，初兴的中国电力工业遭到了沉重打击。宁波地区早期的发电厂也好、电灯公司也好，都遭遇到空前的战火洗礼。它们中的大多数，要么资不抵债，被逼破产，要么像奉化武岭电厂那样毁于日军侵略的战火，结局颇为凄惨。

神州陆沉，英雄豪杰也遭遇了"成也萧何，败也萧何"的凄然落幕。孙衡甫的落幕，既与时代大背景有关，也与他走向成功时采用的经营策略有关。进入 20 世纪 30 年代，"一·二八事变"战火导致上海百业凋零。战争阴影、白银风潮以及四明银行过多投资于房地产的策略，使得四明银行的资金开始周转不灵。有一次，孙衡甫为应对挤兑而不得不请虞洽卿救急，以空城计的策略勉强蒙混过关。世事艰难，宁波工商业也因此受到严重影响，刚刚起步的近代工业和电力行业进入了低谷。

1936 年，南京国民政府出手改组四明银行，孙衡甫被逐步排挤出该行的核心层。1944 年，孙衡甫在位于上海愚园路四明别墅旁的孙家花园病逝，传奇的一生就此落幕。一年后，虞洽卿在重庆因淋巴腺炎病逝，他本想在临终前再次回到宁波和上海看看，最终也未能如愿。

回首 20 世纪上半叶的那段宁波有电时光，新的思潮、新的风气；资本家、实业家；买办、绅商，彼此混合交织，在历史的大舞台上熙熙攘攘。身处其中的那些宁波商人和实业家们，都是中国及宁波电力工业发展史的亲历者、推动者。在大时代背景之下，宁波最早的电力人心血似水东流。

孙衡甫和虞洽卿他们没有笑到最后，电光也一度被战火的硝烟重重遮盖，令人觉得希望尚存的是宁波早期办电人此后依然前赴后继。星星之火，电光燎原，他们留下的灯光，成为火种，在多年以后又绽放出万丈光芒。

1949 年 5 月，宁波解放。宁波军管会进驻永耀电力公司，首席军代表干少云代表党和人民政府，接管了永耀电力公司。同年 10 月 18 日，永耀电力公司发电厂遭国民党飞机轰炸，全市停电。经电厂职工奋力抢修，被损坏的发电供电设备得到修复，于当年 12 月 26 日恢复发电。鄞县边邻市区的望春（1992 年并入高桥镇）、福明乡（现为鄞州区下辖街道）一带也开始有了少量照明用电。1951 年 2 月 4 日，宁波军管会颁发《宁波市保护电厂供电设备办法》。

1953 年 12 月，永耀电力股份有限公司改为公私合营。至此，永耀电力公司奇迹般地挺过了 20 世纪前半叶那多灾多难的年代，在新中国新时代重获新生。

从 1897 年微弱灯光第一次点亮宁波，到新中国成立，半个世纪倏然而过，从无到有，有败有成，更有战火纷扰不息。这片热土曾被黑暗覆盖，然而电力微光仍然自强奋斗、风雨不息。念旧日信念何顽强，几经风暴雨狂，还冒巨浪。

点亮宁波的实业家们都已埋骨桑梓，滚滚甬江依旧浪奔浪流。发电机发出轰隆声响，煤炭卷入锅炉，输电铁塔耸立四明山，无形电流飞入浙东大峡谷，昔日星火，今成璀璨。这一幕幕宛如丰碑，又如云歌，永载宁波电力发展史册。

（原载《点亮浙江》，浙江人民出版社，2021 年 7 月第 1 版）

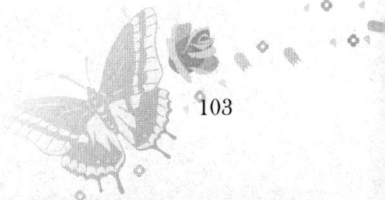

室有兰芝春自韵

——原浙江省电力工业局局长丁有德采访手记

王　琳

能够采访到老局长丁有德，纯属机缘巧合。

第一次是 2019 年春节后上班没多久，我先给公司的离退休工作部打电话，请他们帮忙联系。得到的答复是：老局长身体抱恙，正打算住院治疗，不宜接受采访。这是事实。我只能把这事搁了下来，一搁就是一个多月。

事情的起因与《浙江农电发展历程》一书的集体创作有关。按照分工，我需要写一段浙江省电力工业局建立初期的历史。然而，从 1949 年到 60 年代这一段时期的浙江电力管理体制委实复杂，电力与水利分分合合多次，很难说得清楚，如果努力说清楚，那么恐怕占用的篇幅不仅冗长，而且容易偏离"农电"这一主题。我还能想到的另一种思路是找一位当事人进行采访，通过实例描述历史。这倒不失为一种传统而诚恳的方法。

于是寻访了几位离退休老同志，他们都是在 20 世纪 60 年代、70 年代期间开始参加工作的，相比于我要完成的章节，属于"年轻的下一代"。这时候，"丁有德"这个名字又一次传入了我的耳中。"他是我们的老局长，比我们年长，农村用电管理处一成立他就在局里了。"老同志们这样说起，又一次勾起了我采访丁有德老局长的念头。

一个周五的早晨，我又给离退休工作部打了电话，请求帮忙联系丁有德。对方很快给予了答复。这一次赶巧了，丁有德刚刚从上海看完腿疾回来，医生经过诊断，认为不需要住院。想必老人心情正好，他爽快地答应了我的请求，邀我下午就去他家。

丁老的家在钱塘江岸边的一幢高楼里，楼层很高，门口贴着一副对联"室有兰芝春自韵，人如松柏岁长新"，甫开门，有风穿堂而过，显得屋子里十分清爽洁净。我简单说明了来意，掏出录音笔，小心地搁在茶几上，请他一边回忆一边讲述，而我则同时用笔记录。

"我是 1937 年 9 月出生，1958 年 8 月参加工作的。1958 年浙江工业厅成立，下属八个厅，其中一个是电力工业厅。到了 1958 年，由于体制改革，水利电力合并，中央设立水利电力部，浙江省政府设立水利电力厅电力管理局，负责管电。"

丁老首先帮我梳理了浙江电力体制管理初期的历史情况，并告诉我 1962 年成立了农村用电管理处。为什么会成立这样一个新部门呢？首先，是新安江发电厂的发电，使浙江范围内第一次有了电网的雏形；同时，在 1962 年之前，杭州供电局、嘉兴供电局、浙西供电局、浙东供电局四个供电局成立了，需要有一个统一的管理部门对这四个供电局进行统筹管理。而最重要的，是 1962 年中央财政相当困难，究其原因是粮食减产，于是做出"各行各业都要把工作重点转移到以农业为基础的轨道上来"的决定。在中央的推动下，政协经济委员会专门拨款，在浙江省各产量区（杭嘉湖平原、宁绍平原、温黄平原、金丽衢平原等）开展机埠建设，推广农业排灌，建设 10 千伏线路，于是就成立了农村用电管理处。

"我当时还是一名办事员，不到 30 岁，从生产技术处抽调到农村用电管理处。"丁老回忆说。他对他接受的第一个任务——农村电网的大修改造任务，印象十分深刻。

当时，丁老所在的农村用电管理处的工作主要是对嘉兴、嘉善、海宁、海盐四个县级农村电网进行大修改造。他告诉我，国家拨的第一笔农电大修改造的费用是 172 万，在当时算斥资巨大了，因为那个时候架设一条 10 千伏的线路 1 千米需要 1000 多元，导线粗一点最多也就是 2000 多元。中央要求在一年之内要把农网中急需改造的部分先完成，这个工作量可不小！他们加班加点工作，到了 1962 年底，已经在农村架设了 10 千伏线路 1859 千米。令我最惊讶的一点是，时隔半个多世纪，他依然能够清楚地说出当年工作时涉及的内容、时间和数据!

在中央的倡导下,杭嘉湖平原一带大力发展机电排灌,但是由于建设的时候资金短缺、各自为政,也没有经过统一规划,造成了整个电网布局很不合理,导线乱拉、线损极高,10千伏的线路弯弯曲曲,最长的架到了四五十公里开外。电压低,水泵开不起来。此外,由于物资紧缺,电力设施十分简陋:农村电网中使用的材料差,导线很细。铜导线自然买不起,铝导线也很紧张,大多用8号铁丝线当导线,损耗很大。电线杆五花八门,由于缺少水泥材料,电线杆大部分采用木头杆子,有的地区甚至用毛竹代替。在用电安全方面,也存在极大隐患,例如杭嘉湖地区的鸟害很多,木杆会被啄木鸟啄出一个一个洞来,而木头电线杆本来就很细,一遇台风就会断掉。再例如变电所里用的开关,是用跌落熔丝代替的,利用熔丝熔化的原理来使线路断掉,操作开关的时候,供电员工先戴上绝缘手套,穿上绝缘靴,手中握着一根绝缘杆,单凭手工去挑10千伏导线上的开关,极容易触电。因此那时候,每个供电公司都要有个"耐压实验室",过一段时间对电压试验一下,确保人身安全。每年因为触电造成的人身伤亡事故也很频繁,在电耕犁使用较多的杭嘉湖平原,一年因触电而死的人数达到了100多人。

丁有德组织了农村用电管理处的同事,到嘉兴、嘉善、海宁、海盐四个县进行调研,一条线路、一条线路地跑,考察变电所怎么建、架设几条线路、导线怎么拉这些问题。"我们不但对10千伏线路进行了调查研究,制定大修改造方案,而且还考虑到当时农村的35千伏线路虽然相对规范些,但鸟害事故多,也存在安全隐患,决定对35千伏线路也进行改造,把木杆全换成水泥杆,因为当时水泥电杆已经开始生产了。"后来调研的范围扩大到吴兴、湖州、绍兴、金华、衢州、杭州、富阳等地,尤其是绍兴,他们制作了一个关于绍兴电网的农村电气化规划,试图把它打造成农村电网的样板。调研中发现,由于导线是用铁丝制作的,过不了几年就烂了,损毁情况很严重。丁老细心地把烂导线的照片拍下来,带到北京去汇报。

丁有德向当时的中央水利电力部农电司汇报了第二期农网大修改造需

要的钢材、水泥、瓷瓶等材料的数量，拿出了具体改造的规划方案。农电司十分认可丁老的规划方案，当场拍板拨款470多万，但是要求分期分批实施。到了1963年上半年，农网大修改造任务完成了。此后几年，农村电网在抗御自然灾害，保证农业增产增收，旱涝保收中发挥了巨大的作用。

丁老还讲述了让他十分心痛的一次事故：

湖州吴兴某一年大旱，长久不下雨。水稻田里没有水可不行，稻子都会枯死的，有个农民通过邻近的机埠抽水灌溉了快要旱死的农田，非常高兴。他看到水稻田边上的变压器（当时的配电变压器放置在一个简易的水泥墩子上，超出水平面几厘米，以免被水淹没），就跑上前拥抱变压器，想要感谢这台神器带给他的丰收。结果手一搭上去，就被电死了。

丁老说，这件事使他意识到，农民是多么需要安全用电知识！所以在农村电网的大修改造中，他要求把所有的变压器全部上架，架子是用两根水泥杆和一根铁横担搭成的，比人还高，不容易被人触碰到。这样，虽然改建费用有所增加，但是确保了用电安全。以后长达几十年中，农村用电安全宣传都是农村用电管理处的重点工作。

丁老的腿不好，不能久坐，每天都需要把腿浸泡到药水里治疗。"不要采访太久。"丁老的夫人告诫我。她又转身对丁老说："赶紧走动走动。"

丁老的听力也不好，需要我提高声音，他才能听得清我的问话。

丁老的兴致却很高，依然沉浸在曾经奋斗不已、弦歌不辍的日子里。

"到了1964年底，国家正在搞社会主义教育运动。先让我去新安江，后来说人够了，让我去了华东送变电公司……1979年，水利电力又分开，中央设立了电力工业部，我们设立了浙江省电力局。电力局搬家出来到河坊街的小红楼办公。那时候，我是基建处长，分管基建工作，主要以造电厂为主。浙江经济发展越来越快，镇海发电厂、台州发电厂、温州发电厂、北仑发电厂、嘉兴发电厂，都要一个个建设起来……1998年，我退休了。"

四月的阳光正好，钱塘江面澄江似练，经过余晖的反射，竟照得满室通透、一派生机。

光芒叙事

潮 歌 六 里

——浙能集团嘉兴发电厂发展纪事

杨　勇　王重阳　郑　啸

轮毂疾转间，一辆汽车迅稳地行驶在海边小镇的一隅。时隔多年，借着明亮温暖的路灯，张勤依旧能将窗外日新月异的街景在脑海中还原成记忆中的模样。一棵接一棵的行道树在眼前连缀成线，不经意间，那个让她刻骨铭心的场景就这样闯入了视野——

八台机组岿然矗立于夜幕之下，仿若不熄的火炬，蔓生出城市乡镇纵横交织的流光与溢彩。

那是嘉兴发电厂。

此刻，虽已跨越二十余载，但难以言明的震撼与触动一如初见。这一瞬间，张勤百感交集。在同行人诧异的目光中，素来沉静的她已是热泪盈眶……

是孩子，是良师，是益友……嘉电人对嘉兴发电厂的感情是深沉而复杂的。

第一章　世纪之梦

乍浦，地处杭州湾北岸，依山傍海，历来都是海疆锁钥、江浙门户。于此，唐会昌四年（844 年）曾置乍浦镇遏使，办理海运商务；南宋淳祐六年（1246 年）设乍浦市舶提举司；元设乍浦市舶司；明初改设乍浦税课局署。清康熙二十三年（1684 年）海禁解除后，乍浦位列东南沿海的十五个口岸之一，有"东南雄镇"之称。

这座千年古镇就像是一艘永不沉没的航船，虽饱经沧桑却始终稳稳地屹立在杭州湾畔，为腹地经济的蓬勃发展泵送活力。

1917年，经过实地考察，中国近代伟大的民主革命家孙中山提出了一个伟大设想，要在乍浦至海盐县澉浦镇一带开辟新的"东方大港"。次年，他在《建国方略》中这样写道①：

计划港当位于乍浦岬与澉浦岬之间，此两点相距约十五英里（约24.14公里）。应自此岬至彼岬建一海堤，而于乍浦一端离山数百尺之处，开一缺口，以为港之正门……此港一经作成，永无须为将来浚渫之计。盖此港近旁，并无挟泥之水日后能填满此港面及其通路者也。在杭州湾中，此港正门为最深之部分，由此正门出至公海，平均低潮水深三十六尺（12米）至四十二尺（14米），故最大之航洋船，可以随时进出口。故以此计划港作为中国中部一等海港，远胜上海也。

然而，历史上真实的乍浦——这个在孙先生心中能在港口上比肩上海的乍浦，它的衰落来得猝不及防，它的一蹶不振却早已有迹可循。

一场鸦片战争，西方列强用坚船利炮轰开了古老中国的大门。枪林弹雨倾泻过后，曾经繁荣昌盛的乍浦港仅剩断壁残垣。荼弱无根的辉煌终究只是沙滩上的精致城堡、阳光下的绚丽泡沫，触之即崩，抚之即碎。而在这场战争的70多年以后，看着眼前的大好河山，孙中山亦不得不将他的诸多设想憾留纸上——依旧是因为羸弱的国力与连绵的战火。

乍浦，搁浅了。

历史车轮滚滚向前，时代潮流浩浩荡荡。中华人民共和国成立后，我国的综合国力显著增强，各方面建设都取得了伟大成就。20世纪70年代初提出"三年大建港"后，尤其是党的十一届三中全会以来，伴随着对外贸易海运量的迅猛增长，我国的港口建设不断迈上新的台阶。

---

① 《孙中山选集（上）》，人民出版社2011版，第242—243页。

光芒叙事

拨开历史的尘埃，乍浦——这颗被埋没了一个多世纪的明珠也终于重新为人们所发现。

乍浦水深港阔、不冻不淤，自然条件极其优越。1986 年，浙江省计经委（现发展和改革委员会）批准扩建乍浦港第一期工程，并将其列入省"七五"重点项目。同年，浙江省电力工业局正式组建成立浙江嘉兴发电厂筹建处，并将乍浦六里湾——这个未来嘉兴发电厂的所在地——列为三个候选厂址之一。

更为巧合的是，这一年——1986 年，同样也是孙中山先生诞辰 120 周年。

外国人管这叫命运，中国人称之为缘分。

第二章　启航！从北纬 30°，东经 121°

1990 年 11 月中旬，在距嘉兴 300 多公里的台州，韦国忠正面临着人生的又一个重要抉择。

此刻，摆在他面前的选项有两个，一个是调到北仑港发电厂（1994 年更名为北仑发电厂）任职，一个是负责筹建嘉兴发电厂。

相较之下，北仑港发电厂作为一座现代化的大机组电厂，经过两年时间的紧张施工，其建设已经步入正轨，人才储备也相对充足，是个不错的去处。反观嘉兴发电厂——这个项目他早有耳闻，1986 年 8 月立项，一直到 1990 年 9 月方才得到"原则同意"的初步批复。为了这个项目，当时省电力系统丁有德等领导都快把国计委（现国家发展和改革委员会）的门槛踩烂了。当时那些个作为候选厂址的滩涂，仍是一片荒芜，去了，就意味着白手起家、从零开始。

定定地看着桌面，韦国忠慎重地考虑着。坐在对面的那位组织干部处同志也不出声，只是耐心等待着最终答复。

思绪飞转……相较于个人前程，韦国忠想得更多的还是浙江省的电力形势。

彼时，纵观浙江全省，电源集中分布在浙东的北仑、镇海和浙南的台州、温州等地，位于浙北的杭嘉湖地区经济发达，用电负荷占到全省的

40%，可装机容量却只有全省的 10%，少得可怜。因此，北煤南运、南电北输成了浙江省的常态——这种常态并不意味着合理，更不能与如今的西电东送、南水北调等宏伟工程同日而语，它更像是一种拆东墙补西墙的无奈与妥协。

"倘若能让嘉兴发电厂顺利落成，那么杭嘉湖地区的用电紧张状况将立刻得到缓解，那把悬在经济发展头上的达摩克利斯剑将被稳稳拿下！"一念及此，韦国忠再无犹豫……

嘉兴发电厂是国家"八五"重点建设项目、浙江省重要基础设施工程，也是当时的浙江省电力工业局实施基建体制改革的试点。1990 年 11 月 17 日，为了解决以往筹建、生产两套班子在实际工作中容易相互脱节的弊端，确保施工质量和按期投产，浙江省电力工业局撤销了嘉兴发电厂工程筹建处，同时成立嘉兴发电厂（筹），对其赋予新的使命和任务，明确厂（筹）既是建设单位，也是建成后的生产运行单位。

是年 11 月 20 日，韦国忠走马上任，担当嘉兴发电厂（筹）主任一职。

看似白色的芦荻在海风中轻轻摇曳——面对苍茫无际的大海与滩涂，那种仿若在白纸前举起七彩画笔时的振奋在韦国忠的心中熊熊燃烧着。但是，再胸有成竹的画家，落第一笔的时候都是审慎的，更何况，彼时的韦国忠还是一位"筹建新手"。对他而言，从工程项目前期的策划、选择、评估、决策、设计、征地到"三通一平"（即项目在正式开工以前，施工现场应达到水通、电通、道路通和场地平整等条件），每一步都是一次全新而结果难料的尝试。

曾经有人粗略地估算过，像嘉兴发电厂这样一个重大项目要启动起来，光是盖章就差不多要盖上千个。时间紧，人手少，任务重，嘉兴发电厂（筹）的所有人都深感时不我待。韦国忠便是在这种艰难的情况下提出了"两条腿走路"的策略，即在完成工程前期准备工作的同时，也要积极做好生产准备工作，以保证如期完成机组的投产任务——是策略，也是誓言。

1991 年 3 月，当年能源部电力规划设计总院以《关于嘉兴发电厂工程可行性研究报告审查意见的函》正式提出审查意见，同意平湖乍浦六里湾

光芒叙事

111

为嘉兴发电厂厂址。

北纬 30°36′，东经 121°08′，这是六里湾的地理坐标。

1991 年 4 月 28 日，在六里湾一向空旷冷清的铁板沙滩上，蓦然涌来了大批人马，摩肩接踵，好似春潮。在阳光的照耀下，那些高倍数的望远镜、装着广角镜头的照相机闪着粼粼的光。

下午 4 时 15 分，随着韦国忠的一声令下，嘉电正式开始试桩。富有节奏的打桩声响彻四方，"砰砰砰、砰砰砰"，像是心脏强有力地跳动。仅仅用了 10 分钟，一根 20 米长的钢筋混凝土桩就被打入地层之中。在韦国忠的回忆里："那声音是那么地脆，那么地亮，那么地鼓舞人心。它徘徊在桩子上，也徘徊在试桩工地所有见证了这一历史时刻的众人的耳朵里，又由耳朵直抵心灵……"

嘉兴发电厂，这艘未来的电力巨轮，就此启航。

第三章　风起青蘋

1992 年的一天，嘉兴城风和日丽。踟蹰于川流不息的紫阳街，初来乍到的楼乃华一度以为自己寻错了路——无论如何，他都无法将眼前这个繁华的地段与想象中热火朝天的建设工地联系起来。

"来都来了……"短暂迟疑后，楼乃华把心一横，决计循着手里的详细地址一走到底。拨开如织的行人，穿过百折千回的街头巷尾、市井里弄，直到最终与嘉兴发电厂（筹）的工作人员成功接上了头，他那忐忑起伏的心绪方趋平静。

"为改革先行，树嘉电雄风。"咀嚼着门口的这十个大字，楼乃华不由得四下打量，却恰好对上了周边商铺老板投来的好奇目光。见状，那位筹建处接待员只是会心一笑："来，你先到里面坐会儿、休息下，我跟你好好说说这边的情况……"

一个小时之后，楼乃华登上了前往乍浦镇的客车，去那个名叫"六里湾"的地方、那个嘉兴发电厂一期工程的真正所在地。他要去看看。

钢制铰接盘牢牢地将两节车厢连接在一起，吱扭作响间，客车在公路上蜿蜒前行——这种令他印象深刻的铰接式公交车如今已在嘉兴绝迹，在当时却是大家于城乡往来的不二选择。架不住僧多粥少，原本还算宽敞的车厢内部已是摩肩接踵。紧攥着行李，堪堪立足其间的楼乃华安之若素：目光所及，有一种滤镜唤作憧憬，加持之下，驶经崎岖路段时的颠簸都成了雀跃，原本闷堵的氛围也变得热情洋溢起来。

预估的两小时车程被时好时坏的路况不断地缩短或抻长，但其里程终归是固定不变的，这段旅途终有尽时。当客车再一次缓缓地向站台停靠而去，他吃力地从拥挤的人群中抽身，一点点挪向那扇将开的车门。

楼乃华终于见到了心心念念的六里湾。九龙山麓，坚实的陆地平坦辽阔，淡赭的海湾碎浪粼粼——这是他对这个地方的第一印象。楼乃华清楚地知道，不久之后，一场现代电力工程的大型会战将在这里正式打响。倘若他拥有预见未来的能力，他亦将振奋地看到：届时，5000 余名建设者将在这片热土上长驻，3 万多吨的设备将被相继运抵，1500 多公里长的电缆将被有序铺设，近千米长的海陆引桥将被稳稳架起，3.5 万吨级的运煤码头在建成后将夜以继日吞吐着船舶，240 米高的烟囱将拔地而起、直指苍穹。而现在，这幅气贯长虹的壮美绘卷还仅是一页朴素的底稿，寥寥数笔方勾。

先秦宋玉在《风赋》中写道："夫风生于地，起于青蘋之末。"说的是大影响、大思潮往往都是从微细处发源。沐着六里湾的风，楼乃华没来由地想起了这句古语，便再难将其从脑海中挥散。他无法肯定用这句话来描述眼前的一切是否妥帖，他唯一能肯定的，是此刻迎面的海风正劲。

从无到有，那些春天的故事，那些南海边已写、将写的诗篇，那些意气风发，那些勇猛精进，正留待嘉电人饱蘸着青春肆意挥洒。

墨突不黔，日已西斜。一路的风尘仆仆换来了当下的惊鸿一瞥，楼乃华依旧颇感满足。桩机轰鸣不息，眼前的嘉兴发电厂在紧锣密鼓地夯基垒台；接下来，他和其他嘉电同袍亦将分别奔赴杭州、湖州、苏州等地，在严格的定向专业培训中秣马厉兵、蓄势储能。

"为了更好地重逢……"返程车上，他忍不住再次回首——暖黄的暮色里，怀揣梦想的年轻人和筑基伊始的嘉兴发电厂在沉默中对视。

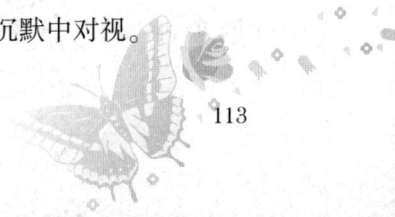

第四章 烹

宋代著名词人李清照曾在《金石录后序》一文中追叙她屏居青州时与丈夫赵明诚烹茶读书的情景，文中说："余性偶强记，每饭罢，坐归来堂烹茶，指堆积书史，言某事在某书某卷第几叶第几行，以中否角胜负，为饮茶先后。中既举杯大笑，至茶倾覆怀中，反不得饮而起。甘心老是乡矣！"

纳兰容若的那句"赌书消得泼茶香"便是化用了这个典故。

以时间煎煮茶叶，沥专注与耐心作汤，方能调制出一盏好的茶水——于事于人皆是如此。

1992 年的春节刚过，位于江苏省苏州市的苏州电力技工学校（简称苏电技校）便迎来了一群特殊的新生，他们的班级编制为嘉兴发电厂培训班，简称"嘉培班"。

嘉电建设者曾经几次南下北上，为嘉兴发电厂收集了大量国内同类型电厂的资料。在此基础上，首次试桩后不久，嘉兴发电厂便整理编制出了30 万千瓦 1 号机组的生产准备大纲，从岗位培训、设备分界、备品配件、岗位定员、管理系统设置等角度出发，做下详细的考量与部署，为企业的生产准备吹响了全面进军的号角。按照嘉兴发电厂与苏电技校达成的委托培训意向，嘉培班的学员们要在一年半的时间里完成学校三年制的教学计划，所谓只争朝夕，大抵如此。被寄予厚望的嘉培班学员们对自身的定位也很明确——抓紧一切时间学习电力专业知识，竭尽全力担负起火力发电生产准备的重任。

电力系统的专业知识复杂深奥，诸如电工学、电子技术基础、工程热力学、传热学、发电厂热力系统、热工基础、自动调节原理及自动调节设备等数十门课程垒成了每位学员都避无可避的"雄关险隘"。面对它们，向来只有锋芒相对、正面死磕之法，从无偷奸耍滑、投机取巧一说。狭路相逢勇者胜，面对洋洋洒洒的知识鸿篇，"初生牛犊"们选择了迎难而上。闯关夺隘途中，不乏晦涩难懂的"滚木礌石"于字里行间设埋，遭遇了它们，纵马斩将而其酒尚温的潇洒从容者有，滴水穿石、铁杵磨成针的孜孜以求者亦有——如果说电荷进行定向移动的能量源于外载电压，那么支撑着这些年轻人不断前进的动力则源于敬业的责任心和神圣的使命感。

　　从苏电技校男生宿舍的北窗远眺，可以望见毗邻三香路的、二三十层楼高的雅都大厦。大厦就像是一根与年代不相符合的标杆，以高耸入云的姿态俯瞰着古老的姑苏，矗成城市天际线中锐利而华美的那一笔。每一个结束了晚自习的夜晚，一袋5毛钱的肉蓉面往往是学员们用以充饥的实惠选择。趁着开水将面泡熟的那点工夫，头昏脑涨而腹内空空的他们总会不约而同地看向远方，看向那座绿酒红灯簇拥下的、光彩照人的雅都，且心甘情愿地对着它发上一会儿呆——据说，雅都顶层有一座旋转餐厅，食客们可以一边大快朵颐一边360度无遮挡地欣赏苏州全景。待久了，眼中原本灯光璀璨的大厦也就在放空的脑海中荡漾开来，渐又隐隐约约地凑映成一台同样光彩熠熠的发电机组——能让一个美梦失色的，必然是另一个更美的梦。

　　求学途中，对这群仍然要为日常开销而精打细算的年轻人而言，兰亭修禊、曲水流觞的排场难摆，诸如"烹茶赌书"之类的宿舍小活动竟成了难得的消遣。或许是一包零嘴，或许是一瓶饮料，又或许仅仅是赢得知识点背诵比赛时的一瞬满足，胜者前俯后仰、决计再接再厉，败者长吁短叹、誓要卧薪尝胆。而那两台让人心心念念的待建机组，彼时更像是一丛难以触及的、含苞待放的玫瑰，大家唯有拼了命地用"面包"将自身充实，才能拥有追上它、托稳它的资格与能力。不知多少次以熄灯铃为号，不知多少次躲过宿管老朱头查寝时扫来的手电暖光，不知多少次悄无声息地在宿舍走廊上借光看书——在学习这件事上，学员们笃信，付出终归会有回报。

　　学员们的成长速度让嘉培班的几位授课老师很是欣慰。"嘉培班是学校与电厂合作办学的一个产物，给我留下了深刻的印象。所有的学员都很努力刻苦，他们完全融入了培训学习之中，展现了嘉电员工的精神风貌。"班主任顾老师的评价，堪称是对嘉培班的欣赏与肯定。肩负着六里湾畔一个最璀璨最炽热的动力梦想，学员们的足迹在求知的道路上渐行渐远。他们在探寻温度测量的热电效应，在体验压力承载的电流输出，在思索朗肯循环深蕴的蒸汽动力装置的内涵，在研究自动调节原理表征的控制对象的函数曲线。他们心无旁骛地钻研着学问，目光衬着星光在夜色中熠熠生辉。

同一时期，在距苏电技校百余公里的平湖乍浦，嘉电建设者们也已经在那片滩涂上站稳了脚跟——早些时候。为了更加迅稳地推进项目进程，嘉兴发电厂（筹）办公室专门开了一次会议，最后决定将办公地点从嘉兴紫阳街的少年儿童业余体育学校附近迁至乍浦镇，一来可以及时掌握现场的最新进展，二来可以省下不少往返的时间、经济成本。

刚到乍浦的时候，大多数成员都处于人地生疏的境况。由于工程尚在准备阶段，各方面的条件都不具备，住房成了嘉电建设者们面临的第一个严峻考验。万幸的是，在乍浦镇各方各面的协调与帮助下，近百名建设者最终得以顺利借住在平湖市人民武装部民兵训练基地和海军某部营房。对此，嘉兴发电厂一直感念不已。

尽管这些租来的房子大都"年事已高"，但对大家而言，总算是在乍浦有了一个能够安身的家。这群乐观开朗的"租客"还给自己的住处取了两个颇具革命浪漫主义色彩的名字——"陆军大院"和"海军大院"。

但是，心态乐观是真的，条件艰苦也是真的。一个住着30多户人家的大院里头只有四五个自来水龙头，一到洗漱或者做饭的时间点，水槽前边一准排起几列长长的队伍。特别是那些双职工，由于房源紧张，一家三四口人只能挤在不到14平方米的简屋里，吃喝拉撒睡只能将就凑在一块。

毕竟是老房子，下雨的时候，屋里屋外可谓是"雨露均沾"，屋外边下着大雨，屋里头就滴着小雨，得把脸盆、水桶摆在下方接着才能挨过。滴答，滴答，滴答……在那些辗转难眠的雨夜里，水珠入桶时的脆声并不响亮，却又此起彼伏、连绵不绝。对于这种艰苦的生活，前去探望的职工亲属常常是看在眼里、疼在心里。

不过，难以否认的是，在漫长的征途中，艰苦有时也是一种效果极佳的黏合剂，能将并肩作战的同袍紧紧地联系在一起。生活在大院里的人们以守望相助为信条，彼此建立起了非同寻常的"嘉电友谊"。"都在一个大院里住着，谁家有难事大家都会主动帮衬一把，比如说，在快要下雨的时候，帮不在家的同事把衣服收进去；在同事加班的时候帮忙照看下孩子；在别人生煤饼炉子时帮忙引个火……这种亲善友爱的邻里关系，对我们缓解身心压力、顺利开展基建准备工作产生了非常积极的影响。"若干年后，当赵阿姨回忆起这段往事，依旧感触颇深。

"斯是陋室，惟吾德馨。"唐朝刘梦得如此，嘉电建设者亦然。他们选择了远方，从此便只顾风雨兼程，那如炬的目光、决绝的意志，都无比清晰地定格在热火朝天的工地上、定格在并肩战斗的每一分、每一秒。

1992年12月22日，被称为中国当时最大的电力合资建设项目——嘉兴发电厂一期工程，终于在万众瞩目中迎来了开工奠基典礼。典礼上，时任浙江省省长葛洪升亲自为嘉兴发电厂一期工程开工题写奠基石，时任能源部副部长史大桢则为嘉兴发电厂题写了厂名。长风破浪会有时，嘉电建设者们将以前所未有的勇气和坚韧不拔的毅力，于这滨海之地树起一座伟岸的丰碑。

为了一个电力梦想，也为了一个伟大时代。

第五章　启蛰

1994年开春，天气转暖，耿耿雷声渐起，一群年轻人背着行囊来到了嘉兴发电厂的门口。吵闹嬉笑渐止，他们站在那里，静静端详着面前这片崭新的、错落有致的厂房。

结束了在其他电厂跟班实习的日子，辗转奔波于四方的嘉电游子开始向六里湾聚拢而来。一批接着一批，仿若旧燕归巢。

彼时的嘉兴发电厂，一期工程依旧处于建设高峰期，而这些学成归来的年轻人将当仁不让地成为下一阶段的建设、调试生力军。在欢欣与期待中，他们昂首阔步跨入了那扇方方正正的大门。这一刻，明澈的阳光自繁枝茂叶穿透而来，星星点点地在他们身上投下名为"归属"的印记。

暑往寒来，转眼便到了1994年的末尾。是年10月，鉴于一期工程将由以基建阶段为主逐步转入生产运行为主的阶段，浙江省电力工业局发文撤销嘉兴发电厂（筹），将生产、基建职能分离，分别成立嘉兴发电厂和嘉兴发电厂筹建处。

同年底，嘉兴发电厂的 1 号机组正式进入调试阶段，2 号机组进入安装高峰阶段。

在施工现场摸爬滚打了大半年，嘉电的年轻人已经被锻炼得愈发刚毅与坚韧。他们永远都忘不了 1 号机组首次冲管时的情形：烈火在炉膛里熊熊地燃烧着，饱蓄了能量的蒸汽在百折千回的管道内一往无前，将沿途的一切焊渣、旋屑荡涤。

在寂静的夜里，冲管的声音传向四面八方，在空旷的六里湾上回荡着，裂石穿云，仿若幼狮对世界发出的第一声长啸。

1995 年 7 月 2 日上午，枕着窗外乍止还生的蝉鸣，刚从夜班下来的宋莺正在集体宿舍里酝酿着睡意。蒙眬恍惚中，她隐约听得舍友的一声呐喊：1 号机组 "168" 通过了！

仿佛一瞬，又好像过了一个完整的世纪，宋莺终于反应过来，当下也跟着一起激动了。随即就被潮水般涌来的疲惫拖入了梦乡……

每一台全新的发电机组在安装调试完毕之后、正式移交甲方之前，都要经历冲转并网且满负荷连续运行 168 小时的试验流程，倘若能够完整坚持下来而不出差错，方可转入商业运行——谓为 "168"。

早在 1995 年 3 月，嘉兴发电厂 1 号机组就已具备整套启动的条件。2 号机组也紧随其后于 1995 年 6 月受电，各项准备工作都在紧张进行。

赶路得用跑，吃饭靠扒拉。在宋莺的印象中，从机组冷态启动、完成全部试验项目、停炉、消缺到带负荷调试再到 "168" 满负荷试运，那段时间里，从个人到班组、从部门到公司，所有人都是马不停蹄的状态。安装在集控室的中央空调早已竭尽全力，但对来回奔走的参试人员而言仅算聊胜于无。于是，两台大功率电风扇被临时搬来，其挡位也被拧到了最高，杵在空旷处瑟瑟飒飒地吹着。

往来于配电室，唱票与复诵的清朗余音犹绕；穿梭于管路、钢梯，匆匆步履留予格栅的轻颤渐止还生。钩与阀一次又一次相啮，修长的杆柄被奋力抡动着指向前进的方向——调试最忙的时候，席不暇暖对时任巡检长的朱海明和阮亚良来说已是常态，每一次完成重要操作后，在电风扇前埋首狂吹的时刻更是他们难得的小憩。然而往往难等彻底凉快下来，手里的对讲机便又传来了新的命令。

"每天累得死狗样！"大家常常笑着调侃自己。

5月27日，机组终于稳达满负荷。众人紧接着又完成了制粉系统、给水泵、电除尘等项目的投用。热工也进入了调试。其间，诸如轴瓦温度高、公用段失电、保安段接地等状况又接踵而至……此后数天，24小时连轴转的高强度工作让所有嘉电人痛并快乐着，他们好似一块块被压缩到极致的海绵，在接连的操作与调试中不断汲取着新经验、新知识。

如此的千锤百炼，造就了第一代嘉电运行、检修、设备等方面管理人才的崛起：翁建明、金建新、许宏伟、朱海明、阮亚良、戴超超、陈士良、周姚芳、于银珠、鲍丽娟……独当一面的背后，是日复一日的刻苦与辛勤。

因此，对嘉电人而言，1995年7月2日是一个不同寻常的日子，数百个日夜的潜蛰蓄能方得今朝功成。

短暂的欢呼过后，一以贯之、不可动摇的便是认真地巡检与维稳。他们在钢森铁林中穿巡，脚下是谨铺细设的钢制格栅。鞋掌起起又落落，重踏轻叩间，金属色的吟哦此起彼伏，声声清亮，声声肃然。

目光所及，尺寸各异的管道在上下左右密密疏疏地布设着，或笔直或曲折，或并行或交错，宛若密攀于一颗庞大心脏的脉管经络；汽与水承携着丰沛的能量在管中奔涌，那滚烫的意志每欲挣脱保温层的束缚而不能，左突右破至终，只逸得丝缕不甘的烘热示来者以威；泵与风机遒劲地运转着，钢喉铁舌的吟唱高亢而悠长，相激相荡汇成不息的音澜，这是战马陷阵冲锋时的嘶哮！

太阳照在六里湾上！

第六章　六个签名与两次视察

鲜少为外界所知晓的是，当嘉兴发电厂一期工程刚刚轰轰烈烈地拉开建设序幕时，省委、省政府以及电力建设的规划者们便已前瞻性地瞄准了二期扩建工程……

发展才是硬道理！1992年初，中国社会主义改革开放和现代化建设的总设计师邓小平视察南方并发表了重要谈话，从理论上回答了我国改革开放中的一些重大问题，有力推进了改革开放和现代化建设的思想解放；同年10月，党的十四大对南方谈话的主要精神作出了进一步的阐释，并确立了建立社会主义市场经济体制的改革目标。

自此，九州大地春潮滚涌，万里河山疾雷长鸣。

浙江省，这条东海的潜鲲，以高度敏锐的洞察力遇风化羽，以雷厉风行的执行力将各项建设先后推上鹏程。建设要迈进，电力当先行。擘画着浙江的发展蓝图，决策们已看向了多年之后——嘉兴发电厂二期工程的可行性研究就此被摆上了案头。

1998年11月14日，国家相关部门就嘉兴发电厂二期4台60万千瓦扩建工程项目的开发，作出专门批示；1999年10月17日，嘉兴发电厂二期工程可行性研究的请示报告上，国务院相关领导再次作出重要批示。

横跨千余公里，一份又一份的书册与文件飞赴六里湾……

在项目开发中期加入开发队伍行列后，王时平一直专职于项目前期的催批工作。对他而言，那本是充实而寻常的一天——那天，他像往常一样接过新抵的项目文件，开始了例行的审阅流程。

人的一生中，终归会有这么一些时刻在不经意间到来。它们云淡风轻、朴实无华，却能于希声处乍起惊雷，让每一位亲历者猛然觉醒自己正在见证历史。当那份让所有人翘首以盼的批复终于真真切切地被自己捧在手中时，王时平是惊讶而激动的，一种前所未有的、饱满炽热的历史参与感自他的内心深处迸发，滚烫而热烈地在他的胸膛里奔涌着。

他知道，一张波澜壮阔的建设画卷正由此徐徐展开。

嘉兴发电厂是荣幸的。

2001年6月28日，历经10年的辛勤筹措，嘉电人记忆中的金石交击之音再一次响彻六里湾。久违的铿锵入耳，那段拓荒立业的峥嵘岁月便又透过桩机破土时腾腾溅起的尘埃碎岩浮现在每一个人的心头。

在过去的10年里，嘉电人埋头砥砺，稳健有力地推动着杭嘉湖地区的经济发展。回首间，一路铸下的辉煌已灿若繁星：1996年，嘉兴发电厂1、2号机组先后被授予"基建移交生产达标投产机组"；1998年，嘉兴发电厂被当时国家电力公司授予"安全文明生产达标企业"；1999年，嘉兴发电厂顺利通过华东集团公司的创一流考评，并荣获国家电力公司"1998年度一流火力发电厂"称号；2000年，嘉兴发电厂1、2号机组在全国火电大机组（30万千瓦级）竞赛中分别荣获三等奖和特等奖，同年，嘉兴发电厂荣获"1998—1999年度国家电力公司双文明单位"称号……在嘉电人心中，这一切都是来之不易的荣耀，更是催人奋进的鞭策。

"雄关漫道真如铁，而今迈步从头越。"

嘉电人始终坚信，比呐喊更重要的，永远都是行动。将厚实的功劳簿藏起，他们欣然成了数千名建设者中的一分子，就像浩浩汤汤的江河永远都会义无反顾地汇入大海一样。在兼顾一期生产的前提下，运行人员三赴山东邹县（现邹城市），二下扬州、上海市吴泾等地，到各处电厂进修实习。学成归来后不久，《集控运行规程》《500kV升压站运行规程》《化学运行规程》《燃料运行规程》《灰控运行规程》等操作指导手册相继撰修完成并通过审核；检修人员分批进入施工现场，与火电公司高水平技术工人结成师徒，竭尽全力掌握新机组的设备结构与性能；设备管理人员为了掌握第一手工程质量情况、提高设备维护管理水平，在电厂与设备制造厂之间来回奔波，时以年计。遍历寒侵暑蒸，嘉电人在电力事业的大熔炉中淬火锻造，铸热忱和激昂为剑，为嘉兴发电厂开疆拓土、一往无前。

在嘉兴发电厂二期工程的建设期间，因长江三角洲经济高速发展，杭州湾北岸乃至整个浙江省一度出现了电力建设跟不上经济增速的现象，闹起了严重的电荒。为让电于民，大量工业用户的错峰力度被不断加大，"开四停三"，甚至"开三停四"已成常态，许多企业为了按时完成订单而不得不自备发电成本更高的柴油发电机。新浪网曾在2004年2月29日转发了《杭州日报》的一篇文章《缺电，杭州经济发展中的一道坎》，从杭州电力局调度室主任的视角切入，用"四岁孩子一岁口粮"的暗喻，直击浙江频繁拉闸限电的窘境。

电荒已然成为制约地方经济发展的"阿喀琉斯的脚踵"。

为了缓解日益严重的电力供需矛盾，二期工程的建设一再加速：以 P3 软件（Primavera Project Planner，世界顶级的项目计划管理软件）为核心的信息化管理得到了全面推行，由 200 多台计算机组成的管理网络通过精确的计算与统筹安排，让现场施工得以高效而有序，从而最大程度地挖掘、发挥人力与物力的效用；上百项新工艺和新技术先后被投入应用——时代在不断发展，身经百战的嘉电人同样也在与时俱进。

针对省内工业被电荒"卡脖子"的情况，在浙能集团不断加快谋篇布局的同时，省委、省政府也同样保持着高度关注。

2003 年 2 月 19 日，习近平同志在调研嘉兴发电厂建设项目时提出，"电力行业要敢于创新，发展电力多元化。浙江精神就是敢于拼搏、勇于创新的精神，敢于创新也就获得了先发优势"。并提出了解决电力严重紧缺问题的思路："把解决电力短缺问题同调整优化产业结构、技术结构和产品结构有机结合起来，淘汰落后产能""抓好节电技术和设备的推广应用，提高能源利用效率，做好节能文章，努力创建资源节约型社会"。这些思路，一针见血地指出要强化节能措施，通过产业、技术、产品结构优化升级，提升能效，提高发展的质量和效益。[1]

2004 年 7 月 8 日，嘉电二期的首台机组——嘉兴发电厂 3 号机组正式投产，比原计划提前了 235 天。

2004 年 7 月 26 日，就在 3 号机组正式投产后的第 18 天，习近平同志再次到嘉兴发电厂调研时，强调"从长远看，我们还要考虑电力结构的调整，要大力发展清洁能源，如天然气发电、核电、水电、风电，还有利用潮汐发电等"，进一步提出了发展能源多元供应体系的要求。[2]

这次调研，习近平同志不但提出通过扩大合作来弥补浙江自身的电力不足，还积极主张加强天然气管道与周边省市的互联互通，指引了浙沪联络线天然气管网的建设。他指出，"有关部门要进一步加大区外购电力度，

---

① 童亚辉：《习近平能源安全新战略的浙江探索》，《人民日报》2019 年 07 月 03 日，第 1—2 版。

② 同上。

积极争取国家和兄弟省市的支持，增加对我省电力电量的输出。电力公司要加强与周边省份的联系，千方百计争取短期和临时交易电量"。①

对浙能集团嘉兴发电厂而言，这两次调研是一种勉励，更是一种鞭策——嘉电人保供保电的决心和意志愈发坚定。

2004年12月22日，嘉电二期第二台（4号）机组正式投产，比原计划提前243天。

2005年5月13日，嘉电二期第三台（5号）机组正式投产，比原计划提前291天。

2005年10月18日，嘉电二期第四台（6号）机组正式投产，比原计划提前317天。

2009年8月，在二期工程彻底建成后的第四年，嘉兴发电厂三期工程两台100万千瓦机组正式开工，并相继于2011年6月和10月正式投产。紧接着，嘉电又完成了相应机组的增容改造。

从一期工程的浙江省首台30万千瓦引进型机组，到二期工程规模宏大的4台60万千瓦亚临界机组项目，再跃升至三期工程超超临界的百万千瓦机组类型，嘉兴发电厂以锐意进取的姿态登攀三步台阶，树立起今昔大型火电基地的卓越形象。从无到有，再到做大做强，奔涌于改革开放的浪潮之中，嘉兴发电厂始终踩在时代的鼓点上。

犹记，嘉电人曾经坚定不移地向外界保证：在将来，嘉兴发电厂一定会建设得像鹿儿岛电厂一样大！

那时，站在喧腾的工程建设现场，顺着耸立的塔吊和从厂区延伸远去的、没有尽头的高压输电线，他们所看到的，却是整个世界。

第七章 纤夫

作为最复杂的工艺流程，火力发电系统的运行是以分秒来度量的。对

---

① 童亚辉：《习近平能源安全新战略的浙江探索》，《人民日报》2019年07月03日，第1—2版。

不能间断的电力生产而言，安全永远都是重中之重。纵观嘉兴发电厂的发展历史，不但是机组规模不断升级的建设史，更是中国顶级电厂安全管理不断提升的发展史。在每一个关键节点，在每一个危急时刻，嘉电人都以顶天立地、不畏艰难的信念，以勠力同心、众志成城的作风，书就一段又一段勇往直前、拼搏进取的动人故事……

2003 年 12 月 1 日凌晨，一阵急促的铃声骤然响起，惊醒了时任嘉兴发电厂副总经理戚国水。他和往常一样迅速地接起了电话，但是这一次，听筒里传来的消息让他的心陡然一沉：2 号机组在运行期间突然跳闸！

作为电力系统的重要枢纽，机组能否正常运行关系着整个电网的负荷安全。在当时缺电少电的严峻形势下，一台运行中的机组突发解列状况，轻则区域性停电，重则将危及整个系统的稳定性！

情况紧急，刻不容缓。放下电话，戚国水立即起身奔赴现场……

如今，翻阅档案中的值长日志，我们依然能从字里行间捕捉到当时的惊心动魄：接班机组运行正常，机组有功功率 295 兆瓦、无功功率 122 兆瓦，发电机出口电压 20.5 千伏，定子电流 9.06kA。2 号主变（指主变压器）、嘉山 2432 线、嘉新 2434 线、220 千伏副母运行。5 时 18 分，在没有任何征兆的情况下，2 号机组突然跳闸。8 分钟后，发现 2 号主变氢气浓度快速升高并在机组跳闸后的 10 分钟进行告警……

事发时，2 号主变的报警信号频发，这无疑引起了众人的关注。

停运主变的四周已围满了闻讯前来、正对相关设备做初步检查的专业技术人员；昔日里令人熟悉而心安的运行嗡鸣已然暗哑，在凛冽的朔风中，这个庞然大物用沉默站成了冬夜里一尊了无生气的巨型钢雕——这是戚国水赶至 2 号机组后所看到的场景。2 号机主变为何会发生故障？大家能否在规定期限内将其恢复运行？……事关地方经济与民生，在场人员不由多了几丝迟疑与不确定。一时间，灯光掠过眼前的钢铁巨物，在众人的心头投下了名为"未知"的阴霾。

但是，嘉兴发电厂是以煤电起家立业的，嘉电人也是在火与电的淬炼中成长起来的，这让他们的身上普遍有着一种处变不惊的特质，即所谓"每临大事有静气"。在极短的时间内，电厂的领导们悉数到场，第一时间向集团与省调作了简要的事件汇报；与此同时，经过申请，嘉兴发电厂将2号机组转为临修状态，开始利用临修时段解决机组的遗留缺陷。

现场立刻召开了2号机主变抢修紧急部署会议。与会人员当即作出决定：一方面，立刻请沈阳变压器厂（2号机主变的生产厂家）前来协助排查和分析事故原因；另一方面，由嘉兴发电厂的领导班子牵头，多路共举，为接下来的抢修工作做好前期铺垫和备用预案……这场略显仓促的会议是伴着天际渐显的曦光结束的，它为之后的抢修工作定下了有条不紊、忙而有序的基调，它更向外界展现了嘉电人的又一种特质——面对突发状况，善于因势利导、因事绸缪。

12月的六里湾，在北风的推涌中显得凝重，缓起缓落的浪涛下，是汹涌暗流。

形势逼人，任务赶人。外部检查无果后，伴随着真空滤油机渐起的轻颤，一次针对2号机主变的吊罩作业就此开展。储油柜与贮油箱分立两端，腔内油位的此消彼长之间，是作业人员依序拆除各类附件时的紧锣密鼓，是吊臂随令而动时的起降腾挪——在谨守安规的前提下，此刻抢下的每一分、每一秒都弥足珍贵。最终，在钢索的紧绷如弦中，主变上节油箱缓缓离地而又稳稳降落在定置点上。当包裹谜团的外罩被吊离，整个现场的气氛却为之陡然一窒——呈现在众人面前的，是绝缘材料的破损四散和线圈的熔断变形。经验丰富的在场人员明白：眼前的这台主变已无现场修复的可能，返厂已成必然。

但问题随之而来：往返几千公里的漫长车程，加之修理所需要的时间成本，都将让2号机组的尽快复产成为一种奢望！

针对事故原因的调查依旧全力推进着，只是埋头苦干的抢修人员却变得愈加地沉默。

关键时刻，是嘉电人的前瞻性举措让事情迎来了转机。自抢修开始，嘉兴发电厂便始终没有停止对备变的寻找。面对变压器的产能跟不上需求、几乎每一台出厂成品都已被预订的严峻形势，嘉电一行几经辗转、历尽周折，在华东电力系统的有力支持下，终于在保定变压器厂得偿所愿——起初的备用方案，现在业已成为扭转局面的重要契机。

光芒叙事

125

为了节约时间，各方商议后决定先走陆路把变压器从保定运抵天津港，再由天津港下海船运至电厂综合码头。对嘉电人而言，这台崭新变压器的出现，无疑是一针立竿见影的强心剂。抢修现场一扫先前颓势，用新一轮的争分夺秒，开始为接下来的主变换装夯基固本。锅炉，汽机，电气，一处处或旧或新的缺陷被整改，一项项或大或小的隐患被消除⋯⋯2号机组将会以最好的状态迎来复产！

当那艘承载着希望的运输船影影绰绰地出现于海天交接处，早早立在码头上的嘉电人是欣喜而无愧的。他们欣喜于机组的复产在望，他们无愧于已把一应事宜做到了极致。经过几天的联合排查，几簇将绝缘材料损坏的毛刺被锁定为设备异常的初始点。事件调查组查阅了大量的历史数据，并将主变历年的电气试验报告进行了比对分析，最终认定2号主变障碍为一起非责任性事件，本次事故并非工作疏忽所造成的人祸。

卸船的过程流畅而稳当。囿于现场条件，也出于节省时间的考虑，在场人员选择了滚棒这一简单却可靠的运输载具。车辆牵引为主，人力推拉为辅，合力之下，队伍开始缓缓前进。呼啸而过的东北风依旧不改冷厉的本色，但在此刻却丝毫无法撼动大家眼中的暖意。紧盯着目标，紧咬着牙关，紧拽着这份沉甸甸的责任，所有人都狠憋着一口气，心往一处想，劲往一处使，踏石留印，抓铁有痕，一如躬身前行于急流险滩的、坚毅的纤夫——他们要为机组、为地方上的民众与企业蹚出一条复产、复电的路来！

此时此刻，倘若从极高极远处眺去，东西南北，山川江海，十数万相似而不尽相同的"纤夫"正在属于自己的征途中披荆斩棘。殊途而同归，历史的车轮因而被推动着滚滚向前。

全新浇筑的主变承重地基一直在默默地等候着。从码头栈桥到2号机组，从化整为零到组装成型，倾尽所能的嘉电人是极度疲劳的，但在精神上却又是极度亢奋的。变压器顺利就位，变压器注油成功，变压器接入出线，变压器电气试验——他们夜以继日、通宵达旦。他们复查机组状态，他们重审试验方案；他们酝酿着机组成功复产的欢呼，他们承受着或许前功尽弃的重压⋯⋯

2 号机组终究是顺利并网了，在事件发生后的第 18 天。炉膛里的烈火依旧熊熊燃烧，主变运行时的嗡鸣低稳定如初。辛勤地耕耘终将换来累累的硕果。

功成不必在我，功成必定有我。在那些栉风沐雨、披星戴月的日子里，万家灯火，是嘉电人最华美瑰丽的勋章。

第八章 王冠之下

风！烈风！跨海越洋压境，在铁灰的天穹下盘旋呼啸！

雨！暴雨！倾泻着、俯冲着被扯作百千万亿摧城的箭阵向大地覆去！

澜！狂澜！滚沸的六里湾，如礁的防波堤，闷雷似的咆哮在双方一次又一次的强硬对抗中绽裂！

衣袍翻飞，猎猎作响，嘉电人行走在狂风暴雨中、行走在泥泞喧嚣间，直面身前这场大自然的咆哮——台风"韦帕"。

同一时间，5 号机组的汽机房内，陆正阳也在进行着紧张而细致的巡检任务。

他的想法其实很简单，就是值好每一个班，竭尽全力地做好每一个操作，仅此而已。再远大、再宏伟的目标都离不开普通却扎实的每一步；把态度端正，把功夫下足，抵达成功的彼岸便已近乎水到渠成——最深奥的道理往往最朴素。

对以火电立业的嘉兴发电厂而言，六里湾依山傍海，得天独厚——良好的水运条件意味着相对低廉的燃料运输成本，周边地区始终迅猛的经济发展势头也带来了稳定的用电需求。在二期工程 4 台 60 万千瓦机组接连建成、投产后，嘉兴发电厂已然成为杭州湾北岸一颗璀璨的明珠。

在拥有优渥条件的同时，嘉兴发电厂也肩负着对地方保供保电的重任。从企业发展和社会责任的角度出发，公司适时对机组提出了长周期安全稳定运行的要求。

欲戴王冠，必承其重。燃煤发电机组停机检修间隔一般为 1 年，延长检修周期有助于满足电网用电需求，但往往也会带来诸多不确定因素。嘉电人明白，"长周期"不单是一场针对机组运行水平的严格考验，也是一次针对设备维护、检修能力的深入考查。

早在 2006 年春节，5 号机组按照新机组生产计划和电网调度安排进行首次 A 级检修，这同样也是嘉兴发电厂检修队伍首次独立承担 600 兆瓦机组汽轮机、发电机主机大修任务。嘉电全体人员紧密协作，精心组织、精益检修，实现机组点火、冲转、并网一次成功，并成功取得 A 级检修全优的成绩，为机组接下来的长周期运行打下坚实基础。

"我们没有做过的事情，并不是不能做，关键是我们要有能力和信心去做，还要全力以赴去把它做好!"在 5 号机组长周期运行动员会议上，嘉电人用铿锵有力的誓言，吹响了进军长周期的号角。

这注定是一场艰苦卓绝的"战役"，打赢它，就能大幅降低检修成本、提升经济效益。在日常的运行维护管理上，公司以安全标准化管理为基础，强化学习培训，落实精细化管理措施，不断加强设备维护管理和运行优化操作，着力进行设备状态监测和消缺闭环处理。嘉电人以坚韧不拔的毅力冲锋陷阵，以忘我奉献的精神勇往直前，谱写了一曲曲动人的战歌：无论白昼黑夜，操作员仔细关注着显示器：参数画面、丰富的经验让他们得以透过变化不定的数据直击机组的真实状态。认真谨慎地进行每一次设备操作，巡检人员让系统之间的定期切换或隔离做到安全无忧；慎终如始地完成每一次检修作业，维护人员严把着设备缺陷的检修质量关口。嘉电人以全部的热忱与精力投身保电任务，让每一分每一秒都跃动着精彩的闪光。

在力保长周期运行的征途上，迎峰度夏永远都是一道难过的坎。在这个特殊的时节里，嘉电人需要迎战的不只是用电高峰，还有不期而遇的、强度未卜的台风雨汛。在抗台防汛的同时做好机组的稳发与满发，正是嘉电人时刻思考并为之奋斗的使命与挑战。

此刻的汽机房外，天地一片苍茫。超强台风"韦帕"裹挟着无尽滂沱的大雨拍向每一座建筑，在所有人的心头堆出绵密而粗粝的沙响。

机组还在运行，设备监测依旧在线，陆正阳始终没有放下警惕。这位从小在海边长大的集控巡检早已和台风打过多次交道，他非常清楚台风有着怎样的破坏能力。因为了解，所以敬畏；因为敬畏，所以审慎。不仅仅是陆正阳，所有的集控巡检都增加了就地检查的频次，确认设备状态之余，也针对构筑物的渗、漏水情况进行重点排查；另一边，维护、检修人员尽皆严阵以待，始终以铁的意志保持着召之即来、来之能战的快速响应能力。

5号、6号机组的集控室里，几位操作员正在一遍又一遍地翻阅显示屏画面。忽然，对讲机里传来了紧急报告：在5号发电机出线套管上方，有一片钢制外墙护层被掀开了一个口子，随时可能出现整体脱落的险情！

在肆虐的风暴中，这块钢制护层一旦彻底脱落，就很有可能以极高的速度撞向出线套管，进而导致机组停运和主设备的重大损坏！

"当时的情况十分危急。听闻消息后，附近的几位巡检、检修师傅都第一时间赶到现场，商讨处理方案。经过研判，大家决定先将其简单固定，以防事态进一步扩大。"谈及这段往事，陆正阳记忆犹新。

在被掀开的那部分钢板上，几个均匀分布的铆钉孔成为方案的灵感来源和实现关键。

"台风天气下，在户外开展作业是一件非常困难的事情，更遑论事发处就在汽轮机平台窗户的下方，离地面有几层楼那么高。于是，我们找来一些粗铅丝，将它们的前端拗成钩状，用以钩住并固定好那块护层。然而，窗一打开，雨水就劈头盖脸地灌进来，几个人瞬间就被淋透了……还有手中的铅丝，我们也得牢牢拽住，稍有不慎就会被大风扯走……由于风向飘忽不定，我们尝试了很多次都失败了。最后，也许是熟能生巧，或者有一定的运气在里头，我们终于钩住了它——也算是消除了一个隐患吧。"亲历者笑着说道。

那一天，这些顶着狂风骤雨、拼尽全力固定外墙护层的身影并不孤独——在同一时刻的不同地方，更多的嘉电同袍正在自己的岗位上逆风前行。

当他们站在前方，全世界的风雨便绕过平稳运行的机组，向他们倾斜。

"'长周期'这三个字的分量很重，是真真切切、结结实实压在每一个嘉电人心里面的目标。我们就是要做到眼观六路、耳听八方，就是要从每一个细节入手，不放过任何一次报警，通过层层分析与细致研判，争取让设备永远保持最好的工作状态。"翻开 5 号机组的运行日志，一个个险峻的时刻跃然其上：空预器电流出现异常晃动、过热器减温水调节阀轧兰介质喷漏、汽泵振动信号跳变、发电机接地碳刷打火、风机喘振、汽轮机高压缸调节阀阀门位置反馈装置信号故障以及各种突发情况下的辅机故障减负荷……每当这些极度危险的状况突发，生产人员都能在第一时间发觉并做出正确反应。科学决策，精心操作——短短八字，让嘉电人得以一次又一次把机组从危险的边缘拯救回来。

在超过两年的连续运行中，5 号机组两度平稳通过迎峰度夏、台风汛期的考验，并最大限度地弱化燃煤品质不稳定、雨雪冰冻灾害等不利因素带来的影响。生产人员始终维持高强度的、针对设备健康状况的监视分析，严格执行应急处理机制和长周期运行技术措施，使机组设备始终保持安全可控、在控。在机组连续运行的 2006 年、2007 年，运行人员分别进行了 150 万次和 180 万次的无差错操作，真正达到了"万无一失"的标准。

2008 年 4 月 4 日，上午 6 时 06 分，嘉兴发电厂 5 号机组按计划停役解列并进入检修状态。在国家电力监管委员会电力可靠性管理中心的证实下，这一次，5 号机组以连续运行 750 天的优异成绩一举刷新了国内同类型机组连续运行 586 天的最高纪录，并打破了由国内某 350 兆瓦机组曾创造的全国大型火力发电机组连续运行 712 天的纪录，达到了世界先进水平。连续运行期间，5 号机组累计发电超 82 亿千瓦时，更带来了 2000 余万元的多增效益。

以心血凝聚，漫漫长路上下求索；用汗水浇灌，勇猛精进持之以恒。在这两年多的时光里，嘉电人在长周期运行的土地上精耕细作，让 5 号机组得以绽放璀璨的光芒。这光芒正如绚丽的朝霞，见证了运行人员彻夜未眠的艰辛；这光芒恰似耀眼的星光，照亮了维护人员夜间抢修的忙碌。

月没参横，机组错落有致，"将士"戍守如常。

第九章　绿色狂想

"第一次来到超低排放技术的诞生地，非常荣幸。""如此高效的环保技术，确实能改变整个行业的发展趋势。"2021年11月，20多家主流媒体的记者从全国各地来到嘉兴发电厂，实地采访中国首台超低排放燃煤机组时，都不禁发出了由衷的赞叹。

对嘉兴发电厂而言，这些来自社会的肯定无疑是最好的褒奖。根据权威机构在线试验、监测得到的数据，实施超低排放技术之后，燃煤机组满负荷时烟囱总排口的烟尘排放浓度小于5毫克每立方米，二氧化硫排放浓度小于35毫克每立方米，氮氧化物排放浓度小于50毫克每立方米，均明显优于环境保护部（现生态环境部）2012年实施的《火电厂大气污染物排放标准》（GB 13223—2011），达到甚至优于天然气燃气轮机组的排放水平。而那些经环保装置回收的烟气，不仅实现了无害化处理，更变废为宝成为资源：烟尘回收后即为粉煤灰，这是水泥建材的重要原料；二氧化硫被吸收成为脱硫石膏，能被广泛用于建材等行业，进一步降低我国矿石膏的开采量，保护了宝贵的自然资源；氮氧化物则变成了水和氮气，不会对环境造成影响。

超低排放技术让燃煤发电得以进一步转型升级，走上了一条堪称脱胎换骨的革新道路。然而，正如历史上出现的所有重要技术一样，它的诞生历程充满了艰难险阻……

作为国民经济发展的动力引擎，燃煤发电对于电网结构的支撑作用毋庸置疑。但与此同时，煤炭燃烧产生的二氧化硫、氮氧化物以及粉尘等废弃物也是酸雨和雾霾的来源之一。从生态环境的角度出发，传统燃煤电厂的治污减排已是如箭在弦。

"以前，燃煤电厂最主要的任务就是发电，电量发足了，工作也就完成了。现在，随着国家环保政策的步步推进、层层落实，发电企业在完成发电任务的同时，还要做好环境保护。在建设生态文明、美丽中国的时代浪潮和现实背景下，'绿色'已经成为衡量能源质量和电企发展优势的重要指标，以往相对粗放的生产模式必定会被逐步淘汰，能否做好环保工作也将成为一块判断电企能否适应市场的试金石！"接受采访时，一位参与技术研究的研究员回忆，嘉兴发电厂很早便意识到清洁生产的重要性。

回顾嘉电的绿色发展史，节能减排答卷浓墨落笔，成效可圈可点，在发电企业绿色转型中具有标杆意义：工程、管理、科技减排三管齐下，累计投入环保资金近30亿元；领先实施机组"无电泵启动"改造、凝泵调节变频改造、锅炉受热面改造等项目，有效降低了机组能耗；2009年，提前4个月全部建成投产嘉兴发电厂6台机组烟气脱硫工程这一我国最大的单项火电脱硫改造工程，同时根据环保要求，完成所有机组脱硫旁路挡板的取消，机组的综合脱硫率达到90%以上，提前完成"十一五"减排目标；2011年至2012年，成功实施一期两台30万千瓦机组汽轮机通流改造，改造后机组出力增至33万千瓦，供电煤耗分别降低6克每千瓦时和10克每千瓦时以上；积极推进热电联供、污泥干化处置、烟尘、灰渣、噪声、废水治理和控制，废水零排放工程获得"国家环境保护实用技术示范工程"，投入约3500万元资金建设的污泥干化处置项目开创了国内大型火力发电厂利用污泥干化发电的先河，解决了嘉兴地区城市污水处理厂污泥处置的一大难题；2013年12月，顺利完成最后一台机组的脱硝系统改造并投运，全厂8台燃煤发电机组全部成为实现脱硫、脱硝运行的绿色发电机组，提前两年完成"十二五"脱硝减排目标。

绿色发展的脚步永不停歇，抢占绿色先机更要"走一看二想三"。针对当时以 $PM_{2.5}$（细颗粒物）为祸首的雾霾天气造成的生态困境，嘉兴发电厂乃至浙能集团及时自我加压，率先初步提出了"超低排放"这一全新概念——对他们而言，这既是企业转型升级、长远发展的自我要求，也是紧跟国家政策、承担社会责任的使命所在。

火力发电厂的热力系统向来以复杂著称，而超低排放也并不是一道简单的"加减"算术题，要想把这座他人眼中的"空中楼阁"真正建成地基坚固的摩天大厦、完成从"0"到"1"的历史性突破，光有勇气不可行，还要有谋。作为超低排放项目的首个实施单位，嘉兴发电厂拥有浙能集团首台百万千瓦机组，且原有环保设备先进、相应的人才队伍完备，底子好。

早在方案设计之初，嘉电人就远赴日本、德国取经，对当时世界最先进的烟气处理技术进行全方位考察和调研。在详细了解湿法电除尘、低温电除尘等一系列已经应用的先进减排技术之后，超低排放的技术路线在嘉电超低排放项目的设计蓝图上便逐渐清晰起来——浙能集团牵头组建的联合研发团队研判后决定，要突破原有技术的桎梏，采用"多种污染物高效协同脱除集成技术"这一前所未有的"非常规"方案，来达到预想中同样"非常规"的极致减排效果。也正是因为这样，"大胆设想、小心求证、不断地调整与完善"成为研发过程中循环播放了数百个日夜的铿锵主旋律。

2013年底，嘉兴发电厂三期8号百万千瓦机组超低排放项目改造工程正式动工。凭着高昂的士气，嘉电人在施工建设的各个阶段都投入了巨大的物力和人力。为了将超低排放这个"螃蟹"吃好、吃透、吃出成果，确保项目顺利推进、投产，并做好后续的运行、检修维护工作，在整理完厂家提供的系统图纸后，嘉兴发电厂成立了超低排放项目跟踪学习小组，第一时间组织安排协调各方进行图纸审查，以提高安装调试和后续运营管理效率。各专业人员认真熟悉最新的设备系统图，并从各自专业角度提出了相应的优化改良意见，如电除尘工艺水箱补水水源需要加一路杂用水以提高设备可靠性等极富建设性的措施。

嘉电人步步紧跟，事事关心，常常周末、节假日都扑在现场，一有新设备安装就去实地学习。在设备验收现场，他们往往会第一时间向相关单位请教设备的名称、用途，搜集包装附带的出厂原始资料，为设备建档立卡并拍摄真实影像；在工程作业现场，他们也会仔细观摩设备与系统链接的过程，常常就接口的位置、焊接的工艺、自控测点的分布、相应的技术维护等方面虚心与施工人员交流探讨。

除了日常走上前去学，嘉电人还请老师进来教。嘉兴发电厂多次组织天地环保公司、上海电站集团和南源公司专业人员对超低排放的湿法电除尘、管式换热器、低温电除尘等系统安装及运行维护进行了更加详细的讲解。课程的针对性、指导性极强，使嘉电职工对超低排放工程有了更深层次地了解，为熟悉各阶段现场设备，以及之后的顺利调试、运行、检修打下了坚实的基础。

要做就要做成！做成还要做好！嘉电人清醒地意识到，超低排放技术属于煤电清洁技术的"珠穆朗玛峰"，其运行关键技术、标准体系的建立等必须实现"嘉电创造"。2014 年 5 月 30 日上午 10 时 45 分，三期集控室内人头攒动，每一个人都在忙碌，每一个岗位都有人在悉心值守。

3 小时，距中国首套超低排放装置满负荷投用不足 3 小时。激动和期望，梦想和荣耀，充斥着现场每一个人的心房。他们知道，蓝天之梦的实现，渗透着每一位浙能人的汗水，镌刻着每一位浙能人的奉献。

"赵帅，你去把这张安措恢复了，要启动另一组引风机了。"运行集控操作班班长臧震宇的声音是超低装置投用期间对讲机里出现频率最多的。

对于运行操作班来说，这一天，是装置投用前最忙碌的一天。

2014 年初，为超低排放项目而临时成立的运行操作班，可能是全厂最年轻的班组。这个班组成员多为"80 后"，甚至"90 后"，平均年龄小于 35 岁。

作为装置投用的第一道安全防线，运行操作班每天的工作就是安措操作票的执行。操作票的执行复杂而烦琐，然而，确保超低排放装置安全可靠地投用，靠的就是操作班成员每一次操作时的心无旁骛。

赵帅，2010 年来到嘉兴发电厂的大学生，大家都亲热地称呼他为"帅哥"。作为集团首台百万机组的一名普通运行巡检，每天都在用双脚丈量机组。自从超低排放装置进入整组启动阶段，赵帅已经半个月没有休息，而像他这样数周未休的同事并不少见。

基于超低排放设备的全新特点，投运前的调试阶段，操作班的工作量比以往增加了四倍。赵帅暗暗数过，最多的一天，他要执行 60 多张安措操作票，加上另一台百万机组也在同时进行检修和设备改造，赵帅和操作班所有成员一样，都主动牺牲假期，全身心扑在了生产现场。

2014 年某日中午 12 点，当赵帅完成操作回到集控室时，惊讶地发现窦瑞瑞已经在忙碌起来。前一天正是窦瑞瑞结婚的日子啊！赵帅因为有重大操作，没能前去婚礼现场为多年的好友祝贺，早就准备好的红包还在他的衣服口袋里。看着全神贯注不停忙碌的窦瑞瑞，赵帅感慨万千，昨天是这位新娘这一周唯一不在现场工作的一天，本以为短时间内送不出去的祝福，结果今天就能交给这位新娘子了。复杂的交叉作业，需要熟悉的全新设备，近5000次的安措执行（指执行安全技术劳动保护措施），这就是为超低排放装置投用保驾护航的运行操作班。赵帅身处这个集体，感受到的是默默地支持和鼓励。

与赵帅并肩作战的，是一支前来义务加班的青年突击队，由运行倒班的青年团员组成，其主要任务是为操作班的班员减轻压力。正是这些可爱的年轻人，为超低排放装置投用夜以继日地坚守，使得首套超低排放机组的投用工作得以顺利推进。

下午1点，集控室，赵帅完成了今天的第12张安措单，还没喝上一杯水，猛然间便见到他最"不愿"见到的人——那位穿着橘黄色连体服、来自设备管理部的锅炉专工曹勤峰。

说起曹勤峰，赵帅是一肚子"苦乐水"。苦的是，见到他就意味着一张张安措单；乐的是，有他协调的工作总能和施工方合作得异常顺利。

作为搭建起业主、施工单位沟通桥梁的中间人，曹勤峰从项目伊始，就开始介入整个超低排放项目的推进。直到设备投用的那一刻，曹勤峰的手机还一直响个不停。"中国第一套超低排放装置的安装调试，异常繁复，需要沟通协调的单位非常多。作为今后运行单位的技术人员，我们就是各施工单位之间的润滑剂、协调站。"曹勤峰说，最多的一天，他总共拨打了192个电话。他手中那早已是老古董的诺基亚手机，今天已经换了四块手机电板。

"赵帅，你有充电器吗？"

"你知道在哪里，自己拿。"赵帅无奈地摆了摆手，头也不回又前往现场。

下午1时20分，赵帅一身汗渍油腻回到了集控室。他突然发现，现场气氛有些紧张，好多熟悉的面孔出现在控制屏前，其中就有设备管理部的副主任钱晓峰。

天地环保公司有一处关键的技术问题需要解决，并为相关工作作出决策，而钱晓峰正是这一支精密如齿轮般运转、确保超低项目顺利投产的技术团队掌门人。

"二期投产、三期建设、脱硫脱硝改造，对于一个技术工作者来说，每一次都是极大的突破。超低排放对我来说，就是不惑之年最大的一次突破。"为投产后的顺利对接，钱晓峰组织设备管理部技术人员主动介入，提前准备，除了邀请厂家、设计单位前来举办讲座培训，普及超低排放装置的技术特性外，还主动积累施工期间每个建设阶段的技术资料和设备图纸，为今后的运行优化打下坚实基础。赵帅听设备部与他同期进厂的伙伴说过一个笑话，说钱晓峰不是在超低排放现场，就是在去超低排放现场的路上。

正是有这样一群敬业奉献的设备技术人员，使得超低排放项目的生产准备工作能够顺利进行，也正是有了他们，才会让整个超低装置的启动过程如此顺畅。

下午 1 时 40 分，赵帅望着机组稳定向上的负荷曲线，悬在心头的弦又紧了几分。虽然他懂得不多，但他从检修兄弟的口中知道，现在已经到了最关键的时候。超低排放即将满负荷投运前的时刻是最揪心的，此刻在现场的很多人，都已经"满负荷"工作超过 24 个小时。而这样的 24 小时现场待命，在超低装置投用的这一周，已经成为赵帅和其他部门工作人员的作息习惯。

安全就是指挥棒，保证超低排放装置投用的顺利进行，是每一个浙能人的责任。

赵帅记得，不久前有一次夜班，超低排放重要设备之一的吸收塔搅拌器发生泄漏。当时正值超低排放改造后调试阶段，情况非常紧急。由于外来检修单位处理该类缺陷经验不足，赵帅报缺陷后不久，检修脱硫班就第一时间组织班组骨干赶赴现场进行抢修。

当时已经是深夜。但为了减少对脱硫系统的影响，避免搅拌器检修出现浆液大量泄漏的隐患，脱硫班班长朱立宝带领骨干，从嘉兴、平湖两地连夜赶到厂里，会同设备检修人员开展吸收塔搅拌器在线检修工作。经过 5 个多小时的检修，成功将吸收塔搅拌器拉至检修位置，消除了对机组运行产生的不利影响。当班组成员放心休息时，天际已经发白。

同样坚守到黎明的还有检修部炉控班的副班长许伟。装置投用前夜，在对给水流量、烟温探针、空预器吹灰、二次风压力校正等点火前缺陷逐一进行消除后，已近凌晨1点。值班负责人提醒许伟，可以先去休息，等点火再电话通知。他说："回去躺下怕睡着了，还是在这等着吧。"一直到次日早晨6点半，磨煤机启动正常，他才拖着疲惫的身躯放心地离开。

2014年5月30日下午1时45分，中国首台燃煤电厂烟气污染物超低排放装置在浙能集团嘉兴发电厂8号机组顺利投用。

自此，中国煤电开启超低排放时代。

2015年，"超低排放"一词被收入《政府工作报告》，并在全国推广。截至2016年12月10日，嘉兴发电厂8台共530万千瓦机组全部实现超低排放，成为全国最大超低排放燃煤电厂。

"绿水青山就是金山银山"，超低排放终于锻造成为嘉兴发电厂环境保护的一张潮牌名片。

第十章　能源责任

近年来，随着嘉兴港区的发展建设，古老的滨海小镇焕发出勃勃生机，吸引了一大批工业企业在此落户，也带来了巨大的供热需求。

"我们要用清洁优质的热能支持地方工业发展。"嘉兴发电厂牢牢抓住国家环保政策收紧和区域经济飞速发展的历史机遇，开始在区域供热领域精耕细作，不断拓展自身的供热版图，实现企业经营效益的稳定新增。

经过多年建设，嘉兴发电厂拥有无比庞大的机组容量，而这也正是它能满足各类蒸汽用户需求的底气所在。通过特定的调压装置，只要将汽轮机的抽汽接入供热管道，即可向终端用户供热。从市场的角度衡量，这是一种互惠共赢的优势互补——嘉兴发电厂得以最大限度地利用汽轮机抽汽含蓄的热量，一众企业亦能关停自备锅炉，省下产热和设备维护的巨额开支。秉承为地方发展提供强劲动力的服务宗旨，也为了能更好地在供热市场立足，嘉兴发电厂专门成立了平湖热力公司，全盘统筹协调供热事宜，全力打造优质供热品牌，不断开拓企业热力市场。

"供热是嘉兴发电厂全力开拓的一块绿色版图，也是公司在升级转型过程中很被看好的一个效益增长点。目前许多港区企业都顺利用上了来自嘉电的蒸汽，从他们的反馈来看，体验还是不错的……事实上，嘉兴发电厂的供热蒸汽品质往往比用户自产的更高、更稳定，因此，用户不仅能降低生产成本，还能进一步提高产品质量。更为重要的是，在连续关停了几台小型锅炉后，港区的空气也变得更加清新了。从环保这一角度来说，我们也挺欣慰的……"对平湖热力公司而言，这样的工作成效的确来之不易。

供热用户得到了实惠，生态环境得到了保护，在热力公司员工赵致远看来，这就是企业的市场价值与社会价值的高度重合。而为了实现这样的价值，他和同事们几乎踏遍了整个港区，回访老朋友，结交新用户，积极拓宽供热圈，包括卫星能源、新凤鸣、众立合成在内的众多港区公司都已成为热力公司最重要的"朋友圈"用户。

"从目前的情况来看，平湖热力已经成为港区无可替代的供热品牌。作为热力工程部，每当有了新用户，我们都会迅速把管道延伸出来，把蒸汽通到用户的家门口，及时保障用户的生产需求。"赵致远长年从事热力工程基建，在他看来，供热即意味着安全稳定、使命必达。他还记得，2019 年的一个双休日，热力公司工程部突然接到了一个不寻常的电话。电话是港区的一家企业打来的，对方向热力公司反映供热的系统压力上不来，已经波及了企业的生产用汽，给生产订单任务的完成造成了影响。

接到异常报告后，工程部的同事打开热力监控画面进行查证，发现企业所在区域的管路压力符合供热要求。原本事情可以到此结束，只要向来电企业反馈相关信息即可，但工程部并没有简单地一推了之，而是驱车赴企、实地走访，踏勘企业的用汽情况，找出症结所在。经过现场检查，他们发现用户侧之所以用汽的压力受限，原因是企业内部的调压装置弹簧部件存在卡涩情况。工程部的工作人员又及时帮忙处置，帮用户顺利提升了用汽压力，让企业生产得以继续。当得知生产状态已经恢复正常，那家企业的负责人紧紧握住工程部工作人员的双手，诚挚地表达谢意。

平湖热力公司始终把为用户提供最优质的热力服务放在心上，更积极落实到行动上。当年，新冠疫情暴发期间，港区的热力用户也遭受了不同的境遇：有的企业是因为节后用工人员无法及时返岗，有的则是因为原材料运输环节出现状况无法按时入厂，还有的是因为产品的销售量下降……种种情况都对供热系统的有效运行提出了新要求。平湖热力及时展开了对各家企业的用汽跟踪，科学调度、精准安排，积极以用户侧热用量作为反馈信号，随时调节热输出信号，保障了各类企业稳定用汽的需要。

与此同时，在互联互通共享的大数据时代背景下，平湖热力联合第三方科技单位共同研发用于热网运行的监控系统，把相关供热端、受热端的数据打包整合，变成一份详尽的供热生产实时数据。通过各种智能手持终端，进行云端管理，实现了数字化精细调控。此举不仅改善了供热系统的运维方式，也给受热企业提供了更加直观的供热渠道。港区的空气质量持续向好，热力圈的朋友规模也在不断地扩大，这些都生动体现了集中供热的环保红利。

自投产以来，平湖热力公司几乎每年都在创造新的年供热量纪录，实现了经济效益与社会效益的双提升。随着长三角一体化发展的深入推进，平湖热力也在更高层次、更广地域积极寻求合作伙伴，与上海金山区的供热市场也已签署合作备忘录。借助雄厚的能源基础设施，平湖热力将以热源互备、互济、互保为目标，全力推进两地热网的互联互通，积极争取跨域供热的先行先试项目，努力深耕前景广阔的供热领域。

写好供热这篇大文章，只是嘉兴发电厂实施港区环境保护的重要举措之一，而积极开拓光伏产业则是公司响应国家绿色低碳发展理念所采取的又一个强有力的行动。公司厂区面积可观，除了生产办公用的建筑物及构筑物以外，还有一些零星闲散的空间。为此，公司充分利用厂域的空间优势和采光条件，加快推进光伏发电项目，力求在公司范围内实现光伏出力全覆盖，为嘉电光伏寻求一条良好的出路。

"我们把厂区高架母线下方的空间、部分草坪通道、循泵房和库房的屋顶，甚至是灰库水塘都纳入考虑范围，充分合理地利用起来，最大限度地采集光能，让光伏变成嘉兴发电厂绿色能源的一张新名片。建设光伏项目需要投资，但投资也要做到精打细算。例如光伏电站的上网通路——新购置一台变压器需要一笔不菲的资金，在不影响系统正常运行的情况下，我们提出了能省尽省的原则，尽可能地利用好现有资源，最后决定让二期3、4号机组的一台启备变兼做光伏电站的升压变，完美解决光伏电站的出线问题。目前光伏电站的容量为 30 兆瓦，折算成标煤，每年可节约8582.27 吨，减少二氧化碳排放约 22904.82 吨、二氧化硫约 174.46 吨、氮氧化物约 59.09 吨，取得了良好的经济效益与环保效益。"谈起嘉电的光伏事业，综合能源管理人员内心充满了自豪。

对拥有着建设、运行和维护全套经验的嘉兴发电厂来说，光伏发电还是一张落实精准扶贫、促进企地经济合作的王牌。衢州市常山县对坑村，这个与嘉电遥遥相隔数百公里的小山坳，山村居民常年与大山打交道，经济基础因环境恶劣而薄弱。2018 年 9 月，在"千企结千村、消灭薄弱村"专项行动号召下，嘉兴发电厂与常山县对坑村签署了结对协议，建立起结对扶贫的关系。对坑村甘书记对于当时的情景依旧记忆犹新："我们对坑村是常山县里小山村，村民们都是靠山吃山、靠天吃饭，搞点经济创收实属不易。再加上村里年轻人都在外打工，农村劳动力缺失严重，制约了集体经济的发展。此次嘉兴发电厂和我们村结了对子帮困扶贫，用光伏发电为山村照亮了脱贫之路，我们的心里也就踏实多了。"

当荒地闲坡披上了光伏盛装，山塘池面架起了逆变器，一束束阳光就成了这个寂静山村最灿烂的希望。按照设计，对坑村的光伏发电采用自发自用多余上网的模式——无论是自用还是将电量售卖电网，光伏项目都实实在在地提高了村民们的生活水平。

为对坑村办实事，关键在于持之以恒。为了对坑村光伏项目运行稳妥，嘉兴发电厂特意留下了维保电话，这让对坑村的村民觉得嘉兴发电厂办事是有始有终的，是值得信赖和依托的帮扶伙伴。某次村里有条光伏线路总会莫名其妙地跳闸，这不仅让村民感到为难，也让村里依靠光伏发电增收的希望蒙上了一层阴影。得知情况后，嘉兴发电厂立即安排检修人员奔赴对坑村实地处置缺陷。徐思佳是嘉电检修部电气专业的一名员工，当他和同事赶到对坑村的时候，已近傍晚。

"对坑村离嘉电大概三四百公里。我们走的是高速，原本以为下午就能到了，不承想高速公路堵车、耽搁了时间，最后车子开到那里的时候都快傍晚了。村里的人很热情，看见我们来了就要接我们去家里吃饭。我和同事说趁着天还没有完全黑下来，还是先看一下故障线路的情况。其实在来对坑村的路上我们就已经研究过相应的图纸，根据村民对故障现象的描述，我们大致已经知道了原因——逆变器里面有一只空气开关老化了。后来我们就给换了个新的，投上去就恢复正常了，次日这条光伏线路就可以并网出力。为了预防同类情况再次发生，离开前，我们又把其他的逆变器逐个检查，并且紧固了部分端子接线，这样光伏线路出现异常的概率就小了。"一场跨越数百公里的检修，在徐思佳看来只是一件微不足道的小事。

牛羊逐水草而居，光伏逐阳光而设。硅晶板上，嘉电人已然成为合格的牧光者、践行社会责任的先行者。

地处杭州湾畔，亚热带季风气候给嘉兴发电厂带来的不只是分明的四季，还有丰沛的风力资源。对于嘉电人来说，光伏电站只是锻造清洁能源工程的第一步，在做好电站日常运行维护的同时，嘉电人凭海追风的步伐显得愈发迫切。有关发展风电的设想，若干年前早已写入了总经理的工作报告，成为嘉电发展进程中的又一项重大抉择。抢抓有利时机，积极推进供热、光伏发电和风力发电三位一体的融合式发展，真正走出一条具有嘉电特色的立体化的综合能源之路——这是嘉兴发电厂为之艰苦奋斗的理想，更是嘉电身为国企而义不容辞的使命。

风电项目属于模块化的系统工程，建设周期相对较短。但要在这么短的时间里完成风机选址等项目前期准备、招标、出线工程、设备采购、项目施工等工作，看似简单实则艰难。嘉兴发电厂没有风电的建设经验，一切都要从零起步。在嘉电领导的鼎力支持下，公司风电项目部的成员们不畏挑战，齐心协力克服了诸多困难，靠的就是一股全力以赴的拼劲。自始至终，一个"跑"字贯穿了整个项目：跑政府部门了解风电政策，跑附近村委做沟通工作，跑电网公司制定出线方案。跑出了速度，跑赢了时间，跑成了勇往直前无所畏惧的追风者。在项目正式开工后，风电项目部又联合总承包单位科学组织、精心施工，夜以继日追赶进度，克服了疫情、能耗双控等大环境的影响，跑出了令人惊叹的"嘉速度"。为了确保设备能及时到货，北至山西，南至广西，项目部成员又多次出省上门督造、催货，最终让风机打桩、基础浇筑、出线施工、汇集站施工、风机吊装等一系列重大施工内容得以顺利完成。

2021 年 12 月 15 日晚上 10 时 26 分，浙能集团首个厂内风电项目、嘉兴电厂 1 号风机的建设现场终于传来了捷报：海风中，1 号风机转动平稳，监控画面显示各项数据指标完全符合工况要求，嘉兴发电厂厂内风电项目正式并网发电！

对嘉兴发电厂而言，这是具有重要意义的时刻。它意味着六里湾那取之不尽的风力资源从此化身为宝贵的清洁能源，印证了嘉兴人践行零碳目标的决心；它也昭示着嘉兴发电厂从此正式成为燃煤超低排放、光伏以及风电三位一体的清洁能源示范基地、"煤风光"一体化发展的大型综合能源供应基地。项目的成功并网发电，对浙能集团加快构建清洁、低碳、高效、可持续性的新能源体系具有示范意义，为践行"3060"碳达峰碳中和目标开辟了全新的路径。

第十一章　强企有道

知识和人才是企业发展历程中最宝贵的资源。有了知识的储备和人才的加持，企业的发展引擎才会强劲。作为知识密集型燃煤发电企业，嘉兴发电厂向来注重人才的培养。

为了进一步加大内部人才的培养和挖掘力度，多维度发挥人才效能，探索与企业发展相适的人才生态系统，公司先后出台各项政策措施，努力为人才铺垫成长之路。通过不断细化专家评定标准，设置分值量化个人业绩，嘉兴发电厂结合集团、电力股份人才评选方法，进一步深化人才的管理使用，利用大师、劳模工作室、内训师和导师带徒等平台，让隐性知识显性化，高效促进人才技能的发挥，在机制运作的基础上，充分发挥人才对高质量发展的引领作用。

一分耕耘一分收获，嘉兴发电厂的人才强企战略获得了实质性的首肯。在浙江省人力资源和社会保障厅下发的《关于公布 2019 年度浙江省

"百千万"高技能领军人才培养工程人员名单的通知》中，公司职工孙春伟入选为优秀技能人才、宋振明入选为拔尖技能人才，充分印证、展现了公司的人才培养成效。

作为从基层班组起步的技能人才，孙春伟从汽机管阀专业入门，专心学习，细致钻研，逐步拓展自身的检修技艺，最终成长为一名现场型的技能专家。"我是一名普通的检修工人，只是因为勤于思考乐于动手，向一切可以学习的师傅请教，不断地积累经验，才会成为企业发展的中坚力量。嘉兴发电厂是燃煤发电大厂，从确保系统安全性与稳定性的角度来讲，需要具备每时每刻都能消缺维护的能力，而技能就是最大的保障。作为嘉兴发电厂培养的技能人才，我将牢记使命，把自己的技能与经验分享给员工，不断扩大技能知识圈，为强企贡献智慧与力量。"随着技能工作室的设立，孙春伟对"技能人才"这一身份又有了新的认知。

以精工细作树立榜样，用精益求精传承技能。2017年，孙春伟受邀承接了集团管阀技能大赛的准备工作，在他的训练下，选手们分别取得团体第二、第三，个人第五、第六的好成绩；2019年，他受命训练集团选手参加第二届全国电力行业青年内训师大赛，荣获团体二等奖、三等奖，4名参赛选手中，3人获个人第二名，并获"全国电力行业技术能手"称号，1人取得第三名的成绩。而在2020年浙江省部属企事业工会主办的水泵检修技能竞赛、焊工职业技能大赛上，孙春伟带领的队伍都取得了优异的成绩。

文化在碰撞中融合，理念于交流中精进。宋振明同样在嘉电人才培养战略中发挥着重要作用。以学习力提升素质、以凝聚力打造团队，以创新力引领未来——三"力"合一的工程理念，让工作室平台得以发挥人才培养的特殊优势。"公司成立工作室，是希望大家能有一个探讨技术、交流创新的场所。身为工作室的负责人，我有责任、义务和大家一起，做好技能培养、技术创新的工作。如今，嘉兴发电厂已经拥有了一个很大的体量，在这个巨大的体量面前，我们应该以更精进、更果敢、更有效的方式去应对技术问题，响应设备的故障缺陷，为电力市场机制下的机组运行保驾护航。"善于思考的宋振明把技术的改进与创新视为最核心的竞争力。

在顺应科技发展潮流的同时，他推动工作室不断加快创新步伐，以降低成本、节能减排和安全生产等为突破口，积极打通技能领域的任督二脉，让创新意识和劳模精神完美结合起来。2020 年，兢兢业业多年的宋振明荣获全国劳动模范称号，成为嘉兴发电厂乃至浙能集团获此殊荣的第一人！

嘉兴发电厂也适时革新了工作室的培训模式，推出"嘉电大讲堂+宋振明工作室"的结合体，为青年职工量身打造"营养加餐"。这些学习、交流活动不仅把大师请来讲座，把知识搬入课堂，还让青工们深刻感受到立足岗位、刻苦钻研的大师风采，让他们在榜样精神的引领下实现个人的成长。

宋振明工作室紧紧围绕浙能集团发展路径，以科技创新为抓手，重点关注、了解相关设备的新工艺和新技术，努力挖掘设备技改的潜力，积极攻克多项技术难题，为公司带来了切实可观的经济效益与荣誉。其中，《基于"消白烟技术"的烟气余热实时深度回收技术及应用》荣获火电企业超低排放及节能改造创新成果一等奖、《火力发电厂智慧燃料系统研究及应用》荣获 2019 年火电燃料管理智能化创新优秀成果、《基于 NetCMAS 的大型机械安全及健康评价研究》获得中国电力职工技术创新奖二等奖，全面展现了工作室的创新成果。

尾声　不夜的城池

六里湾畔，8 台燃煤机组依然岿然矗立于天穹之下，鳞次栉比的光伏方阵在灿阳的照耀下闪着粼粼的光，素洁修长的风电叶片被海风拨动着勾出轻盈的弧。

"妈妈，妈妈，你快来看呐，那儿有四根大烟囱，真是又高又大呀！"隔着巴士车窗，远处耸立的嘉电烟囱给小女孩带来了难以言明的震撼。"宝贝，那里就是嘉兴发电厂，咱们今天要去参观的地方。"随行的妈妈轻抚着女儿的小手，对接下来的参观活动充满了期待。

进一步拉近与公众的距离，为公众科普火电知识、展现清洁生产的魅力是嘉兴发电厂长期以来坚持不懈的事情。为此，嘉兴发电厂以火力发电工艺流程为蓝本，开发"绿色嘉电"工业旅游项目，让电厂褪下神秘的面纱，把每一度电的来龙去脉都清晰地呈现在大众眼前。

跟着嘉电讲解员在宽敞明亮的厂区内漫步，小女孩对周围的一切都充满了好奇。她不由再次望向远处的那四根大烟囱——高达两百余米的烟囱不见烟气缭绕，不见粉尘弥漫，静穆地站成了发电阵地上一列永不倒伏的旗杆。

再往更远处看呢？那是一片蔚蓝的天空，映在她的眼眸中，清澈亦明净……

将波澜壮阔留给了六里湾，嘉电人的日常，更多的是润物无声、平凡质朴，一如樵夫为给熊燃的火炬伐薪，终日回走于深林。他们触目皆是枝枝丫丫、层层叠叠、蟠结织就的青苍黯黜。于是，身之所在也便没有了昼夜之分。

一次又一次地轮替，一如六里湾生生不息地潮涨潮落——电力永不眠。

这是一座光彩熠熠的城池！这是一座能源不竭的城池！在这里，沿着浙能集团创立发展的光辉历程，嘉电人书写了一部创业的鸿篇巨著，见证了绿色能源的诞生，也为中国电力的发展留存了弥足珍贵的记忆。

而今，"踏上全面建设社会主义现代化国家、向第二个百年奋斗目标进军的新征程"，在"两个一百年"的历史交汇点上，嘉兴发电厂依然高擎创新发展的旗帜，围绕碳达峰、碳中和两大中心任务，提升与时俱进的创新能力，凝聚奋勇争先的竞争活力，为"四个革命、一个合作"的能源安全新战略目标，续写无限精彩的嘉电故事。

（原载《正道沧桑》，红旗出版社，2023 年 2 月第 1 版）

光芒叙事

中流击水缚苍龙

郑卓雄

一

瓯江是浙江省仅次于钱塘江的第二大河流，位于浙江南部，东临东海，南与飞云江流域交界，西与闽江流域接壤，西北部、北部与钱塘江、椒江两流域相邻。据《温州日报》：瓯江之名与温州城市的名字同演绎。清光绪《永嘉县志》载，温州"三代时盖瓯国"，故称其江为瓯江。汉顺帝永和三年（138）析置永宁县，又名永宁江。东晋明帝太宁元年（323）分临海立永嘉郡，又名永嘉江。唐高宗上元元年（674）称温州，又名温江。唐元和七年（812）因有刺史韦宥"于江浒沙上得筝弦，投之江，忽化为白龙而去"之说（见《集异志》）而名蜃江，谐音而为慎江。历史上，因其沿江曾盛植木芙蓉，繁花若霞，因以花名江，也叫芙蓉江。

瓯江发源于龙泉与庆元交界的仙霞岭洞宫山百山祖西北麓锅帽尖，自西南向东北一路咆哮卷涌，至丽水后折向东南一路宣泄原始的力量，贯穿整个浙南山区，经温州注入东海，几千年一如既往。干流全长 388 公里。

它从远古就以深切的母爱和血脉之乳滋养、丰润了浙南大地，成为经济和文化起搏的动脉。千百年来，历代瓯越子民在这里逐水而居，在瓯江等六条水系的干、支流两岸繁衍生息，形成了星罗棋布的大小村镇和州府县城。发达的水系为人们带来了航运、渔业和灌溉之利。在古代，在这条黄金水道上，不仅谢灵运、李白、白居易留下游踪，更有谢灵运、秦观、陆游、李清照、叶绍翁、刘基、汤显祖等大诗家也久久在此盘桓。

不过，这蜿蜒九曲八百里水路，有着桀骜不驯的天性，其顽劣天性得到前所未有地释放。在所有的大江大河中，有着极其鲜明的性格。

它属典型的山溪性河流，大自然的鬼斧神工一一呈现，岩性河岸，卵石河床，河道时宽时窄，深潭与浅滩相间，整条河流几乎全在山谷中蜿蜒穿行、左右腾挪。河谷两岸地形陡峻，河谷纵向底坡较大。河岸除局部地段系沙泥外，大多是岩山，河床覆盖有较厚的卵石、大块石。它任性曲折跌宕不管不顾，一身横冲直撞地冒失与惊险。

除了深山峡谷的崎岖地貌，凶险也源于剧烈降落的水流高度。从瓯江源最高处江浙第一高峰的黄茅尖算起，到上游大港头镇不到 200 公里的流程，海拔急剧下降了 1600 多米，平均每公里下降 8 米。瓯江几乎是坐着滑梯一路急速俯冲而下。长江有着 5500 米的落差，但它用了 6000 多公里的缓冲将这 5500 米降到海平面；瓯江，却必须只用长江八分之一的长度，去消解超过四分之一的高度——与长江相比，瓯江的流程被严重压缩，俯冲力至少增加了一倍，直泻而下的姿态里，有些热切和率性。

一条被急促催行的江，必然是脾气暴烈的。滩多湾多，礁险水急，河水暴涨暴落，几乎是所有瓯江水系的共性。它在层层叠叠的大山中被束缚，被压抑，被迫在层峦叠嶂中千回百转，积聚起移山倒海的力量，也积累起疯狂的暴戾。它蔑视一切生命与一切法则，只是由着内心蓬勃的冲动、由着无需理由的情绪，倾泻出毫无城府又让你把握不定什么。南宋绍兴三十年（1160）春，爱国诗人陆游乘小船溯瓯江北上，在急流险滩中发生折舵事故，经船工努力奋争，终于化险为夷。诗人便写下了"溪流乱石似牛毛，雨过狂澜势转豪，寄语河公莫作戏，从来忠信任风涛"的诗句。

在颤抖的悠悠岁月里，瓯江赋予浙南人民的一半是血泪、一半是黄金。雨果说的"大自然的双面像"，在它身上展示得无以复加、淋淋漓漓。翻开尘封的万签插架的典籍，搜寻有关它的书页，不论正面反面，都醒目地写着：水患！水患！

频发的梅雨洪水和台风暴雨洪水，给浙南人民带来了深重的灾难。

史籍中水灾的记载远多于其他灾害。其中，瓯江流经的丽水自隋朝立州以来这里所遭受的重大水灾，历朝史籍多有记载。记入二十五史的 54

147

次，其中《旧唐书》记载 4 次、《新唐书》记载 8 次、《宋史》记载 5 次、《元史》记载 1 次、《明史》记载 1 次、《清史稿》记载 35 次。清光绪版编的《处州府志》（处州府，丽水市的古称，辖丽水、松阳、景宁、缙云、青田、遂昌、庆元、宣平、云和、龙泉 10 县），记载历年水灾 144 次，其中唐代 4 次、宋代 11 次、元代 6 次、明代 52 次、清代 71 次。各县县志及其他志书所载不可胜计。据资料统计，丽水市洪水灾害的出现概率平均为两年 1 次，甚者一年多次，其中大洪水灾害的出现概率平均为 5 年 1 次。

古代受历史条件限制，每遇水灾，事前不能预报。洪水突临，转移不及，只得仓促避于楼屋，常致屋倾人亡。在丽水市区南明山高阳洞里摩崖上就有水灾记事，字迹不大，却深深镌刻进石骨，让人们无法忽视这微小的历史残片："大宋绍兴甲子、丙寅岁，洪水自溪暴涨，约高八丈（约26.67 米），人多避于楼屋，误死者不可胜计。因记于石，以告后来。"寥寥数句的记述，让今天的我们读来仍后背发凉，惊悚不已。可见那场大洪水在丽水历史上留下了多深的伤口。究竟死了多少人，清道光《丽水县志》卷十四有如下记载："绍兴十四年（1144）八月，水高八丈，溺死三千余人。十六年（1146），大水如前。"

洪水肆意横流、泛滥成灾，所到之处房倒田毁、惨绝人寰。翻开《处州府志（标点本）》第二十五卷《祥异志》（第 1872 页），一开头就是唐朝的事（再早的事，就看不到记载了）。上头赫然写着：

显庆元年（656）九月，括州（今丽水）暴风雨，海溢丽水，溺死七千余人。

总章二年（669）六月，括州大风雨，海溢。

神功元年（697）三月，括州水，坏民房七百余家。

开成三年（838），处州平地水八尺有余。

宋代开始，水灾记载明显增多，灾情描述也较具体，其中灾情比较严重的有：

宋庆历年间（1041—1048），松阳县百仞堰毁于大水，松阴溪南一带"一望萧然，尽为赤土"。

宋绍兴十四年（1144）七月，处州三县大风雨；八月，丽水淹死三千余人。

元大德九年（1305）六月，丽水、青田水发自缙云，漂荡庐舍，淹死数百人。

元至元六年（1340）六月，松阳、龙泉二县积雨，水涨入城中，深丈余，溺死五百余人；遂昌县尤甚，平地三丈（约 10 米）余，桃源乡山崩，压溺民居五十三家，死者三百六十余人。

明成化十九年（1483）六月，大水，云和溪水高两丈（约 6.67 米），濒溪民房漂没；景宁冲毁民居二百余家，溺百余人。七月，遂昌大水，毁民居田地，淹死十余人。

明嘉靖元年（1522）五月十五日至十九日大雨，龙泉平地水漫一丈五尺（约 5 米），人畜死伤无算，留槎洲民居漂荡殆尽。

明万历三十七年（1609）八月，青田洪水暴溢，舟行城内救溺，漂荡民居殆尽；丽水大水，漂没田庐；缙云大水，冲毁城楼；遂昌大水，田禾漂没。

明天启三年（1623）四月，丽水大水，麦无收；缙云大水，漫城垣。

明崇祯八年（1635）五月，处州大水，淹官署、民居，括苍（小水门）、南明（大水门）、行春（厦河门）三门俱坏。水退，沿溪积尸无数。

到了清代，有关水灾的记载更加丰富，不仅正史中有大量资料，地方志以及其他野史中也有很多具体描述：

清康熙二十五年（1686）四月，宣平大雨五日，漂没田庐，溺者无算；丽水大雨四昼夜，漂没庐舍无算。闰四月，处州大雨，水高于城丈（约 3.33 米）余；松阳大雨四昼夜；景宁大雨三昼夜；二十四日，青田大水高故岸二十余丈（约 66.67 米），排水拔木，城邑为墟，凡学宫、县治、祠庙、民舍尽漂入海，上流男女楼居者连屋浮下，尚攀屋号呼，灯荧荧未灭，随奔涛逝没……流亡不可胜计，蔬谷鸡犬无遗种。

清嘉庆五年（1800）六月二十三日，丽水大水，船逾城入，越二日水退，死者以千计，册报坏田五千五百余亩（约366.67万平方米）；二十五日夜，遂昌雷雨交作，山崩水涌，临溪民房尽漂没；二十七日，北乡山洪暴发，前后漂没数千人。

清光绪二十六年（1900）七月廿日、八月十日丽水两次山水暴涨，城厢内外水高数丈。府仓积谷售罄，饥民捣毁府署。碧湖饥民将不肯平粜稻谷的财主戴高帽游街。

清光绪三十年（1904）六月十七日，大水。龙泉济川桥被冲，城内水与檐平，船可撑至清修寺边，茶丰、住田街、秦溪漠和水南一带田舍冲漂殆尽。景宁沿溪漂没田庐甚多，为道光后最大水灾。次日，庆元城内东门一带民屋被冲，溺死数十人。

中华人民共和国成立前的四十年间，是浙南历史上洪水灾害严重的又一个时期。民国年间的重大水灾有四次，分别发生在民国元年（1912）、十一年（1922）、十七年（1928）、三十一年（1942）。特别是民国元年8月、9月间的洪水，为二百年一遇的特大洪水。这一场水灾，史称"温处水灾"或"壬子年水灾"。受灾区域之广、受灾人口之众，可称温州、丽水两地数百年里之最。

我查阅过《丽水市志》和《瓯江志》，那悲惨的情景简直不能想象，这是多么残酷的生命之殇。1992年版《丽水市志》载："民国元年八月二十九日，溪水高于平时八丈，漂没沿溪田庐，溺毙人畜无算。"《瓯江志》载："温州、处州两府毁房三十六万余间。永嘉山洪暴发，溺死者逾万人。景宁沿溪村落水深丈余，外舍全村覆没。"

时任青田县知事叶正度《查赈日记——记民国元年特大洪水》一文写道："八月二十九日，风雨大作。至晚八点钟，山水陡发。至十一点钟时，前后约三小时之久，水已涨高约二十丈之谱，全城漂没。知事与各科长员，幸有法警大力者，打破后围墙，奔至后山顶试剑石地方，得全性命。其时，但闻风声、雨声、喊救声、哭泣声、房屋坍塌声，声声相应，惨不忍闻。三十日黎明，在后山顶一望，全城皆成泽国，人民庐舍无片瓦可睹。当即拟电省，雇人赴温发出，无应命者。彼时适有新授宣平知事王君石庚，亦孑然逃至后山，衣履全无，晤及托代为电省。三十一日，水势渐落，城垣始见。县署大堂以前尽成平地，淤泥堆积上房。房屋虽未全坍，已皆柱折砾出，不可栖止，器具漂流无存，城内死尸遍地。且分文俱无，实为半策莫筹，再四思维，不得不至温设法借款，筹办掩埋并急赈事宜。"

《地学杂志》1912 年第 11—12 期刊载《青田洪水祸记》一文，记载了青田洪水暴发的情形和极其悲惨的状况："洪水暴涨时值夜晚，大多数人根据以往洪水的经验，认为洪水很快就会退去，所以都选择在家中等待，洪水进屋后，人们又爬至阁楼和楼顶，没有及时向高处转移，至二十九日晚八时，青田水量独在城脚，嗣后速度顿增，每十余分钟增高数尺（约 0.33 米）……至（晚）十一点钟，陡高十四五丈（约 46.67 米或 50 米），南门城楼占全城最高点，统捐局所在地，亦高过楼头数丈。大雨倾注，雨点打头如雹，弱者喊呼求救，健者双手交胸瞑目待死、如登法场。呼救之声甚烈，而声即旋息，全屋已入水，人已死矣。还有些攀援于树者，又随大木以拔，漂泊不知死所，前后三点钟青邑一隅已杀十余万人。"

这场水灾给瓯江流域各县造成了空前的灾难，当时各地的报告和报纸中频繁使用了"山洪猝发""变为泽国""未有之奇灾""惨不忍睹"等词语。

综合相关史料：二十九日夜，洪水冲毁遂昌西门堤防，水涌入城，西隅几与楼平，倒塌房屋百余间，毁田地农作物无数，死百余人；松阳石仓源芥菜园全村覆没；云和城西堤堰崩裂，城内水深丈余；景宁沿溪村落水深丈余，大均村以下水益高涨，外舍全村覆没，六都张山村淹死三十余人；丽水城四周虽有军事和防洪双重功能的坚固城墙，但溪水高出平时八丈，大水入城，城内水深可行舟，城墙多处被冲毁，房屋、桥梁倒塌无法统计，人畜溺毙无数，受灾户达五千多户。丽水县知事李平在九月七日呈送省民政司的电文中写道："城中各地一片汪洋，尽成泽国，共计被灾者有五千余户。房屋漂没无数、人民淹毙不少。男女老幼呼号痛哭，日夜不绝，凄惨情形不堪言状，此专就城关内外而言，至东南西北四乡据报被灾情形亦堪重大，至有连村漂流成白地者。"《温州历史年表》也有记载："永嘉两次遭强台风袭击，瓯江沿岸及附近多处发生数百年罕见特大洪水，田园塌坏，哀鸿遍野，西溪一带山洪卷走万余人。""其时暴雨成灾，江心屿千余民众被困。"温州永嘉诗人徐定超在目睹水灾惨状后写下的《温处水灾歌》，描述了当时洪水卷带着大量人口顺流而下，人们登高避水，如同人间地狱般的悲惨景象，"蔽江而下人如市……云是青田遭奇灾。两日大雨天不开，平地水涨没楼台……有司奔救才十一，血肉多被馋鲸吞"。

9月1日，瓯江流域的风雨总算全面停歇了下来，洪水退尽，天地慢慢地从混沌的状态里清醒过来，瓯江两岸暂时恢复了宁静。正当受灾各县正在全力赈灾，侥幸存活的灾民设法自救时，祸不单行，9月17日受台风影响，各地又风雨狂发，连日大雨，水势陡涨，并引发了山洪，灾情和上次相比，有过之而无不及，很多在上次洪水中幸免的房屋和粮食也遭冲毁，致使灾情更加严重。《浙江省办理温处水灾征信录》载，丽水县"十八号洪水横流泛滥于城乡各地，沉没房屋与前同，留存之食物概遭损失"。青田水势"较前次微低数尺，所有十余日间居民搜罗呼号，设法借贷置来竹簟草席搭盖之蓬屋约二三百户又复扫荡而光，……沿溪一带未毁之村落，未冲坍之田稻盖皆漂没"。

据《浙江省水利志》载：温、处两属遭台风暴雨袭击，山洪暴发，瓯江漂流死者逾万，飞云江浮尸蔽江。两属受灾五十九万余人，淹田四十一万余亩（约2.73万平方米）。

洪魔横扫之后，完全没有束戈卷甲之意：

民国十一年五月十一日至十三日，遂昌大雨倾盆，山洪暴发，冲毁桥梁、道路、田地，不可胜计。六月，复大雨兼旬，丽水、缙云等县溪水泛滥，田庐漂没，地方筹款急赈，华洋义赈会拨巨款赈济。八月九日，景宁大水，沿溪损失与民国元年相近。

民国十二年（1923）八月十四日，龙泉大雨成灾，县城义仓二十五万斤谷被水浸。

民国十七年，青田暴风雨。农田被淹七千九百亩（约526.67万平方米），漂没一百五十余亩（约 10 万平方米），沙淤三百亩（约 20 万平方米）；冲塌堰坝一千五百余丈（约 5000 米），民房十三间；三千一百人受灾。八月一日，缙云大水，七万八千人受灾，毁屋三百五十间、桥梁七十二座。

　　为了生存，瓯江沿岸人民同水灾进行了顽强不息地长期抗争，瓯江水患的治理也成了历朝历代的重大民生问题之一，甚至成了各朝的"政本"。历代以来，官府及两岸人民曾不断进行小规模的修利堤防、导达沟渎。处州府自古以城为堤，防御洪水。沿溪流各县也兴建大大小小的防洪堤，以保护他们的家园和田园，如缙云的凤山堤、云和的白水堤、松阳汤公堤、景宁永乐堤等等。但那些堤堰根本敌不过无边洪水的魔性与狂妄。

　　面对瓯江灾害的巨大破坏力，政府和沿岸民众一时束手无策、充满恐惧。在极度恐惧和无能为力之下，哀戚命运的沿岸民众无可奈何地兴起了众多关于水神崇拜的活动，其中迷信防灾的主要方式就是通过兴建龙王庙等水神庙宇来起到镇守瓯江水土的作用。在科学并不发达的古代，我们有足够理由想象瓯江两岸人民在潜意识中深埋着对水的恐惧和对自然的敬畏。他们设香案、摆祭品、三叩九拜、拈香祷告，以精神的信仰来抵御来自瓯江不可预知的水患，以精神的力量来排遣内心的巨大压力，以虔诚的寄托扫清心理上的阴霾。

　　中华民国时期，近代水利科技开始引进丽水，境内逐步有了流量站、水位站、雨量站等基础设施，对水文进行科学观测和研究。

　　但水患仍犹如"达摩克利斯剑"高悬在瓯江之上，终竟未能摆脱瓯江翻腾危害甚烈的恶浪。

二

　　彻底解决瓯江水灾及旱灾问题是千百年来浙南人民的夙愿。1894 年，中国近代伟大的民主革命家孙中山在其《上李鸿章书》中，就提出了一个改变中国贫穷落后面貌的初步设想。

时年 28 岁的孙中山，上书当时的清政府直隶总督李鸿章，洋洋八千言谈富强之大经、治国之大本，尤对电能的认识与作用秉书陈情：谓"有不徒于世之心，则虽处布衣，而以天下为己任……不待文王而犹兴也"。余"为生民命脉之所关，且无行之之难，又有行之之人，岂尚有不为者乎？用敢不辞冒昧，侃侃而谈，为生民请命"。向当时清廷介绍的西方先进技术中就有"水力生电"，即刚刚诞生不久的水力发电技术。阐述了"平水患、兴水利"的思想，建议利用水力发电。

1917 年到 1919 年，他在上海住所发愤闭门著书，把"奔走国事三十余年"的经验，从理论上作了总结，写成了《建国方略》，构想了中国建设的宏伟蓝图。在《建国方略》中提到："发展电力事业是成就强国的必经之路。"

抑洪水而天下平，驱"猛兽"令百姓宁。饱受水患滋扰的浙南人民，急需在瓯江上建设一道防洪屏障，控制上游洪水。

民国十九年（1930）春末夏初，当时正处于军阀混战时期，浙江地质所地质学家张更怀揣孙中山先生的宏伟蓝图，身体力行，以坚强的毅力亲自率队，利用北洋政府时期原浙江军阀当局所绘 1：40 万地形图，踏上浙西南地质考察的征途，此前"浙之西南，地僻山险，地质方面未曾经人调查"。他们捡枝为杖，翻山越岭，披荆斩棘，行走在陡峭细滑的山梁，如刀尖上的独舞，步步惊险，因"比例尺既小，等高线也未够精确，用时颇感困难"。他们在艰险异常的野外工作了 50 日，行程 2000 余里，因途遇匪患，松阳、丽水等县未及调查，仅对景宁、云和、庆元、龙泉等县做了调查，作《太顺、景宁、云和、庆元、龙泉等县地质简报》。首次运用现代地质学的概念和原理，对丽水境域的地文、山脉、河流、地层及岩石、地质构造、矿产进行观察、分析和论述。心血泽后人，为新中国成立后的瓯江流域的开发提供了基础资料。

民国二十四年（1935），国民政府资源委员会下属的水力发电勘测总队曾派勘测队查勘瓯江小溪和飞云江水力资源，拟制小溪开发计划。民国二十九年（1940），还派员勘测瓯江上游大溪和支流松阴溪水力资源及坝址。

然而，国民党统治下的中国政治腐败、国力疲敝，是没有力量完成孙中山先生的遗愿，再好的设想只能沦为空想。

新中国成立后，治理瓯江的千古难题交到了共产党人手中。1950 年，华东地质局三〇一地质队不畏艰险，在绝壁陡崖中攀行，对瓯江的水利资源进行初步调查。1956 年 9 月 25 日至 12 月 28 日，当时，水利电力部上海水电勘测设计院、浙江省水利水电勘测设计院组织 30 人，联合对瓯江水系进行地质普查，他们肩负着党和人民的重托，不辞辛苦，在人迹罕至的山重水复中查勘，行程 1300 多公里，查明流域内的地形、地层岩性、水文工程地质条件以及拟建的紧水滩、石塘等坝段的工程地质条件。次年 2 月编成《瓯江流域普查报告》。上海水电勘测设计院编绘出版了《瓯江流域水库基岩地质图》《浙南瓯江流域构造纲要图》《瓯江流域水库实际材料图》《瓯江流域水库工程地质分区河谷图》等基础图件，并有吴泉根编写出《瓯江流域规划阶段工程地质报告》。

1956 年起，上海水电勘测设计院开始对瓯江流域进行规划，1958 年 6 月拟定规划报告，建议采用青田高坝方案，对瓯江水电进行第一期开发。水利电力部和中共浙江省委批准了这一方案，瓯江水利资源利用，终于在新中国的时间表上真正铺开了蓝图。7 月，瓯江水力发电工程局成立；8 月，瓯江水电站开工建设；10 月，浙江省委与水电部水电总局会同召开中外专家（苏联专家 5 人）现场会议，研究和决定电站设计的主要方向与原则，副省长吴宪代表省委、省人委在会上做了总结报告。是年冬，工程全面动工，参加工程建设的职工近 2 万人。

1962 年 7 月，贯彻国民经济"调整、巩固、充实、提高"方针，水利电力部和浙江省委决定瓯江水电站下马停建，人员、设备并入新安江水电工程局（中国水利水电第十二工程局）。至次年停建时，两条泄洪隧洞已打通并衬砌，衬砌后洞径 22 米；厂房顶拱已开挖完成，跨度 38 米；整个工程建设已投入资金 4541 万元。

1972—1975 年间，中国水利水电第十二工程局勘察队在神圣的使命感和荣誉感鼓舞下，上山下谷，爬坡攀崖，重新对瓯江进行查勘规划，先后提出《浙南地区水电选点报告》和《瓯江流域规划查勘报告》。鉴于浙南

光芒叙事

地区人多地少、青田高坝淹没范围过大、移民过多等情况，决定放弃青田高坝方案，采取高低坝相结合、分散与集中相结合的梯级开发方案。在瓯江干流大溪以不淹龙泉、松阳、碧湖和丽水平原及城镇为原则，兴建紧水滩、石塘水电站；在支流小溪以不淹景宁盆地为原则进行开发，兴建大赤、滩坑水电站，在干流青田兴建黄浦水电站等五级开发方案，并推荐紧水滩为第一期开发重点工程。

江河滔滔，荡尽天下；风云往事，化作阳光下翻腾闪耀的浪花。时任紧水滩工程总设计工程师王理华，把毕生精力都奉献给了中国的水电事业，为紧水滩水电站工程设计倾注了大量心血，见证了它从孕育、出生到成长的点点滴滴。如今虽年近望九之年，仍然保持一副挺拔而不失硬朗的身板，精神矍铄，耳聪目明，他的记忆仍很鲜活："紧水滩水电站初步设计由水利电力部上海水电勘测设计院于 1960 年编制完成，装机容量 7.5 万千瓦。后因瓯江水电站停建，紧水滩水电站初步设计也随之改变。1974 年 5 月，水利电力部第十二工程局勘测设计院重新对紧水滩水电站勘测规划，编报《紧水滩水电站初步设计》。1975 年，根据水利电力部和浙江省的部署，水利电力部十二工程局勘测设计院重作瓯江流域规划，经技术经济比较，总装机容量为 15 万千瓦。1980 年 6 月，当时电力工业部华东勘测设计院重新编制初步设计补充报告，电站装机总容量改为 20 万千瓦；8 月，电力工业部审查同意。1984 年 5 月，由于下游梯级石塘水电站兴建为紧水滩水电站扩大容量提供了条件，于是经批准扩大紧水滩水电站容量为 30 万千瓦，列入国家"七五"重点项目。1984 年 8 月 7 日，当时水利电力部部长钱正英到紧水滩水电站工地视察，并与我们座谈，对工程建设寄予厚望。"

紧水滩工程的历程曲折，但结果圆满；设计不断优化，效益不断提高；能坚持设计的客观性和科学性。紧水滩水电站大坝是我国水电建设史上的一项巨大成就，紧水滩水电站大坝为三心双曲变厚砼拱坝。这种在国内高拱坝中首次采用的坝型，新颖经济，1987 年荣获国家第四次优秀工程设计金质奖和国家第二次优秀工程勘测金质奖。

三

1978 年 10 月，水电建设大军风尘仆仆开进大地延伸的山峦和负重的期冀，放响了开发瓯江水力资源的第一炮，使沉睡了千万年的瓯江幽谷苏醒了。水电建设者们栉风沐雨，历尽艰辛，从此巍峨的大坝从"龙宫"中节节升起。

1985 年 11 月，正值工程建设如火如荼的时候，王理华带着好奇、喜悦和梦想，走进了建设工地，从此，王理华的命运、魂魄永远与紧水滩水电站有无法割舍的情缘。面对滚滚瓯江，他情不自禁地写下了：

瓯江，我心中的一脉河流
在你宽广博大的胸际
烙上了一条蛟龙图腾崛起的伟绩
在你强劲的脉搏中
沸腾着我燃烧的热情
你用荡溢的甜乳
塑就了我光明的魂灵
使我挺直坚实的脊梁
负起历史久未如愿的期冀

瓯江，我心中丰盈鼓胀的血脉
我的脉管里旋流着你的骄傲
鼓胀着你石破天惊的神秘愿望
成熟着你一个等待收获的梦想
我周身每一滴浓缩的血液
都孕育着你勃勃不息的胆魄
都激荡着你呼啸远天的回声

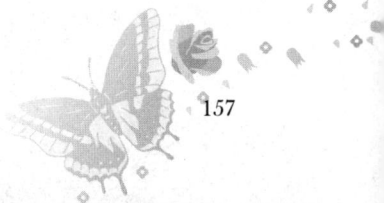

瓯江，我心中的一脉河流

我的梦永远闯不出你曲折跌宕的旋涡

我的心永远跳不出你激情丰沛的胸怀

1986 年 6 月 26 日水电站下闸蓄水，将大山的盼望牢固地合拢，将瓯江的等待轻轻地托起，把 10.4 亿立方米绿波粼粼的碧水锁在群山之中。

据有关资料表明，水库控制流域面积 2761 平方公里，总库容 14 亿立方米，其中防洪库容 2.3 亿立方米。水库控制流域面积占丽水的 38%，占碧湖的 50%，水库蓄水后使大溪流量得到调节。出现 5 年一遇洪水时，削减洪峰流量 53%；出现 20 年一遇洪水时，削减洪峰流量 57%，将流域的防洪标准从 3—5 年一遇提高到了 20 年一遇。库区不仅驯服和收敛了瓯江龙泉溪放荡不羁的暴烈性格，对提高下游丽水市区、青田及碧湖镇的防洪能力，保护两盆地 7 万多亩（约 4666.67 万）农田都有着重要的作用，基本改变了下游小水小淹、大水大淹、大小水灾频繁交替的状况。此外，由于大溪流量得到调节，水位较从前稳定，方便两岸的农田灌溉，亦为库区周围及下游地区的工业、生活用水提供充足水源，有利于工农业生产的发展和人民生活的改善。

面对在峡谷中渐渐应运而生的一个阔大的人工湖，王理华心中一种对山川揽胜的原始恋情与源远流长的历史激动，不自觉地被呼唤出来，挥笔写下了：

一个绿酽酽的梦

在我憧憬已久的渴盼里滋润

在我赤诚豪爽中孕育

带着深谷轻悠的全部思绪

带着摩岩石壁坦荡的襟怀

带着飘溢浓郁的春色

自我的明眸泪流而下

沿着我的血管和经络汹涌而来……

我周身沸腾的血液

每一滴都来自你甘甜的乳浆

你醉人碧波的每一闪动

都凝着我的理想、我闪烁的希望

都奋力启动着我生命的脉搏

你掀起的每一页敞旷的波浪

都闪耀着都市斑斓的流彩

都牵曳着每一个山村春晓时的萌动

我是你梦中一声悠远的回声

我是你梦中关不住的冀盼

我是你梦中读不断的绝句

我是你梦中血运旺盛的萌芽……

1987 年 4 月 3 日，首台机组投产发电，翡翠色的山谷里开始旋转着电的涡轮，输电线开始牵动大山的神经。1988 年年底，装机 6 台，总容量 30 万千瓦的紧水滩水电站全部建成，不仅使滔滔的瓯江洪流变成强大的电能，成为华东电网的调峰、事故备用的主力，而且带动了浙南经济的振兴，在发电、防洪、航运、过木（竹）等方面发挥了巨大的经济效益。

当我国第一个向国际公开招标水电施工项目而引起的"鲁布革冲击波"还未退去，1985 年 7 月 1 日，下游石塘水电站工程又响起了雷鸣般的开山炮声，拉开了瓯江梯级开发的序幕，并率先第一个在国内公开招标电站主体工程和施工项目。装机 3 台，总装机容量 7.8 万千瓦，于 1989 年 7 月 2 日投产发电，与上游紧水滩水电站竞相光华。

沧海风云，山河为证。浙南人民的千年梦想在中国共产党领导下，终于变成生动的现实，千年来绵延不绝的水患，不再成为瓯江沿岸人民的切肤之痛。正如时任中共浙江省委书记李泽民 1989 年 10 月 11 日来视察时，对陪同的厂领导所说的："紧水滩水电站是瓯江流域防洪体系中的骨干工程，它的建成标志着治理瓯江水害、开发瓯江水利资源的伟大事业迈出了关键一步。紧水滩水电站的成功建设，最根本的是得益于改革。你们要抓住机遇，把电站管理好。"

四

"沧海横流，方显出，英雄本色。"紧水滩水电站自 1985 年 10 月 1 日建厂至今，紧电人以他们特有的果断和激情，构成了这座电力企业的骨骼，凝就了企业的骨血和灵魂。厂历届领导班子励精图治，党、政、工、团密切配合，带领全厂职工顽强拼搏、开拓进取，使企业一步一步地走向崛起，实现了一次又一次地跨越。1996 年 8 月 5 日，时任中共浙江省委副书记、浙江省副省长柴松岳视察了紧水滩水电站。在察看了电站的生产现场和设施并听取工作汇报后，他充分肯定了电站两个文明建设所取得的成绩，并勉励说："紧水滩水电站近几年取得了很大的成绩，荣誉很多，名气很大，希望保持荣誉，多作贡献，不仅要成为浙江电力系统的一面旗帜，还要成为全国电力系统的一面旗帜。"

瓯江岁岁安澜，是紧电人的初心和使命，其中浸透着紧电人的无悔付出。已退休多年的老职工何水昌回忆起当年的时光，深有感触："1983 年因工作需要，受企业选派来到紧水滩水电站，负责水库调度工作。当时条件比较差，连个办公地点都没有，我和几位新招员工，天天挤在第十二工程局施管处本来就不大的办公场所。主要工作是熟悉流域洪水特性，参与洪水预报调度作业。建厂初期，水电站还处于施工阶段，主要依据紧水滩、石塘梯级水电站联合调度图进行水库调度，当时防汛工作面临许多困难。一是施工期洪水特性是天然河流汇流，而水库形成后是库面汇流，两者汇流条件和特性截然不同，而工程设计单位和水文科研单位提供的洪水预报方案，始终达不到预报精度要求；二是水情测报传递通信只有有线电话一种方式，越是遇到大洪水越是常发生通信线路倒杆断线、中断雨情资料传输；三是计算设备原始落后，只有算盘和一只计算器；四是技术力量十分薄弱。

"建厂后本着'人民至上、生命至上'原则，始终把安全度汛放在各项工作首位，牢固树立'防大汛、抗大洪、抢大险'的意识，成立了以厂长为首的厂防汛领导小组，下设防汛办公室，负责具体事务，不断强化重在预防的意识，重视制度建设，制订和完善《防特大洪水应急措施》等有关制度 11 种，制订了《水工技术监督标准》等大坝安全管理规章制度 6 种。健全安全度汛保证体系，落实以厂长为第一责任者的各级安全防汛责任制。

"每年春节一过，全厂上下把每年的防汛工作立足点放在防大汛、抗大洪上，坚持'宁可备而无用、不可用而无备'。厂领导便开始抓防汛工作，对流域测站设备进行检查和维护，亲自对库区超低建筑进行全面检查，同时加强对水工建筑物及发电主设备的巡查维护，组织抢险队伍和制订抢险措施，做到万无一失。

"'工欲善其事，必先利其器'，为提高洪水测报工作的准确性、及时性，1993 年 5 月着手建设水文自动测报系统，于 1994 年汛期投入试运行，提高了防汛安全水平，提高了水库优化调洪。当时，由于系统刚投入试运行，设备稳定性很差，故障接二连三发生，我们顶风冒雨，为的是抢在 12 个小时内修复，常常是黑夜才从中继站下山，受冻挨饿，摔跤滑倒是很正常的事。2004 年又开始建设紧水滩水电站水调自动化系统。2007 年 12 月进入试运行阶段。2008 年 1 月 1 日竣工验收。系统完全建成后，实现对流域水雨情信息的监视、水调业务的综合管理，提高水调管理的自动化程度和管理水平，为电站安全度汛、水资源的充分利用提供技术支持，充分发挥梯级电站联合调度的优势，保证梯级电站的安全经济运行，提高水电效益，同时满足与省调、防汛、气象等部门信息交互和调度协调需要。"

每值汛期，紧电人睁大的眼睛里，总是积满了血丝，咆哮的洪水因他们的神勇，最终臣服在他们的脚下。紧电人奋力伏"洪魔"可歌可泣的动人场景，在何水昌的眼前一幕幕浮现：

"1992 年 7 月 4 日至 7 日，紧水滩流域发生建库以来首次大洪水，降水总量为 248.91 毫米，洪峰流量 4200 立方米/秒，相当于 5 年一遇洪水；3 天最大洪量 4.8 亿立方米，相当于 6 年一遇洪水。紧电人临危不乱，坚守防汛岗位，采取各种可能的应急措施，做好调洪错峰。由于密切注视天

161

气变化，采取了洪水预报手段，预泄水量3000万立方米，腾出调洪库容，使下泄流量比6年一遇允许泄量2700立方米/秒减少700立方米/秒，库水位比5年一遇设计洪水位186.45米低1.5米，大大减轻了下游防洪抗洪的压力。

"1994年6月7日，紧水滩库区流域内持续普降大雨、暴雨，降雨强度逐渐增大形成了一场峰高量大的洪水。汛情一露头，根据已经产生的降雨量、入库流量以及暴雨趋势，为保证系统的正常运行和水库调度的顺利开展，厂防汛指挥部成员和水库调度人员昼夜值班。库区12个雨量站人员坚守岗位，及时传递水情；运行人员加强巡回检查，确保机组稳发、满发；检修人员勤维护，及时消除设备缺陷；水库调度人员进行滞洪错峰的实时调度。

"全厂干部、职工全面进入临战状态，做好组织预防抢险工作。在这场与自然灾害的大拼搏中，紧电人全力以赴，自觉投入防汛抗洪第一线，经受住了严峻地考验。

"对出现的异常水情仔细分析、测算，及时调整水库调度方案。采取预先腾出库容，洪水期间加大机组出力等措施，紧水滩水库未发生弃水。石塘水电站库区区间发生了两次百年一遇的洪水，洪峰流量分别为1310立方米/秒和1320立方米/秒。与此同时，下游松阴溪下泄流量也达到6000立方米/秒。若两股洪峰同时下泄，丽水市区将遭受重大损失。电站及时将入库流量全部拦蓄，错开了松阴溪的下泄洪峰，保证了丽水市区的安全。

"是年6月13日17时起，瓯江流域又暴雨如注，出现大面积持续降水，顷刻间各支流溪水汹涌澎湃涌向紧水滩、石塘库区……

"汛情如战情。紧水滩水电站防汛领导小组召开紧急防汛会议，按预定方案布置防汛抗洪工作，实行24小时轮流值班，在现场决策指挥，密切注视汛情。

"6月17日，库区再次出现大强度降雨过程，11时至14时，降雨量达58.3毫米，最大洪峰流量达7000立方米/秒，库水位以每小时0.55米速度上涨，在短短的5天时间内，紧水滩库水位暴涨16.9米，出现了33年一遇的大洪水，14时下游石塘水电站库水位达正常高水位102.5米。

"面对突如其来的洪水，全厂上下临阵不乱。厂防汛领导小组根据水情、入库流量以及暴雨趋势，为确保大坝安全度汛和下游的错峰调洪，果断采取措施，适时错峰泄洪。由于依据正确的洪水预报，提前削落水位，及时削减洪峰，使丽水市应发22年一遇降至5年一遇洪水，大大减轻了下游防洪压力，减少了经济损失，受到省、地、市（县）领导的好评。"

住在丽水市大水门内当年"仓前桥"附近的一位姓张的老居民回忆道："在我10来岁的时候，端午节的前后，几乎每年都要发一回大水。大溪里的水涨起来，仓前桥外的大水门就关闭上城门，关上的城门和沿江的城墙把大水挡在了城外。可是过不了多久，大溪里迅速上涨的洪水从西山（旧称小栝山，据说唐宋时处州府治曾设在那里，与东南面的万象山'冈阜相连'）和桃山之间的缺口处溪口村倒灌进丽阳坑，从已经毁损的左渠门那里漫进城中来（丽水城中的水，是从左渠门那里把丽阳坑水引入城内的），于是城里城外都泡在洪水之中。自从紧水滩水电站建成后，我们不再担惊受怕，沿岸人民不再饱受洪灾侵害，安宁康泰的生活有了保障。"

1995年第二季度3个月，紧水滩流域突遭集中强降雨，共降雨1338.9毫米，比正常年偏多475.1毫米，库水位一直居高不下，特别是6月份降水总量达633.3毫米，为有实测资料以来最大，紧水滩发生大于1000立方米/秒洪水12次，其中大于2000立方米/秒有4次，最大入库洪峰为4910立方米/秒，相当于8年一遇洪水。水位呈持续急速猛涨，最高库水位达186.66米，为建库以来最高，防汛工作又面临着一场"大考"。面对持续暴雨和洪峰，以党员干部为核心的多支防汛抢险突击队迅速吹响了防汛抗洪的"集结号"。在这次洪水中，紧水滩等水库及时拦蓄洪水，削减洪峰，发挥了显著的防洪效益。这是国家防汛防旱指挥部在下发的防汛简报中对紧水滩等水库拦洪削峰的评价。1996年3月22日，国家电力工业部授予"防洪防汛先进集体"荣誉称号。

1998年由于受厄尔尼诺现象影响，气候反常，年内降水极不均匀，降水过程集中，主要集中在上半年，1—6月紧水滩降水量多达1852.3毫米，比以往年平均（1746毫米）偏多106.3毫米，特别是6月份降水量820.6

毫米，超过有资料以来（1994 年 6 月 644 毫米）最大月份。6 月 12 日、13 日流域普降暴雨，日平均降水量分别为 55.2 和 142.7 毫米，水库水位急剧上涨，24 小时内最大涨幅 9.15 米，为历史之最，3 小时最大涨幅 1.49 米，最大洪峰流量 4260 立方米/秒。面对来势迅猛的水情，紧电人闻"汛"而动，快速响应，强本固基，严格执行防洪预案，压实工作责任，充分利用水库的防洪功能，进行拦洪蓄水，削减洪峰。

2006 年，"桑美"是 1949 年后的 50 年内登陆中国大陆强度最强的台风，中心气压特别低、风速特别大，降雨特别集中，发展迅速，移动快，台风能量集中。"桑美"正面袭击丽水市，短时强降水造成小流域山洪暴发、水位猛涨，小溪、龙泉溪水位大涨。小溪最高水位达 228.77 米，超危急水位 0.57 米。8 月 11 日 16 时 48 分，瓯江洪峰流量达到 3820 立方米/秒。

洪峰叠至，汛情紧急。紧电人履行职责职能，强化担当作为，逆风而上，时刻关注台风路径，提前预警，积极应对，立即启动防洪抢险应急预案，上下齐心协力，鏖战洪水，以责任构筑起一道冲不垮的"防洪大坝"。经初步统计，1998 年至 2000 年 19 场洪水中，由于紧水滩水库的调蓄，使丽水小水门站的实际峰高比天然峰高降低 0.80—3.10 米，为碧湖平原削峰 1260—3310 立方米/秒之间，为青田县城削峰 987—2580 立方米/秒之间。

2014 年 8 月 19 日 5 时开始，到 20 日凌晨，瓯江上游和松阴溪上游降雨量特别集中。短短 21 个小时内，紧水滩流域平均降雨量达到了 96 毫米，松阴溪流域平均降雨量达到了 116 毫米。这场洪水达到了 50 年一遇的标准，这种在 8 月中旬瓯江全流域普降暴雨的现象为历史罕见。19 日 23 时紧水滩水库水位已达 184.01 米，达到汛限水位；20 日 5 时，紧水滩水库入库洪峰流量达 5140 立方米/秒。

险情就是命令！险情就是战场！紧电人面对复杂的汛情，沉着应对，组织加密大坝安全监测与巡查，同时加密会商，反复修订调洪演算，确保预报成果的准确率，科学调度。在确保大坝安全的情况下充分发挥水库调蓄能力，用"时间换空间"，主峰入库时全力拦洪削峰，最大限度为丽水主城区消减洪峰达 3500 立方米/秒，为下游防洪抢险争取时间、减少损失。将洪水从一个"瘦高个"调控成"矮胖子"，降低了丽水市洪峰水位约 3

米。为减少下游损失，协助险情处理，发挥了积极作用，受到省市两级政府的充分肯定。丽水市水利局总工程师徐荣华感慨地说："这次洪水来得格外凶猛，洪峰也历史罕见，瓯江上游紧水滩、石塘和玉溪三级水电站中，由于石塘和玉溪水电站本身库容很小，基本没有调蓄能力，来多少洪水就要泄多少洪水，否则就危及大坝安全，具备调蓄能力的只有紧水滩水电站。紧水滩水电站在这次防御流域性大洪水中起到了关键性的作用，不仅有效拦蓄了1.8亿立方米洪水，而且最大限度发挥了调峰的作用，避免与松阴溪、宣平溪、好溪洪峰叠加，最大限度地减轻了对碧湖平原、市区以及青田造成的灾害。可以这么说，如果没有紧水滩水库的调蓄错峰，那么本次洪水对市区和下游造成的灾害将不可想象。"

时序轮替中，始终不变的是紧电人奋进的身姿，他们坚守一线、风雨兼程，用每个人的努力，筑起了坚实的防汛屏障，真正做到了"守土有责、守土负责、守土尽责"，做到干字当头，永葆闯的精神、创的劲头、拼的勇气，快字为先，雷厉风行、只争朝夕，实字为要，抓铁有痕、踏石留印。

五

"雄关漫道真如铁，而今迈步从头越。"站在新的起点，紧电人将不忘从历史中结晶智慧、在发展中积淀品质、在奋进中升华信念，把顽强拼搏、担当奉献的精神薪火相传。为营造风生水起的企业发展生态，紧电人把握好"转型升级、融合发展、动能提升、国际领先"的企业发展主线，以水为媒，与电相连，精研水文化、深挖水价值、做足水文章，以博大精深的水文化更好诠释坚守担当、拼搏创业、包容协作的紧电精神。

2020年7月8日，浙江省政协主席葛慧君深入紧水滩水电站生产现场，详细了解安全生产、防洪度汛、生态供水等情况。重点听取了水电站水冷式绿色数据中心和混合式抽水蓄能项目建设的汇报，充分肯定水电站防洪度汛工作，并对激活水资源、深挖水价值、做足水文章的工作思路予以赞赏和支持。并强调，要深入践行"两山"理念，发挥自身优势，培育

光芒叙事

发展新动能，为浙江省建设重要窗口作出应有的贡献。

2021年1月8日，紧水滩水冷式绿色数据中心项目破土动工，该项目依托紧水滩水电站建设，总投资约15亿元，规划建设机柜1万架，是国家电网公司当时在建的第二座超大型绿色数据中心，计划于2024年年底全面完工。

紧水滩水库库容约13.93亿立方米，水质优越，是天然的冷却水水源。通过抽取水库深层常年保持约13摄氏度低温水，借助大坝两侧水位高度落差，将冷却水引至数据中心机房，用于冷却互联网信息设备。据测算，紧水滩水冷式绿色数据中心设备总能耗与信息设备能耗的比值（简称能效比）低于1.15，参照能效比为1.5的传统数据中心，在机柜设备满负荷运转条件下，每年可节约电量1.52亿度，减少碳排放量90782吨。此外，该项目以电站6台水轮发电机组作为应急后备电源，省去常规柴油发电机及相关设备设施资金投入，显著降低投资成本和运营成本，未来还将采用势能回收、余热回收等综合节能技术，对冷却后的尾水再利用可进一步降低能耗水平。

项目建成后，将大大增强浙江电力内部自用信息和数据处理承接能力，满足电力信息大规模数字化储备需求，进一步保障电力大数据安全。同时，紧水滩水冷式绿色数据中心采用市场化运营模式，可作为电商、金融、物流及各类互联网增值服务的基础平台，为华东大片区域工业互联网、智能制造、智慧城市等新兴业态领域建设提供基础算力保证。

2021年是"十四五"开局之年，浙江电力盘活水电站基础设施和生态资源，率先建设水冷式绿色数据中心，赋能多元融合高弹性电网，为国网公司能源互联网企业建设提供有力支撑。紧水滩水电站将进一步发挥所在地良好的生态资源优势，为"数字浙江"建设注入新活力，为我国传统水电转型发展提供示范样本。

我们坚信，顽强的紧电人一定会不负时代的重托，在未来的征程中奏出一曲又一曲更加辉煌壮丽的交响曲，紧水滩水电站——这颗浙南明珠一定会更加璀璨夺目。

九州亮剑　彼岸登峰

——《筑守电网基本盘》节选

徐永刚

第一条特高压工程

中国电力技术与世界发达国家相比，之前长期徘徊在落后 20 年左右的距离。在输电技术从低压到高压的发展过程中，西方发达国家的电力发展水平一直领先。每一个新电压等级的投运，如 110 千伏、220 千伏、500 千伏电压等级线路的投建，中国都要晚于西方发达国家 20 年左右。750 千伏电网的建设，中国则晚了西方 40 年（西方发达国家 750 千伏超高压电网建设始于 1965 年，而中国直到 2005 年 9 月才建成投运）。

但是，自 750 千伏电网建成之后，中国电网建设以及相关电工装备技术便进入了加速发展阶段。随着特高压交流试验示范工程的研发、建成并投入商业运行，中国的电力输送技术终于迎头赶上。

2007 年 4 月 9 日，浙江送变电（浙江省送变电工程公司的简称）成功中标 1000 千伏晋东南—南阳—荆门特高压交流试验示范工程输电线路工程（一般路段）第 14 标段，就此与特高压结缘。

作为国内第一条，也是亚洲第一条特高压工程，全国电力行业企业都争先恐后参与竞标。浙江省电力公司自然不会放过这个大好机会。当时，浙江送变电在省电力公司的调动下，参与施工投标。

为了能早日进军特高压建设的领域，进一步发展浙江送变电在电力建设领域的施工业绩，浙江送变电经理申斌让杨宪华组织人员力量，并嘱咐说："这个标一定要拿下来，我们一定要的。"

面对第一个特高压工程的投标，在浙江送变电经营管理中富有经验的杨宪华，心里也不敢打包票。他很快召集解志良等人，开始研究撰写施工组织设计等标书内容。在研究如何定价一事上，他们更是如履薄冰。对于从未做过的特高压，当时全国各大送变电公司自然会在价格策略上做足功夫，如何既能保证工程达到经济目标，又能在报价文件的评审中占据优势，着实是一大难题。大伙儿日夜对着组价表，删了再写，写了又改，反复商量、揣摩。投标之日，他们在北京的现场，紧张地等着中标结果。功夫不负有心人，浙送人如愿中标了。

1998年3月3日开始，完成了第一个海外工程的送变电队伍陆续回国。在菲律宾奋战一年多的张弓，随即投入了晋东南—南阳—荆门特高压输电线路的建设当中，担任项目经理。2007年5月12日，浙江送变电特高压项目首批工作人员正式进驻标段项目部，并随即投入线路复测、交叉跨越及障碍物调查、行政区划调查等工程前期工作中去。

首条特高压试验示范线路第14标段的建设施工任务，位于古城襄阳。五月的襄阳，日平均气温如芝麻开花一般节节攀升。为了尽量避开中午的高温时间段，同时又确保有效工作时间，5月13日一早，两组复测人员奔赴440号现场，并向大、小号两个方向同时开始复测。虽然手中握有刚从设计院取来的设计白图，但是一个个方向桩、定位桩都覆盖在一望无际的麦田中，且部分设计桩已被百姓在犁地时翻到了地里，给复测带来很大困难。复测人员充分依靠当地百姓，校桩速度大大提升。仅仅一天，两组人员徒步行走了40余公里，江洪成、孙伟军都被晒脱了皮，其他人也一个个被晒得跟黑脸包公一般。可就在这短短一天时间里，他们完成了26基桩号及其跨越区域的复测和相关调查工作。

线路复测过程中，政策处理人员一道对线路交叉跨越物、通道内林木及其所属行政区开展认真细致的调查。从浙江送变电下辖的速达公司抽调到项目担任政策处理工作的高可为，虽然此前从未从事过线路工程政策处理工作，但在资深政策处理人员的指导下，凭着对工作的高度责任心和一股子韧劲，将各项调查统计工作做得细致入微。

通过全体项目人员的团结协作，在三天时间里，就完成了整个标段 76 基桩号、37.6 公里线路的复测及相关统计调查工作。

6 月 29 日，工程首基基础开始浇制，线路进入全面施工阶段。当时国网交流工程建设有限公司党组书记、副总经理孙竹森，时任浙江省电力公司副总经理石华军，枣阳市副市长史长胜和浙江送变电申斌、邢驰、曹杰人等出席了试点仪式。

当浙江大部分地区笼罩在炎炎夏日时，地处鄂西北的公司特高压工程项目却经受了多次强降雨的洗礼。

6 月 29 日工程开工之后，襄阳地区已连续发生 4 次强降雨，累计降水量达到 418 毫米，刷新了该地区 1959 年有统计以来的历史同期纪录。持续强降雨，给工程材料运输、基坑开挖、基础浇制等带来了较大困难。另据当地气象专家表示，阶段性强降水将一直持续到 9 月份。这就意味着基础工程施工期间，将持续受到阶段性强降雨的影响。

面对严峻的汛情，特高压工程项目部在认真贯彻上级关于防汛工作统一部署的基础上，结合项目实际情况，积极采取多项措施，迎接考验。

项目部积极完善防汛工作应急预案，建立健全防汛组织网络，切实加强组织领导。通过完善组织网络，将防汛工作层层落实下去，直至基础施工一线每一个人。汛前，密切关注气象天气的预报，并及时将了解到的气象信息传达至一线，安排一线按照气候变化状况进行科学合理地施工；汛中，确保项目部与一线通信畅通，并严格执行防汛信息定期报告制度，及时了解各作业点的雨情、汛情及造成的损失情况；汛后，项目负责人第一时间赶赴各作业点进行现场察看，汇总因雨受损情况，并及时对施工人员、施工计划进行调整。

由于防汛预案落实到位，现场物资贮备充足，虽然经历了四次强降雨的侵袭，现场未发生人员伤亡、机械损坏事故，仅有部分开挖基坑因不可抗力因素发生了塌陷。项目全体人员一直保持高度警惕，全力应对严峻汛情给基础施工带来的不利影响。

在整个防汛过程中，项目部还积极采用混凝土集中搅拌新工艺。该工艺不仅克服了现场搅拌粉尘污染严重、计量不准确、混凝土质量不稳定等不足，还大大提高了搅拌速率，有力保障了有限时间里的基础混凝土浇注方量。此外，由于搅拌用水泥都存放在各个集中搅拌站的库房里，避免了水泥因雨受潮而造成不必要的损失。

8月20日，1000千伏晋东南—南阳—荆门特高压交流试验示范工程召开特高压施工技术创新观摩会。此次观摩会由时任国网交流工程建设有限公司党组书记兼副总经理孙竹森召集并主持，浙江送变电的申斌、曹杰人及相关兄弟单位负责人参加了观摩会。

观摩会上，来自浙江、北京、江西、湖北及安徽等五家送变电的特高压工程项目部依次就各自在特高压试验示范工程基础工程施工中所采用的一些新工艺、新方法、新设备、新器具等亮点进行了着重介绍。当时的浙江送变电的特高压工程项目副经理兼总工沈海军代表特高压工程项目第14标段工程就混凝土集中搅拌技术的应用、大横梁一次性支模、可调式串筒等新型工器具的使用和基础成品保护等七个方面的创新向国网交流工程建设有限公司领导进行了汇报。整个汇报中，翔实的图片资料、简洁的文字介绍、显著的工作成效给各位领导留下了深刻印象。

在随后的点评交流过程中，申斌、曹杰人与国网交流工程建设有限公司领导及兄弟单位负责人共同探讨了混凝土集中搅拌技术、远程无线监控技术、直升机展放导引绳等新技术的工程实践应用效果及大范围普及推广的可行性。在这过程中，孙竹森对特高压工程第14标段项目采用的混凝土集中搅拌技术在工程施工中的应用实践给予了高度评价，并要求对集中搅拌技术进行认真细致地总结，争取在更广的范围内进行推广应用。

此前一天，孙竹森在曹杰人及特高压工程项目相关负责人员的陪同下，检查了第一混凝土集中搅拌站及406号基础现场作业情况，并对工作予以了肯定。

紧接着，在9月11日至13日，国网交流工程建设有限公司科技工作会议在北京隆重召开，来自国家电网公司本部及参与特高压工程建设的各科研单位、参建单位100余名代表参加了会议。时任浙江送变电总工程师李勇、特高压工程项目经理张弓到会参加。

此次科技工作会议上，国网交流工程建设有限公司专门安排了特高压工程施工技术创新经验交流的议程。交流会上，浙江、安徽、湖南、河南、江苏等 5 家送变电公司人员上台就各自施工方案作了交流。张弓向与会的专家、代表介绍了将在第 14 标段工程中应用的《落地摇臂抱杆组塔施工方案》，并就组塔过程中新型工器具的使用、直线塔曲臂吊装等重点着重作了介绍，获得与会专家、代表的一致肯定。此前，项目副经理兼总工沈海军带领项目工程部加班加点辛苦编制的组塔施工方案，先后通过了监理部、业主第 5 标段项目部以及国网交流工程建设有限公司组织的专家组审查，成为全线路 19 家送变电施工单位编制的组塔方案中唯一未被专家组提出整改意见的一个。

当时，特高压工程第 14 标段的基础工程已近尾声，项目部正按照国家电网公司里程碑计划目标要求及浙江送变电的统一部署，积极开展立塔工程前期准备工作。

10 月中下旬，立塔队伍进场，为 11 月初的铁塔组立试点做好准备。计划如期推进。12 月 17 日，随着第二批塔料的陆续到站，特高压工程的立塔施工步入高峰。

由于前一阶段塔材供应滞后，影响了项目部原先制定的施工计划，而线路建设的里程碑时间又不能推迟，这就给浙江送变电特高压工程项目部带来了巨大的施工压力。当时，为了塔料能够及时到货，项目领导班子操碎了心，每天踏进办公室的第一件事就是和塔厂进行沟通，然后对已在运输途中的塔材进行跟踪了解，考虑到再从浙江送变电调集队伍和工器具需要大量的财力和物力，项目经理和项目总工反复商讨施工计划，计算施工力量，希望在保证安全、质量的前提下，在最短的时间里完成更多的施工任务。

由于塔厂提供的塔料是按照塔型来供应的，所以往往几个班组的作业现场分散得比较开，队部驻地离部分桩号施工现场又较远，队长每天的巡视检查工作任务很重。但是立塔一队的队长毛晓俊每天坚持跑完所有作业点再回家休息。长时间的汽车颠簸，时常让毛晓俊的腰疼得站不直，可他从没有一句怨言，只是用"责任心"三个字和坚毅的身躯激励着他的队员。

12 月 14 日上午，田野上白茫茫的一层霜冻，寒风吹在脸上像刀割一样，村边的小路上已经很少看到来往的村民，只有立塔二队的施工现场人头攒动。吴国良队长早早就来到现场调度指挥。由于几天来一直被感冒缠身，再加上寒冷的北风，吴国良的鼻子通红，连说话的声音都有些嘶哑。副队长几次劝他回去休息，都被他一口否决："现在立塔这么紧张，多个人就多份力量，我要和我的兄弟们在一起！"

面对紧张的立塔任务，面对浙江送变电的期望，面对历史赋予的使命，特高压工程项目全体工作人员没有丝毫退缩，大家充满信心。

在浙江送变电和参与其他标段施工单位的共同努力下，2009 年 1 月 6 日 22 时，顺利完成 168 小时的试运行之后，1000 千伏晋东南—南阳—荆门特高压交流试验示范工程正式投入运行。

亮剑特高压"战场"

首条特高压交流工程建设的同时，浙送人也迈向特高压直流输变电工程建设的帷幕。这一次，他们要让浙江人看到特高压线路的身影。

2008 年，浙江送变电中标向家坝—上海±800 千伏特高压直流输电示范工程，同时中标的还有锦屏—苏南±800 千伏特高压直流输电工程。

2008 年年底，项目部组建，钟林海担任项目经理。12 月 9 日，"向上线"工程在湖州长兴举行开工仪式。当时，"向上线"和"锦苏线"的基础正同步推进。

到了杆塔组立阶段，钟林海带领送变电队伍借鉴晋东南的工程经验，例如承托绳的夹具、防磨靴、水平扶手绳、攀登自锁器等等。

除此之外，他们还要根据直流输电线路的特性，灵活运用架线的方法。

交流特高压"晋东南"工程建设时，采用的是八分裂导线，而"向上线""锦苏线"是六分裂导线。彼时之前，浙江送变电在建设中采用的都是四分裂的导线，还从来没有过六分裂导线的使用经验。

起初，他们也想过"一牵三"的方式。如果采用"一牵三"，放线滑车等工具就统统要重新采购，势必增加建设成本。经过一番研究，他们利用浙江送变电已有的滑车工器具，采用"一牵四+一牵二"的方法。

实际上，除了施工工艺，受到地形和环境的影响，"向上线"和"锦苏线"的施工进度在前期相对缓慢。湖州地区遍地是可见的鱼塘，建设的土质条件可想而知。天不作美，2009 年 3 月，连续一个月的降雨，让运输道路、基坑开挖等 系列工作都受到限制。

为了能有效完成国网对特高压的考核指标，项目部成员明确分工，精准落实。

首先是合理调度力量，他们动用所有分包单位，调配能够动用的资源，配备足够的作业班组；再则是专门成立蹲点分片负责制，确保所有多班组在现场能够顺利推进工作。

进入 4 月，向家坝—上海±800 千伏特高压直流输电线路浙 A 标段吹响了基础全线施工"战役"的号角。连续一个月的晚上，山上视野所能及的地方，全都是一点一点的夜间施工的灯光，那都是送电队伍施工作业点。在钟林海的率领下，参建队伍单月完成 114 基的基础施工，一举扭转了进度落后的局面，赶超其他标段的施工进度。

到了 7 月 5 日，向上特高压直流工程浙 A 标段顺利完成 105 基铁塔组立，为 8 月初架线转序打下了坚实的基础。

8 月 16 日 15 时 28 分，随着张力场现场指挥一声令下，六根粗大的720 导线在两台"大牵"的牵引下平稳通过 4723 号耐张塔滑车，向上特高压工程浙 A 标段全面进入架线施工阶段。

2009 年 12 月 24 日，向家坝—上海±800 千伏特高压直流输电线路工程成功送电，25 日下午电压等级达到±800 千伏，浙江省首条特高压直流输电工程"向上线"浙 A 标段顺利投入运行。

而在同期进行的"锦苏线"特高压建设中，钟林海则提出"一塔一方案、一基一策划"的管理理念，顺利推进工程进度。2011 年 12 月 25 日，锦屏—苏南±800 千伏特高压直流输电工程浙 A 标段全线架通。

完成"向上线"和"锦苏线"之后，浙送人马不停蹄，迎难而上，向着浙江省内第一条特高压交流输电线路，勇敢进发。

实际上，"皖电东送"淮南至上海特高压交流输电示范工程一般线路（15标段）在2011年11月1日就已开工建设。

值得一提的是，浙江送变电负责的是"皖电东送"工程全线塔位最多标段。除了塔位多，大部分钢管塔的单件吨位也都是在三吨以上，几乎是不能纯靠人力去搬运，尤其是在山上。原本，对于钢管塔单件的搬运，是可以采用重型索道运输的，然而要在山上搬运，却是个让人头疼的事。为此，钟林海带着队伍，想了很多办法，花了很长时间，才解决了这个麻烦。

吃一堑长一智。他们边干活边预判不利因素，针对"皖电东送"特高压的特点，广泛运用"防磨滚轮""全方位可调节地脚螺栓装置""无线视频监控装置""新型无线通信工具""座地双摇臂抱杆"等一系列创新技术，大大推进了工程建设的效率和进度，确保了工程建设的质量可靠、安全可控。

主场"作战"的浙送人，除了有效利用设备机具等资源，还充分发挥协调优势，多方互助，合作攻关，甚至和1000千伏安吉站内的人员携手，一起攻克难题。

当时，全线工程关键的一基塔，正是在变电站门口的那基终端塔。而那个位置，四周根本没有路，立塔队员踩点时，在门口远远看着点位，一时也无路可走。

后来，钟林海想了条"捷径"。安吉站的业主项目部是既管线路又管变电的，而这个基桩离变电站只有100米左右。想到这里，钟林海立马带领队员，去和变电站的人员商量，先把变电站的围墙拆掉，完工后再把围墙恢复。如此，这基终端塔也就被稳当地立了起来。

2012年7月下旬，"皖电东送"一般线路（15标段）全线架通。由此，浙江出现了第一条特高压线路，它落点便是1000千伏特高压安吉站。

话分两头，针对1000千伏特高压安吉站的建设，浙江送变电也出动专业骨干队伍，早做准备。起初招标时，浙江送变电就组织了八九名职工，连续多天制作标书。2012年4月24日，浙江送变电中标。消息一出，浙江送变电上下更加重视，当时，刚刚从超高压公司回到浙江送变电任职总经理的石涛，亲自组织人马抓工程。

浙北1000千伏变电站是当时世界电压等级最高的变电站。众人都清楚，电压等级越高，施工难度越大。建设在实际过程中，证明了他们的重视并不是多虑。

一方面，当时各种电气设备刚刚定型，各种技术标准都比较新，所以各种标准规范、工艺要求、试验方法，他们都要吃透，好在浙江送变电提前加强了人才队伍的培养，提早钻研。另一方面，安吉站的工程时间特别紧，原本正常施工工期是在2013年年底投产，后来为了迎国庆，当年10月前就要完成试运行带电，工期一下子压缩了90多天。再一方面，建设过程中存在的设备迟到、土建交付推迟，更增加了工程如期交付的难度。

除此之外，赶工过程中，他们还碰到高温天气。在长达45天的时间里，如平均温度突破40度，变电站内地面地表温度则要高达60多度。苦中作乐的队员打趣，要是在钢板上面放个鸡蛋，过一小时去拿，肯定熟了。

实际上，到了2013年6月，关心且焦急工程进度的国网交流工程建设有限公司曾来问询项目进度，并向朱雷鹤提出："如果不行，我们叫湖北送变电、河南送变电过来增援，他们也都做好准备了，也有决心来帮浙江送变电完成。"当时，任职浙江送变电副总工程师的朱雷鹤一口就回绝道："放心好了，我们浙江送变电就能做完。"

时间紧迫的关头，石涛从改进项目内部管理入手，多次赶往现场蹲点调研，打通管理机制环节，为工程建设排忧解难。而朱雷鹤则带领着浙送队员展现出了铁军的意志，勇挑重担，迎难而上。

最终，工程施工高效有序推进，在2013年9月25日建成投运，验收通过率达到100%，成为"皖电东送"特高压变电站工程中唯一"零故障、零缺陷、零事故"一次投运成功的变电站。

1000千伏安吉站的建设只是开始，随着浙江送变电聚焦主业，浙送人全身心投入特高压建设当中，接二连三地迎来几个大型变电站的落地。

溪洛渡左岸—浙江金华±800千伏特高压直流输电工程是国内第四条特高压直流工程，是金沙江下游溪洛渡左岸水电外送配套工程，也是国家实施"西电入浙"战略的重点工程。

在特高压金华换流站的建设中，当时负责项目管理的浙江送变电另一名副总工程师谭小兵十分清楚，做特高压建设工作，无论是变电安装、调试，还是大件运输，各个环节都举足轻重，没有难度是不可能的。

显然，面对种种挑战，浙送人行事风格都并非闷头直冲，而是做足了准备，充分保障各项任务的完成。

为了能撑起变压器的超大吨位，当时的大件运输负责人宗建国，带领着运输队员们，专门在进口的液压轴线板上进行技术创新，采用了两副桥架梁，进行金华换流变的运输。当时，液压轴线板和桥架梁，加上前后的动力车辆，长度超过80米，令路上的行人一阵驻足。最让人紧张的是，在运输路线途经武义高速公路口附近的一个空障。

那是位于武义县康济街的一个桥梁下穿口，前期已经过空障排查。而在变压器运输之前不久，下穿路面刚刚修整过，于是给运输车辆留下的余量空间，只有两三厘米，万一设备被卡住的话，就非常麻烦。保险起见，运输队员仔细观察桥梁和变压器顶部的空间，竟然连肉眼看都看不出缝隙，贸然穿行风险极大。

后来，他们把液压轴线的顶升量降到最低，让变压器几乎贴着地面穿行。运输车慢慢移动，队员则借着灯光照射来识别，假如光线照不透桥梁底部和变压器顶部的缝隙，说明势必要被卡住。好在有惊无险，最后，宗建国带着运输队伍，稳稳当当地为特高压金华换流站运送了26台超大型换流变压器。

2014年7月3日，国家电网公司宣布溪洛渡左岸—浙江金华±800千伏特高压直流输电工程正式投运，这是当时世界上输送容量最大的直流输电工程。该工程建成后，每年可向浙江地区输送清洁水电约400亿千瓦时，相当于节省标煤1228万吨，减排二氧化碳超过3440万吨。就在工程投运当年，浙江省也逆转了长达多年的缺电局面。

特高压金华换流站的变压器路面运输，距离长达90公里。经过26台换流变压器运输的历练，特大变压器的常规路面运输对浙江送变电的运输队伍来说，已经有了成熟经验。

2015 年 3 月 25 日，灵州—绍兴±800 千伏特高压直流输电工程绍兴换流站大件运输项目招投标结果揭晓，在国内同行众多大件运输企业中，浙江送变电顺利胜出，一举拿下该站 28 台换流变压器等设备的运输业务。

那时，负责此特高压线路工程（浙 2 标段）施工的送电队伍，在郑益民、廖志峰等的组织下，通过 4 吨级重型货运索道，在高山大岭中实现着塔材运输"机械化"。送电队伍经过此前的特高压工程历练，建设速度可谓惊人。

辗转半年后，他们在 11 月中旬开始了 1269 米大档距跨越富春江江面牵张段的施工与架设任务。克服连日阴雨，施工人员在 11 月 24 日完成了全段导线的展放和接地极工程架线，整体工程取得阶段性进展。

而中标换流变压器运输业务后的大件运输队伍，经过厉兵秣马，也在 11 月 29 日，启动了灵州—绍兴±800 千伏特高压直流输电工程绍兴换流站首台换流变的运输工作。

这一次，运输队伍要面对的最大问题，并不是在公路运输上，而恰恰是绍兴换流站门口的进站道路。那是一个坡度为 8 度的"S 弯"上坡道路。

面对"S 弯"上坡道路，原有的液压轴线板和桥架梁就没有用武之地了。实际上，大件运输队员们也早已通过前期的实际勘探，预先做了一次模拟运输。在模拟运输过程中，他们采用了三个牵引车辆，然而却在这个坡的时候，还是因牵引力不足而打滑。后来，他们采用"自行走液压动力模块运输车+牵引车辆"的方式，才成功克服了这"最后一公里"的难题。

得知运输方式要变化，同样负责绍兴换流站施工的谭小兵全程跟踪。当看到第一台换流变运输成功后，他的心里就很有底了。

凡事预则立，不预则废。

谭小兵之所以如此有敬畏之心地对待每一项工程，与其常年的变电施工经验是分不开的。绍兴换流站是浙江送变电首次承接特高压换流站 A 包工程施工，而在金华换流站 C 包工程施工的时候，谭小兵就组织变电及调试队伍投入相应的人员，去跟踪 A 包工程的相关工作，有意识地在记录和学习 A 包工程中的组织计划、方案制定等具体内容。

于是，到了绍兴换流站施工时，最开始的方案策划、人员组织、现场

光芒叙事

177

实施等流程，就进行得非常顺利。自 2015 年 9 月 28 日电气工程进场后，项目部更是通过动画、视频等方式组织技术交底，创新编制换流变一次注流试验方案。

2016 年 4 月 25 日，灵州—绍兴±800 千伏特高压直流输电工程召开低端系统调试启动会议，时任国家电网公司副总经理刘泽洪出席特高压绍兴换流站现场会议并作重要讲话。

投入特高压建设的几年间，1000 千伏安吉站、±800 千伏金华站、1000 千伏莲都站、1000 千伏兰江站这些安装着超大型复杂设备的特高压换流站点，如天工启神机一般，连接起电力超大动脉的枢纽。而随着±800 千伏绍兴站正式投运，浙江省也率先在全国构建了以"两交两直"特高压电网为核心的骨干网系。

穿过大半个中国去送电

省内特高压工程建设的那几年间，浙送人不断进取，他们建设特高压的身影，遍布祖国山河。

2015 年 2 月 9 日，浙江送变电在山西省偏关县教儿垴村右回 67 号桩号现场举行了基础首基试浇仪式。这代表着从那时起，蒙西—天津南 1000 千伏特高压交流输变电工程线路工程山西段第 2 标段全面开工。

从特高压的发展格局上看，那之前，国家电网公司"十二五"期间的特高压规划，是建设"三横三纵一环网"特高压骨干网架，把内蒙古、陕西、河北的风电和煤电，通过三条纵向的特高压通道送往华北、华中和华东。

作为 2015 年国家发改委首个核准的特高压工程，蒙西—天津南 1000 千伏特高压交流输变电工程，西起内蒙古自治区鄂尔多斯市准格尔旗的 1000 千伏变电站，东至天津市静海县的天津 1000 千伏变电站，线路途经内蒙古、山西、河北、天津等 4 个省级行政区，8 个地级行政区，24 个县级行政区，线路全长 2×608 千米，输送容量为 480 万千瓦，是"三横三纵"特高压骨干网架的重要组成。

该工程山西段共分8个标段，山西段线路全长2×268.7千米，铁塔894基。其中由浙江送变电负责施工的是山西段第2标段。

2015年3月5日，工程破土开工。在西北雄关的黄土高原上，全体参建人员克服施工条件恶劣、有效施工时间短、施工任务重等众多不利因素，通过规范项目管理、强化技术研发提高施工效率，通过落实同进同出、严格现场管控强化安全质量，在短短8个月的时间里完成了全部基础施工和铁塔组立，并在3个月内完成架线施工任务，在所有标段中名列前茅。

2016年7月10日，蒙西—天津南1000千伏特高压交流输变电线路工程（2标段）全线贯通。

这一期间，世界最高电压等级的输电线路，正悄然向浙送人发出召唤。那是昌吉—古泉±1100千伏特高压直流输电线路工程。该工程起于新疆准东（昌吉）换流站，止于安徽宣城（古泉）换流站，途经新疆、甘肃、宁夏、陕西、河南、安徽6省区，线路路径总长度约3304.7千米，输送容量1200万千瓦，电压为±1100千伏。

当时，"灵绍成"特高压线路工程（浙2标段）刚结束，队伍都还没来得及休整，郑益民等人就收到通知，让他们要在2016年4月22日，到安徽合肥参加这个±1100千伏特高压工程的动员大会。会上，时任国家电网公司直流部主任刘泽洪要求工程尽快开工，参建的26家送变电公司要尽快做好准备。

参加完会议后，不到一个星期，郑益民等人就奔赴甘肃。

2016年4月29日，从杭州飞往兰州的飞机上，郑益民在心里默念了数遍甘肃这个地名，这个他此前听过但从没到过的地方。进入甘肃，他从舷窗往下看去，只见一片黄颜色的高原，连一点绿颜色植被都看不到。

当时，他们前往甘肃，是为了项目前期的准备工作，以及对项目进行复测。因为项目前后交接时间非常之短，对于这条世界最高电压等级的特高压输电线路工程，郑益民等人可谓没有一点心理准备。而实际上，这支浙送铁军远赴西北，他们要面临的，远不止工程技术上的难题，更是少见的恶劣施工环境。

飞抵后的第一天，项目部人员马上就带领着基础施工队开始现场的复测工作。5 月 1 日一大早，窗外的景象让这些江南汉子惊呆了：下雪了，五月份竟然会下大雪，而当天杭州的温度还是高达二十多摄氏度。好在队伍出发前也做了功课，带足了御寒的衣服。将近三十摄氏度的异地温差，让他们更加清醒地意识到，未来的困难和挑战将会接踵而至。而在后来的工作中也充分证明了，气温低、温差大，还真的算不上什么。

浙江送变电承建的标段位于甘肃省白银市。沿线处于腾格里沙漠向黄土高原过渡地带，干旱缺水，风沙漫天，生态脆弱植被稀少，当地的年平均降雨量 185—450 毫米，年平均蒸发量却达到 1700—3039 毫米，气候干燥异常。

项目部组建之初，大家普遍不适应当地的气候，干燥气候导致鼻腔充血的问题尤为突出。安全员杨德华到甘肃的第一个晚上，夜里鼻血染红了大半个枕头，却浑然不知。

甘肃干燥少雨，不仅缺水，而且水质也很差，自来水是盐碱性的，喝起来味道很重，洗澡都会引起皮肤过敏。可就是这种水质的水，施工驻地和材料站都喝不上。实在是没办法，他们只能用拉水车从镇上买水储存起来使用。

5 月 31 日，首例基础浇制，基础施工进入正轨。而在基础施工期间，水也是靠车拉到山顶上。施工队历经千辛万苦好不容易把水拉到现场，"灌溉"这些基础的成长，而自己却舍不得多用一毫。水是那么宝贵，队员连续十多天不洗澡也是常有的事。

到了 2016 年 10 月份，浙江送变电送电一公司的夏胜忠接到指令，要远赴甘肃参与到立塔工作当中。还在浙江永康的夏胜忠便很快带着施工二队的弟兄出发，历经三天两夜的晓行夜宿，远赴 2200 多公里外的甘肃白银。10 月 26 日，夏胜忠等人到达甘肃的第二天，天开始下起了大雪。

好在甘肃的 11 月就开始供暖，待在屋内，暖气就烘得人暖洋洋的。可是，只要一出门就得面对刺骨寒风，加上干活时热汗涔涔，一冷一热间，许多身体壮实的队员都得了重感冒，头晕、高烧，就连队长夏胜忠也都病倒了。

为了不落下工作，大家就大量吃药。小伙子们相继康复，这可把队长夏胜忠弄得着急了，看着弟兄们每天风里来、沙里去，带着一身的尘土，而自己却还持续发烧，体温最高还达到 39.8℃。在医生的强烈要求下，他只得住院治疗。在住院的这段时间里，夏胜忠也没有闲着，他每天查看天气情况，隔着屏幕冲着队里的弟兄们"唠叨"："大风飞沙的天气，一定不能为了赶进度强行施工，万事安全第一。"副队长和技术员为了让他安心康复，每天按时向他汇报施工进度和现场安全情况。

电压等级高，铁塔也自然造得更高、更大、更重，平均每基塔重 133.4 吨，有 36 种不同塔形。在立塔的过程中，队员们也遇到了很多技术难题，特别是横担吊装。工程采用的耐张塔，一个横担就有三十多吨，施工工艺中采取将横担拆分成上下两个部分，把每个部分的起吊重量控制在允许范围以内再进行起吊。但在实际的施工过程中，高空就位和安装都十分困难，大大增加了安全风险。

夏胜忠出院后，立刻奔赴现场，实际查看具体情况后，与项目部技术人员沟通、计算，决定采取将横担拆分成大小两个部分进行吊装，从而减少工作量，最关键是减小了吊装就位的安全风险。

技术的困难解决了，环境的风险却很难预料。

在组塔期间，甘肃的大风似乎对这些外来者更加地不客气，往往是毫无征兆地搞袭击。尽管施工现场都配备了护目镜和口罩，但是大风真来的时候，天色暗沉，裹杂着灰沙的风依旧会钻进队员们的眼睛里、耳朵里、嘴巴里。

有一次，郑益民等人去往组塔现场，道路的一边是土坡而另一边则是悬崖。风沙突然袭来，刹那间，漫天黄沙犹如滂沱大雨一般砸在汽车玻璃窗上。雨刮器也疯狂地在和黄沙做着斗争，汽车挪一步、停一步，道路忽闪忽现，犹如走钢丝。车内，大家都紧紧攥着扶手，格外安静。等到车子驶离山路回到安全地带，手心间都是汗，虽然车内依旧格外安静，可大家的心里却如同在鬼门关前转了一圈。

浙送队伍负责施工的甘 8 标段，全长 122.5 公里，多的是这种不像路的路。为了减少运输压力，项目经理郑益民带着队员们既当送电工，又当修路工，休整常年干枯的河床作为运输道路。

黄河北岸地区有两条沟，一条叫冬青沟、一条叫红柳沟，可沟里既没有冬青树也没有红柳树，甚至连草都很稀少。当地的放羊倌好奇地问他们："连羊都不愿意进这沟里，你们这些南方来的娃娃要做甚呢？"如放羊倌所言，沟里什么都没有，连手机信号也没有，有的只是延绵不绝的山丘和黄土，有的只是呼啸而至的大风和黄沙，有的只是常年干枯的弯曲河床。而这河床连绵几十公里，道路崎岖难行，施工班组也就索性在此搭设帐篷，长期驻扎在这里。

当时已经临近夏季，天又开始下雨。有一次，雨水裹挟着泥沙瞬间冲下，将组塔设备和塔料都掩埋在沙子里。停在现场的一辆拖拉机，四个车轮都被泥沙给冲没了，只剩下一个光秃秃的车架子。实际上，山沟深几十公里甚至上百公里，甘肃降雨虽然少，但雨水从上游开始汇集，一路夹带着砂石而下，可以将大卡车瞬间冲走。幸运的是，他们的帐篷都搭设在山坡上，没有受影响，人员也都安然无恙。惊魂未定的施工人员，拿起洋镐洋锹重新修整道路。

艰难的施工条件、恶劣的自然环境，回想着放羊倌的问题，郑益民心里清楚他们要来干什么！他们要把世界电压等级最高的线路架过无人区。

奔向"世界四最"

得益于全体弟兄的齐心协力，在白银无人区的铁塔组立工作如火如荼推进着。

到了 2017 年 6 月份，牵张设备也马不停蹄地运往甘肃。了解立塔进度的夏胜忠盘算着日子，马上就要进行架线施工了。

甘肃地形山川沟壑，错综复杂，而牵引场、张力场的选择既要场地平整，距离上还得合适，谈何容易。于是，夏胜忠带着施工队，和项目部人员一起早出晚归，困了累了就躺在黄土地上眯一会，饿了就啃几口随身的馒头饼干，用了整整一个多星期的时间，终于敲定十四牵的牵张场地，为牵张机找到了合适的落脚地。望着塔顶，大家翘首等着接下来的架线施工。

"赞格啊,这次就由你带着牵张班去甘肃吧。"接到电话的徐赞格还没缓过神,牵张任务就已经交到他的手上。

相比于蒙西至天津南、榆横至潍坊等省外特高压工程,这次的项目投入了更多的人员和设备。想到这里,徐赞格陷入了沉思:工程位于甘肃,路途遥远,设备维修就是一个让人很头痛的问题,设备给不给面子?从江南一下子进入大西北,身体又能不能适应?老师傅不随队前行,自己能不能带好这支以青年骨干为主的牵张班?

到了甘肃,还没来得及适应,紧张的工作就如甘肃当地风沙一样扑面而来。虽然节奏有些快,但牵张班的小伙子们顶住了。随着"大牵""大张"设备落地,2017年8月2日,首牵架线顺利开机。

8月初,正值酷暑,干燥炎热,紫外线强烈,不过短短3天时间,徐赞格等人的脸上都被晒得黝黑。对于徐赞格,这感觉似曾相识,那是2012年在亚马孙河畔架线的时候。经验告诉他,要保持乐观心态,要坚定驻守信心,要做好在甘肃打持久战的心理准备。

很快,第一牵顺利完成,但在设备转场过程中,交通条件差的问题随即凸显出来。山路崎岖,很多设备不能装车运输,只能拖行,"大牵"、"大张"设备重达十几吨,在拖行过程中,十几吨的重量全部压在了两个轮胎上。"不好,轮胎磨损太大,侧面出现裂纹鼓包了,万一出现炸胎,设备翻车,后果不堪设想",来不及多想,徐赞格赶忙喊"停、停、停"。他们随即联系当地专业补胎修理厂对设备轮胎进行全方位检查与保养,对已经受损的轮胎进行更换。同时,徐赞格又向施工队、项目部反映,对要经过的道路进行检查与维护,确保设备转场的安全进行。

架线之初,铁塔组立还在进行。两头兼顾的夏胜忠,面对现场不时出现的情况,恨不得把自己一个人掰成两个用,好在项目部很快就为队里配置了两名副队长,工作才得以安全顺利开展。

设备转场问题刚刚解决,材料站站长的电话接踵而来:"小徐啊,你快来看看吧,好几台绞磨液压机趴窝了。"

风尘仆仆的徐赞格赶到材料站,仔细检查后才得知,问题出在沙尘上。原来现场的风沙太大，绞磨都罢工了。由于内部钻进去了大量的沙尘，维修一台设备要花费的时间要比在浙江时多出三倍。从天明到天黑，整整 12 个小时，徐赞格和同事两人才维修好了所有设备。那时候，他们并不知道，在此后架线施工之余，他们累计维修保养绞磨液压等设备的台次数，刷新了以往项目中的纪录。

2017 年 10 月 4 日，正是中秋节。那天下午 2 时许，第六牵的走板还有 200 多米就可以到位。虽然人在甘肃，但大伙都想着可以早点下班，回去和家里人来一场特别视频过节。就在这时，徐赞格接到牵引场徐利生的电话："赞格、赞格，1 号'大牵'有异响，但我听不出哪里有问题。"

赶到牵引场，仔细一检查，徐赞格顿时惊出了一身冷汗，原来是"大牵"引机的牵引绳前轮外轴承碎了。当时，因为走板即将牵到，大张力机已经打上了张力，牵引力已经达到 16 吨，如果再继续牵引不停机，一旦轴承破碎，整个走板都会飞走；那么大的力量对整个牵张段的人员和铁塔都会造成不可估量的伤害。

"立刻停止牵引，张力机也立刻停。锚线，立刻锚线。"现场处置好后，徐赞格立刻向机具公司汇报现场情况，机具公司负责人几乎立刻决定，采取就近原则，把大牵引机装车，连夜拉到兰州进行维修。第二天一早，他们正要对设备进行拆开检修，可找遍了整个兰州都买不到同型号轴承，如果等浙江送变电采购好再寄送的话，肯定会影响下一牵的进度。徐赞格马上跟河南厂家售后联系，得知他们有现货，立刻汇报了情况。就这样，在多方面的共同努力下，大牵引机及时完成轴承更换，没有影响第七牵的架线进度。

终于熬过炎热的夏天，天气逐渐凉爽。可没几天，甘肃的气温直接骤降到零下十七八摄氏度。低温寒冷的天气给架线施工带来了很大困扰，对牵张设备的影响更加明显。

经过一个晚上零下低温，柴油出现了不同程度的凝固结冻。第二天早晨八九点钟开始干活时，牵张机就愣是发动不起来。一直等到上午的十点钟，气温稍有回升，机器才能正常工作，但大伙却浪费了宝贵的施工时间。

在极端条件下工作，不仅要有扎实的技术，还要有善于观察的眼睛。

正当大家绞尽脑汁，不知道该如何解决时，架线场上的吊机启动时的轰隆一响，引起了徐赞格的注意。他仔细查看吊机的柴油油路，发现吊机的柴油滤清上套了个铁套子。吊机师傅告诉徐赞格，那是柴油滤清加热器。徐赞格灵光一闪，马上要来了加装店的电话，连夜对所有牵张设备加装了柴油滤清加热器。对设备进行预热，保证了之后每一天设备的正常运行。为了能缩短预热时间，徐赞格等人还用毯子把牵张机全部包裹起来，进行保温。

历经五个多月的架线施工，一段接一段的铁塔银线匍匐在延绵的山川上，跨越黄土高原，不断延伸。

显然，有着"世界四最"（电压等级最高、输送容量最大、输电距离最远、技术水平最先进）之称的昌吉—古泉±1100千伏特高压直流输电线路工程，毫无疑问是浙江送变电宣传队伍的重点关注对象。实际上，负责宣传工作的王浩，早就组织同办公室的伙伴赵树春，提前一年对这项工程的宣传工作开展前期策划。

为了搜集宣传素材，他们前后三次前往白银的特高压施工现场，其中路途最艰辛的一次，是跟随大件运输队伍的甘肃之行。

2017年7月3日晚上8点，王浩得知第二天大件运输车队要运送架线设备去甘肃，当晚就向时任党群工作部主任的魏志峰申请，决定随车出发。

第二天上午，王浩等人到达萧山新区大件运输公司厂区时，所有车辆设备都已经整装待发。这趟旅程运送的是架线设备和工器具，如果路上有耽搁，就会影响后续一系列的架线计划。

一路上，大家精神都高度紧张，特别是车队队长蒋雅君。作为当时大件运输公司起重运输班副班长，蒋雅君在出发前，就在地图上画出全程道路，标注了所有休息加油服务区，提前联系夜晚住宿点。所有车辆都经过精心挑选，每一个部位和零件都全方位地检查和保养，确保车辆以最佳状态轻松上阵。

尽管做了万全准备，路上依然有意外情况发生。在南阳市西峡服务区，有辆货车无法启动。驾驶员师傅不但会驾驶技术，还懂维修，不到半小时就排除了故障。

5天4夜的运输，途经6个省市，全程2000多公里。在车上，王浩听蒋雅君介绍，自从工程开工，大件运输公司共派出14辆工程车驻扎在甘肃施工一线。驾驶员师傅们早出晚归，日行驶里程经常超过400公里。线路穿过的无人区没有道路，车辆只能在干枯的河床上行驶，轮胎每个季度就要全部更换一遍。短时间还能忍受，可这样的条件和强度下，他们足足坚持一年半之久。

讲好浙送故事，王浩等人深感责任重大，使命光荣。围绕对工程建设的集中宣传，他们充分协调，终于在2017年12月19日到甘肃配合媒体记者落实选题的拍摄。

在工程现场，他们同媒体记者为跨越黄河线路的拍摄踩点。线路上的11号和12号跨越塔位于黄河两边山顶，基础平面距离河面约200米，而铁塔所在的位置都是无人区，上山根本就没有道路。有的地方，要沿着近60度的陡坡，在岩石上攀爬；有的地方，则只有20厘米宽的羊肠小道，旁边就是近百米高的悬崖。白天上下山都已经相当困难，可为了直播效果，在记者现场踩点后，王浩等人还要做一些准备和布置，有时候待到天黑，只能靠着微弱的手机灯光，深一脚浅一脚地半蹲着走下山。

12月24日，王浩等人正在现场为第二天的拍摄做准备，一场沙尘暴突然袭来。狂风吹得站都站不稳，夹着细沙吹在脸上，就像砂纸一样擦过，嘴巴里的沙子怎么吐也吐不干净，冻出来的鼻涕都是黑色的，整个天空像灾难片里世界末日一样昏暗，能见度不足200米。

在整个采访准备期间，项目经理郑益民兼顾繁忙的管理工作，尽可能协调拍摄需求和施工进度；项目副经理周源纯一边组织现场架线施工，一边根据拍摄计划调整布线方案；项目总工廖志丰联系业主和设计，提供详尽的线路参数和专业知识。

在大家的共同努力下，中央电视台采访顺利开播。12月25日的《新闻联播》，刷新了以往国家电网公司《新闻联播》报道时长纪录。12月22日至31日，央视一套、新闻频道两次直播昌吉—古泉±1100千伏特高压直流输电线路工程跨黄河架线作业，现场新闻在《新闻联播》《朝闻天下》《东方时空》《新闻直播间》、新闻三十分等节目播出时间长达 32 分 10 秒，新媒体直播累计时长更是超过 300 分钟。"世界四最"和"浙江送变电"一起被屏幕前的同胞见证。

2018 年 1 月 9 日，随着牵引场指挥清脆而响亮的指令"'大牵'停"，昌吉—古泉±1100 千伏特高压直流输电线路工程（甘 8 标段）全线胜利架通。

2018 年 10 月 2 日 20 时 18 分，随着新疆昌吉换流站极 1 低端换流器成功解锁，新疆昌吉—安徽古泉±1100 千伏特高压直流输电工程实现全线通电，新疆丰富的电能直接输送至华东电网。

走南闯北的电网建设，九州亮剑的铁骨壮行，似乎把浙送人带回 60 年前的春天，接受国家赋予他们的光荣使命。浙送人也深深明白，能做的只有不忘初心，把不断登高的步伐迈得更加坚定。

光芒叙事

天 海 一 线

——长篇报告文学《天海一线》节选

杜亮亮

2015 年初，同中央党校第一期县委书记研修班学员座谈时，习近平总书记追忆了自己任福建省委副书记援藏期间的所见所闻。他说，那曲生态恶劣，都种不活一棵树。他还说，当地实行奖励，"谁种活一棵树，先是几千块钱奖励，我去那年已经涨到十万块钱，但是还没有人拿到这个奖金"。

青藏高原是世界上面积最大、平均海拔最高、地壳厚度最大、隆起形成时间最晚、最年轻的高原，被称为"世界屋脊""第三极"。在约占中国总面积八分之一的西藏自治区，辖 6 个地级市、1 个地区，"拉萨最伟、林芝最秀、日喀则最美、山南最小、昌都最险、阿里最远、那曲最苦"。2017 年 10 月，国务院同意撤销那曲地区和那曲县，设立地级那曲市。那曲地处西藏自治区北部，俗称藏北高原，是长江、怒江、澜沧江、拉萨河等大江大河的发源地，其面积相当于 4 个浙江省。

2015 年 8 月，中央第六次西藏工作座谈会在北京召开，中共中央总书记、国家主席、中央军委主席习近平出席会议并发表重要讲话。他指出，要搞好对口支援西藏工作，优化援藏干部人才结构，把优秀人才选派到条件艰苦和情况复杂地区去磨炼意志、增长才干。

国家电网公司认真贯彻中央第六次西藏工作座谈会精神，持续加大电力援藏力度，全力推进西藏电力事业发展、助力西藏脱贫攻坚。

2018 年 10 月，我作为国家电网公司 2018—2020 年度东西帮扶人才，从浙江宁波出发，奔赴万里之外的西藏，在那曲比如县开启了为期一年半的援藏生活。

种不活一棵树的城市

2018 年 10 月 12 日，在领队邬军波召集下，宁波电力援藏组齐聚奉化。此次宁波电力援藏共计四人，包括奉化供电公司（全称国网浙江省电力有限公司宁波市奉化区供电公司）邬军波和我、余姚供电公司（全称国网浙江省电力有限公司余姚市供电公司）叶技、宁海供电公司（全称国网浙江省电力有限公司宁海县供电公司）曹卓斌。邬军波担任比如县供电公司（全称国网西藏电力有限公司比如县供电公司）副总经理，叶技担任运检部主任，曹卓斌担任营销部主任，我担任综合部主任。

10 月 13 日，宁波电力援藏组一行四人向家人同事告别，赶往杭州，与浙江省电力公司援藏人员汇合。

10 月 14 日，浙江省电力公司 2018—2020 年度东西帮扶人员欢送会在杭州召开。

10 月 15 日，浙江电力对口帮扶那曲电力及相关人员共计 31 人，从杭州机场出发奔赴拉萨。拉萨海拔 3650 米，空气稀薄、含氧量少、气压偏低，昼夜温差大。援藏人员抵达拉萨机场后，或多或少出现头晕、气短、胸闷等高原反应。

10 月 16 日，国家电网公司 2018—2020 年度对藏人才帮扶培训工作会在拉萨召开，标志着本期电力援藏工作正式启动。援藏人员在初到西藏的高反状况中坚持学习。浙江电力援藏人员普遍高反强烈，大多血氧量从 90 以上降到 70 以下，而心率从 80 以下飙升到 100 以上。

宁波电力援藏人员在经历了初到拉萨的高反折磨，饮食不习惯后，没有来得及休整，立即奔赴浙江电力帮扶地——那曲。

绿皮火车离开拉萨一个小时后，窗外矮小的树木渐次消失，只有光秃秃的山峰矗立在蓝天白云间。偶尔一朵祥云飘过或者一只山鹰飞过，才彰显这亘古不变的雪域高原独有的灵性和生机。而不管是高耸入云的雪山还是广袤无垠的草原,都矗立着点亮雪域高原的铁塔电杆,在冰雪和寒风中见证着电力工人的艰辛。

经过海拔 4300 米的羊八井后,念青唐古拉山脉的雄姿震撼着我们。雪山之美,唯有惊叹,无法用语言形容。咔嚓咔嚓一通拍照,看看窗外的风景,再看看手机里的照片,拍到的和看到的不是一回事。海拔 6590 米的桑丹康桑雪山在天际显露出雄壮和秀美之后,心跳加速,却不是因高反,而是因惊艳到了极致。

那曲终于到了!这个只存在于传说和梦想中的地方,就这么静谧而直白地走入心田深处。一只作秀的山鹰用翅膀拍打了一下正在微笑的白云。它向下冲击的速度太快,雪山摁下快门,却无法留住它的影子。草原上一群牦牛懒洋洋地抬头告诉它,这里没有兔子。

牦牛也告诉来到藏北的客人,全世界海拔最高的城市到了。兴奋到无法自抑的我们快步走下火车,一阵寒风吹来,鼻涕立马就下来了,头晕目眩。三个小时,从海拔 3650 米飙升到 4500 米,气温则从 20 度骤降到零下。

这是一个种不活一棵树的城市,这是一片极寒的地带。可是,我们来到这里,我们会用脚步丈量这冰冻的土地,会用呼吸温暖这稀薄的空气。

那曲种不出一棵树,我们帮扶人员站在这里,就是一棵棵活着的大树,让人迹罕至的雪域高原,生机盎然!我们电力工人驻扎在这里,就能竖起一基基铁塔、一根根电杆,让极寒地带的藏北无人区,灯火通明。

10 月 20 日,宁波电力援藏四人抵达比如县,时任比如县供电公司珠松总经理、日卓书记和全体职工夹道欢迎,斟满甜茶,敬献哈达。

10 月 21 日,宁波第八批援藏干部一行,对新来的电力系统援藏人员给予欢迎,并介绍了当地风俗和注意事项,希望大家努力工作,在电力系统打造浙江援藏铁军形象。

牧区通电了

2018 年 10 月 22 日,是宁波电力援藏人员抵达比如县供电公司上班第一天。前夜，台州供电公司援藏领队金凌鹏打电话给邬军波，让宁波电力援藏人员一起参与一座新建变电所投运验收。台州供电公司援藏期满，变电所验收是工作交接重点。

8点的闹钟叫醒了邬军波，他拉开窗帘发现室外一片银装素裹。变电所离县城近百公里，均为崎岖山路，还要翻越海拔5000多米的雪山。他正在怀疑计划是否取消，却接到比如县供电公司珠松总经理的电话，说8点半车队准时出发。

比如县位于那曲市东部，唐古拉山和念青唐古拉山之间，怒江上游，区域内高山连绵、峡谷遍布。本次组织投运验收的35千伏变电所位于羊秀乡。羊秀乡辖18个行政村，当年常住约5000人，属半农半牧区。羊秀乡少数居民靠光伏、水电或柴油发电机发电，多数日子处于无电状态。更多的牧民还没享受过有电的生活。

汽车在崎岖的山路上盘旋，一侧是陡峭石壁，另一侧是悬崖绝壁。随着高度爬升，积雪越来越厚，路边不断看到打滑停行的大货车。终于，一辆电力工程车罢工。大家将车上的工器具和人员转到另外几辆越野车上继续前行。

车队沿着"之"字形山道斗折蛇行，雪花密匝匝飘着。山路完全被大雪覆盖，要不是路旁护栏，已分不清哪里是路，哪里是山。车窗外雪雾弥漫，能见度极低。邬军波等紧紧抓着前排靠背，听着车轮在雪地里摩擦打滑，大气都不敢喘，生怕一放松车子就会滑出山道，冲入峡谷。

在众人的一片欢呼中，车子爬上了最高点——海拔约5072米的夏拉山口。这时云收雪霁，万道金光倾泻在连绵起伏的群山之上，雪域高原的雄姿展现着惊艳的美。过了夏拉山口，车辆开始下行。冰雪覆盖的下山山道更为凶险，车辆小心翼翼穿过每一个大折弯。在经历两个多小时的艰难跋涉之后，远远望见山下一块平地，依稀看到参差不齐的几幢房子，羊秀变电所到了。

人员各就各位，搬仪器工具、主变试验、继保调试、开关联动试验，各项验收检测有条不紊展开。西藏的天，娃娃的脸，说变就变。工作刚开展一小时，西侧山谷中一片黑压压的雪雾快速袭来。

"不好，又要下雪！"话音刚落，雪粒在朔风裹挟下，如子弹般迎面袭来。宁波援藏人员没见过这种"雪米"，大如米花，打在脸上像冰雹袭击一样疼。一会儿工夫，大家已是须发皆白。迫于越来越大的风力，户外工作被迫暂停。

一小时后，风停雪歇，烈日当空，气温迅速上升。穿着冲锋衣的工作人员已微微冒汗，藏区"一年无四季，一日见四季"的气候特征展露无遗。

由于高原地形限制，汛期出现过大面积冲毁倒杆等问题，验收工作并不顺利。刚到比如的邬军波等迅速从管理人员转化为技术人员，每天奔波在去羊秀乡的路上。巡线、验电，从最基层的工作做起。宁波是一条一条送电，牧区是一家一户送电。每个台区地形不同，每户牧民情况相异。

11月底，羊秀乡终于通电。很多牧民家里初次通电，灰暗的帐篷瞬间灯火辉煌，他们给电力工人们献上尊贵的哈达、端来香甜的奶茶。

"在电力系统工作几十年，从没感受过藏族同胞第一次看到电灯亮起来的那种开心。"邬军波说，"很有成就感。"

羊秀乡通电没几天，就传来部分村庄停电的消息。汛期导致山体滑坡、土质松软，部分低压线路电杆出现倾斜。由于之前有现场查勘经验，邬军波建议和线路设计、施工、监理等单位一同前往。珠松总经理还交代他，夏拉山口的经幡被吹到了35千伏线路上，需要紧急处理。

带好出门三件宝：茶杯、帽子和口罩。一个多小时后，汽车爬上夏拉山口。远远看到几条经幡缠绕在铁塔线上随风飞舞。下了车，朔风凛冽，山顶气温低于零下15摄氏度。经幡缠绕在离铁塔五六米的导线上。要排除隐患，需爬上积雪覆盖的山坡抵达铁塔，再从铁塔沿导线爬出去。在海拔5000多米的雪山上，进行如此高难度的作业，着实吓到了宁波电力的援藏人员。同行的比如县供电公司运检部主任才仁，在随行人员中挑出一位经验丰富的线路工人，嘱咐安全之后，挥手出发。在众人揪心地注视下，花了两个多小时，顺利把缠绕在导线上的经幡取了下来。

车辆继续在崇山峻岭间穿行。山道旁一条新建线路在视野内时隐时现。才仁主任说，今天要去巡查的就是这条线路的一个分支——亚贡支线。比如最大的地域特点是山脉连绵，沟壑纵横，村落零星散布在弯弯曲曲的山沟之间。供电线路循着山沟绵延前行。亚贡支线就在这样一个绵延长达 30 公里的山沟里。

汽车在一个急弯处拐进岔道，山道愈发狭窄崎岖，往山下望去，隐约可见一条狭长的山沟深藏在起伏的群山之间。汽车盘旋许久才到谷底，才仁主任指着山道旁的杆子告诉大家："亚贡支线到了。"沿着山沟极目远眺，山沟两边峭壁如削，沟底地形局促，只够勉强容纳一小溪、一山道，配电线路就在这样的夹缝中蜿蜒前行。

沿着土路磕磕绊绊向前，每到一处杆子冲倒处，就停下来测量、定位。邬军波等深深感受到，此处山沟狭窄，崖壁陡峭，无处立杆；部分山体地质松软，常有山体滑坡，必须避而远之；有的山体被当地百姓奉为神山，信徒手执经筒转山，也要避开；线路施工经常要触碰树木草皮，而藏族群众对树木草皮的保护相当重视，对架线带来极大困难。

才仁主任指着远处一棵一人多高的树说："在那曲地区，也就咱们比如县有这样的小树，别看小，至少生长了几十年！"

邬军波等商议后决定，因地制宜，不影响生态环境的前提下，将杆子尽量往岸上移，并通过打拉线、浇基础等形式，提高线路抗洪能力。

藏北高原进入了一年中最寒冷的季节，宁波电力的四位帮扶人员，已经习惯了早出晚归。尽管高反始终折磨着他们，晚上缺氧无法入睡，早起干燥鼻子出血。但他们深深体会到，户户通电工程是实实在在的惠民工程，是国家造福藏区的伟大工程。

作为领队的邬军波，年纪最大，压力也最大。偶尔在夜深人静的时候，会想起万里之外的妻儿老小，也会想起自己来援藏的初心和使命。

只为生命没有遗憾

援藏，对于年过不惑的邬军波，似乎不该再是生命的主题。但是，当他得知万里之外的西藏那曲，因电力建设需要在宁波招募援藏人员时，内心宛若平静的水面砸进一块石头，泛起阵阵涟漪。

当年走出校园，他也曾踌躇满志，意气风发，向往轻装简行，远赴边陲，到祖国最艰苦的地方去实现人生价值。但当就业的尘埃落定，终因俗世羁绊，未能跳出故园。岁月流转，几十年弹指一挥，每天忙忙碌碌，一成不变固守在工作岗位，岁月早已消磨了青春的激情。只有在午夜梦回时分，才会偶尔想起那个埋藏心底但已遥不可及的梦。

一纸援藏通知书，唤醒了他那个蛰伏心底二十余年的心愿。

援藏，意味着离乡背井，抛妻弃子。虽然从没去过西藏，但从报刊、电视等媒体上得知，高寒、缺氧、地广人稀，条件恶劣。最重要的，一年半时间，单位允许吗？家人同意吗？身体吃得消吗？拿着援藏通知书，他心潮起伏、思绪万千。儿子刚上高中，就读寄宿学校，周末才回家。他一走，一家三口天各一方。

晚上回家，犹豫再三，向在政府机关工作的妻子提出援藏想法。妻子良久才道："工作上的事，无条件支持，何况是援藏的光荣使命，只是……"妻子说罢深深叹口气说："你这一走天遥地远，家里万一有个什么事……还有你父母的身体……"

邬军波也陷入沉思，乡下年过七旬的父母体弱多病，经常需要接到城里看病配药。前几天，父亲在膀胱内查出疑似肿瘤的东西。他拨通父母的电话，电话那头，虽然不舍，但全力支持！

援藏干部们，谁不是上有老下有小，谁都有困难有为难。但家庭的支持给了他们力量。次日，他一到单位就填写了援藏申请表上交公司人资部。接下来是漫长的等待。援藏要层层审批，最后确定人选。

等待是最大的折磨。内心忐忑不安，矛盾重重。既希望入选，又担心入选。通知终于下来，成功入选，尚需体检。几天后，奉化区人民医院体检中心告知，身体正常，可以援藏。

至此，通向遥远西藏的大门正式开启。尘埃落定，心下反而释然，开始忙着准备。从网上购买大堆关于西藏的书籍，熟悉那片陌生的土地。西藏民族文化独特，宗教色彩浓厚，提前了解当地的风俗习惯和自然条件，有助于更好更快融入，避免不必要冲突，影响民族团结和工作开展。

妻子也开始忙着准备行装。"十一"黄金周，成了装备采购周。"胡天八月即飞雪"，中秋前后，那曲已经下雪，气温降至零下十几度。妻子到处采购保暖用品，手套、帽子、围巾、口罩、保暖鞋，嫌商场买来的毛衣毛裤不够厚实，专门去定做两套纯羊毛棉衣。10月的宁波是衬衣季，御寒冬衣还没上架，跑遍几个大商场没找到冲锋衣，费尽心思从一个商场仓库里找到几套，尽数买来。

作为土生土长的宁波人，邬军波钟爱海鲜，对辣忌口。当妻子得知比如县以川菜为主后，真空包装好紫菜、鱼虾干货等。她知道，在西藏想买新鲜海鲜，基本无望。

听说红景天能抗高反，妻子从中药店买来了大包的药材，给他提前十几天开始用水煎服，只是这个貌似树根的东西味道实在太苦，吃了几天就无法下咽。为防不时之需，还备了大量的常用药：感冒药、止痛药、消炎药、拉肚子药等，一应俱全。

等到装箱时才发现了问题。虽然备了特大号拉杆箱，但放入衣服和鞋子就塞满了。一遍遍地筛选、取舍。水果减少到只带两个苹果，书籍减少到只带三本技术资料。整整折腾了两天，终于把要带的东西塞入箱包。

2018年10月11日，国网浙江省电力公司运检部召集援藏领队开会，部署具体工作和注意事项。时任副主任的盛晔语重心长地强调："此去西藏，使命光荣，任务艰巨，要求大家缺氧不缺精神，海拔高斗志更高，在那边既要当好宣传员，更要当好播种机，让国网精神在西藏生根发芽……"作为领队，邬军波感受到了肩上沉甸甸的担子。

10月13日，出发的日子。拿了行李，临出门，回头看见妻子已泪眼婆娑。邬军波与妻结婚十几年，第一次如此长久、如此遥远地作别，离别之痛不言而喻。人生自古多别离，只为一了生平愿。"执手相看泪眼，竟无语凝噎"，他只能默默与妻拥别。

无法陪伴妻儿老小，是一种遗憾。但错失援藏机会，也是一种遗憾。自古忠孝难两全，在那一刻，他深深体会到了这句话的无奈。

冰天雪地送电人

2018年11月17日，星期六，凌晨，叶技被一阵电话铃声惊醒。由于冬季干燥缺氧，他几乎整夜没睡。失眠是援藏人员无法逃避的噩梦。电话是比如县供电公司运检部主任才仁打来的。比如县政府、双语幼儿园、医院职工宿舍等片区全部停电，急需排除故障。

11月的比如，气温降到了零下10多摄氏度。洗脸时流鼻血已经习以为常，干燥的嗓子也咳出了血丝。没来得及烧水，他喝了一口昨夜杯子里的剩水，快速穿上层层叠叠的保暖内衣、毛衣、冲锋衣赶往现场。门口一阵冷风裹挟着雪粒子打到脸上，身上再厚的衣服，也无法抵挡高原的酷寒。

叶技冒雪快步赶往单位。他知道这种天气不能快速走动，但是，那么多居民在寒冬里没电，这是他无论如何不能接受的。

才仁主任已等在单位，他们匆匆赶往南岸新区现场查勘。设备冰冷冰冷的，两人仔细检查，配电室高压进线正常，配变正常，低压开关却始终无法合拢。低压开关属于用户资产，配电房负责人联系了设备厂家，由于天气原因，厂家赶到比如需要至少三天。

回到单位的叶技心情难以平复，至少三天，整个片区的百姓如何度过？虽然他口干舌燥被冻得瑟瑟发抖，但他不想放弃。他找出配电室资料详细检查图纸，联系厂家咨询每个细节。一个念头跳了出来，是不是低压脱扣器故障？厂家无法肯定。他叫上才仁，再次赶往现场。经过测试，正是脱扣器问题，冰天雪地里一番操作，开关顺利合闸。午饭时分，片区的灯终于亮了起来，没有耽误居民做午饭。

回到宿舍的他，头疼欲裂，忙了一个上午，终于能喝上一口热水了。

比如由于地域辽阔，牧民分散加上电力设备陈旧，电力故障层出不穷。哪里有故障，哪里就有叶技的身影。以前在余姚，到一个变电所以小时计，但是在比如，出去一趟就要按天计。早出晚归，周末奔波已经成为工作常态。比如最远的乡镇离县城200余公里，就近的乡镇也要穿越怒江之畔的悬崖绝壁。室外工作的危险无法预计。天气晴朗时，车辆行进在怒江之畔绝壁之巅都要心惊肉跳。冬天来临，雪崩经常掩埋道路。化雪后的冻土更是危机重重。路面表层是冰冻状态，其实随着白昼气温升高，表层以下的冻土已化为泥浆，车辆上去瞬间就会塌陷。雨季来临，山洪、塌方、泥石流随处可见。更要命的是，比如很多地区没有手机信号，身处险境也无法求援。险恶的自然环境无法改变，就改变自己的工作和生活方式，谨慎但不畏缩，艰辛但不退缩。

2019年初春的一个清晨，窗外的雪花漫天飞舞。叶技突然接到妻子的视频电话。女儿拿着一条红领巾在镜头里高喊："爸爸，给我系红领巾啦！"他才想起来，今天是女儿开学第一天。往年，都是他给女儿系好红领巾，挂好小书包，送到学校门口。

"爸爸，我开玩笑的，我自己会系红领巾了。"泪眼模糊中，听见女儿甜甜地叮嘱他，"爸爸，你让司机开车慢点，我们等你回家！"

挂了电话，他想起了妻子，想起了母亲。每次打电话，60多岁的母亲总说："你放心，我身体很硬朗。"但是妻子告诉过他，老人打完电话，总是偷偷去擦拭眼睛。每次打电话，妻子也会说："你放心，我们都很好！"但女儿偷偷告诉他，妈妈总是做了一桌子菜，看着发呆，看着流泪。

80后的男人，家里的顶梁柱，正是需要陪伴父母妻儿，在家有说有笑的时候，正是周末带着一家老小，看桃花开杏花绽的时候，但是，为了藏区的光明，他们忍受着身体的折磨，挨饿受冻，奔波在藏北的冰天雪地里。

2019年3月26日，比如县庆祝西藏民主改革60周年活动隆重举行。比如县供电公司成立保供电领导小组，叶技作为运检部主任，责无旁贷。他牵头制定科学的保供电方案，优化安排电网运行方式，做好设备运维、电力设施安全保卫及应急物资保障等工作。确保了活动期间电网安全生产运行平稳、重要场所和重要电力用户安全可靠供电，保障了百姓参加观看活动的盛况。

当其他人都在兴高采烈观看演出的时候，他始终在视察现场线路。演出结束，有人问他："叶主任，我们藏族的歌舞好看吗?"他笑着说："好看！"虽然他几乎没有看到演出，但是他听到了嘹亮的歌声，感受到了百姓的欢庆。

活动圆满结束，看着空荡荡的舞台。他没有失落，也没有遗憾。他忽然觉得，那也是他的舞台。援藏很艰苦，但是，援藏也给了有志之士更大的舞台。对于每一位援藏干部来说，援藏经历，都是一生难能可贵的磨炼，都是一段无法忘怀的记忆，也是一段无法抹去的骄傲。

197

纯净的蓝天、巍峨的神山、澄碧的圣湖，还有那欢腾的锅庄舞，援藏人员见证了西藏的大美，西藏也见证了援藏人员的大爱。

我想对你说

比如县四周冰山雪峰环绕，平均海拔4000米，全县面积1.14万平方千米，比整个宁波市还大。在这广袤的土地上，很多偏远山区和牧区还没通路，给低压电网铺盖带来困难。曹卓斌作为比如县供电公司营销部主任，普查用户台区信息成为他的重要工作。

11月份，比如县已经属于霜冻期，冰雪覆盖、寒风刺骨。恶劣的气候环境，丝毫不能影响他的工作进度。公司只有两辆车子，每天早晨各部门都要抢车。营销部计划去茶曲乡和达塘乡开展用户台区信息普查，运检部抢修开走一辆车，剩下一辆十年老皮卡。比如县供电公司营销部李为民主任说，路远，雪大，得赶紧走。

颠簸一个小时后到了35千伏茶曲变电站，沿着10千伏"茶拉线"开始对每个台区进行信息普查，同时核实一线一图。一下车，刺骨寒风袭来，大家裹紧冲锋衣，拉下帽子，扛起梯子，朝台区走去。行走高原，缺氧加上严寒，没几分钟就气喘吁吁，心跳加快。停下来吸口气，冷风立即灌到肚子里。曹卓斌在现场拍照、画图、核实线路和台区信息后，和营销部其他人员赶往下一个台区。

车子放缓速度，朝怒江对岸驶去。曹卓斌心头一紧。这哪是桥啊？钢筋拉着怒江两岸的石柱，桥面只有破烂的木板，甚至还有纸板。所谓桥的两边也只是更细的钢筋牵连，上面飘着各色经幡。

"不会是从这里过去吧？"曹卓斌喊出了声。

"怒江已经结冰，别怕！"车里有人回答一句，引来大家哄笑。

车子缓缓上桥，轮胎刚好压着桥边，车身不规则晃动。曹卓斌想着桥下的怒江，心吊到了嗓子眼。司机边开车边劝他别紧张："我们经常往返，习惯了。"

曹卓斌第一次坐车过这样的桥，安全抵达对岸后，长长松了口气。他有出门打开高德地图识别和记忆地方名称的习惯，但在台区排查，往往手机信号也没有。车子冲过结冰的小溪，开上盘山小路。小路极窄，仅能一辆车通行，旁边没有任何护栏，车窗外悬崖峭壁。

比如的冬季很漫长，曹卓斌就是这样和当地供电公司人员，冒着生命危险，跋山涉水，跑遍了比如的各个乡镇街道，走进了最为偏远的自然村落。

曹卓斌抵达比如县的日子，正好是家里小宝一周岁生日。当时，比如县没有开通4G，手机在外面基本没有网络信号。半夜回到住处才收到妻子发来的一张合影。

曹卓斌和妻子是高中同学，二十年前书信往来写情书，没想到二十年后由于曹卓斌援藏而分隔两地。2019年的冰天雪地里，曹卓斌意外收到一封来信。来信有一个标题：我想对你说。

都说人间最美是四月，四月"千树万树梨花开"，四月"拂堤杨柳醉春烟"，四月"万紫千红总是春"，四月"怕相思，已相思，轮到相思没处辞，眉间露一丝"……

遥想十年前的今月，你我结发为夫妻。今年四月我在和煦的南国，你却在壮美的高原。四千五百公里的距离，三千九百米的海拔，一年半的援藏驻留，隔不断的爱恋，冲不淡的思念。

翻开旧照片，往事一幕幕。操场上奔跑的你，晚自习一起偷听的歌，周末抄在黑板上汪国真的诗，还有校门口的红烧鱼……我已经不记得为高考挑灯夜战刷的题，我已经不记得奋战高考所取得的成绩，但是这些不经意的瞬间成了我们青春全部的回忆。

当你我天各一方，友谊的小船却依然扬帆。你是信箱里的名字，是贺卡上的祝福，是电话里的问候，是追梦中的陪伴和鼓励。

青山湖畔，中山路上，麦当劳的承诺，石头记的手链。爱情不期而至，又顺理成章。自此，北京、杭州、普陀山；青岛、宁波、西湖边，有限的假期都有你陪着我……

时光荏苒，十年前的那刻，定格在床头的婚纱照里，刻在记忆的光盘中，飘荡在童话的歌声里……你我相互扶助，只有我们自己才能体会幸福

光芒叙事

是如何奋斗而来。甜酸苦辣、柴米油盐，平凡的生活总有不同的味道，无论哪一种味道，我们都是为了更好的我们。

相识二十余载，从校服到婚纱，从青涩到成熟，从爱情到亲情，从两个人牵手到四个人的家，你承载了我青春和爱情的全部回忆。因为相爱所以相守，因为相知所以接受别离。亲爱的你在追梦的路上，我们仨是你最坚强的后盾。

我想对你说：

做出援藏决定，我们慎重而理智。与你，与我，与家庭都是一件特别骄傲的事。初到比如，你头晕，四肢失控。看到你的照片：憔悴、浮肿，还有着针眼的手，我特别心疼。多少次我拿起手机想说，适应不了就回来吧，却一直没有说出来。感谢援藏干部们的帮助，幸运的是，你战胜了高原反应，适应了严寒冰雪，我终于稍微安心。

我想对你说：

听到视频中当地领导对你的肯定；隔着照片看到，你们加班为比如羊秀乡送上国网电；微信里你又"不安分"地下乡去了解当地用电情况……我细细碎碎地和大宝说着，满满地骄傲。

我想对你说：

援藏不仅是诗与远方，援藏更是一种责任。我们在后方岁月静好，离不开你们的负重前行。在比如，手机信号不好，有时候一个微信要等好几个小时才有回音。等待你的回复已经成了习惯，挂在天气预报第一位的也变成了比如，担心你一个人不好好照顾自己，担心你外出的安全。所以为了我们，一定好好保重自己。

我想对你说：

援藏是艰苦的，但也是幸福的。能够与那么多优秀的人同行，一定会让你更加优秀。在那么辽阔的土地上，洒下你的汗水，印上你的足迹，是一件多么荣耀的事情。因为你在，牦牛、藏羚羊、雪山、蓝天、虫草、文成公主都尽在眼前。等你回来，等我们老去，这将是多精彩的一段故事，我期待着。

我想对你说：

你走的时候，二宝尚不满周，现在已经可以四处撒欢地玩，微信里语音里喊着爸爸；你不在家，八岁的大宝知道心疼我，二十斤的包裹自己一路搬到家，俨然成了真正的男子汉；我上班，家里有爸爸妈妈照料，他们身体也还好，不用牵挂。

我想对你说：

春节归来，你越来越优秀的样子真的很帅，你获得的荣誉是对你最好的肯定，援藏的路上已经走了六个月，革命尚未成功，亲爱的仍需努力。你拼搏、你努力、你勇于承担的样子是对孩子最好的教育。虽然信号不好，虽然条件艰苦，但是看到你自娱自乐地烧饭，看到你备战考研，看到雪中你的样子，真棒！

在我们的心中，你永远是最可爱的人！加油！

曹卓斌向兄弟们分享了这封"情书"，那时候的他，已经从清秀的江南书生，成功转化为皮肤黝黑的藏族人。作为营销部主任，客户普查、催收电费，长期的户外工作让他比其他人黑得更快、黑得更彻底。偶尔去牧民家里，人家会误以为他是藏族跟他说藏语。随行的营销人员曾经给他翻译说，人家在批评你，去外面上两年大学，就忘了我们藏族的母语。越来越黑的他也给家里一岁多的小宝带来疑惑。一段时间没视频，小宝看着手机里黑黝黝的面庞，总是要停顿下才敢喊爸爸。他总是带着歉意和家人通话，妻子却安慰他说："没事，黑点更帅！"

每一位援藏干部的身后，都有着坚强的家庭作为后盾。他们有困难、有委屈，但是他们用自己的思念牵挂着雪域高原的亲人，也用自己的坚韧维持着缺了顶梁柱的家庭。而援藏干部们，带着家人的思念，带着单位的重托，在冰天雪地的高原上，挥洒着自己的汗水，也吞咽着想家的泪水。

援藏是我的"自我革命"

2019 年 6 月 28 日，比如县供电公司开启庆祝中国共产党建党 98 周年系列活动。由我带领全体党员重温入党誓词并讲党课。在奉化供电公司当了将近十年的党建工作部主任，按理这是轻车熟路的事，但在雪域高原，却有着不一样的意义。

刚一上班，比如县供电公司综合部主任边巴就气喘吁吁告诉我："杜主任，咱们公司里面实在找不到一块合适的地方悬挂党旗。"

我愣了一下。在大脑缺氧久了，反应也迟钝了。脑子里过了一遍单位门口、办公室和会议室。确实没有地方适合悬挂党旗。

"就院子里吧，挂在两棵树中间。"

"背景脏乱差啊！"

"没事！"我很认真地对他说，"战争年代，入党宣誓都是在炮火连天的战场。咱们不搞排场不作秀。"

单位的院子里堆着各种杂物，前面是办公楼，后面是居民楼。党旗悬挂在两棵树中间，集结全体党员，重温入党誓词。

"我志愿加入中国共产党……"我领誓了第一句，却听到四周传来的回声。不仅是身边党员们的宣誓声，似乎还有两边楼道里的声音，甚至四周孩子们的声音。我当时以为是错觉，但那声音很真切，是藏族同胞特有的声音，那声音能穿透云霄。

宣誓完毕，抬头一看，单位二楼和居民楼的窗前站着很多人，他们是单位的非党员，是本地普通的居民。在院子四周，还站着很多孩子。他们严肃地站在那里，不是嬉戏，没有喧闹。

做党建工作十余年，这可能是我最不规范的一次领誓。地点也好、人员也好。这却是最让我感动的一次领誓。那穿越云霄的宣誓声，久久停留在我的耳畔。有党员、有非党员；有大人、有孩子，不管是谁，我都听到了他们的真心，看到了他们的真诚。

"我们藏族人是真心感谢党！"阿旺加才副总跟我说，"没有共产党，就没有藏族人的今天。"

我笃信他的话。不管是多远的藏区，牧民房顶都插着红旗，一面红旗就是一户人家，家家户户正厅都有党的领导人挂像。

我准备的讲课主题是党支部标准化建设。开课之前，我很感慨地跟大家说，由于历史地理条件等限制，我们公司党支部建设还不够标准。但是，各位藏族同胞对党的感情，深深触动了我。

习近平总书记提出"牢记初心使命，推进自我革命"。在援藏的过程中，我始终牢记自己援藏的初心和使命，也真心觉得，援藏对我而言，是一场真正的"自我革命"。

我的老家在甘肃天水一个叫秦安的小县城。秦安素以货郎县闻名。百年以来，秦安的农民们挑着针头线脑走出甘肃，走到新疆、内蒙古、青海、西藏。我的爷爷，就曾经是一位入藏的货郎。我的父亲，小时候被寄养在托儿所，捡拾路人丢弃的土豆皮充饥。

我清楚记得寒冬腊月上小学的路上，身心都被寒冷浸透。狂风刮断干枯的树枝，高压线被吹得怪声尖叫。走半小时的羊肠小路到学校，路上积雪太厚连脚跟也淹没，一不小心就可能滚下山坡。教室里用泥土垒着一排排半米高的土坯当书桌。凳子也是土坯，到后来才换了一条长木板，孩子们就挤坐在上面。每个教室容纳两个年级的学生，设置前后两个黑板。第一节课用前面的黑板给一年级上，二年级同学就面朝后边的黑板看书。基本都没钱买纸和笔，就跑到操场去写字。所谓操场，其实是一块平坦的黄土地，每人划开宽度一米左右的"领地"，手里握着一根电池芯垂直往下写。芯是黑色，在黄土地上写出字来是黄"纸"黑字。学校没有围墙，西北风呼呼吹着，握电池芯的手被冻得僵硬，皲裂了一条条口子。尽管如此，孩子们还是认真写，一个个方块字深深刻在了坚硬的黄土地上。

我上高中的时候，全县每年能考上大学的只有三五个人，要不复读三年五年，要不退学结束读书生涯。那时候打工没太流行起来，最可能的出路就是跟着祖辈的足迹，走上西藏的货郎之路。

我很荣幸地考上了华北电力大学，再到宁波工作、安家，把父母接过去。在宁波生活将近二十年，慢慢习惯了城市生活，也逐渐淡忘了自己的童年。2008年浙江丽水特大冰灾，电网遭受重创，我和公司"小草"服务队员们奔赴一线抗灾。半个月忍饥挨饿，每天吃萝卜干、打地铺。回家大病一场，跟家人诉说抗灾之苦。父亲说，你现在享福惯了，一点点艰难就叫苦连天。由俭入奢易、由奢入俭难。有时候我们以"饮食健康"的名义丢掉一些剩饭剩菜，父亲就会说，老家还有很多孩子吃不饱穿不暖。

"国家政策好了，社会发展了，你才考上了大学。"父亲总对我说，"你本来的命运是跑西藏的货郎。"

很多年里对父亲的话都不以为意，直到自己为人父，看着自己的孩子衣食无忧，对电视里边远山区的孩子心生怜悯。如果我也是一个货郎，我的孩子也会和他们一样。身边有很多人，享受着社会发展带来的福利，却习惯性抱怨社会，觉得这不好那不好。他们可曾想过，自己为社会发展做过什么贡献？我们等着别人去做贡献，可是我们自己在做什么？知道单位有援藏名额后，我第一时间申请入藏。西藏还有很多没有通电的牧区，我可以为他们做点什么。

西藏自然条件很艰苦，但是，总得有人去做这些事情。与其抱怨社会，与其感叹一番，不如走上高原、深入一线，切切实实为藏族同胞干点实事。

作为综合部主任，我名义上分管党建、人资等工作，实际上，由于人员短缺等问题，巡线、搬运等一线工作从未远离。经常有人问，你去了那么长时间，习惯了吗？酷寒怎么习惯？缺氧怎么习惯？所谓习惯，只是习惯了艰辛，习惯了艰苦。

在援藏过程中，我更注重制度建设、智力帮扶。比如县供电公司由于地处偏远，只是国家电网公司代管县公司，各类标准制度不完善，加上藏族同胞的汉语基础薄弱，公司在制度建设、文化建设、公文写作等方面相对较弱，而我由于秘书出身，在办公室、党建部等部门工作多年，正好有了用武之地。但在高原动脑，是一件非常头痛的事。长期缺氧导致记忆力降低、稍微一思考就会头痛欲裂。半年时间，青丝变白发。尽管如此，看到公司各项工作有条不紊推进，内心还是充满自豪。最重要的是，在这个过程中，心灵得到净化。不忘初心，是记得自己曾经走过的苦难岁月，是记得很多藏区牧民还在脱贫攻坚的路上，是记得自己援藏之初的信誓旦旦——要为世界之巅送去光明和温暖。

援藏很辛苦，但对于每一位援藏人员来说，也是一次自我成长，也是一场"自我革命"。

授人以鱼不如授人以渔

2019 年 5 月 10 日，在邬军波、叶技等陪同下，比如县供电公司日卓书记一行来到宁波余姚市。时任余姚供电公司党委书记陈高辉带队迎接。他向远道而来的客人介绍余姚公司基本情况、企业文化、经营管理等，对比如县供电公司对叶技在藏期间无微不至的照顾表示感谢。

日卓书记一行参观了余姚供电公司调度大厅、梁弄供电所等，尤其对余姚带电作业工作现场表现出了浓厚的兴趣。

"叹为观止！"日卓书记说，"难怪叶技能带给我们那么多新理念、新技术，你们先进的技术和管理我们无法企及。特别期待你们能给予更多帮扶援助，包括电缆接头制作、财务管理等。"

日卓书记坦言，宁波已经带电作业，比如在电缆接头制作等基本功上还没过关。此前叶技也向余姚供电公司反映，比如发生过好几起电缆接头爆炸事故，希望公司能提供培训援助。

"藏区的需要是我们义不容辞的责任！"陈高辉书记当即拍板道，"我们尽快选派专业人员奔赴比如。"

5 月 27 日，日卓书记前脚刚走，时任余姚供电公司总经理虞昉就带队踏上高原。公司工会主席王倩、财务部主任孙晔峰、国网浙江省电力公司劳模鲁强宇等随行。这是一支强大的援藏力量，他们带着比如县供电公司急需的先进技术和管理理念。

比如县供电公司珠松总经理和日卓书记急切等待在公司门口，为每位来客敬献哈达。珠松总经理打趣说："我们比如县比整个宁波都大，但是人口不到余姚的十分之一，售电量不到余姚的三十分之一。我们没有调度中心，自动化采集率为零。叶技来了以后，极大地推进了我们的配网、变电等技术和管理。你们这么强大的力量过来，我们真的感激不尽。"

"汉藏一家亲嘛。"虞昉总经理说，"我们也感谢你们对援藏干部的照顾。"

寒暄过后，大家步入会议室，各类培训如期开展。"授人以鱼不如授人以渔。"这是虞昉总经理对援藏的一贯看法，我们选派人员、支援物资的同时，最重要的是带给藏区先进的管理理念和实操技术。

鲁强宇是浙江省电力公司劳模，干了一辈子线路工作，电缆接头制作技术极高。此前听说要到西藏讲课，他又兴奋又忐忑。为了上好这节课，文化程度不高的他，在电缆头车间一待好几天，拍摄关键环节照片，制作PPT课件。为了了解比如县供电公司现状，他多次与叶技电话沟通。功夫不负有心人，他的讲座深入浅出，比如县供电公司员工受益匪浅。运检部主任才仁课后说："鲁劳模经验丰富，短时间就解决了我们接头制作的难点疑点。"

按照国网公司统一安排，比如县供电公司要从代管划归直管，但对国网公司系统的财务管理流程非常陌生。余姚供电公司财务部主任孙晔峰从费用报销、工程预算、资产管控等各个方面讲解财务规范管理要求，并向比如县供电公司财务人员赠送专业书籍。比如县供电公司工会主席兼财务部主任于永红坦言："我也是半路出家，对于财务专业知识不够精通，对于国网公司财务系统知之甚少，以后还需要你们大力指导帮扶！"

对于于永红主席的谦虚，余姚工会主席王倩开玩笑说："藏族同胞能歌善舞，我们这次过来慰问叶技他们，带来了技术，也要带回去技术。"她看着大家疑惑的眼神说："我们要带回去能歌善舞的技术，大家虽然高反严重，但一定要在这几天有限的时间里，学会锅庄舞。"

话音未落，会议室里响起了嘹亮的歌声，藏族同胞们用歌舞感谢远方而来的客人。

临行，虞昉总经理、王倩主席一行来到叶技的宿舍，向宁波四位援藏人员赠送慰问品。

"我代表余姚供电公司感谢你们！"虞总说，"这里环境的艰苦和工作的辛苦都超越我们的想象，你们驻扎高原，得到被帮扶单位高度认可，作为娘家单位，为你们感到自豪和骄傲！"

虞昉总经理等一行离开了比如，但是，他们忙碌的身影留在了比如。他们不仅带给了比如先进的管理经验和技术，也带给了帮扶人员信心和感动。援藏，从来都不孤单。我们身处偏僻高原，但我们不是一个人，也不是四个人。我们的背后，有宁波电力全体干部职工作为坚强后盾。他们远远支持着我们，记挂着我们。

那曲有了首家电化教室

2019年6月27日，比如县供电公司电化教室，次仁多杰和同事们正在和上课老师林晓彬热烈交流，而这位老师，却在万里之外的宁波宁海。宁海供电公司徐剑中劳模工作室远程教育基地在比如落地，使得员工远程培训成为可能。

林晓彬是宁海供电公司徐剑中劳模工作室成员，他带来的第一节课是《计量表安装规范》。讲课结束，次仁多杰和同事们向老师鞠躬致谢。

"过去干活没有标准和规范可言，能通上电就行。这次远程培训让我们明白，装表接电也大有学问。不按照标准操作就会影响供电可靠率。特别感谢宁海供电公司的老师，扎西德勒（吉祥如意）！"

前一天，在时任宁海供电公司李永腾副总经理、金婕主席带队下，徐剑中和他的工作室成员从浙江出发，飞往西藏。他们要亲自赶往比如，面对面在坐落于比如县供电公司的徐剑中劳模工作室远程教育基地进行教学。这一切成果的背后，离不开曹卓斌辛勤的汗水。

一个月前，日卓书记和阿旺加才副总到宁海供电公司考察，在参观宁海供电公司企业文化展厅、岔路供电所和供电服务抢修指挥中心之后，对宁海供电公司队伍建设、职工培训感触极深。得知徐剑中劳模工作室后，他们强烈希望宁海供电公司在职工教育培训方面给予援助。万里之遥，如何让培训日常化？通信专业出身的曹卓斌提出了让双方一拍即合的意见，在比如供电公司建立远程教育电化教室。

计划确定了，如何执行？一个电化教室的建立，是个庞大的工程。从设计到安装，从电脑选购到设备调试，全部落在了曹卓斌一个人身上。一个多月时间，他起早贪黑，奔波在拉萨和那曲，调配物资、装货卸货。从管理人员到技术人员，再到卸货工人，他忙到了"无所不能"的地步，就连劳模工作室的牌子和窗帘，也亲自设计联系制作。

"所有的付出都值得。"曹卓斌说，"看到电化教室能正常运作，已经忘记了所有的疲惫，只有兴奋和自豪！"

徐剑中给比如县供电公司员工们带来了《配电安规及两票培训》《典型违章案例分析》《如何编写施工方案》《如何进行现场查勘》等十多个课题。课后气喘如牛、脚踩浮云的他，仍不忘带学员们到现场进行操作。从一根线，一颗螺丝，一个接入点，一个操作规范进行手把手指导。比如县供电公司阿旺加才副总钦佩地说："徐劳模的讲课条理清楚、内容广泛、知识扎实，让我们听得懂、记得牢，而现场指导更是细心认真、技艺精湛，使我们学到了不少的技术。感谢你们不远万里来到比如，为我们传经送宝，不是一家人胜如一家人。"

2019年，徐剑中到那曲短期帮扶，高原的电网结构、运行管理、职工素质、专业技能等都让他心生不安。电化教室的建成，实现了他培训日常化的愿望。

"从第一次进藏援藏，到第二次进藏授课，我的心灵早已得到净化。为了让藏区早日脱贫、让藏族同胞享受大电网的光芒，我愿意三次、四次进藏，一张网一家亲，我义不容辞。"

李永腾副总经理表示，电力援藏是宁波援藏的一部分，宁海供电公司愿意承担更多的社会责任，将联合宁海的公共服务单位，把宁海的医疗、教育、科技等知识通过电化教室传输到比如，为藏族同胞在高原建立一个先进的"网上学院"。

"比如县供电公司也要通过电化教室给我们开展培训。"金婕主席笑着说，"我们可以通过电化教室进行才艺表演和歌唱比赛，最重要的是，藏族同胞们要通过远程培训，教我们唱歌跳舞。"

珠松总经理说："有曹卓斌在这里，有电化教室在这里，比如和宁海，相距万里，亲如一家。"

徐剑中和他的工作室，给比如带来了全新的眼界。

"曹卓斌给我们带来了远程教育基地。"临行前，日卓书记开玩笑说，"你们可以走，曹卓斌还要留下来，继续给我们干活！"

"小草"精神比如绽放

2019年7月8日，在时任奉化电力公司副总经理王荣历带队下，奉化电力"小草"服务队队长周国军和十余名队员奔赴比如，开启为期三天的"山海相连、情暖高原"志愿服务活动。

宁波电力"小草"服务队，三十年如一日为弱势群体提供无偿服务，先后获得"全国学习雷锋、志愿服务先进集体""全国学习雷锋活动示范点"等荣誉称号。

比如县供电公司日卓书记此前向宁波电力援藏人员提起，比如有一些偏远山区还未通电、一些学校和景区用电状况堪忧，援藏人员是否有良方解决。邬军波第一时间想到了"小草"发源地——宁波奉化供电公司。虽然远隔千山万水，奉化供电公司欣然伸出援助之手。

2019年5月初，日卓书记带队到宁波考察，第一站就是奉化。时任奉化供电公司党委书记应肖磊和总经理吴军热情接待了日卓书记一行，并亲自陪同参观了"小草"服务队室、溪口供电所等。

"'小草'服务队是全国知名的志愿服务品牌，我们比如太需要这样的服务队了。"日卓书记说，"希望奉化供电公司能够尽快帮助组建服务队并示范开展志愿服务活动。"

吴军总经理开玩笑说："奉化最有名的是'小草'，比如最有名的是虫草。我们'小草'要扎根比如，让藏族同胞像喜欢虫草一样喜欢'小草'。"

应肖磊书记当即拍板："'小草'上高原，义不容辞，时不我待！"

2019年5月24日，在奉化供电公司李纪锋副总经理带队下，时任奉化供电公司纪委书记、工会主席的"小草"服务队第一任队长胡盛和第二任队长卓科权等一行抵达比如，就如何开展电力"小草"合作发展深入探讨，挂牌成立"浙江宁波电力奉化-比如小草志愿服务站"。

胡盛作为"小草"服务队创始人和第一任队长，就"小草"服务队三十年的发展做了介绍。卓科权作为第二任队长，针对比如需求开展志愿服务给予了解决方案。李纪锋副总经理和安全总监江斌等翻越夏拉山口，抵达白嘎、羊秀乡现场考察输配电线路，为更好开展帮扶援助提出了建设性意见。

考察结束，两家单位一致认为：让宁波电力"小草"走上高原，扎根高原，条件具备，时机成熟。当场决定，比如县供电公司招募"小草"队员后，由奉化供电公司"小草"服务队第三任队长，即时任队长周国军带队，到比如开展系列志愿服务活动。

援藏人员繁忙的准备工作开始了！

招募"小草"服务队员。在自愿报名的基础上，择优录取，比如县供电公司67名员工半数以上报了名。考虑到年龄和工种等问题，最终确定首批21名员工成为服务队员。

走进大山深处查勘线路。擦隆村位于比如县北部一个海拔4500米的山顶，暴雨冲毁路基，溪流阻断道路。越野车无法前进，步行攀登数公里崎岖盘旋的羊肠小道。大家开玩笑说："开车五分钟，步行两小时。"领队让大家声音轻点，这里有熊出没。这才发现，路上有很多被棕熊和草原狼袭击过的牦牛头颅和皮毛。

翻越夏拉山口到羊秀乡小学收集"微心愿"。羊秀乡小学地处偏远，现有学生290余名，均来自艰苦山区的贫困孩子。学校普布次仁书记反映，孩子缺少床上用品，热水器也没有，平时孩子都喝冷水。援藏人员当即决定，协调"小草"服务队解决。看着可爱的孩子们，援藏人员不忍离去，问他们想要什么东西。孩子们都很羞涩，经过多次询问，最终，他们表示要书包、要衣服、要足球。这些"微心愿"，通过"小草"服务队，发布到了奉化市民手里。

到旅游景区研究线路布局。比如县达姆寺，至今已有千年历史。近年来比如县政府大力推进达姆寺景区开发，但由于没有通电受到限制。援藏人员多次前往研究线路布局，确保文物不受损害。

2019年7月1日，在中国共产党建党98周年之际，4名宁波援藏人员凌晨出发，驱车300余公里抵达那曲。前夜，邬军波接到电话，为擦隆村准备的7套光伏用电设备到了，要求连夜卸货。经过协调，确定次日上午交接货物。货车停在那曲郊区的空地上，7月的高原阳光肆无忌惮直射大地。4个人饿着肚子，卸货 2 吨多。由于那曲到比如路途艰险，多数货车担心晚上返回那曲危险重重，不愿送货到比如。几个人分头寻找货车，然后搬货上车。返回比如时，已是深夜时分。

一周后，周国军和队员们抵达比如，马不停蹄，为擦隆村送电。村民们骑着摩托车帮忙运输。随着一盏盏电灯亮起，牧民们为队员们送上了洁白的哈达。虽然大家在高反的折磨和繁重的工作后已精疲力竭，但还是随着牧民们的热情跳起了锅庄舞。

"'小草'服务队不远万里给我们安装光伏发电，特别感动。有了电，我们明天就去买电视机、电饭锅。"村民平措罗布兴奋地跟大家分享他的喜悦。

次日，队员们乘车两个小时，翻越夏拉山口来到羊秀乡小学。当时，王荣历副总经理和扎西校长为"羊秀小学小草服务驿站"揭牌后，为学校送上 93 套床上用品和两台大功率热水器，为 30 位孩子发放了奉化市民认领的书包、足球等"微心愿"。队员们对教学楼、宿舍的用电安全进行检查，更换了所有损坏的开关和电灯。看着孩子们的笑脸，服务队员们也感受到了深深的自豪。

连续奋战两天后，部分队员由于高反和劳累被连夜送到医院输氧。最后一天，队员们带着氧气袋奔赴达姆寺。为确保一天内完工，比如县供电公司派出了"小草"服务队队长布桑带队的精兵强将。室外的队员们冒着大雨架线，室内的队员们小心翼翼装灯。夜幕降临，达姆寺在灯光映衬下，闪现出了跨越千年的流光溢彩。

宁波"小草"服务队的三天高原之行匆匆结束，为了藏族百姓的光明，他们用血肉之躯，刻画了宁波电力"小草"坚韧不拔、甘于奉献的电力铁军形象。期间，18 名队员中 14 名队员被迫吸氧，11 名队员到医院输液。队长周国军和老队员裘平华，咯血，被诊断为肺水肿，最后一天紧急送往拉萨救治。

"我们只待了三天，输液的输液，住院的住院。你们扎根高原，艰苦程度可想而知。"临行前，王荣历副总经理对宁波四名帮扶人员说，"你们辛苦了，代表单位感谢你们！"

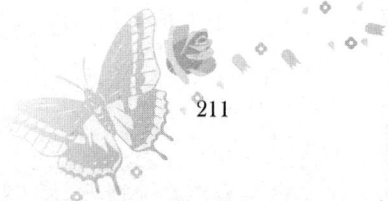

光芒叙事

211

"小草"服务队员们走了，但是，帮扶人员还留在藏区。千里之行，始于足下，"小草"的种子已在比如播下。"星星之火，可以燎原"，"小草"精神，已在高原发扬光大。

天海一线牵

2019年7月25日，时任国网西藏电力有限公司董事长刘晓明一行，翻山越岭行驶600余公里，在时任那曲供电公司（全称国网西藏电力有限公司那曲供电公司）总经理王琢等陪同下，抵达比如县供电公司调研。在比如县供电公司珠松总经理和日卓书记授权下，我向各位领导介绍了比如县供电公司情况。

刘晓明董事长对宁波电力援藏给予高度肯定。在徐剑中劳模工作室远程教育基地，他指出，远程培训的电化教室的先进硬件设备，不仅是比如、那曲也走在了自治区公司的前列。

刘晓明董事长对"小草"服务队表现出了浓厚兴趣。当他得知在宁波援藏人员帮扶下，比如县供电公司67名员工中21名员工志愿加入服务队后，他说："宁波电力援藏，不仅在人、财、物方面提供了有力支持，更是在智力援藏、精神帮扶方面有了新的突破。"对于奉化供电公司"小草"服务队远赴西藏，与比如县供电公司"小草"服务队一道开展志愿服务获新华社大幅报道一事，他明确指出，这是自治区公司工作的亮点，要求同行相关部门跟进报道并研讨推广。

临走之前，刘晓明董事长委托我们，向宁波供电公司（全称国网浙江省电力有限公司宁波供电公司）领导及广大干部职工表达真挚的感谢。他说："正是因为有了宁波供电公司的大力帮扶，使地处藏北高原的比如县呈现出了全新的面貌，也给自治区公司带来了先进的管理理念。

刘晓明董事长的肯定，无疑是对我们宁波援藏人员最好的鼓励，也激励着我们在援藏的道路上继续向前。

那曲是世界之巅，与天最近的地方；宁波是海滨城市。两地相距万里。但是，一座座铁塔，一根根电杆，将我们紧紧连接到了一起。

"比如、宁波间，天海一线牵。"

2019 年 8 月 3 日，比如县街头人潮汹涌、欢天喜地，人们站在道路两旁，高喊"欢迎，欢迎，热烈欢迎"的口号。时任比如县委书记陈刚手牵新来的客人，走过宁波路，走进援藏楼。这新来的客人，正是宁波和绍兴的第九批援藏干部们。

前一天，8 月 2 日，担任西藏自治区人民医院风湿血液科主治医师、科副主任的宁波 80 后女博士周南，作为协和医学院的高才生，年仅 37 岁牺牲。她坚守西藏 10 年，被授予全国"中国好医生"称号。

后一天，8 月 4 日，来自辽宁的第九批援藏律师、中国政法大学博士生程东，在那曲突发高原肺梗塞抢救无效牺牲。

四天前，来自上海的第九批援藏干部人才、上海市儿童医院心内科主治医师赵坚在日喀则殉职，年仅 38 岁。

…………

但是，宁波第九批援藏干部们，抵达比如次日，就翻越平均海拔 5300 米的念青唐古拉山脉，和陈刚书记一起，到乡村考察工作。

正如浙江省援藏指挥部党委书记、指挥长陈澄所说："进藏是一腔无所畏惧的勇气，援藏是一场无坚不摧的修行，爱藏是一生无法磨灭的真情……"

谁不爱惜生命？谁没有亲人朋友？但是，一批一批的援藏干部们，"不忘初心、牢记使命"，舍小家顾大家，用生命和热血，在雪域高原谱写了一曲曲动人的援藏之歌。

有些人走了，有些人来了。有些人走了，再也回不来了。有些人来了，再也回不去了。我们庆幸我们来过；我们庆幸为这世界之巅的雪域高原，抛洒了自己的汗水和泪水；我们庆幸我们还站在这里，为藏族百姓奉献自己的一点光一点热。

援藏，永远在路上！

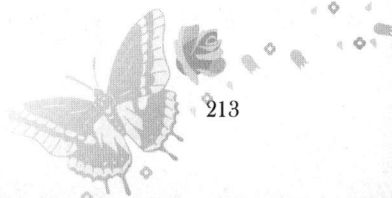

光芒叙事

"两山"家国

李长健

地势西高东低的中国大地上，位于华东腹地的天目山脉撑开浙皖交界逶迤东去，东奔之中的天目山脉渐次落下，在湖州境内最终没入平陆。

天目山主脉在安吉县南部起势，从主脉伸出的两条支脉在东西两侧将安吉环抱其中，形成了安吉三面环山、东北开口的"畚箕形"地形。

三面环合的自然地势使得浙北安吉县自古以来便南北阻隔，交通塞绝。

唐代后期，偏于王朝南部的杭州城逐渐繁荣。杭州城北部，跨越安吉县东侧天目山支脉独松关的杭宣古道成为杭州沟通北方，去往金陵（南京的别名）的重要通道。位于这条古驿道上的安吉县属杭宣古道重要驿站，今之安吉县城的一个街道仍沿用"递铺"之名。

一

千年以来，杭宣古道上踏印着厚厚的历史辙痕，通行了无数的商旅和物资，而历史前行之中，这条跨越独松关的重要通道终无法满足车轮运载的新的需求。面对一道道的天目山山岭，人们开始另觅他途。

1926 年，当地士绅修路，意欲从幽岭关处（独松关西南部）修筑跨越天目山的盘山公路，进而以现代公路沟通南北，畅达杭州。然而，在动荡的岁月里，公路修筑多次停顿，直到 1947 年底，一条单车道的砂石公路才最终通车。为保行车通畅，幽岭关两侧设电话沟通联络。

新中国成立后，党领导人民重整家园，再造河山。在党和政府的领导下，安吉百姓不畏艰难，在落后的条件下对幽岭关处盘山公路进行了重新修筑，将原单车道拓建为双车道。

此后40年，安吉百姓多从这条双车道砂石公路上翻越天目山，奔达省城杭州。

二

在幽岭双车道沙石公路承载的40年里，安吉人民经历了全新的社会主义建设和伟大的改革开放。改革开放时代，社会节奏迅速加快，翻越幽岭的交通方式仍停留在原地，甚至变得更为不易。在20世纪90年代初，长约4公里，盘绕36道弯的幽岭盘山公路，汽车约需半小时才得以通行。"汽车跳，安吉到"，大型车辆在幽岭公路转弯时都需借用对向车道。因山高、路险、弯急，行车事故时有发生。

改革开放的前10年，因对外交通的掣肘，安吉县没能在第一波经济浪潮中跟进，整体经济状况比较落后，列入浙江省贫困县。

三

要想富，先修路。当时，面对山岭阻隔，穿山而过是人们在大山面前行路的祈愿，但这一祈愿对经济落后的安吉县来说还难以实现。

进入20世纪90年代，发展经济的浪潮逐浪排高，作为经济发展排头兵的华东地区电力短缺、电力峰谷差加大的问题逐渐显露。在调研论证的基础上，建设抽水蓄能这种电网调节保卫型新能源被华东电网提上了议事日程。勘察寻访中，被天目山环抱、地处华东腹地的安吉县被选定为华东第一座大型抽水蓄能电站的站址地。

搞大型建设首先就得畅通交通。在幽岭关处开凿隧道，建设从山腹穿越天目山脉连通省城的平直公路成为电站建设的前期工程。

1992年5月，幽岭隧道工程动工，在电站方的优势技术力量与资金支持下，历时一年多，幽岭隧道凿通，隧道连接公路也同步拓宽。

1993 年 10 月，幽岭隧道通车，滚滚车轮在宽阔、平坦的沥青路面上 3 分钟即贯通天目山脉进入到杭州区域。

告别独松关古道、告别幽岭公路三十六道拐，被天目山脉环合的安吉县终于走进了快速穿越的隧道时代。幽岭隧道的开通为被山岭阻隔的安吉县打开了山门，为县域经济的发展打下了基础。在快捷交通的支撑下，安吉县"工业强县"战略快速推进，造纸、化工、建材、印染等产业大举引进和发展，GDP 进入高速增长期。

四

在安吉县打开山门快速发展经济的同时，亚洲第一、世界第二的天荒坪抽水蓄能电站在为期 8 年的艰苦建设后顺利投产。

投产后的天荒坪抽水蓄能电站，在华东电网中迅速发挥出重要作用，成为华东电网的主力调峰和事故备用电源点，在护卫电网安全稳定运行、调优电能质量方面也作用显著。

电站生产运行后，电站管理者们在电站的精益运行和设备优化改造上同步发力，将电站的运行效率从设计值的 74% 优化提升到 79% 以上，达到了业界领先水平。

进口的主机设备在天荒坪的生产实践中，通过逐年改造效能更优、安全性更好，在监控系统和调速器改造完成后，电站机组并网时间提前了20%，机组启停边界区的能耗进一步下降。

在机电设备最佳改造实践基本完成之后，电站厂区环境改造提升也开始推进。电站机电设备防"三漏"控制改造成效良好，电站水工设施防渗漏控制改造成效良好。厂房从冷色调转换为温馨宜人的暖色调，厂房内的布置陈设充溢着浓浓的人文关怀气息。持续的优化改造使电站保持在最佳运行状态。

五

在天荒坪抽水蓄能电站稳定生产、输出清洁能源、创造良好经营效益的同时，已步入工业化的安吉县却响起环境遭破坏、生态趋恶化的警报声。

工业化初期，安吉县引进的大多是经济发达地区淘汰转移的化工、造纸、印染、电镀等重污染企业。在安吉"畚箕形"地形的中间，安吉的母亲河西苕溪一时间化工、造纸等产业排放的污水将这条以前清澈见底的溪流染成了酱红色。

以采矿和竹产品加工为主要形态的本地资源型产业同样伤害着环境。各处山岭被采石挖矿弄得千疮百孔；石灰石运去小水泥厂后继续焚烧，尘扬八面。1998年前后，安吉县山区每年山地裸露面积达300亩（约20万平方米）以上。

作为中国竹乡，在工业经济大潮中，竹产品加工家庭作坊如雨后春笋般涌现，煮制竹笋、竹丝及烧制竹炭的炉灶一时间千烟竞放。毛竹储量大，家庭作坊与乡镇企业多的天荒坪镇更是终日烟雾缭绕、烟灰扑面。

在享受GDP高速增长的同时，老百姓的各种投诉和谩骂声渐起。1998年国务院启动了太湖治污"零点行动"，作为太湖上游重要污染物来源地，安吉县被国务院黄牌警告，当时的国家环保总局工作人员坐镇安吉敦促污染治理。在严峻的形势面前，安吉步入发展疼痛期，亟须涅槃重生。

六

在安吉县关停淘汰污染落后产能、寻求新生的1998年，天荒坪抽水蓄能电站第一台机组投产了，从安吉人最常见的山岭上输出了巨量的清洁能源，也输出了占比较大的税收。

2000年天荒坪抽水蓄能电站机组全部投产后，电站即着眼于电站区域的环境整治，规划启动覆绿工程，致力于基建痕迹的消除。

2003 年，电站制定了区域生态建设整体规划，划定各生态功能区，将电站的美化建设与实用化进行结合。

此后，电站瞄准美丽电站目标，小步走，不停步。各地游客从工业观光到高山生态观光纷至沓来，天荒坪渐渐形成了一个绿色旅游经济业态。"农家乐"这种乡村旅游的典型业态也首次在天荒坪抽水蓄能电站区域诞生。

从税收支持到产业导向，正涅槃再造中的安吉县政府，把注意力更多地投向了天荒坪抽水蓄能电站这片山岭。

2003 年 4 月 9 日，时任浙江省委书记的习近平同志视察天荒坪抽水蓄能电站，在了解到电站的生产特性、经济和社会效益后，对电站已发挥的作用给予了肯定，并表示可在天荒坪山区更多地发展这种清洁能源产业。

也就在这一年，安吉县敲定了未来发展的方向，正式提出争创"全国生态县"目标。

2016 年初，时任安吉县人大常委会副主任孙松在接受采访回顾电站对安吉县的影响与贡献时表示，天荒坪抽水蓄能电站发挥了落后地区经济发展引擎作用，开启了安吉县经济发展的大门，对地方经济发展产生了理念引导作用，电站的发展也契合了地方经济发展的形态与格局。

从助力打开山门到早期财税支持直至未来发展引导，天荒坪抽水蓄能电站较大地影响了安吉的发展，作为电力事业，电站在这片山区担当了先行官、点燃了指明灯。

2005 年 8 月 15 日，习近平同志一行到天荒坪抽水蓄能电站附近的天荒坪镇余村进行调研，作出了"绿水青山就是金山银山"的科学论断。

习近平总书记的这一科学论断进一步坚定了安吉县绿色发展的信心，也为电力事业在新时代的发展指明了新方向。

七

步入祖国 70 华诞之年，安吉县的经济发展已处在较高水平。

2006 年，安吉县被国家环保总局授予"国家生态县"光荣称号，这是全国首个国家生态县。2010 年，安吉县被授予"国家级美丽乡村标准化创建示范县"；2012 年安吉县荣获"联合国人居奖"。瞄准美丽和生态方向，安吉县一路高歌猛进。持续多年的绿色高质量发展，安吉县县域经济形态、环境生态、居民物质与精神文明已固化在一个较高的水准上。

2019 年，在天荒坪抽水蓄能电站所处西苕溪的对岸，一座装机容量更大的长龙山抽水蓄能电站外观雏形已初现，天荒坪一带的山岭从新能源、新经济的一个原点，已蝶变为一方新能源、新经济的领地。西苕溪河谷上，两座蓄能电站上水库"天目"并张，寻道苍穹。

安吉县城朝向天荒坪的方向修建了一条宽畅优美的"浮玉大道"。站在"浮玉大道"上遥望，可见天荒坪处群峰碧翠、竹海浮玉。

玉者，比君子之德，坐落于天荒坪绿水青山之中的蓄能电站以其高效生产、优良生态和美丽环境也堪比德工业时代之君子。

八

安吉，是我踏上社会的第一站，自 1993 年踏上这片土地，这里就成为我的第二故乡。在这里，我推进蓄能电站建设、运行与发展的同时，见证了人们对大山的匍匐无奈与轻松穿越，见证了乡村的朴质、污损与美丽回归，见证了一个县域发展的曲折探寻与所成所立的典范标杆，见证了支撑现代文明的电能的稳定、可靠生产和对其他能源的逐步替代，见证了赖以生存的大自然的天更蓝、水更绿，人与山水友爱亲和……

置身 960 多万平方公里的中国大地上，两山（天目山脉的两条余脉）合围的"畚箕形"安吉只是极小的一块，但我生活其中所见证的一幕幕恰是伟大祖国 70 年来壮阔前行、惊艳世界的一个个鲜活注脚。

70 年里，安吉县两山之间迭代了农业文明、工业文明，并已进入人类文明的高阶姿态——生态文明，在自然两山之间诞生了指导中国社会绿色发展的"两山"科学论断。这里是视窗的中国，视窗之中苍翠满目、希望无限。

两山浮玉，"安且吉兮"；"两山"新路，护佑永续。

219

"仙蓄"探访纪行

王继如

从仙居抽水蓄能电站回来已经有些天了，但是心里还是一直不曾放下"仙蓄"，那里初夏的山溪、初夏雨后的浮云，以及有一丝甜甜的风，始终盘桓在不再敏捷的思绪里，让人回味。

仙居抽水蓄能电站位于台州横溪的山里面，如果不是专程寻访，一时半会儿还真不好找。那天，我们跟着导航走，走着走着心里就犯起了嘀咕，这会是"仙蓄"的进厂道路吗？因为目标确定，坚持往前走，结果是车到山前仍有路，山清水秀又一村。

此行是来看王磊的，他已经早早地等在大门口。之前一直想着寻访"仙蓄"，却没有合适的机会。一个月前，王磊从嘉兴提任"仙蓄"的副总经理，终于给了我探访的时机。

仙居在浙江东南，台州西部。这是个典型的八山一水一分田的山区，却又是个有点历史有点渊源的地方。离"仙蓄"不远有个叫郑桥下汤村的地方，就是下汤文化遗址所在地。与河姆渡文化、良渚文化同源同质的史前文明分支下汤文化，属于新石器时代。仙居还有个历史文化古镇——皤滩，也有近千年的历史。它在永安溪上游，永安溪顺流而下汇入灵江，由灵江注入椒江，从台州湾出东海。我们比喻一个人经历丰富、视野宽阔，常常会用一个成语"三江六码头"。皤滩大概可算是个集"三江六码头"的地方，除永安溪外，另外还有4条溪流在这里汇合，还有6个埠头即武义埠、缙云埠、东阳埠、永康埠、公埠、水埠头。灵江—永安溪是条黄金水道，曾经是帆影点点、白云朵朵，并且从皤滩由水道改走陆路，蜿蜒至金华、丽水、衢州以及江西省，则被称作盐瓷古道。可见千百年来这个傍着神仙居住的地方，山水聚集，东西连贯，来来往往，熙熙攘攘，何等繁华！今天，我们站在古镇龙形老街再来溯望历史的长河溪流、古道瘦马，更是繁星点点、白驹过隙。

第一次来皤滩在40年前的初夏。我的同桌同学就是仙居皤滩的，他当时热衷于读沈从文的文字，印象中他对《边城》相当推荐。大二那年暮春的一个星期天，我们几个相约着直奔仙居皤滩而来。留在记忆里的同桌家前后都是玉米地或麦田，当时正是农作物灌浆时节，天有点热。我们的突然到来，同学的母亲自然是高兴的，却又有点手足无措，因为青黄不接，过年留下的鱼肉早就吃完，巧妇亦难为无米之炊。那时候虽然开始了改革开放，但是农民的温饱刚刚解决，小康仍处向往中的美好。同学母亲迎接完我们，就跑了出去。后来吃了什么不记得了。

后来还有几次出差路过皤滩、横溪，虽然只是匆匆一瞥，许多美好却留在了记忆深处。那里流经皤滩和横溪一带的浅溪阔滩很是辽阔，溪水清澈，卵石成片，溪滩上的树荫特别浓密。原生态的溪流远山展示的就是一幅无须雕琢的水墨画卷，写意的却是《诗经》般的意境。而同学和他母亲的古道遗风，真挚的朴素与热情，那是比溪水更清澈、更悠长的美好，融汇在青山绿水间，写意的水墨画里就有了人情的灵性，让人多少年后仍难以忘怀。

现在我理解了，当年他为何如此喜欢沈从文的《边城》，因为从《边城》的字里行间，他读到了自己家乡的影子。也可以说，皤滩就是同学眼里的"边城"世界。

在漫长的历史隧道里，仙居人对于光明的向往、对于灯光的追逐，似乎有超乎寻常的热切和执着。皤滩就有一项国家级的物质文化遗产——针刺无骨花灯。如果你看过元宵灯会，肯定会对造型各异、玲珑剔透的各式花灯印象深刻。皤滩针刺无骨花灯，用纸张粘贴而成，不借助木材线材支撑，完全用纸张经十五道工序成型，各种动物、器物形象逼真；灯罩以针刺形成图案，既美观，也透明；花灯内置照明灯芯，黑夜里便可以大放光

光芒叙事

221

彩，栩栩如生。针刺无骨花灯是吉庆喜宴的照明灯具，也是富贵人家厅堂、客栈货柜的装饰性光源，既有工艺实用性，也富有审美文化价值。

其实，还有一种历史遗存更能说明古仙居人内心光明的典型：石灯柱。根据文献记载，很久很久以前，仙居的道观书院或者是宗祠路观，就有一种石柱凿成的灯柱，名曰"石灯柱"，一根方形石柱种在地上，石柱头上有一座小石屋，屋内燃着灯芯，于是石柱周围入夜后就会洒下一圈光晕。现在仙居县城下赵巷还有一座石柱灯遗存，据考证是明代遗物，整体形象完整，简洁大气，很有明器风味。这座灯柱的小石屋已经很有艺术范，四周用以透光的空间镂刻成"火"型，象形达意的意图很明确。而在仙居响石山上，则还立着一排石灯柱，这里面的传说比想象还要丰富。

从仙居石柱灯，想起了前些时候读到的中央文史研究馆资深馆员、国家文物鉴定委员会副主任孙机的考古论文集《从历史中醒来》，其中有两篇关于照明灯具的考古文献，分别是《"明火"与"明烛"》和《水禽衔鱼釭灯》。这两篇论文通过对考古挖掘和出土文物的解读，勾画了中国古代照明发展简史和中国照明技术进步史。"明火"技术诞生，即以"阳燧"将太阳光反射聚焦引燃艾绒而得火，燃起火炬即"明烛"，这是中国取得天火的开始。作为取火技术工具的"阳燧"经历了一个不断改进不断完善的过程，而照明灯具更是在就地取材不断进步的递进中，从火炬而灯火、从松枝而油灯，从陶、铜、玉等各种材料的灯盏、灯座，从祭祀用灯到日常照明、从日用灯具到奢侈品工艺，一部照明技术史也是一部工艺美术史、一部材料发展史。文献介绍，为了提高照明亮度，解决燃烧缺氧及烟气排放，古代灯具技术历经了中炷灯、鸟炷灯、空炷灯、盏唇搭炷式灯、多枝灯、带烟管的灯等等各式灯具，至水禽衔鱼釭灯，已经是集实用、科学和审美兼备的综合技术了。孙机考古证实，从4000年前松枝照明起，"我国自太阳光取火用于典礼的做法，出现之早，历时之久，用具之华美，在世界上是罕见的"。比之1928年阿姆斯特丹举行的第九届奥运会才应用的"反射聚焦"技术取圣火，真是早得太多了。

一组式样繁多、蔚为大观的釭灯，不仅照亮了汉唐宋明的各式典仪，也照亮了日常生活的无数个长夜；不仅仅点亮了庙宇殿堂，同时点亮了美好向往，点亮了文人骚客的诗情画意。孙机在他的文章里就有一组摘录：

庭树惊兮中帷响，金釭暖兮玉座寒。
——［南朝·宋］谢庄《宋孝武宣贵妃诔》

但愿至樽酒，兰釭当夜明。
——［南齐］王融《咏幔诗》

金钱买含笑，银釭影梳头。
——［南朝·梁］萧绎《草名诗》

起尝残酌听余曲，斜背银釭半下帷。
——［唐］白居易《卧听法曲霓裳诗》

今宵剩把银釭照，犹恐相逢是梦中。
——［北宋］晏幾道《鹧鸪天·彩袖殷勤捧玉钟》
…………

　　黑暗里对于光明的向往与追求，是人类不断探寻和追求技术进步的不竭动力。为灯具的求新求美，更是"江山代有才人出"。进入电气时代，电灯终于把人类照明技术推向了新的顶峰。在我们这代人的记忆里，烛火、灯火至电火，油灯、马灯、汽灯至电灯，都在人生的漫长里烙下了深深的印痕。现如今再去灯具市场，台灯、落地灯、吊灯、吸顶灯，水晶灯、仿古灯、铸铜灯，射灯、泛光灯、碘钨灯……林林总总，美不胜收，只有你想不到，没有你找不到的。如果找不到，或是你想拥有独一无二，那么就私人定制吧，让专家专业为你设计制造一款人无你有的心灯，以照亮自己的世界。灯具，既是日常生活的必需品，更是美好生活的装饰品。一部现代灯具发展史，就是一部电力技术进步史；一座时尚灯具的展示馆，也是一座当代电力技术应用的科技馆。

光芒叙事

223

倘若孙机教授能来一次仙居，让他的慧眼之光照耀一下孤独地矗立在下赵巷或者是响石山上的石灯柱，或许还会有一部关于古代仙居寻求光明的历史，甚至是下汤文化，将会被重新书写。人类在黑暗中探寻光明的历史，确实是一部具备了无限可能性的诗性历史。

仙居山多不靠海，既无岸线深港，亦无坑口可资利用。但是仙居有峻岭长谷，类似景星岩、神仙居等依托自然地貌开发的风景名胜，就是很有说服力的实证。以能源开发和保障而言，填坝蓄水以尽水力水利，显然是条光明的途径。根据仙居县大事记载录，县政府 2002 年开始抽水蓄能电站的选址勘址工作，整整耗去 8 年时间，终于获得国家发展和改革委员会和国家电网的立项批复，这就是"仙蓄"电站的由来。一个经济小县，基于对光明美好的向往，基于对青山绿水的呵护，坚持 8 年始终不渝，终究孕育催生了"仙蓄"项目，一个耳熟能详的声音响起：一张蓝图绘到底，一届接着一届干；有志者事竟成，仙居还真的赶上了发展清洁能源的好时机。

2022 年是人类发电 140 周年。纽约曼哈顿 1882 年投运的珍珠街发电厂被称为世界上最早的发电厂，它拥有 6 台 120 千瓦的蒸汽机发电机组。同年，全球第一座抽水蓄能电站在瑞士苏黎世诞生，即装机 515 千瓦的奈特拉电站。我国水力资源蕴藏量极其丰富，但是抽水蓄能电站建设起步比较晚，早期大型抽水蓄能项目分别在广州和浙江安吉。

安吉天荒坪抽水蓄能电站于 1998 年投产一号机组，2000 年 12 月全部建成，装有 6 台单机容量 30 万千瓦的机组，上水库容量 885 万立方米，蓄能 1046 万千瓦。水库蓄水后犹如一颗明珠镶嵌在丛山峻岭间，闪耀在蓝天白云下，夏看星星冬滑雪，一年四季不断游，因此又被旅行业界誉称是"江南天池"，成为旅者的打卡地。浙江第二座抽水蓄能电站在天台桐柏，与"仙蓄"隔溪相望。浙江正在建设的抽水蓄能电站还有磐安、缙云、宁海、泰顺和天荒坪二厂、天台等。这里要多说几句的是天台抽水蓄能电站，因为天台县已经有了桐柏抽水蓄能电站，这是电力体制改革厂网分开前由浙江省电力公司筹建的，记得当时新提任分管全省电力建设的副局长（副总经理）韦国忠在参加台州发电厂四期扩建工程开工典礼后，专程赴临海约见台州地委书记，会谈桐柏抽水蓄能电站项目筹备工作。当时台州正是撤地建市、市政府将由临海迁往椒江前夕。本来韦国忠见了地委书记后第二天去桐柏厂址现场踏勘，晚上因突发状况改变了行程。而我亦因此失去了见证桐柏抽水蓄能电站处女地的机会。一直到2018年浙江省学会承办沿海十省市秘书长年会时，会同会议代表一起到运行中的桐柏抽水蓄能电站开展了科技考察，并且在电站隧道口与山东电机工程学会完成了会旗交接仪式。桐柏抽水蓄能电站安装有4台单机容量30万千瓦机组，2006年建成发电。因为电站在石梁景区内，因此电站在实施抽水蓄能工程同时，结合景区规划实施了人工造景工程——天台大瀑布。2020年7月，黑格比台风后，借着科普下乡的机会又去看了电站，看了气势如虹的大瀑布。不看不知道，看了真叫绝，大瀑布是遥看近观各有不同，的确是蔚为壮观、气象万千。

桐柏抽水蓄能电站为天台乃至浙东南既输送清洁能源、又吸引了源源不断的文人骚客和旅者。也可以说，光明的事业总会接引更多光明的向往。因为桐柏的成功，天台又开始建设第二个抽水蓄能电站，计划安装4台单机容量42.5万千瓦机组，建成后将是国内单机容量最大的抽蓄机组，比"仙蓄"又有进步。许多人喜欢把"天蓄"与"仙蓄"做同业对标，有人干脆把两个抽水蓄能电站合称"天仙配"，赋予蓄能电站更多的神话色彩和想象空间。

从想象的角度来说，电力是个富有想象力的物理现象。与这种具备了无限想象力的物理现象有异曲同工之妙的一件事，那就是唐诗宋词了。天台、仙居也是浙江唐诗之路的必经之地，并且是产生过巅峰之作的两个文化高地。或许，以诗的超时空想象与电的跨时空想象，最终可以形成诗光电闪的美丽景象。

这两年国内抽水蓄能电站项目如雨后春笋般崛起。在控制碳排放、改善气候变化的背景条件下，一方面是美好生活对于能源的刚性需求，另一方面是能源生产供应的清洁技术约束，使抽水蓄能成了最可行的一种解决方案。根据系统技术理论的说法，抽水蓄能解决了电力系统的调峰、调频和调相问题，可为电力持续、健康、平稳运行提供系统支持。通俗地说，抽水蓄能利用电网发供用峰谷差，以谷电抽水蓄能，用电高峰时放水发电。因此抽水蓄能电站一般会建在电源基地附近或者是电力负荷中心，同时要求自然条件具备水头落差。根据测算，低谷时消耗一千瓦电能，高峰可以还你 0.75 千瓦，这就是抽水蓄能电站的经济价值、社会价值和技术价值。从"天仙配"抽蓄项目看，身处台州发电一、二厂和三门核电基地附近，又是长三角台州湾新兴制造业中心，它们对于能源保障与碳中和的意义更是不言而喻。

行走在天台仙居的神山仙水间，探究桐柏、天台与仙居抽水蓄能的高山流水中，山道弯弯处或许一不留神真的遇上寒山拾得，还有济公大和尚……天台山、神仙居历来就不是一般的山一般的水，在这里的山山水水间流淌不尽的还有仙风道骨，还有佛意禅宗。"一行到此水西流"，溯源"算术"与"算法"，或许千年之根就在石梁之下、就在响石山上。电力科技工作者与工程建设者以他们的汗水与智慧结晶的"天蓄"与"仙蓄"，蓄积和释放的不仅仅是清洁能源，更多的或者是人类命运共同体的向往和追求。

写到这里回过神来，我想应该对王磊和他的同事们说点什么。还能说什么呢，在这么一个富有历史文化底蕴的山里面，又是一个具备了无限想象力的"仙蓄"之地，那是个可以有一切可能性的起始。

飞 行 记

蓝莉娅

铁塔在日头下闪闪发光。

似乎要吸附日光下所有能量，在黑夜反哺大地。裹挟着闪银色的空气，与巨大的空中空间，一架无人机轻轻飞跃了铁塔。

世界上的第一架无人机诞生于 100 年前的 1917 年。那一年，皮特·库柏和埃尔默·A·斯佩里发明了第一台自动陀螺稳定器，这个发明可以使飞机保持平衡向前飞。自那以后，无人机在民用领域的使用，则要进入 20 世纪八九十年代，21 世纪后方才蓬勃发展起来。

100 余年后，飞行记在"江南最后的秘境"有了新故事。2023 年 3 月 8 日，国网丽水供电公司成功入选 2022 年国家电网公司 10 家配网无人机自主巡检示范单位，并位列榜首。这个消息的背后，是浙西南山区无数电力巡线工，通过从昨日世界通往未来的银线，串联起过去与当下。无人机在瓯江的山水空间飞跃，两者产生了一种神秘链接，我想构建起这种内里性生发能量的，是这片平静的山水。

万 物 生 长

几乎所有的故事都是厚积薄发的。

掀开瓯江这片山水，无人机自主巡检的故事要从 11 年前说起。2012 年，国网丽水供电公司作为浙江省电力有限公司首批开展终端电缆线路 DTU（无线终端设备）建设试点，4 年后局部试点推广架空线路智能开关

227

建设。2018 年终端建设规模全面迅速铺开，配电自动化有效覆盖率、标准覆盖率提升至 86.5%、30.2%。无人机巡检的大规模崛起，则是在 2019 年以后，那一年，以典型山区配网特色入选国网公司无人机自主巡检县域试点。这次契机鼓舞了许多人。

在山高林密的浙西南山区，在丘陵、盆地和难以通行的高山之间，偶然会发现一些几十户高山居民的小村落。20 世纪 90 年代在全国推行村村通电、户户通电政策时，浙江省未通电的村落和住户主要集中于丽水和温州。这里地形地貌山高路远，规划难、施工难、物资运送也难。若将整个浙江省做一个西南至东北方向的纵切面观察，物理地貌层面的风景，体现为一幅从棕绿险峻至淡绿平缓的画面，一头是高山密林的深棕与浓绿色调，另一头则是平原与海域的浅棕与清淡。这是一个很有趣的地理层面的观察。所以在一份关于丽水配电网架空线路分析报告中发现——占比近80% 的长度存在线路供电半径长、分布面积广、接线结构复杂——继而导致山区人工巡线成本高、设备缺陷发现难等问题这一思维层面的状态分析，则具有了客观性。

某种程度上的先天不足，反而使之具备了成为全国率先实现适航区配电线路无人机自主巡检全覆盖的一股内生动力。正如另一自然场景内所表现的，山区的线路通道，一未经及时清理，便又长满了横七竖八的杂草，铁塔、线路和草木三者之间产生一种强劲的对抗与张力，这幅情状，类似于西西弗斯循环往复推石头上山的境况，是发自地底深处，源源不断地，努力保持生长的姿态。

应当从传奇的角度来重新领略 2019 年。很长时间过后，回过头来看这一传奇，则是一种面对改变即将发生时，所有思虑渐渐汇集、凝聚的气象。关于提升山区线路运维效能的议题，早已摆在许多人的案头。当年有一个预测，预计未来 5 年仅主网输电线路将增加 60% 左右，面对日益扩张的"总盘子"，却是线路运维人员逐渐减少的局面。提升线路运维效能，根本上说，就是如何解决日益繁重的生产任务与日益缩减的人力资源之间不匹配的矛盾，要抓住其中的关窍，在于突破创新、提质增效。"首创"精神如何才是"首创"？在数字化牵引新型电力系统建设的路上，探索打造山区电网智能运检体系建设，成为推动战略落地的必然趋势，即"破局"之路。用流行话来说，是顶层设计与理念先行。当然，系统谋划与集体行动也从根源上奠定了这项事业之所以成功的根因。

这是一份颇具英雄气概的雄心壮志与集体共识。我似乎听见了一个铿锵有力的声音——从规划建设、运维管理、应用提升三个维度发力，构建"一室三化"无人机应用管控体系。这个过程像极了盖房子的原理。具体地说，这个管理体系首先设立完善管理体系、理顺业务流程、强化要素配置、严格质量管控、加快技术创新、助力基层减负六要素。此目标可视为屋顶，那是我们企图达到的高层次。他们告诉我，接下来要从硬件设备、人员配置、机制设计三个方面入手，我则将之视为正大门的三个大落地窗。这个管控体系包含了实现市县两级载体，在市级无人机专班指导下，县公司组建管控室，实行无人机管控室常驻、设备主人轮岗的运作机制，这是房子的主心骨横梁。与此同时，这个管理体系设立了监管实体化、制度标准化、专业一体化、巡检自主化、应用智能化、业务工单化六项指标。这是墙体，耸立于各个房间之间。职责界定明确了"运检归口—供指协管—管控室把关—站所执行"。这是房门。流程机制则细化"站所提报—管控室复核—运检确认"缺陷审查、"运检编排—管控室督查—站所落实—供指通报"消缺闭环，依托供服系统实现业务工单化流转，这就像是房间流通的空气。

将高度概括化的文字，精练规范的标准，一一整合，就是一个由内而外、由外而内的过程，正是造房子所需的建筑基本原理。科学与技术相结合，才真正有用。又一个瓯江沿岸的房子落成。

2023年舞剧《忒修斯之船》在全国巡演，8月开到了丽水。在空空旷旷的舞台上，巨大的黑色幕布下，一个人独舞，却具有无比巨大的力量与后劲。每每想起每一个充满细节的舞蹈动作，还有那艘船所蕴含的隐喻，这个瓯江沿岸的"房子"在我眼里呈现的样子，愈加清晰。似乎，这艘以"初心"命名的忒修斯之船，从瓯江源头开始起航，驰过秘境山水，从洞宫山脉，浩浩荡荡，驶向另一域高山与深海，连同将这座"房子"，带向全国各地。可以说，这"船"和"房子"，在理想与现实之间承载了一个十分完备的管理体系，形成了一纸可复制、可推广的工作经验，在瓯江山水的吹拂下，顺江而行。

破局之路

电力巡线工在山里巡线。他们身着早已褪色的蓝色棉布工作服，身后是一个巨大的铁塔，手持着一个遥控器，无人机便像只轻灵的鸟，一飞冲天。20世纪，茨威格曾将"电"的出现称为一个"巨人"，他不认为火车、轮船出现的这一表面上的奇迹是不可理解的，却认为"电的最初若干成就是完全出乎人们意料之外的"，正是因为电，"时间和空间的关系发生了自创世以来最具决定性的变化"。而今天无人机的应用，无限扩大了电力日常巡检的地理空间与视觉范围，如果说盖房子是一种基础原理，那么实现无人机应用的实操过程，是意志战胜物质的又一典型场景。

一个全新的课题摆在所有人面前。推动运检工作模式的根本转变，没现成经验可照学照搬，只能摸着石头过河。雄心壮志又前路漫漫，因为推进体系建设的过程，既要思考研究契合山区建设模式，又要对应调整运维组织构架、变更管理要求、划分职责界面，既要做好常规重大巡检任务，更要扭转人的观念。新课题带来的阻滞感，从理念、机制、人员以及外部环境几大要素层层加码，所有的起承转合，唯一要诀是迎难而上。

可视化、效率提升、数字运维，是王骏永对于无人机自主巡检应用最直观、最深刻的三个感官体验，也是这支团队推动科学与技术结合在丽水山区落地的初衷。特别是在大力推进班组建设三年提升的关键风口上，如何通过科技力量解放生产力、提升效率效益，成为所有人的共识，无人机以这样一种工具载体的形式存在，"有用"一词隐隐成为许多人的追求和目标。

要实现这项看得见的"小目标"，"飞手"至关重要。经过一轮轮选拔与培训，一支无人机专家库迅速组建起来了，截至2022年底，全市系统无人机持证人数达462人，取证率达到6.7人/供电所，构建成了市、县、所三级协同管理机制。在设备方面，用于线路建模的中型无人机有20架，用于自主巡检的小型无人机165架，配网架空线路无人机配置率达到每百千米1.4架。客观地说，这个飞手队伍规模和无人机设备配置率，也诠释了所有人的决心和行动力。

当年，电报机通过三番五次进行海底电缆铺设终于成功后，飞越大洋的第一句话，让年轻的美洲与古老的欧洲在太平洋两端联姻。时至今日，无人机巡检"首飞"，恰具有如此举重若轻的历史性地位。如若电报机使太平洋东西两岸包容进一种美妙的联系之中，人类共同意识第一次在彼岸两端同时知晓，一个世纪后，无人机在丽水地区进行首飞，沿着山川河流、高山密林、灯火人家，将山区电网镌刻进一个美妙的立体式联系网之中，这次跨越山河的行动，确保了21世纪的人类共同意识，在天南海北的微信两端，得以持续不断地保持联系。

无人机自主巡检的过程，包括建模、规划和复飞三个步骤。大家习惯把激光建模和航线规划这一过程合并称为首飞。航线规划是在建模基础上开展，相对技术含量更好，也决定了复飞质量。其中，无人机对线路激光建模、航线规划和首次数据采集的过程，委实是最难，也是最关键的。具体地说，激光建模就是运用无人机开展激光雷达扫描线路杆塔及通道走廊，利用所获激光点云数据，建立配电通道三维模型，实现了无人机自主巡检路径规划及三维可视化管理，从技术层面验证运检如何实现智能。通常一基杆塔需要采集杆塔基础、绝缘子、防震锤、导地线挂点等30至50个坐标点，将照片传至"架空输电线路全景智慧管控应用群"后，通过缺陷自主识别模块智能分析，结合人工对各种参数进行分析建模。这个建模过程，为缺陷处理提供数据和技术支持，最终实现缺陷自主识别。

这个过程十分不易，相当烦琐且十分耗时，因为在丽水，110千伏及以上杆塔有8700多基，且95%以上分布在山区。这个更加直观的分析决策平台形成的过程，有利于无人机自主精细作业航线规划，而且根据得到线路通道内的导线弧垂、跨越物、树线距离等精确信息，进行交跨距离测量、弧垂测量、导线风偏计算等分析，有利于后续制定高质量的运检措施。2022年10月11日，随着无人机搭载激光雷达完成10千伏后门山J151线全线自主开展"点云"数据采集及三维建模，标志着丽水率先全省

光芒叙事

完成全域配网线路建模。

首飞后下一步即复飞。当无人机再次巡检同一杆塔时，读取第一次飞行时采集的航线轨迹数据，通过航线规划验证复飞，就实现了一键巡航巡检。2022 年 12 月 20 日，丽水公司完成复飞航线验证工作，分区域、分阶段实现自主巡检线路的巡检全覆盖，依托复飞数据采集开展图数治理工作，梳理无法复飞的"无信号"区域，划为人工协同飞行区，实现所有架空线路复飞全覆盖，在国网系统内率先实现了地市级配电线路无人机自主巡检全覆盖。

短短两个月，在不同程度存在覆冰、树木、鸟害、机械、大棚、山火、外破等危险点的线路上，他们与时间奔跑。无数的飞手在行动，飞跃莲都区雅溪区域 16 条线路 310 公里 783 基杆塔，也飞跃青田区域 28 条线路 646 公里 1646 基杆塔，还飞跃了缙云县、云和县、景宁县、龙泉市和松阳县等县域，在处州（丽水市的古称）大地上，飞跃而行。

飞 行 隐 喻

国网缙云供电公司舒洪供电所，地处浙江省缙云县中部，承担舒洪镇、大洋镇、胡源乡及周边共 26 个行政村 300 多平方公里 5.6 万多人口的供电服务工作，辖区内有 35 千伏变电所两座、10 千伏线路 15 条 207 公里、0.4 千伏线路 463.27 公里。舒洪供电所内的大洋服务站更是处于浙东南沿海第一高峰位。距离县城 35 公里，辖区面积 164.5 平方公里，平均海拔 900 米，其中大洋山主峰高达 1500 米，有山区线路 88.3 公里，是缙云公司线路最为复杂化的区域。当年，线路初期设计时受地形地貌、山川河滩等因素影响，电力线路靠近陡峭山地，大都穿山越峡而过，在这儿，根本无法实现"树让线路"。

自建所以来，舒洪所一直以原始的人巡模式进行巡线。大洋服务站的王伟洋每月 20 号做完催费工作后，定期巡视他所管辖的线路。他所负责的台区线路，植被茂盛，林木繁多，处于沟壑梁峁的恶劣区域，复杂多变的气象条件和地理环境对于线路通道巡视及清理条件影响非常大，局部区域视线盲区是不可避免的。无论线路地处何处，每基杆，"大洋之子"王伟洋都要爬到。

这种情况直到 2021 年才有了改变。这一年，舒洪所运用无人机进行线路巡检，王伟洋第一个报名参加培训。对基层一线职工来说，这一巡线技术的改善，是一次解放生产力的巨大变革。用王伟洋的亲身体验来讲，在天上飞的无人机，不仅能排查绝缘子、避雷器灼烧污闪放电、横担锈蚀、隐蔽部位松动等迹象，而且原先得花一天时间翻山越岭，才能巡视完 25 基杆塔，现在不到一个小时就巡完了。显而易见，相比传统的人工巡检，无人机不受地形环境限制，AI 缺陷识别模型利用 AI 图像识别技术，通过对已有巡检图片中输配电线路可能存在缺陷问题的部件进行标注，使用算法达到拟人化判断目的，从人工检查大量无人机照片的工作中解放出来，提高缺陷发现率。这种技术革命在基层的落地，给一线职工带来了深深的震撼感，更是一种与时代共同进步的价值感。

回过头来，如果对可视化、效率提升、数字运维三个关键词进行另一番场景化解析，则是一个个数据立体式的呈现。

我看见在巡检现场，一张瓷瓶破裂的图片，以可视化的线上画面传导至后台，实现了人人共享的数据分析，一改往日人工巡视、线下记录的传统模式局限，据数据统计，无人机一飞，使山区线路杆均巡视时间由 45 分钟压降至 8 分钟以内，缺陷发现数同比提升 3 倍以上。如果将这个巡检现场缩小，可以看见广袤的大地上，有许多无人机，飞越山头，穿林过海，将所有的画面串联起来，巡线工的日常工作，将日均巡视线路长度由 3 公里/人提升至 10 公里/人左右。

当"有用"成为越来越多人的共识，他们进一步开发应用输变配一体化巡检、多机多巢协同巡检、无人机远程遥控等实用化功能。在无人机的加持下，配电架空线路跳闸次数同比压降 50% 以上，进一步提升了巡检效率。畅想更多场景下无人机应用的可能性，在现场测绘及勘查，在架空线路差异化巡检应用，在故障点查找，在现场勘查和竣工验收应用，在安全稽查和应急抢险……每一种场景应用下，无人机应用的想象力与可能性被充分挖掘。显而易见，推进运检模式提质转型、基层运维减负增效，不再

光芒叙事

是一个白日梦。

毋庸置疑，无人机自主巡检是数字化牵引新型电力系统建设、落实现代设备管理体系战略要求的重要内容，是设备运维提质增效、科技赋能的关键手段之一。但亦存在无人机巢部署区域重叠、资源利用率不高、专业穿透性不够、传统无线电模式长距离跨越后信号易中断以及部分山区通信信号弱等问题。

2022年12月2日，随着国网丽水供电公司南城无人机管控室完成10千伏同丰线8至11号杆、110千伏四都变电站环绕飞行任务，输变配一体化巡检指令下达至试点机巢，该机巢无人机完成全部巡检任务后，将数据图片成功回传至数据中导站，分传至互联网大区、变电辅控系统。这一过程，实现了机巢内输变配跨专业巡检任务的自主拼接及无人机航线重组，数据自动回传中导站再分传至各专业巡检系统的成功应用，标志着丽水公司又一次率先全省实现输变配一体化巡检，这一想象力与可能性的重组，实现了各专业的穿透协同，更安全更高效，推动"人机协同"向"自主巡检"跃进转变。

如此革命性的转变，使所有人对数字运维的未来前景充满了想象力。作为丽水公司输电线路智能巡检团队作业飞手小组组长，张超使用无人机可以说是得心应手。他曾将无人机巡检的过程，比喻为给巡线人员安装了一双会飞的"眼睛"。我觉得，他眼里的这双"眼睛"，不仅仅是技术层面的一种想象力与可能性，更是一种意志战胜物质的反抗。这一反抗，我想到网络上的一种讨论，命题是"无人机+AI，会替代人工巡线吗"？我的答案，是不会。如果以此为辩题展开论辩，支持方肯定会一一给出论点，论证"无人机+AI"巡线种种好处，我对这些有力的论据均表示支持。但茨威格告诉我们，所有的成功失败与千钧一发背后，宏大或渺小，永远是人。让这道辩题的结辩立场回归，"无人机+AI"是服务于电网巡线的一项史诗性实践，而这背后，是一笔一画书写山乡巨变的电力人、普通人。

银光闪耀。脑海中无数次回想无人机在银色铁塔与银线上飞跃的场景。它们小小的身躯在建模、巡检、识别、分析，提供智慧意见的时候，它们是所有质朴的巡线工所喜爱的方便携带的好伙伴，那时候，它们身上具有了自由灵动的意识，轻轻一跃。它们飞跃的，是拥有钢铁意志般的铁塔与绵延无限的银线。银线白色闪耀的质地看似具有轻盈的体感，实际上则是沉重的。无论单体的铁塔还是长度无垠的银线，它们是重的代表，有那么一刻，它们象征诗意栖息大地。后来，我知道所有的所有，匍匐在土地上，山乡巨变，它们都是土地的隐喻。

光芒叙事

三位第一代浙电人的轶事

鹿　杰

序　　幕

历史指针回拨到 1949 年前夕，"解放全中国"已经从理想蓝图走向了现实，成为人们的共识，历史大势，浩浩荡荡不可阻挡。

放眼九百多万平方公里的大好河山，正疮痍满目，未来祖国的建设，也随着兵戈渐止而徐徐展开，硝烟过后，新的"战场"已经不再是炮火连天、生死一线的阵地，而是转移到了建设中华人民共和国的历史任务中来。

第一代浙电人，就是在这样的土壤里，艰难成长起来。如今已经八九十岁高龄的第一代浙电人们，回首往事，曾经的艰难困苦，都已成风轻云淡。漫说他们的往事，一切付诸笑谈。

多少斑斓旧事，已埋入黄土，几个人的人生剪影，远不能完整讲述那一代浙电人的多彩人生，然而时光无情，一切绚烂，俱成黑白影像，耀眼的浪花朵朵，也终归奔流大海。

本文剪辑这些"小我"的几则轶事，留下第一代浙电人的风姿，他们一生的无私奉献将那些不朽往昔写进书页，化成字符，把我们浙江电力人的心跳声一代代传递下去。

三个人的 20 世纪 50 年代

1950 年，何尹一身戎装，收拾好行装，跟随支援团队，从重庆朝天门走下来，坐汽轮船驶向武汉。

船过三峡地区的时候，两岸景色壮丽，水流湍急，奔腾的长江水发出嘶嘶怒吼，何尹不禁想起大诗人李白的名篇"朝辞白帝彩云间，千里江陵一日还，两岸猿声啼不住，轻舟已过万重山"。

此时此刻，船已不再是轻舟，两岸可见站在岸头等活儿干的纤夫，江边群峰之间偶尔还响起土匪射击的冷枪声。何尹胸中，没有离乡感伤的忧思，没有前途未卜的焦虑，他和他的同学们，已经决定献身给伟大的革命事业，无论天南海北，不怕刀山火海，一往无前，矢志不渝。

还在位于上海的大同大学的时候，何尹和他的同学们就积极参加了地下党组织。就读于电机工程系的他，当时并未想到，他一生的战场并不是在战争前线，而是在新中国的水电事业。

从武汉一路乘着火车北上，他和四个大学校友一起来到了位于沈阳的东北工业部，当时他们有两个选择，一是去东北最大的火电厂——抚顺发电厂，这个电厂地处环境以及条件设施都不错；另一个选择，就是去丰满水电站，丰满水电站地处偏远，周围荒芜，条件设施简陋，生活艰苦。

几乎没有经过任何犹豫，何尹和同学们全都主动选择了去丰满水电站。干革命就要去最艰苦的地方去，这就是他们这代人的理想和志气。在途经北京时，他们特意做了片刻停留，去了天安门广场。双脚踏上天安门广场的地面，呼吸着红色首都迷人的空气，他想象着一年多前这里浩大的开国盛典，这个祖国，从那一刻起将属于苦难的人民。那一刻，他们无疑感受到了历史的使命，这个使命就是用自己的生命，投身于建设祖国的宏伟蓝图中。

何尹选择了丰满水电站，从此他和水电站的缘分一结就是三十多年。

就在何尹风尘仆仆坐着敞篷火车，冒着凛冽的北风，一路颠簸驶向丰满大坝的时候，另一个年轻人陈岳正在准备打仗，这一年初春，他比何尹更早地来到了东北。

他跟着高炮第 524 团一路北上，快到目的地丹东的时候，陈岳所在连的连长在车厢里高声问他们："我们马上就要参加战斗了，你们怕不怕?!"战士们群情昂扬，高吼不怕。陈岳当时只是十六七岁的"新兵蛋子"，却一点也不害怕，他和战友们一起热血沸腾地振臂高呼祖国万岁。

就在火车停靠歇脚的时候，这个连长却偷偷下了火车，当了逃兵，团领导闻讯后大怒，很快派人把这个连长抓了回来，送往军事法庭。这件趣事反而真实而生动地说明了战争的残酷，以及在战争面前，勇敢绝不是空口说说的。

战争的真实图景还没有在这群年轻人面前铺开，所有的勇敢此时都只是廉价的口号，都只是白日梦英雄的幻想，只有真正经历血与火的考验，才能考量出每个人的胆识。

三年多的抗美援朝战争，陈岳从头待到尾，任务再危险，从没有逃避过，挑战再艰巨，从没有惧怕过，死亡阴影每天都在高空盘旋，他从没有被吓倒过。这个内向少言的新兵蛋子，平静的面容背后，蕴藏着惊人的坚韧和强悍。

同一时期，在远离东北千里之地的杭州，蔡在明在杭州电气公司天天忙活得不可开交，电气公司在 1950 年初完成了社会主义改造，从私有企业变成了国营企业。随着杭城电网规模越来越大，蔡在明所在的线路班就不再管用户电了，只管 5250 伏电压及以上。再然后，电压等级改革，35 千伏出现了，5250 伏升压到 10 千伏，这些电压等级的划分都是跟着苏联学习的。

1953 年从上海培训归来的蔡在明深感浙江电力发展必须改变思路了。那时第一代浙电人的有识之士都已经意识到这个问题，上海已经成立了电力调度中心，杭州也急需如此，在这一年，杭州地调历经千磨万难，终于成立了。

既然有了调度，就得有调度规程。蔡在明和技术人员通过种种途径找来了那时候苏联关于电力方面的资料，一共有六本书，分别是锅炉、汽轮机、发电厂的电气部分和变电所以及线路，最后一本是讲调度。他们加班加点，依据这六本书的内容，在充分理解揣摩书中讲述的各个原理的基础之上，同时又参照杭州电网的实际情况，编著了浙江的第一版调度规程。

陈岳在炮火连天中，偶尔写着家信，新中国的蓬勃发展，给他带去了无限的新生活憧憬。陈岳所在的汽车班，一共才二十多个人，在朝鲜战争的一千多个日日夜夜，他们开着卡车，一趟又一趟地往返于中国丹东和朝鲜新义州。路多崎岖不平，一路常有轰炸机炸出的弹坑、山崖掉落的石块。要是遇到雨天，泥泞山路如同沼泽，而遇到下雪天，路面结冰打滑，随时都有翻下悬崖的危险。

这些都只是寻常的考验，真正的危险来自美军敌机的轰炸，每晚的轰炸像是每天的日月升沉，驾驶员绝不能心存侥幸，他们必须时刻集中注意力，观察是否有敌机前来轰炸，并且及时躲避。

本来白天要补觉的汽车班驾驶员们，常常还承担着另一个任务——运送伤员。

运送这些伤员的时候，可不是用卡车，而是四个人抬一副担架，翻山越岭，把伤员抬到后方医院。

陈岳个头有1.8米，抬担架的时候为了顾及个子矮的战友，不得不弓着背，弯下腰身，甚至略微屈膝，这种姿势加重了体力负担。同时，大个子自然也承担了担架的大多数重量，在这种情况下，翻山越岭，跋涉山路，其中辛苦非常人能够承受。然而陈岳信念坚定，从不抱怨，毫不退缩，他咬着牙流着汗，一次又一次地往返运送。

当时朝鲜的炮火声，当然传不到遥远的丰满水电站，然而就在这里，何尹上了一堂生动又悲痛的爱国主义教育课，至今在丰满劳工纪念馆旁边，还有一带沟坡被称为万人坑，那里有三条100多米长、6米宽、4米深的天然沟渠，扔弃和浅埋了无数的中国劳工。当年死难的劳工白骨蔽野，野犬吞尸，凄惨恐怖的情景依稀浮现眼前，何尹深信：如果全国不解放，老百姓真的没有好日子过了。

何尹和同学们废寝忘食地学习着手边一切可以学习到的水电运行资料，当时配电室一共三个值，实行三班倒，上班密度很高，但职工们就连短暂的休息时间都不舍得荒废，休息时间也会主动来到配电室，翻看图纸，学习水电相关知识。

遇到不会的问题，何尹就去请教日本工程师，他在大同大学时，学习的教材全都是英文教材，因此精通英语，此时有了用武之地，能用英语和日本人做简短的交流，向他们请教技术问题。日本工程师总有一些藏着掖着的技术，但何尹他们不着急一蹴而就，而是想方设法，耐心询问，慢慢套取技术。

1953 年，丰满水电站所有日本工程师全部被遣返，何尹他们成为水电站的骨干顶梁柱，在未来的许多年里，从丰满水电站走出了一批批中国水电事业的精英。而在 1959 年的时候，这些精英汇聚到了浙江的新安江，在那里，中国人创造了一个值得骄傲的奇迹，新安江水电站成为新中国第一座自行设计、自制设备、自己施工建造的大型水力发电站，堪称是中国水电事业的一座不朽丰碑。

新安江水电站的落成，对浙江电力的发展起到了无可替代的巨大作用。有了这个大电源，浙江各地的电力排灌变得可行，而电力排灌又极大地提升了农作物生产效率，农民的生活慢慢得到了改善，电力能源也渐渐走入了农村。

何尹在 1959 年从北国风光来到千岛之湖的时候，从抗美援朝载誉归来的陈岳，已是杭州电气公司汽车班一名普通的驾驶员，他的新"战场"从此变成遍布杭州城乡的每一条马路和小道，去维修，去抢险，去保障千家万户的用电。

蔡在明等人则站在杭州井亭桥附近的一座七层楼建筑里，考察筹划浙江省调的建设，通信问题成为摆在他们面前的诸多难题中的一个……

请回答，20 世纪 60 与 70 年代！

20 世纪 60 年代，浙电人面对着新的难题。

早已在新安江水电站汲取了丰富水电运行经验的何尹，对富春江水电站的建设进度，忧心忡忡。1968 年初，"文革"在全国蔓延，抓革命和抓生产之间，产生了严重的矛盾冲突。眼看富春江蓄水在即，可运行生产方面仍毫无进展，何尹心里焦急万分。他主动找到领导，申请去富春江参加筹建工作。1 月 23 日，何尹等四人被派往富春江，成立"富春江水力发电厂筹建组"，何尹任组长。

何尹和筹建组其他三个同事吃住在工地上，住的都是临时搭建的简陋棚子，一个个细节把关，到 1968 年年底，富春江水电站开始蓄水，何尹从丰满技工学校要了一批毕业生，这些学生后来都成为富春江水电站的技术骨干，如今他们也都已退休。

何尹从此在富春江水电站扎根，为了查勘水文站的选址，他几乎走遍了富春江周边地区的每一寸土地，富春江水电站虽然机组小，但也有其优势，可以作为新设备改造、自动化研究以及新技术的试验田。可以肯定地说，新安江和富春江水电站为以后的三峡水电站建设提供了相当宝贵的经验，并给葛洲坝和三峡水电站提供了不少人才。

陈岳则依然默默无闻，像是低微到尘埃里。多年以来，他身边的同事几乎没人知道他曾经在抗美援朝战场上获得过勋章，是不折不扣的英雄人物。同事们只是发现这个高高瘦瘦、一脸文静的男子，有着异乎常人的冷静和勇敢，多少个台风天里的电力设备抢险，他从不退缩，开着抢修车，穿梭于狂风暴雨里，像他这样默默无闻的浙电人，正是浙电突飞猛进发展的基石。

蔡在明则在这个时期去了一趟东北。作为重工业生产基地的东北地区，经济发展很快，东北电网也搞得很好，尤其是东北电网初步实现了事故告警功能，蔡在明和同事陈博亮专门去东北考察这项技术。

回到杭州后，调度中心慢慢搞起了事故告警，调度室里设有指示灯，与闸口电厂匹配，如果闸口电厂的出线发生故障，指示灯就会点亮。当时还是无法解决低压线路故障告警的问题，就仍由用户打电话告知。高压线路故障由变电站值班员打电话主动汇报，但是调度这边也是看得到的。遥调功能则是由浙江这边首先开发出来的，用于调节水电厂的发电出力。

实际上，浙江电力在新中国电力史上有着无数光辉的第一。在这背后，像蔡在明这样的专业人才功不可没。进入 20 世纪 70 年代，计算机技术发展起来，这一时期让浙电人尤为自豪的是，当时全国电力工业唯一一台最先进的、用作计算系统的计算机，就落户在浙江省调。

那个时期去北京开会，其他省市的电力专家领导都会夸奖浙江省调不简单。因为当时能用计算机做到记录 24 小时数据的，除了浙江，全国还没有哪个省省调可以做到。而打印数据时计算机要停止对系统进行监控，无法同步计算的问题正是被耿如光等技术人员攻克的。

1982 年时，大连的那次会议更是让蔡在明印象深刻，因为当时的电力工业部长领导，在会上曾特别表扬了浙江公司，并要求浙江介绍计算机方面的情况。此后，慕名前来参观、调研的各省市同行络绎不绝。

也正是浙江电力人勇当时代弄潮儿的魄力以及攻坚克难适应科技付出的努力，使得浙江电网那时连续 18 年没有发生稳定事故！

浙江电力在 20 世纪 60 年代和 70 年代，一度遇到了发展低谷。在这个非常时期，第一代浙电人以忘我的坚守，以高度负责的主人翁精神，顽强推动着浙江电力的发展，这是第一代浙电人不容易被后人记住的奉献，因为它不亮眼，因为它太平凡，然而翻沉往事，于无声处听惊雷，从无数平凡琐事中，我们能够看到，第一代浙电人"我以我血荐轩辕"的精神，时刻都响应着中华人民共和国的呼唤。

尾　声

第一代浙电人，是那个风云时代的产物，应中华人民共和国的呼唤而生，肩负着伟大而艰难的历史使命。如果没有他们无私忘我、自力更生的精神，如果没有他们脚踏实地、流血流汗的奋斗，浙江电力事业绝不会有如此非凡的奠基。

第一代浙电人，真英雄也！英雄甘居幕后，不求回报，历史不会把他们遗忘。我们后辈电力人也不会把他们遗忘。谨此以文为石，以字刻碑，把自力更生、奉献进取的精神火种，从老一辈电力人手里接过。浙电新人当自强不息，萤火之光，可照未来！

"北电绿" 与 "中国蓝"

陆　烨

走进这座电厂，四季常绿，鸟语花香，我总想多呼吸一下新鲜空气。然而，这里不只有看得见的"绿"，那些通过输变线传入千家万户的清洁能源，更是"绿水青山就是金山银山"的生动诠释。

从一片荒滩野涂，到装机524万千瓦的能源基地，我见证了宁波北仑发电厂（下简称"北电"）30年的发展历程，也见证了一代代电力人接续奋斗的坚实足迹。

家　园　绿

初夏时节，漫步北电，一大片绿油油的草坪散发着阵阵清香，行道树以香樟为主，树冠直径十几米，隔条马路，两边的树就在空中相连。草坪是最好的底色，挺拔的香樟、银杏，娇媚的红枫、紫薇，别致的雪松、冷杉，还有柿子、橘子、桃子、枇杷等果树，处处生机盎然，色彩丰富。然而，最初的北电却是另一番景象。

那是20世纪80年代末，方圆1.78平方公里（178万平方米），主色调就是土黄色。一年夏季，正好下着雨。我骑车去现场，转弯遇到一个坑，溅了一身污泥。"晴天一身灰，雨天一身泥。"大伙儿平时就是办公室—工地—宿舍，很少有人在厂区闲逛。

铿锵的桩机声，唤醒了沉寂千年的滩涂，也唤醒电力建设者奋斗的激情。作为国内首家利用世界银行贷款建设的火力发电厂，这里的一切都是崭新的。

浙江省首台 600 兆瓦燃煤机组的厂房建起来了，240 米高的烟囱竖起来了，四周的绿意也浓起来了。一到植树节，来自五湖四海的北电人拿着水桶、锄头和铁锹，在这片朴实的土地上，种下一棵棵绿树，也种下对幸福的期许。这些年，北电人累计植树 1 万多棵，厂区绿化覆盖率 43.3%，绿化面积达 47 万平方米。

一次，我亲眼见到一位清扫女工，放下拖把，走到葡萄藤下，摘下几颗绿莹莹的果子，直接送入嘴里。"葡萄甜吗？"我好奇地问了一句。"酸酸甜甜，我喜欢这味道。"她笑着递给我几颗，阳光映着她的笑脸，也照着一串串透着光的绿葡萄。

"不管有啥烦心事，只要在厂区里走走，看看身边的美景，心情就好很多。"计划部副主任胡飞奎是土生土长的宁波人，她在北电工作了 30 多年，眼前的一草一木，都让她欣喜。

"春天来了，无论哪个角落，都能看到蒲公英，她们平凡得就像北电人，她们的生命注定和北电连在一起。"在检修女工曹志琴的眼里，最寻常的蒲公英，也充满诗意。

春天里开满一树的白玉兰，秋天里洒落一地的金桂花，吸引着职工拿着手机，左拍右拍。喜欢摄影的除灰脱硫部职工王远铠，业余时间用相机记录北电的四季，"一年拍下千余张，还专门做了一本相册，朋友们都说，能在花园电厂工作，太幸福了！"

2017 年 10 月，来自刚果（金）的朱尔斯·克斯，在中国参加"一带一路"非洲电网建设研修，来到北电参观时，他不停地拿手机拍照。临别，他望着北电的绿地，深情地说："真希望我们国家也有这样的火电厂！"

中 国 蓝

孕育了河姆渡文化的浙江大地，注定对美好生活充满更多向往。从建厂起，北电人始终坚持为社会提供清洁能源，精心描绘美丽电厂的新图景。

二氧化硫是火电厂主要污染物，2004 年 11 月，北电投资 11.55 亿元，启动国内最大规模的 5 台 60 万千瓦发电机组烟气脱硫改造工程。

作为当时国内最大的火电厂、全国两家"国际一流火电厂"之一，北电率先迈出脱硫减排的步伐，对于中国电力行业，尤其是火电行业意义深远。

"国家没有出台减排二氧化硫的相关政策，更没有脱硫电价补贴，我们为什么要这么做？"已经退休的老党员吴金土，是当年脱硫项目负责人。提到脱硫改造，他声音洪亮，眼里闪着光。"当时的领导很有气魄，舍得在环保投入。既然花了钱，大家就只有一个念头，要让北电成为一座绿色的火电厂！"

自主自发投入巨资，国内率先实施脱硫改造，虽然没有可借鉴的经验，但北电人有着敢为人先、争创一流的百倍勇气。吴金土清楚地记得，烟道改造、设备接口工作等，都是在机组检修时见缝插针地进行。为避免增压风机电机启动时，因功率大造成设备故障，继而引发机组非停，技术人员制订了 20 多个调试方案，确保了试运行一次成功。虽一辈子和电力打交道，但吴金土仍觉得：北电的脱硫改造最艰辛，也最难忘。

2007 年 7 月，脱硫工程提前 5 个月全部建成投产，每年可减排二氧化硫 9 万吨。庆功会上，建设者们穿着不同颜色的工作服，戴着不同颜色的安全帽，每个人都洋溢着奋斗者的喜悦，因为他们实现了对人民的庄严承诺，守护着头顶的这片蔚蓝。

让吴金土想不到的是，儿子吴思明会成为电厂脱硝改造项目组成员。开工前一天，他特地做了一桌好菜，向儿子叮嘱着："工程投资 6 个多亿呢，你可得好好干！"作为第二代北电人，接过父亲的接力棒，吴思明渴望在北电绿色发展的画卷上添上属于自己的一笔。妻子临产住院，他带着施工人员在台风到来前，排查现场安全隐患；孩子呱呱坠地，他只能陪护一天，又在现场没日没夜地忙碌着。"那会儿，丈母娘对我意见可大了，但是脱硝项目关乎千千万万人，我想她总会理解的。"吴思明这样说。经过两年多的奋战，5 台机组成功完成脱硝改造，一年减排氮氧化物 2 万多吨。

"共同建设一个清洁美丽的世界",中国发出了新时代的强音!长三角区域不仅是中国经济发展的主力军,也是节能减排的"领头雁"。为了满足浙江省最严格的环保政策,北电投入14亿元,历经3年多的改造,到2017年5月,7台机组全部实现超低排放。"这样大手笔的环保投入,充分体现国企的社会责任!"宁波市北仑区发展和改革局负责人感慨地说。

"现在我们的环保指标,不仅国内领先,就是在全世界也是一流的!"该厂总经理、党委副书记项岱军说得很有底气。

建设美丽中国,让天更蓝、水更清、地更绿。这是北电人30年坚守的初心使命,也是北电人砥砺前行的责任担当。

未 来 梦

夏日,煤场温度高达50摄氏度。只见2号斗轮机移动大车、对准煤垛、匀速上煤,这个庞然大物轻松完成电煤进仓。2017年,北电首次采用斗轮机无人值守,标志着输煤系统智能化技术实现新突破。

进入工业互联网时代,依托智慧企业建设,北电在绿色、低碳、可持续发展的道路上加速前行。

陈伟巍是浙江区域小有名气的输煤仪控专家,平日里他最爱琢磨的事,就是以智能化手段提高设备安全性、经济性。输煤系统有8台斗轮机,一年卸煤约1200万吨,可斗轮机司机人手紧,户外工作遇上恶劣气候,安全性也会受影响。"要是把人工操作改成智能化操作就好了!"有了这想法,陈伟巍走路吃饭都惦记着斗轮机。

无数次测算、试验、分析、比对,陈伟巍利用自动控制技术、激光三维扫描、精确定位技术等,实现斗轮堆取料机的远程全自动定位、全自动取料、全自动堆煤、全自动分流。"再也不用在煤堆上干活了!"作业环境改善了,斗轮机司机蒋晓峰有了满满幸福感。8台斗轮机改造完成后,每班次斗轮机司机可以从5人减至两人。"干活环境好,工作效率高,节能效果优,一年就能节省电费16.9万元。"陈伟巍又一次尝到了创新的甜头。

"我们利用物联网、移动应用、大数据、全生命周期等概念，对物资存储环境进行优化升级。"走进物资仓库，物资部主任邵高明指着正在改建的设施，描绘着未来的画面，"这里会引入空间立体电缆货架；这里会使用自动密集型货架，增加存储单元；将来还会有无人值守仓库……"

未来的智慧电厂，究竟是啥样？智能安全、智能运行、智能设备、智慧营销、智慧燃料、智慧物资等，面对这份"未来考卷"，每一位北电人都在用心答题。"通过智能识别系统的应用，提高生产现场人员行为、设备状态识别的准确性。""通过建设智慧电厂状态监测分析平台，提升设备可靠度，降低企业运营成本。""利用智能运行技术和控制技术，让火电厂的集控运行实现少人值守，甚至无人值守。"……

时间的刻度，记录着前进的足迹。北电30年的辉煌成就，是新中国电力发展史上的一座里程碑，也是新中国伟大变革的一个缩影。面向未来，屹立于改革开放的前哨。如何在时代发展的潮流中，向海而生，听涛而立？北电人在实践中寻找到了最好的答案。

光芒叙事

浙江电力文学丛书

报告文学卷

柔肩担重任

——记国家电网公司劳模、浙江工匠江婷

陈士龙

　　江婷，女，1991 年 1 月出生，中共党员，国网浙江省电力有限公司营销服务三级专家、国网衢州供电公司客服中心技术室主任。自 2012 年 8 月山东大学毕业入职供电公司后，她始终脚踏实地，在电力计量领域专业专注，坚持把解决客户诉求作为自身工作的追求，凭借扎实的专业技术为广大客户提供优质服务。经过 11 年的磨炼，她从一名一线装表接电工，逐步成长为浙江省内顶尖计量专家和衢州供电公司的金字招牌。江婷曾参与省和市电力公司多项技术规范、工作方案、技能题库等的编写，多项研究课题获得省部级以上奖项，先后获发明专利 7 项、实用新型专利 12 项。近年来，她获得了国家电网有限公司劳动模范、浙江工匠、全国电力行业技术能手、浙江省青年岗位能手、衢州市首批"蕙兰匠心"创新人才代表、浙江省五一劳动奖章获得者、国家电网公司工会首批"出彩国网人"、2023 能源产业"绿能星"技术创新人物等荣誉。这位衢州 90 后女电工曾闪耀国赛舞台，2019 年 12 月，在第二届上合组织国家职工技能大赛中，江婷代表中国队参赛，并勇夺金奖。

　　2023 年 5 月，江婷走出国门，到印度尼西亚雅加达参与中国国家电网公司与印尼国家电力公司在印尼高级智能计量系统项目，用实际行动践行高水平能源电力合作，服务高质量共建"一带一路"。

土生土长的衢州娜妮

衢州市，位于浙江省西部，钱塘江上游，金衢盆地西端；南接福建南平。西连江西上饶、景德镇，北邻安徽黄山，素有"四省通衢、八路总头"之称。衢州市是一座历史文化名城。始建于东汉初平三年（192年），有六千多年的文明史、一千八百多年的建城史，这里有江南地区保存最好的古代州级城池衢州府城。漫步衢州，总会不经意间被眼前爬着爬山虎的古城墙惊艳到，残垣断壁安安静静地躺在那里，躺了上千年，和滚滚东流的衢江水一道看尽人世繁华、历经人间沧桑。衢州是圣人孔子后裔的世居地和第二故乡，是儒学文化在江南的传播中心，历史上儒风浩荡、人才辈出，素有"东南阙里、南孔圣地"的美誉，位于衢州市区的衢州孔氏南宗家庙是全国仅有的两座孔氏家庙之一。

衢州人文历史悠久，还充满神话色彩。相传，晋代樵夫王质上山砍柴时，见两个童子下棋，便立在一旁观看，一局未完，却发现斧柄烂了。真是"山中一日，世上千年"，烂柯山因此得名，衢州也因此成为有名的围棋圣地。闲来无事时，我经常会去烂柯山走一走，那里山风猎猎、鸟语花香、满目苍翠，在"天生石梁"和星罗棋布中，静静感受朱熹的诗句："局上闲争战，人间任是非。空教采樵客，烂柯不知归。"

蒲松龄的《聊斋志异》里记载着关于衢州的另外一个传说——"衢州三怪"的故事。钟楼大头怪、县学塘白布怪、姣池街鸭怪的故事现在还在衢州广为流传。钟楼、县学塘、姣池街也成为游玩衢州的必去之地。比"衢州三怪"更负盛名的是衢州美食"三头一掌"，辛辣可口的鸭头、兔头、鱼头和鸭掌绝对满足你味蕾的享受。

一方水土养一方人，衢州悠久的文明、厚重的人文底蕴养育了奥运冠军黄亚琼、著名演员周迅等一批名人。江婷也深爱着这片土地，衢江的水滋养她长大，南孔的儒风熏陶她成长。这也是她从山东大学毕业后，选择衢州作为她职业生涯起点的原因之一。

1991年1月，江婷出生在衢州市柯城区黄家街道上草铺村——一个坐

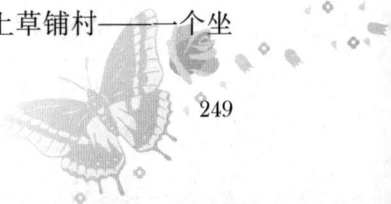

落在巨化厂区附近的小村庄。20世纪90年代的小城衢州尚处于发展起步阶段，我曾听别人讲过，也曾目睹一些泛黄的老照片，那时候的衢州老城墙以内才算得上城里人，面积也就南北贯通上下街约两公里（2000米）、东西走向约1.5公里（1500米）。城墙外面则是大片大片的农田，而江婷的家在城区向南约6.5公里（6500米）的地方，是典型的农村。

江婷告诉我，她的父亲是一名货车司机，在1996年因为车祸去世了；母亲则一直在家务农。听到这个信息，我的内心为之一颤，外面的宣传报道是如此光鲜亮丽，却从未得知她可怜的身世。不禁算了一下，那一年她才5岁，永远地失去了最亲爱的爸爸，从此生长在单亲家庭，与母亲相依为命。这也是她毕业回到家乡工作的另外一个重要原因——陪伴母亲，孝敬母亲。"虽生活在单亲家庭，但母亲从小呵护照顾我，尽自己的努力让我去乡镇的小学、城里的中学接受更好的教育，让我们的生活过得更好，从她身上我看到坚韧不拔、努力向上的样子。她影响着我成长。"因为远在印尼，微信采访时，江婷发来这样一段话。"女子本弱，为母则刚。"乐观向上的母亲深深地影响着小江婷的成长，江婷从小乖巧懂事，学习从来不用母亲操心，成绩一直名列前茅。高中考入重点中学衢州一中，高考以优异的成绩考入全国重点大学山东大学。当问到高考填志愿为什么选电气专业时，江婷实在地告诉我，当时也不知道这个专业学的是啥，因为学的是理科，所以从机械工程、土木工程等专业里挑了一个女生相对多一点的专业。和大多数农村孩子一样，高中三年寒窗苦读，两耳不闻窗外事，一心只读眼前书，为的就是从千军万马中闯过独木桥，实现鲤鱼跃龙门。写到这里时，今天正值2023年高考的第一天，全国1291万名考生整装待发、奔赴考场，为自己的人生奋力一搏。这一搏的背后承载着千万个家庭的殷殷期盼，衷心祝愿广大考生考出水平、考出好成绩！

从江婷高考填报志愿的专业可以看出，不论是电气工程、机械工程还是土木工程，都离不开"工程"二字，都是典型的工科专业。网络上列出的工科女生最吃香的十大专业：金融、会计、计算机、法学、教育、人工智能、信息技术、护理、生物化工、医学。江婷一个也没选，却在成为"女汉子"的道路上越走越远。另外一方面，从江婷的高考专业志愿上，我似乎也明白了她能在各大竞赛中屡创佳绩的深层次原因。早就听说江婷在各大比武竞赛中练就了一双手工精准丈量的绝招，装表接线时，她只要用手比画下，就能精准地截取导线，做到横平竖直不浪费。从她高考专业意向有机械工程、土木工程专业可以看出，她在中学时代对尺寸就比较敏感。江婷说她从小就很喜欢画画，小时候做完作业就喜欢在本子上涂鸦；中学学习压力大时，她也会通过画画来释放心中的压力。日积月累，江婷在度量上的兴趣和天赋显现出来。这也为她今后在职场竞赛上大放光彩奠定了一定的基础。

潜心笃志，手工精准丈量勇创佳绩

2012 年 8 月，刚刚参加工作的江婷，被分配到计量中心检验检测班，从事装表接电工作。然而，装表接电对于一个瘦弱女生来讲，剪线、折线、紧螺丝都是挑战体力的活，师傅们抢着要男同事当徒弟，班长也提出让她多干内务、少去现场。"班组结构性缺员严重，作为年轻人应该为班组多分担一些，相信自己能够做好。"源于对工作的热爱与担当，她主动请缨下一线，自此开启了装表接电的工作生涯。

"志存高远，厚积薄发，脚踏实地，方能有大作为！"在工作笔记的第一页，她郑重地写下了承诺。

装表接电是个细致活儿，只要有一根导线没有理直、一个弯头没有做好，甚至螺丝拧的圈数不对，都会影响装接的速度和质量。在工作中，她善于思考、勤于实践，将理论、实践两把抓，先学习掌握接线原理，再将整个装接分解成若干个工作步骤，然后在实训室专注于每个环节的分段强化练习。苦心人天不负，历经一年多的沉淀与提升，不仅是装接速度，还是接线工艺，都已经成为班组的佼佼者。

2014 年，参加工作刚满两年的她代表公司参加浙江省电力公司供电服务技能大赛，对于一名参加工作才两年的新员工来说，能代表公司参加省公司技能竞赛，这既是荣誉也是挑战。面对同台竞技的各兄弟单位精心挑选的优秀选手，江婷并没有胆怯，反而有种初生牛犊不怕虎的气魄和从容。"在集训过程中，开始我并没有追求速度，更多的是观察和学习其他公司选手的方法经验，取长补短。"在高手云集的培训中心，她从容淡定，坚持每天多思考一会儿、多练习一会儿，从基本功练起，实现螺旋式提升。历经 100 多天的刻苦训练，熟记计量规程 70 多本，只要一把剥线钳、一把螺丝刀，就能将铜导线"指挥"得曲直有度、规范齐整，甚至练就了凭借目测和手工丈量，就能将线材的裕度控制在毫厘之间的本领。凭借极致追求的匠心精神，江婷一举拿下电能计量专业第一名的好成绩。

宝剑出鞘、初露锋芒，这一战，让江婷名声大噪，犹如张飞喝断长坂桥、关羽温酒斩华雄、张辽威震逍遥津，从此在"江湖"上小有名气。我也曾有幸两次参加省公司专业技能竞赛，但都铩羽而归。当看到获奖选手的成绩时，我和我的队友们很是惊奇，我们甚至开玩笑地说，就是把标准答案放在我们面前抄，我们也不能在规定时间内得到第一名的好成绩。在承认差距的同时，不得不说省公司竞赛比武真是高手如云，能站在领奖台上，背后的他们不知道付出了多少辛酸努力，动辄几个月的封闭集训、"5+2""白+黑"、一遍遍的实操、几百页的书熟记于心，坚持下去需要很大的毅力和决心，取得成绩则需要付出更多的努力。

那段时间，江婷每天早上 6 点就起床，晚上 11 点才回到家。除了工作，其他空余时间她都窝在实训室里练习。手磨出水泡，受伤都是习以为常了。即使在女孩子生理特殊时期，腰疼得十分厉害，她也咬牙坚持着。

江婷职场生涯的第一战结了丰硕的果子，也留下一张珍贵的照片。比赛结束后，江婷站在她的"艺术品"前，那是一套整齐的高压计量装置，导线横平竖直、螺丝错落别致。她头戴蓝色安全帽、身穿灰色工装，胸前别了支签字笔，腰间缠了个工具包，包里面有螺丝刀、剥线钳。江婷面露微笑，神情放松，伸出右手，向考官展示自己的"作品"。爱笑的女生运气不会太差，她成功了。

如果说省公司比武是高手过招，那么全国电力行业比武则是高手中选高手，顶级高手组成省公司队伍，在全国舞台上过招，可谓神仙"打架"。2016 年，江婷就迎来了一个神仙过招的机会。经过省公司层层选拔，江婷凭借着过硬的实力，代表省公司参加 2016 年第十届全国电力行业职业技能竞赛。

自此，她一头扎进了装表接电的一线，剪线、折线、紧螺丝，一遍又一遍，一天又一天。在全国电力行业技能大赛前夕，她更是将"5+2""白加黑"发挥到了极致。

同事："你怎么天天加班?"

江婷："我发现我的装接速度竟然比男同事整整慢了40秒!"

同事："40秒? 很短呀。"

江婷："不短了，我不能拖大家后腿，一定要加油赶上……"

于是，实训室的夜晚就成了一个无声的"战场"。

第一晚，她奋战到半夜，成功将手磨出了水泡。

第二晚，她继续奋斗，水泡破裂她疼得直咬牙。

第三晚，为提升效能，她尝试探索新的装接办法，整个手掌都按得通红。

第四晚，失败。

第五晚，继续失败。

第六晚，水泡开始长成茧，但好办法依旧没来。

第七晚，电压线螺丝拧两圈，电流线螺丝3圈，装接速度赶上来了!

挥舞着双手，江婷一蹦三尺高，差点撞上了旁边的柜子。

第一步成功了，但还远远不够，江婷知道自己要的不只是比男同事优秀，而是要比全国绝大多数的装接工人都优秀!

屏着这口气，她继续努力训练、废寝忘食。在经过了100多个日夜后，只要一把剥线钳、一把螺丝刀，她就可以将各种铜导线变成"绕指柔"，想直就直、想弯就弯，装接时间从1个半小时成功缩短到了36分钟!

更不可思议的是，在技术精进的同时，她还进行了理论学习，将70多本专业规程熟记于心。

最终，在第十届全国电力行业职业技能竞赛中，江婷从75名参赛选手中脱颖而出，取得个人第七的好成绩，被授予"电力行业技术能手"的称号。

其实，真正奠定江婷"小师傅"地位的，是2017年省公司那场"互联网+"电子服务渠道运营知识与功能技能竞赛。2017 年 5 月,一直在计量专业奋斗的她,临危受命,被抽调参加省公司"互联网+"电子服务渠道运营知识与功能技能竞赛。面对全新的业务知识和比赛模式,她白天啃书背题,晚上与团队一起策划运营方案、模拟项目发布。短短 20 天就要掌握 15000 多道题,在其他年轻选手支撑不住的时候,她主动承担起团队的核心,一直为大家鼓劲加油,帮助他们解决问题和困难。

在大赛启动一段时间后,江婷的光辉事迹就开始悄悄地在"江湖"中流传。

同事 A:"听说江婷已经掌握 15000 多道题? 我是不是听错了?"

同事 B:"你没听错! 但你知道她花了多久吗?"

同事 A:"我一个月掌握了 5000 题,她最少也要两个月吧?"

同事 B: "少年,你还太年轻,告诉你正确答案,是 20 天! 20 天! 20 天!"

同事 A:"我的天哪! 膜拜。我要向江婷拜师学艺!"

面对同事们的一一请教,江婷照单全收,还随时随地分享自己的学习方法和心得。在她的帮助下,国网浙江省衢州供电公司一举夺得了团体第三名,而她本人也考出了笔试第一、总分第二名的好成绩。

"苦不苦,想想江婷 15000;累不累,想想江婷 7 个月。"接下来就是备战国网公司"互联网+"竞赛了。为备战国网公司比赛,4 个多月的集训,她基本没有回过家,总是利用休息时间看书刷题,原本打算 2017 年结婚的她也将婚期一推再推。在家人的催促下,好不容易在国庆假期抽出一天时间订婚,结束之后又匆匆赶回杭州。她常跟丈夫开玩笑说:"你加班,我看书陪你。"正是她这种勤奋好学的精神和一丝不苟的态度,让她在全国的比赛中获得个人二等奖,并被授予"国家电网公司技术能手"。

曾经在男同事眼中弱不禁风的美女学霸,如今早已脱胎换骨,摇身一变成为女中豪杰,带领团队成员一起攀登一座又一座高峰了。

2019 年年末,"国际婷"的新闻刷屏朋友圈,11 月 30 日至 12 月 2 日,由中华全国总工会主办、国家电网公司承办的第二届上合组织国家职工技能大赛在山东济南和北京举行。江婷代表中国队参赛,并最终获得金奖。

此次大赛是中华全国总工会贯彻落实习近平总书记在上海合作组织成员国元首理事会第十七次会议上的重要讲话精神、积极参与共建"一带一路"的一项重要举措，旨在通过这一活动，进一步提升上合组织国家职工技能水平，推动专业技术的创新发展，促进上合组织国家职工人文交流。

来自上合组织成员国、观察员国及对话伙伴国的 14 个国家的电力行业技术工人、相关部门专家和大型企业技术骨干共计 70 余人参加了技能大赛及相关交流活动。

从 10 月下旬开始，历经一个多月艰苦训练，江婷从全国 10 名顶尖选手中脱颖而出，以工艺得分第一、总分第二的成绩，成为三位国字号选手之一。三位选手的平均年龄不超 30 岁，江婷是其中唯一一名女选手。

比赛共设不停电更换单项电能表、低压三相四线电能计量装置联合接线、高压三相三线电能计量装置接线分析 3 个竞赛项目。江婷和其他两名队友沉着冷静应战，发挥了备战的应有水平，最终获得金奖。

"她虽然年轻，但几乎代表了全国电力行业最高水平。"在领队郭亮眼中，江婷已充分地展现了中国工匠的风采。

从此，江婷在国际舞台上领奖的这张照片刷新了她竞赛比武新的高度。她成为享誉国网公司装表接电技能的"浙江电力金名片"。照片上江婷的背后是多个国家的国旗，她站在鲜艳的五星红旗旁边，她身穿的蓝色工装上也鲜明地印着五星红旗，此刻，她代表着中国站在领奖台上，向世界展示了中国工匠的精湛技能和良好职业素养。左手握着红彤彤的荣誉证书，右手捏着金灿灿的奖牌，胸前挂着参赛选手证，脸上依然挂着浅浅的微笑。

冲锋在前，携手铸就最美团队

虽然江婷是一名 90 后，但工作中同事们却常常喊她"小师傅"。

要说其中的缘由，还要从件小事说起。

客服中心熊剑锋至今记得，2018 年 1 月，团队突然接到了省公司智能测量课题的研究任务。时间紧、任务重，一想到未来几个月的"悲惨生活"，大家都像泄了气的皮球一样，怨声载道、毫无动力。

但挺着 7 个多月身孕的江婷，却依旧兴致盎然、冲锋在前。每天，她都是最早来、最晚走，整理资料、研究课题、讨论进度、破解难题……在她的带动下，原本死气沉沉的团队，慢慢恢复生气，并爆发出了惊人的力量。

"婷姐都没有抱怨，我们凭什么抱怨？"只要有同事气馁了，只要说上这么一句，就能立马打起精神。

从严寒到酷暑，再到深秋，曾经以为无法完成的课题，不仅保质保量地完成了，还赢得了省公司的高度肯定。江婷所在的团队更是成为全省学习的典范。

她带着 7 个多月的身孕与课题组成员进行讨论，经常一讨论就是 10 多个小时。课题组成员劝她说："你现在是两个人，孩子重要，工作其次。"而她总是笑着答道："工作和孩子一样重要。"

通过这件事，江婷成为同事们心中的"劳模"。

经历过数次大赛的江婷慢慢从竞赛选手向竞赛教练转变。2020 年，江婷以金牌教练身份助力省公司参加国家电网公司保密知识竞赛和长三角装表接电两项竞赛，获得国网保密知识竞赛团体二等奖、两项个人奖，获得长三角装表接电竞赛团体三等奖和个人一、二、三等奖的好成绩。2022 年，江婷带领客服中心团队采用"5+2""白+黑"的训练模式，战训结合，在衢州市电力行业装表接电技能竞赛中获得团体一等奖、个人一等奖。"虽然不是站在赛场上，但站在场外心情比自己比赛还要紧张。"出于高度的责任心，江婷当教练时，言传身教，与选手们同进同出，训练时一直在旁边指导，吃饭睡觉也凑在一起。正式比赛时，她则成了后勤管家，为选手们拎包送水，在场外为他们鼓气加油。比赛结果公布时，她比自己得奖还激动。获奖小伙伴们则会开心地抱着她，感恩地说道："婷姐，军功章有我一半，也有你一半。"江婷也因此被评为"优秀教练"称号。

"一滴水，只有融入大江大河中才永不枯竭；一朵浪花，只有汇入大海中，才能激起澎湃的力量；一个人，只有融入集体中，发挥团队的作用，才能激发出无穷的潜力。"这是江婷关于团队的理解。

创新实践，为民服务破解各类难题

2015 年 6 月，江婷被抽调到营销部担任计量管理专职。初涉管理岗位的她，面对全新的岗位、陌生的职能，一度陷入了迷惘。资产管理怎么管？采集运维怎么操作？客户投诉的热点问题是什么？如何提升服务质量……面对扑面而来的各种问题，江婷在向前辈请教之余，总结出了一个破解难题的好方法——网上查问题、网下跑客户。正是她乐观向上的阳光心态，不懂就问、不会就学的好学态度，业务提升得到了省公司的充分认可，同业对标排名始终保持省公司前列。凭借扎实的业务基础，先后参与省公司计量工作意见、低压计量箱质量监督工作方案、调考题库、大云物移-人才培育模型设计等的编写，并得到省公司的认可。

"干一行爱一行，干一事成一事。"这是身边很多同事对她的评价。她不仅善于解决实际问题，也能为了解决问题而不计得失。为了破解计量错接线对供电优质服务的影响，减少因接线差错给客户带来经济损失，她潜心思考、研究对策，从营销业务管理系统中批量导出存在反向电量数据信息 10 万余条，连续耗时 8 个小时，从海量信息中人工筛选、研判可能存在错接线的用户，再组织专业人员现场核查，在规范计量接线上取得了重大突破。

他们的工作群中有这样的对话：

江婷："今天我们一起去××村××变电站吧。"

同事："为什么要去那儿？"

江婷："那边计量错接线了。"

另一个同事："婷姐又'预言'了，你们有福了！"

在大数据的正确指导下，江婷和同事们一一破解了计量错接线难题，极大提升了供电优质服务质量，赢得了客户的一致好评。

"小姑娘很厉害，那么多的数据，硬是能从中找到规律、破解问题。"想起江婷初次提及要跟同事上门解决问题时的坚定表情，领导至今记忆犹新。

作为一名岗位技术能手，她在工作创新上也是可圈可点。为解决工作中载波采集器利旧、表计时钟异常等问题，她到基层班组、供电所开展工作，反复与厂家沟通，调试台体、检测设备，积累大量的现场应用数据，提炼总结应用成效，并作为典型经验在省公司专业会议上交流，两项成果均获得浙江省 QC 成果发布一等奖。

2018 年，为解决乡镇供电所采集运维工作量大、现场处理效率不高等问题，她带领团队创新构建采集标签实用体系，利用标签智能判断故障情况，提高了 2—3 倍的效率。2019 年，针对 II 型采集器未利旧的问题，她负责研发 II 型采集器拆回分拣装置，将 II 型采集器的再用率提升至 80% 以上，大大节约企业的设备购置支出。2022 年，她牵头负责建设全国首个拆回电能计量器具库线一体化实验室，电能表年分拣能力提高 4 倍以上，人员精简 85%，每年可节省成本约 360 万元。目前该项目已申请专利 10 项，发表论文两篇，申请软著两项。此外江婷还参与省和市电力公司多项技术规范、工作方案、技能题库等的编写，多项研究课题获得省部级以上奖项，先后获发明专利 7 项，实用新型专利 12 项。

2017 年，为解决客户多头跑问题，江婷和团队成员主动融入"最多跑一次"改革，着眼于身边的关键小事，充分利用"互联网+"和大数据技术，在国内首创"房电水气联动过户"服务新模式，打造了行政审批与公共服务事项的联办样本，获得各级政府的高度肯定，被中央、省市等多家媒体公开报道，入选国务院办公厅优化营商环境典型案例。

2021 年，江婷作为国网衢州供电公司乡村振兴工作专班成员，攻坚数智电力在未来乡村的实践应用，编制一系列乡村未来社区的"乡村振兴，电力先行"专项实施方案，依托红船光明驿站创新搭建"数字乡村·智慧能源"平台，建立民生关怀、产业振兴、智慧安全、绿色低碳等多场景应用，服务更多的企业和群众。

弘扬劳模精神，做好"传帮带"

2022 年 5 月 6 日，中共中央宣传部授予浙江电力职工钱海军"时代楷模"称号,向全社会宣传他的先进事迹。当晚,国网浙江电力组织各级单位利用线上线下相结合的形式观看《时代楷模发布厅》节目,向"时代楷模"学习。

钱海军的先进事迹迅速引起了浙江电力人的强烈反响。"作为一名基层劳模,我要以钱海军同志为榜样,将楷模精神内化于心、外化于行,不断传承和发扬劳模工匠精神,立足岗位,扎根基层,始终保持专业专注的定力和精益求精的韧劲,身体力行地影响和带动身边的人,发挥劳模工作室的平台作用,集众智汇众力,努力将工作室打造成具有影响力的技能实训基地、创新攻关阵地和人才培养高地,以实际行动迎接党的二十大胜利召开。"国家电网公司劳模江婷说。

说起江婷劳模工作室,它就坐落在我上班的衢州电力园区。为了更深入地了解,我特地跑过去仔细观摩一番。工作室设在培训楼一楼,最早是一个实训基地。走在楼道里,你就会不自觉地停下脚步,欣赏各位工匠劳模的先进事迹。最先映入眼帘的是"精创劳模工作室",它不是以一个人命名的,而是以一种工匠精神命名,精创劳模工作室围绕"精技能、创卓越""精育才、创佳绩""精创新、创精品"的目标理念,依托变电运检中心一次、二次室内实训室与户外练兵场,开展核心技能修炼、人才队伍培养以及创新创效活动,为全体变电职工搭建一个炼技能、提能力、创价值的工作平台。原来是找到本家了。看着墙上熟悉的变电检修师傅照片,心中的敬佩之情油然而生。走在中间,仔细一看才发现有个竖向排列的"痴艺·致极 许国凯劳模工作室"。这个工作室名称真是别具匠心,"痴艺"两个字赫然突兀,好比是最大号的初号字体,"致极"则相对小了点,但也有二号字体,"许国凯劳模工作室"则相对小了很多,只有小四字体大小,如果不仔细看甚至会直接走了过去。我想这也许是工匠的良苦用心吧,他想让你记住的是只有"痴艺"的态度,才能达成"致极"的造化,而工匠本人的名字则无所谓被人记住。这位衢州市首批配网带电作业人员,被称为"刀剑上的舞者",以这样的方式传授入门第一课。

走到最里面就是江婷劳模工作室了,其实工作室的官方名称叫"水婷盟"劳模工作室,成立于 2020 年,是以江婷领衔的一批优秀青年组成的联盟。工作室的名字取了衢州著名景点"水亭门"的谐音，创意十足，可以看出这是一个充满朝气和活力的年轻团队。"水婷盟"劳模工作室曾获得浙江省电力公司劳模创新工作室"示范点"称号。走廊里江婷专注地检查电能表的照片挂在墙上，名字旁边是她送给年轻人的心得：坚持就是胜利。第二届上合组织国家职工技能大赛金奖的至高荣誉赫然墙上。"坚持就是胜利，奋斗的青春最美丽，要有只争朝夕的紧迫感、扎实的基本功，立足于平凡的岗位，脚踏实地干好每一件事情，多钻研、多提炼和总结。"江婷这样寄语"后浪"们。墙壁上还展示着"技能心法""难点解惑"留言板以及"有问必答"信箱三个版块。"技能心法"，白色的小黑板上手写"热爱——爱一行，干一行，才能精一行；专注——专业专注，精益求精；坚持——不抛弃，不放弃"。这也是多年来江婷在各大赛事上屡创佳绩的成功秘诀吧。

刘晶晶是江婷的徒弟，如今她也是劳模工作室的一员。她的荣誉上写着长三角三省一市电力行业职工装表接电技能竞赛个人一等奖，那次比赛，江婷正是他们的教练。"一人红、红一点，大家红、红一片"，这就是"传帮带"的力量吧。截至目前，江婷带领工作室成员共完成创新项目 10余项，各类创新成果取得国家实用新型专利、国家发明专利授权 33 项，获得各类奖项 20 余项，累计培养青年高级技师两名、技师 16 名、高级工4 名。

打开工作室的门，里面别有洞天。墙壁上蓝色的大字"精雕细琢，精益求精""因为专注，所以出彩"诠释着孜孜不倦的工匠精神。"岗位大练兵·技能大比拼·服务大提升"的红色横幅还挂在墙上。2022 年 2 月，国网衢州供电公司开展"岗位技能大练兵、专业亮剑促发展"专项行动，以技能"人人过关"为练兵目的，聚焦全业务核心班组建设，聚力基层技能人人过关，健全技能人才培养体系。江婷劳模工作室在练兵过程中发挥重要作用，工作室软硬件设施齐全，低压计量培训装置、高压计量培训装置、CKM-S51 模块化仿真培训装置、采集运维闭环仿真培训柜、智能电能表接线仿真系统、反窃电综合实验装置应有尽有，示波器、高压、低压发生器整齐地排列着，身在其中，让我有种回到研究生实验室的错觉。工作室成立以来，江婷多次身临现场给年轻员工开展装表接电现场接线培训。岗位大练兵一年以来，在江婷劳模工作室累计开展 6 次实操培训，主要模拟现场装接场景，开展 0.4 千伏电能计量接线、完成互感器二次回路至电能表联合接线盒，再到电能表和采集器的接线。

"劳模创新工作室成立以来，我和团队以劳模精神为指引，将技术创新和技能提升作为工作室的首要任务。我们合力攻关，自主研发采集设备分拣装置，创新深化采集标签应用，创建'数字乡村·智慧能源'平台，建设全国首个拆回计量器具库线一体化实验室。我们积极'传帮带'，工作室诞生了长三角装表接电技能竞赛个人一等奖获得者刘晶晶、衢州市金牌职工方晨、技能尖兵徐莹霰……一项项创新成果的转化，一个个岗位能手的成长，都激励着我不断奋力前行。"提到劳模工作室，江婷满脸自豪、眼里有光。

我把我的故事讲给你听

成名后的江婷比以前更忙了。她经常出现在各种场合把自己的故事讲给别人听，用自己的亲身经历鼓舞激励着新人们。2019 年 12 月 26 日，第一期"衢电故事说"在北区大楼"幸福号"幸福开讲，主题是"奋斗故事，青春风采"，刚刚在上合组织国家职工技能大赛获得金奖的江婷应邀开讲。

关于比赛，江婷表示，当得知要参加第二届上合组织国家职工技能大赛时，一开始她是拒绝的，因为要去济南集训，就不得不给还在哺乳期的儿子断奶，一离开就是一个多月，在他想妈妈的时候都不能在身边亲亲他、抱抱他，而且当时她也刚换了工作岗位，千头万绪。一边是年幼的孩子，一边是沉甸甸的责任，江婷犹豫再三，最终在领导和家人的支持下，让她没有后顾之忧，也让她更有动力、更加努力地训练。那段时间，江婷每天都觉得 24 小时太短了，常常练习到晚上十一二点，手上磨出的水泡好了又长。因为一直折线，早晨起来连拳头都握不起来，但她依然咬牙坚持。当穿着工装站在金奖的领奖台上，看着胸前醒目的国旗标识，她说她感到由衷地自豪，所有的坚持和努力都是值得的，因为她代表的是祖国、代表的是国家电网，更代表着衢电青年。后来在和国际友人的交流中，他们告诉江婷，你的电表装得又快又好，我们国家也用中国制造的智能电表。他们坚信，未来的中国将引领全世界的电力技术发展。那一刻，江婷为自己是一名中国电力工人而骄傲。

2023 年五一劳动节前夕，国网衢州供电公司举办劳模宣讲活动，江婷毫无疑问带头宣讲。我有幸作为青年代表现场聆听了她的报告，2000 多字的宣讲报告她全程脱稿，演讲声情并茂，情到深处让人产生共鸣。"做事，就要做到极致、完美，有创意！"这是江婷的口头禅，她这样说也是这样做的。

宣讲内容里有一段令我印象深刻，她说："2016 年，我幸运地遇见了一个人，她是我的教练，更是我的榜样。她只是一个普通的计量女工，却带头研制出了世界上首条电能表自动化检定流水线，实现电能计量自动化检定从无到有的突破。她教导我要用心装好每一块表，把每一件小事做到极致，在她身上我看到了执着专注的匠人匠心和择一事终一生的初心坚守。她，就是大国工匠黄金娟。而这也潜移默化地影响着我，那一年，我第一次参加全国性的比武，获得了'全国电力行业技术能手'的称号，更重要的是点燃了内心的梦想。"榜样的力量是无穷的，实际上江婷一直以同行的大国工匠黄金娟、二十大代表和全国劳模徐川子作为自己的榜样，三位女性在同一个行业书写着绚丽的华章，他们继承和弘扬着伟大的劳模精神，他们是新时代产业工人老中青的杰出代表。

生活中的她

人生并非只有工作一面，如果你有江婷的微信，会经常看到她晒的家庭照片。人淡如菊的她，一对乖巧可爱的儿女，温和谦逊的丈夫。说起她的生活，大家都笑着说她是名副其实的"人生赢家"。江婷谈起家庭，也是满心欢喜，尽管丈夫工作也很忙，可是两个人从来没有因此吵过架。家就是他们温暖的港湾，她用爱激发磁场，用心传递爱的电流，让身边的每一个人都能收获幸福。

有一次，因为需要准时给用户送电，丈夫错过了女儿的一周岁生日表示愧对，江婷回复说没事，丈夫是为了让大家在炎炎夏日有棒冰吃、有空调吹，相比来说，错过女儿的生日又有什么关系呢?! 这种大海一样宽阔的大爱精神，让江婷的心里不光装着她的小家还有大家。

"小布丁妹妹满月啦，小皮球哥哥也已经适应了幼儿园的生活，儿女相伴，此生足矣。"这是江婷 2021 年 9 月 20 日晒的一条朋友圈，一家四口其乐融融，这句此生足矣，足以可以看出家庭在江婷心中的分量。

生活中的她也是一个柔弱的小女子。身高将近 1 米 7，瘦高苗条的她，工作中经常扎着马尾辫，穿着干练的西装。生活中，她将女孩子爱美的一面展示出来，苗条的身材配上碎花的连衣裙，乌黑的秀发干脆让它像瀑布一样披在肩上，脚上穿着平底凉鞋，怎么舒服怎么来。

朋友圈中，除了转发推送，江婷晒的最多的就是孩子的打卡学习，可以看出她对孩子学习教育的重视，其次就是和丈夫陪伴孩子的幸福时光，然后就是美食啦。江婷不仅是一枚吃货，还是一位妥妥的美食家。"鸡肉火腿肠双拼比萨，第一次尝试，老公说比外面买的好吃!"朋友圈里江婷晒出几张看上去喷香的自制比萨照片，看得我直流口水。工作太繁忙，休息时享受生活才是王道。

2023 年年底，江婷正与国家电网派出的 16 名专家一起，在印尼参加"一带一路"的电力建设，践行国家电网海外发展的责任与使命。她表示，作为"一带一路"电力建设的参与者和践行者，她将发挥自身专业优势，互学互鉴，把中国先进的技术和管理方案运用在印尼 AMI（环境智能）项目中，为后续深化两国能源电力合作贡献一份力量。

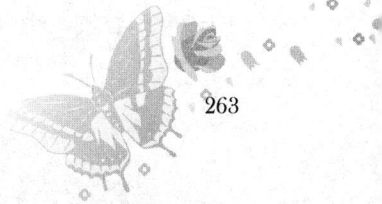

军人本色

——记全国五一劳动奖章获得者、全国岗位学雷锋标兵虞向红

王从航　马飞向

> 虞向红："我是一名共产党员，我想竭尽所能多做对社会和老百姓有益的事。"

——题记

虞向红，男，1970 年 12 月出生，中共党员，东海某舰队退役军人，现任国网东阳市供电公司吴宁供电所所长、国网浙江电力（东阳吴宁）红船共产党员服务队队长，深耕电力一线 24 载，从退伍军人成长为国网公司人才专家，带领团队获得 10 项国家专利，坚持"竭尽所能多做对老百姓有益的事"。在电力保供、急难险重、扶危救困等各方面，工作冲锋在前、任劳任怨，成为干部员工学习的榜样。

他刻苦钻研，开拓创新成为行业专家。他筹建带电作业班为东阳不停电作业打开了新局面；完成全省首家"智能缴费"试点，实现电费缴纳模式变革，为全省提供了可复制的推广模式；先后解决技术难题 87 项，累计授课 580 多课时，培养"八婺金匠" 1 名，省电力公司劳模两名，东阳市技术能手 5 名。

他迎难而上，挺身而出成为逆行英雄。抗冰灾、抗台风、抗疫情以及驰援兄弟单位灾后重建，他都坚挺在服务群众的最前线。2020 年新冠疫情暴发初期，他从除夕开始连续 20 多个日夜蹲守值班，确保医院等重要客户的供电，曾进入距离重症隔离病房只有 20 米的配电房消除故障。

他助残帮困，践行大爱成为共富先锋。打造"幸福蜗居"助残公益项目，帮助浙江、四川等地 221 户家庭改善住房条件，该项目获全国 4 个100 最佳志愿服务项目等省部级以上荣誉 9 项；延伸开展了"幸福轮友""幸福'光'影"等 7 个"助老、助困、助学、赋智"公益子项目，吸纳社会志愿者 12215 人次。

他的事迹多次在《人民日报》、央视、新华网等主流媒体宣传报道，先后荣获全国五一劳动奖章、全国岗位学雷锋标兵、中国好人、浙江省道德模范、浙江省模范退役军人、浙江省最美志愿服务工作者、浙江好人、国网公司抗疫先进个人、国网公司抗冰救灾先进个人等荣誉。

一、勇当改革创新的急先锋

"他皮肤很黑，特别地黑"

虞向红个子不高，皮肤黝黑，这是他给人的第一印象。农村出生的他，学过泥瓦匠，又经过长年累月海上风吹日晒和野外电力施工，为他烙上这个鲜明的特征。"他皮肤很黑，特别地黑。"这是同事们通常给人介绍虞向红时说的第一句话。对此，他笑着说："可能家人的基因就不白吧。"一句调侃背后，"掩盖"的是虞向红多年户外工作的艰辛。

"我是一名海军，学的是轮机专业，是一名轮机兵。1989 年入伍后被分配到了营房当电工。1996 年，我就任船上的机电班班长，负责舰船的轮机和电力。"虞向红还有一个特点是很健谈。"舰艇对于我们海军来说比生命还重要，所以大家对舰艇的检修和维护都是格外谨慎。刚好我个子较小，所以钻进最脏、最窄也最容易缺氧的舱底检修这份活，我就抢过来负责。记得 1997 年 5 月的一天，那天正好是我轮休，在甲板上休息。突然舱底机器有异响，我一听这声音不对，很可能会影响舰艇的正常行驶。就赶紧往船舱里冲，跑得太急不小心踩翻了船舱门槛处的脚踏板，四五毫米厚的铁板飞起来，直接砸中了我的嘴巴。我也顾不上痛，赶紧钻进舱底，和战友迅速维修好机器，确保舰艇正常前行。等全部调试正常后，战友看了我一眼吓了一跳，我的下巴满是血，脚下也有一摊血渍。这时，我才感觉到嘴巴刺痛，原来是刚才飞起来的那块铁板打掉了我的两颗门牙。"在部队的那些回忆，总是让虞向红刻骨铭心，魂牵梦萦。10年艰苦的军旅生涯历练，造就了他吃苦耐劳的性格和百折不挠的硬汉形象，铸就了他一颗对党和人民赤诚的忠心。

1999年，从部队转业后，虞向红进入当时的东阳市供电局（现为国网东阳市供电公司）工作，当起了爬电杆的线路工人，先是被安排到浙西电力技术学校（杭州电力经济管理学校）进行为期一年的培训。说是一年培训，其实他比别人晚报到3个月。在培训期间，虞向红主要学习电工基础、配电线路等专业，这与他在部队中所做的工作完全不一样。"基础不够，勤奋来凑。"他每天起得比学员们早，睡得也比别人晚，加紧刻苦学习，不敢有一丝放松。令人印象深刻的是有一次考试，虞向红考了98分，得了第一名。当时老师有些质疑，你一个初中毕业的人，又比别人迟来了三个月，真的能考出这个分数？是不是做了什么投机取巧的事情？虞向红当时就对老师说："老师，您现在再拿一张卷子，我当着您的面再考一次，我保证成绩不会比这个差。"经过这件事后，学校老师们对他刮目相看，对他的刻苦努力也给予了高度认可。最后，虞向红以优异的成绩完成了培训，成为东阳市供电局第一个考取配网中级工的员工，这也为他日后专业技术的提升和取得历届比武好成绩打下了基础。"这一年的培训，对我今后的成长起到了转折点的作用。"虞向红这样说。

培训结束回到单位，领导问虞向红希望到哪个岗位工作，军人性格的他主动提出要到最艰苦、最偏远的地方去。领导看了看他的成绩，就叫他到城区的吴宁供电所报到。"我当时有点蒙，一个新进员工怎么能如此幸运在城区上班呢？不是说一进供电局都要先到乡下基层单位锻炼吗？"虞向红觉得这是领导对自己的信任，于是在心中暗下决心，一定要在工作岗位上努力工作，干出一番成绩，不辜负领导的期望。也就在他入职后不久，东阳开始全面实施农网改造工程。"那段时间，我每天早上5点就出去干活，要到晚上8点才回来，回来后还要准备第二天的材料和安排施工人员。"虞向红回忆道。

筹建带电作业班

"2006年，为了让百姓少停电、不停电，公司提出让我筹建带电作业班。当时，各项工作千头万绪，可我家里却接二连三发生变故，先是岳父遭遇车祸，落下高位截瘫，岳母由于劳累过度病倒住院，而家里的房子又要配合政府道路建设拆迁重建。我只好恳求老父亲来帮忙造房子，让妻子照看岳父、岳母和小孩，自己扑在工作上。可是屋漏偏逢连夜雨啊，我父亲在造房子期间也被车撞了，腿部骨折要住院开刀。"说到这里，虞向红眼眶发红，声音哽咽。"三位老人需要照顾，房子又在重建，带电作业却还在起步阶段，真是左右为难啊！我只能咬紧牙关，白天和同事们查资料、登上绝缘平台演练，晚上替换妻子照顾三位老人。一天天过去，那段最艰难的日子总算熬过来了。"

筹建带电作业班之初，资金紧、人员缺，也没有带电作业车，困难重重。虞向红提出用绝缘平台中间电位法进行带电作业，替代带电作业车，但这种方法没有现成的先例可借鉴。虞向红顶住压力，迎难而上，组织人员开展培训、编制作业方案、制定安全规程，自己率先站上绝缘平台，近距离接触带电线路，上杆操作演示。电力是高危行业，而带电作业危险系数最高。在摸索实践过程中，虞向红向班组成员反复强调，只有将每个环节和最基本的措施做好，才能使每场带电作业准确无误。凭着胆大心细，同时恪守"安全第一"的生产理念，虞向红和同事们采用绝缘平台中间电位作业法完成了首次带电作业，国网东阳市供电公司也成为全省首家使用绝缘平台中间电位作业法的单位，填补了东阳电网高压10千伏带电作业的空白。在他的带领下，带电作业班逐步走上正轨，东阳电网不停电作业从此打开了新局面。

值得一提的是，带电作业班在成立当年就被评为国网金华供电公司标兵班组。虞向红和班组成员们共同研发的QC项目《10千伏配网带电立杆

267

作业中导线支撑工具的研制》成功申请了国网东阳市供电公司首个国家发明专利，并取得了很好的经济效益和社会效益。2009 年，该 QC 项目获"海立"杯全国 QC 小组成果发表赛二等奖。

压力就是动力

2013 年 9 月，国网东阳市供电公司成立了光明运检服务中心，负责全市配网运维抢修及城区低压抢修、城区 73000 余只表计的集抄、催费、维护等营销业务。在公司领导班子的综合考虑下，虞向红成为光明运检服务中心的第一任主任，管理一个近 200 人的团队。

城区复杂的营销业务形势以及严峻的安全生产态势让虞向红一度彻夜难眠。尤其是营销业务零基础的他，仿佛又回到了 20 年前"新兵"的状态。不服输的虞向红拿出军人的冲劲和干劲，他一边阅读大量的营销业务书籍和规程，一边积极与营销业务骨干和老师傅沟通交流。经过近一个月的刻苦钻研，虞向红基本掌握了运检服务中心所需的各项营销业务技能，可以熟练应用操作各类营销系统，并对营销业务的相关标准熟记于心。随后，他迅速制定出运检服务中心营销业务工作路线图：一是增强团队意识，提升团队凝聚力；二是攻坚克难，首先从最难的电费回收业务入手；三是提升优质服务，员工的所有委屈和不满情绪都必须在内部消化解决，对待用户只有真诚和理解，杜绝投诉事件发生；四是综合提升各项营销业务，特别是落后业务指标要提升 20% 以上。

明确了目标，他又对人员进行了综合考虑并合理分组，由抄表班经验丰富、催费效率高的老师傅为核心，成立多个催费小组，提升整体业务水平；充分发挥传、帮、带作用，激发业务水平差的员工的学习热情和工作信心；制定小组间成绩排名机制，每天统计各小组完成情况，以小组整体的业务水平评价个人，以个人团队荣辱观来提升整个团队战斗力。功夫不负有心人，运检服务中心次月的催费任务于 28 日晚全面完成，并且无人垫付电费。

良好的开端是成功的一半。最难的电费回收业务得到改观，虞向红更是充满了信心和激情。他开始潜心研究提升各项营销指标,尤其是台区线损正确可算率,运检服务中心只有56%左右,相较于公司要求的不低于95%的标准,差距很大。虞向红虚心请教指标排名前列的站所主任,认真吸取他们的先进管理经验,再结合运检服务中心实际进行科学部署。没日没夜地付出,群策群力地奋斗,终于在2014年2月,运检服务中心的各项营销业务指标完成了华丽转身,台区线损正确可算率由56%提升至90.5%,台区安装覆盖率达到99.95%以上,其他各项指标均进入国网东阳市供电公司内部对标前三甲。

2017年,国网东阳市供电公司被定为省公司"智能缴费"试点单位。面对城区范围用户多、情况复杂等难题,虞向红和同事们以"公司内部推广、用户短信推送、走进社区农村、上门一对一服务"四步走策略,通过各种平台广泛宣传,一家家上门苦口婆心地做用户思想工作,攻坚克难,圆满完成《供用电补充协议》的签订工作,签订率达99.99%。并大力开展远程停复电工作,大大提高了电费预存比例,预存大于零的比例达到了98.32%,在全省名列前茅,为其他兄弟单位开展此项工作提供了经验借鉴。

传授技艺,传承匠心

虞向红认为,当一名合格的电力工人,单凭埋头苦干是不够的,必须不断地学习新知识,掌握新技能,熟练运用新系统、新设备。虞向红扎根基层,苦修内功,十年磨一剑,成为国家电网公司、浙江省电力公司两级人才专家,于2018年4月被评为省公司第五届劳模,于2021年4月被评为金华市劳动模范。为弘扬劳模工匠精神,推动科技创新和人才培养工作,公司还专门为他成立了"向红劳模创新工作室"。

虞向红曾多次代表公司参加金华电网技能比武,取得过团体第一、个人第二的好成绩。他还被聘请为金华电网教练,曾指导金华代表队在省公司比武中取得佳绩,获评2013年金华供电公司"优秀兼职教师"。2014年,虞向红被聘请为全国输配电技术协作网技术专家。他先后主持编写了《配网典型操作票》《低压抢修标准作业卡》等30余条规章制度。他的论文《10千伏配网架空线路带电立杆中的杆位校正》获2015年度全国输配电技术协作网优秀论文一等奖,论文《不停电作业双回路立杆直线杆改耐张杆并加装柱上开关的作业方法》获2017年中国带电作业技术会议论文评选优秀论文。截至2022年初,虞向红带领团队研发了10余项QC成果并获省级及以上荣誉,成功申请了9项国家专利。

2010年至2011年,虞向红主持开展了《10千伏带电更换棒式瓷瓶工具研制》的技术创新。当时10千伏配网带电作业更换棒式瓷瓶通用的方法是绝缘遮蔽法和悬挂导线法,只能在单回路电杆上工作,双回路电杆和小于15°直线转角杆的棒式瓷瓶无法开展带电作业更换。新研制的更换棒式瓷瓶工具拓展了带电更换棒式瓷瓶的作业范围,解决了在单回路电杆、双回路电杆和小于15°直线转角杆带电更换棒式瓷瓶。该项目荣获了2010年度金华电业局优秀QC成果一等奖、2010年度浙江省电力公司系统优秀QC成果二等奖、2011年"玉柴重工"杯全国QC小组成果发表赛一等奖,并在2012年2月获得了国家实用新型专利。

2012年至2013年,虞向红主持开展了《用于带电立杆作业中的导线支撑工具》的技术创新。由于10千伏带电立杆作业属于技术要求较高的作业项目,当时国内能开展此项工作的企业不多,主要原因就是缺少能把导线稳定撑开2.5米以上安全距离的专用绝缘工具。虞向红带领团队研制的导线支撑工具经过多次试验及研讨,并经过一年多时间的现场操作检验,有效解决了此类问题。这项成果一出就被兄弟单位纷纷采用,获得了同行的肯定,并迅速在电网内得到推广。该创新成果荣获2013年金华供电公司科技成果一等奖。

2016年至2017年,虞向红主持了《柱上开关吊具的研制》的技术创新。随着经济发展,大用电户不断增加,用电负荷急速增长。为保障线路安全运行,柱上开关在线路运行中使用越来越多,而使用滑轮组、吊车安装柱上设备的模式出现人力资源不足、车辆使用紧张等情况。经过一年多的研制与现场操作检验,虞向红团队成功研制出新型柱上开关吊具,有效节省了人力和物力,安装简单方便,有效提升了效率。该创新成果荣获2017年浙江省质量协会优秀QC成果一等奖。

二、甘当百姓群众的"电小二"

那一场冰天雪地的事

2008年初，东阳遭遇历史罕见雨雪冰冻灾害，东阳电网受损严重。据统计，东阳电网累计发生35千伏线路故障3条次、10千伏线路故障38条次、停电面积443.7平方公里。10千伏线路累计断线135处、77.2公里，断（倒）杆169基，斜杆72基，低压线路断线254处，低压线路受损165.7公里，低压断（倒）杆152基，停电台区652个，停电自然村217个，停电户数5万多户，直接经济损失达1700多万元。

"灾情高于一切，一切工作围绕抗灾保供电。"东阳迅速启动抗灾应急预案，紧急部署，调动一切力量，吹响了抗冰雪保供电的"集结号"，各路人马全力投入这场严峻的战斗中。

"那一天正好是我岳母家新房子乔迁的日子，一听到公司正在组织电力抢修队进山抗冰救灾，我坐不住了。"时任带电作业班班长的虞向红二话不说，放下家里的事，主动请缨，带领抢修分队奔赴三单乡抗灾一线。

三单乡地处东阳偏远山区，毗邻嵊州、新昌、磐安，道路蜿蜒，交通不便。受灾后的三单乡交通受阻、通信中断、杆线倒塌、水管冻裂、部分农户缺粮……几乎变成了一座"冰雪孤岛"。

虞向红负责指挥三单乡区域的抢修任务。在零下10摄氏度的冰天雪地里，虞向红带领抢修人员身负简易工器具和材料，顶着凛冽的寒风艰难前行，爬冰卧雪，披荆斩棘。一路上，只见多处线路通道内的树木、毛竹已横卧在线路上，电杆倾斜、开裂，有的拦腰折断，线路横担严重扭曲、变形，覆冰的导线如手臂般粗不堪重负而断落。山间小路已变成两厘米多厚的"滑冰赛道"，寸步难行。路上的灌木已成冰雕，只能用镰刀开路。电杆上覆盖着厚厚的冰层，滑溜溜的，登高器具根本无法使用，只能先敲掉

271

冰层或点燃干草融冰后再登杆。

虞向红他们抵达抢修地点后，就立即着手清理线路通道上的断树残竹，敲落导线、瓷瓶上的冰块，运杆、挖洞、立杆、架线，争分夺秒，紧锣密鼓。饿了，吃个送上山来已经冰凉的盒饭，或吃点自带的干粮，随便填下肚子。渴了，抓一把雪塞入嘴里，马上又投入紧张的工作。一边，是大雪纷飞，天寒地冻；一边，是抢修人员热火朝天地忘我工作。白茫茫的山野上演绎着一场冰火两重天的壮烈场景。

冰雪封路给抢修材料和设备运送带来极大困难，物资部门甚至先绕道从邻县磐安将电杆、导线等物资运到指定地点。而多数故障点都在半山腰或山顶上，把物资送上去只能靠人力。在临时开辟的坡度将近 60 度的通道上，就是空着手登上山顶，人已是气喘吁吁，更何况要抬着近 2000 斤重的电杆！若一不小心，就会连人带电杆一起滑到山脚。虞向红发动附近的村民们与抢修人员一起齐心协力，抬着电杆喊着号子，一步步地往前挪移，硬是把电杆运了上去。在一些地方，短短数 10 米路却用了 3 个多小时。

为抢进度，让山区群众早日用上电，虞向红和抢修队员们晚上就在四处漏风的老房子里铺上稻草过夜。最繁忙的一天，他要组织 200 多人分成 10 组到多地、多点抢修。"从腊月廿五到新年正月十五，我和队员们整整 16 天没有下山。那一年的冰雪真的罕见，那些日子抢修的艰难程度令我终生难忘。"经过 16 个日夜的奋战，虞向红带领抢修分队共立杆 30 多基、架设线路 20 多公里、恢复供电 5000 多户。

那一年，虞向红被评为国网公司抗冰救灾先进个人。

"群众之事无小事"

虞向红总是说："群众之事无小事。"

还是在送配电工区时，虞向红负责城区高低压线路的运行维护和抢修工作，每天需要频繁地与用户打交道。虞向红觉得做好优质服务是自己应尽的职责，遇到难题时，他让 95598 客服人员直接告诉他，由他来沟通协调。2010 年 12 月 31 日晚上，金华银行东阳支行正在年度结算工作时突然发生停电。接到通知后，虞向红立即带领抢修人员赶赴现场，先用发电机维持供电，确保银行完成年度结算工作。次日，他就带着设备查找电缆故障。但由于电缆管道陈旧，直到晚间也无法找到故障点。银行用电急切，提出能不能重新开挖管道换新电缆，但这样做需要 10 多天，费用要 20 多万元。回到家，虞向红无法入睡，总觉得自己没有尽到职责。次日早上，他冒着雨雪继续查找。功夫不负有心人，在中午时分，虞向红终于找到了故障点，原来是狡猾的小偷盗窃电缆未成后将电缆割断处用泥土掩盖。故障原因找到了，抢修就快了，当天下午就恢复了送电，为用户省了很多钱。为此，银行特地送来锦旗向虞向红表示感谢。

在担任吴宁供电所所长期间，虞向红发现，东阳城区的老旧小区电力线路年数已久，亟待改善，同时城市风貌提升也需电力同步优化。虞向红一方面积极向上争取资金，用于更换老旧电力线路和表箱；另一方面统筹协调、合理布局，大力提升供电可靠性。在全所上下的共同努力下，城区电网网架得到极大改善，停电也随之减少，老百姓对用电的满意度越来越高。到了 2017 年，虞向红还为城区争取了占地 4.27 平方公里的不停电示范区。自 2020 年起，东阳城区全域实施了不停电作业。

虞向红经常有突发奇想、脑洞大开的时候。他想，抄表催费工作为什么都是由男同事来做？男同事嗓门大、说话直接，与用户沟通容易发生摩擦，能不能让女同事来试试这个工作？于是，在公司的支持下，虞向红成立了东阳首个"女子抄表班"，用女孩子的温情和委婉去化解抄表催费工作中的沟通难题，仅半年后月度电费就实现 24 日前结零，一年后月度电费 20 日前结零并保持至今。此项工作得到了国网金华供电公司营销部的充分肯定。

20 多年来，虞向红从没请过一次年休假。一年 365 天中，大部分时间都在加班中度过。每年除夕，他总是顶岗的那个人。半夜接到抢修任务，无论多累多困，他都会一骨碌起身就出门。为了攻克技术难关，他有时连续几天都不回家……

"儿子从小到大，你有带他去看过一次病吗？你有参加过一次家长会吗？""老爸，跟你吃顿饭都是一种奢望。"工作上的事，虞向红安排得井井有条，但在父母妻儿面前，他却满怀愧疚，"我真的不是一个好儿子，更不是一个好丈夫、好爸爸。"

乡村振兴，电力先行

东阳市城东街道单良村素有东阳市"菜篮子"之称，主要以农业经济为主，早在 1958 年就被评为"全国农业先进村"，由时任国务院总理周恩来亲手签发，是浙江省一流的蔬菜产业示范园。

虞向红在日常工作中关注到，随着单良村近年来农业生产规模的扩大，蔬菜基地原有供电方式、供电设施存在不足。同时，单良村农业生产方式机械化、智能化水平较低，村内清洁能源占比、新能源普及率等都不高。为加快推动单良村农业生产现代化发展，同步推进城乡一体化建设，打造电力助力乡村振兴、共同富裕示范样板，2021 年，在公司领导的支持下，吴宁供电所在单良村试点实施了"乡村振兴·电力先行"工程，为打造东阳优质"菜篮子"赋能。

虞向红带领团队建立电力驿站，以网格化服务打通供电服务"最后一公里"；进行惠农菜园"一棚一表"改造，以电气化促进农业生产自动化、机械化、智能化水平；构建全电厨房、光伏电站、充电桩等，以电能替代深化单良村的清洁能源建设；以党建共建促进村企融合，将单良村的文化资源优势转化为发展优势。此举彰显了电网企业在聚焦"两个一百年"奋斗目标的关键时期，大力推进基层农村现代化建设、助力共同富裕中不可或缺的正能量作用，多措并举共同绘就乡村振兴的美丽画卷。

东阳市振兴路是一条远近闻名的商业街，全长近 3000 米，是浙江省特色商业示范街之一。与其他商业街区不同的是，振兴路夜市采用的是"店铺+夜市"商业模式，设置了 500 个摊位、800 余个沿街店面。地摊作为市场经济中最底层的存在，攸关民生，在稳就业、增收入、保民生方面有着积极作用。但地摊经济也存在着较大的用电安全隐患。2020 年，东阳市振兴路夜市成立了全国首家地摊经济联合工会，为夜市从业者们改善工作环境、创造更好条件。

为了护航"地摊夜经济"，吴宁供电所主动介入。虞向红带领红船共产党员服务队着手解决摊位临时用电的安全规范问题。通过仔细摸排，虞向红发现地摊周边电力设施陈旧老化，地摊照明多为摊主自行搭接，存在私拉乱接现象，既影响市容市貌，又容易造成交通拥堵。再加上多数摊位都存在明火，具有较大的安全隐患。

虞向红积极与振兴路地摊经济联合工会协商，达成共识。由振兴路地摊经济联合工会出资，吴宁供电所无偿为各摊位安装临时接电点，共建共治安全用电网格。虞向红他们以 10 个摊位为单位，设立"一表一箱"（一只电能表，一只低压表箱），并配备插座，安装漏电保护装置，确保用电负荷过载和漏电时能自动切断电源。同时安排人员定期上街开展安全用电巡查。

此举让地摊从业者们从"有电用"向"用好电"转变，让"地摊夜经济"成为城市景观的一道亮丽风景线。

"我是党员，我先上"

从 2013 年带队奔赴宁波余姚抗击台风"菲特"，2019 年带队驰援台州玉环奋战台风"利奇马"，到 2020 年新冠疫情初期深入隔离医院消除用电故障，2021 年带领同事们迎战"黑格比"，虞向红是一名逆行而上的勇士。

"来电啦！"随着一片欢呼声，2019 年 8 月 14 日下午 3 时，断电 6 天的台州玉环市坎门街道灯塔社区终于通电了，100 多户居民重又回归有电的生活。

8 月 12 日，国网东阳市供电公司组织 50 多名电力工人紧急驰援台州玉环，帮助恢复电网重建。作为这次抢修队伍的总指挥、红船共产党员服务队队长，虞向红勇挑重担，冲锋在前。

台风"利奇马"过境，玉环受灾严重，居民屋外墙上可见 1.5 米高的浸水痕迹，路上到处都是被洪水浸泡过的抛锚汽车和被风吹歪的电杆。低压配电是电网的神经末梢，断线、短路等情况会给抢修结束后线路送电留下十分严重的安全隐患，而这次受损低压配电网"出血点"多、涉及面广、接线复杂，给抢修工作增加了很大难度。

到了玉环后，虞向红立即向前线指挥部了解电网受灾情况和抢修重点，连夜进行现场查勘，制订抢修工作方案。第二天一早，抢修队员们便穿街走巷，一头扎进坎门街道各个社区，挨家挨户整改检修低压线路。一开始，大家对地形不熟悉，语言又不通，抢修进展较慢。虞向红经过实地仔细摸底调查，并与当地供电所沟通协调后，整改检修速度明显加快。

抢修队员们头顶骄阳开展线路更换、树障清理、表计更换等工作。气温高达 39 摄氏度，路边的配电设备被晒得滚烫。持续在高温下工作几个小时后，每个人的工作服都被汗水浸透，紧紧地贴在身上，又湿又黏。下了电杆，肩膀上是一层白花花的盐霜，还混合着汗酸味和洪水退后的垃圾气味。台风过后往往都是"桑拿天"，工作环境潮湿又闷热，虞向红和几名抢修队员都中暑了。他们喝瓶藿香正气水，坐在路边台阶上让兄弟们帮忙刮个痧后就接着干。累了，就躺在居民家门口走廊或者树荫下眯一会儿。短短两天时间，抢修队就校正电杆 18 基，架设户联线及消缺 22 处，更换单相、三相表箱 24 只，更换表计 119 只，更换低压配电柜 1 台。虽然大家每天都累得精疲力竭，但毫无怨言。

灯塔社区位于海边，在抢修队到来之前已经连续停电 5 天。台风登陆时，社区的变压器损毁了，导致整个社区都断了电。渔民们存放在冰库中的海产品早已发臭，晚上也只能去海边纳凉。

从上午 6 时半开始，一直忙到下午 3 时左右，经过整整 8 个多小时的奋战，虞向红和抢修队员对灯塔社区的低压线路进行了检修，更换了变压器，终于为社区 100 多户居民恢复了供电。"每一次接到急难险重的任务，都能检验出'东电人'的战斗力，这支队伍充分体现了特别能吃苦、特别能战斗、特别能奉献的铁军精神。"虞向红感动地说。

2020 年新冠疫情初期，国网东阳市供电公司将东阳市新冠肺炎医疗救治定点医院等重要客户纳入 24 小时保电监测和特巡单位，虞向红和同事们连续 20 多个日夜蹲守值班。虞向红曾进入距离重症隔离病房只有 20 米的医院配电房消除故障。同时，虞向红带领红船共产党员服务队为东阳市 10 个高速路口的核酸检测站点快速搭建起临时供电线路解决用电问题，并送去自己熬制的红糖姜茶。疫情期间，虞向红和志愿者们上门慰问部分东阳籍在外抗疫一线医务工作人员的家属和东阳籍老人，送去口罩、消毒水、体温计等在内的暖心礼包，为其检修水电、录制视频向远方的亲人报平安。他带领志愿服务团队与结对的41户空巢老人通电话和视频，询问健康状况，传递关爱。他自掏腰包采购1000只外科口罩和500斤消毒水供志愿服务团队使用。他还带领志愿者与社会公益组织一起为26个单位或个体户免费提供消毒水，并发动党员群众通过微信群、朋友圈宣传防疫知识。2021年12月，宁波北仑发生本土疫情，由于区域交通管制，他发动战友通过爱心接力传递的方式，将东阳市社会各界捐赠的价值10多万元的防疫口罩送至北仑。阴历2021年除夕，为解决防疫隔离点单独供暖问题，他带领红船共产党员服务队连续奋战，终于赶在春晚开播前完成送电工作，自己却没能赶上家里的年夜饭。他和志愿服务团队为困难残疾户线上直播义卖滞销的蔬菜、水果等农副产品……

"身边经常有人提醒我，你已经是50岁的人，以后遇到这么累这么危险的活儿就不要老是冲锋在前了，交给年轻人去干吧。但我想，我是一名共产党员，只要群众有需要，我依然会义不容辞地冲到最前面。"虞向红坚定地说。

2023年1月，虞向红同志荣获国网公司劳动模范称号。

三、热衷公益事业的贴心人

给低保残疾人一个明亮温暖的家

虞向红注意到社会上有很多孤寡老人，子女不在身边，无人照顾，他便带领红船共产党员服务队开展了"幸福芯灯"公益行动，主要围绕"春节、端午、重阳、冬至"四节开展慰问帮扶活动，并将服务对象扩大到敬老院、福利院和残疾人学校，关心关爱这些弱势群体。他还牵头实施"爱心插座"项目，通过手机 App 掌握老人家里常用电器的使用记录，判断老人的生活起居和健康安全情况。

在深入群众开展供电服务和志愿帮扶的过程中，虞向红特别关注到部分低保残疾人家庭居住在漏风漏雨的环境中，有的房屋墙体开裂、电线老化，存在安全隐患，这些人的生活质量亟待提升。于是，虞向红萌生了"帮一把"这些人的念头。也正是这个偶然萌发的念头，将虞向红引向了公益之路。

"多做对百姓有益的事"是虞向红的人生信条。虞向红凭着一颗红心、一股韧劲、一腔热诚，开启了他的公益事业。他四方奔走、多方联动，积极与东阳市残联、住建局等部门联系沟通，同时撬动社会各方资源，从最初的人脉稀疏、举步维艰，到后来的一呼百应、众人拾柴，虞向红和他的志愿服务团队在公益之路上越走越宽，影响力、号召力越来越大。

2016 年，在国网东阳市供电公司的支持下，吴宁供电所从企业履行社会责任助残帮困为出发点，以"给电力普遍服务的特殊对象——低保残疾人一个明亮温暖的家"为主旨，依托国网品牌和电力爱心搭建多元助残合作平台，积极打造以虞向红为领衔人的"幸福蜗居"助残公益项目，将低保残疾人的安居生活需求与全社会帮扶供给精准对接，形成"对象识别、组织实施、资金管理、长效帮扶、宣传推广"五大"精准助残"工作机制和规范管理七个工作步骤，为农村低保残疾人家庭开展危旧房改造、水电无障碍设施改造、支持家居配置等服务，帮助他们实现"居者优其屋"。

故事一：

2019 年 6 月 28 日，在庆祝中国共产党成立 98 周年前夕，69 岁的东阳市南市街道上杨坞村村民吴能福做梦都没想到，党过生日，他收到一份大礼：蜗居变新居！

吴能福是低保户，老伴是盲人，儿子已故，大女儿远嫁且外孙得了先天性心脏病，小女儿为智力残疾人。老两口年迈无依，他们住的老房子还是新中国成立前留下的破屋，年久失修，黑暗潮湿。电线老化，电灯有时忽明忽暗。一到下雨天，二老就担心屋顶会漏水。如今，这座低矮平房摇身一变成为敞亮的双层楼房，焕然一新。热热闹闹的回迁仪式上，吴能福感动得落泪："托共产党的福!"

这是第 11 期"幸福蜗居"项目。在乔迁那天，虞向红和他的志愿服务团队还为二老运来了几件新家具。吴能福扶着妻子一间屋子一间屋子地描述着新家的布局摆设，兴奋得还时不时拉着妻子的手去摸一摸，喜悦幸福之情溢于言表。

当晚，有位年轻的志愿者发了一条微信朋友圈，这条普普通通的动态不到半小时就获得了上百个赞。她说："第 11 期'幸福蜗居'项目今天回迁了! 老爷爷从我第一天去服务，两个半月穿的都是同一条裤子，而且还有个大窟窿，只用一根布绳扎在腰上。盲人奶奶总是穿着又黑又脏的罩衣坐在墙角。今天，他们终于都换上了我们之前给买的新衣服，两人开心得合不拢嘴。让我深深震撼的是，两人都光着脚，说穿着鞋子怕踩坏了这么漂亮的瓷砖。原来，我们的付出是那么值得，不仅帮他们改善了居住条件，更重要的是让他们开心、快乐的同时我们也得到了满足和快乐。"

故事二：

"我们的'无障碍设施进家庭'和'低保安居工程'项目，能给予政策性支持。""有符合条件的低保残疾退伍军人家庭，我们退役军人事务局可以进行一部分补助。"……在 2020 年 4 月的"幸福蜗居"项目碰头会上，继东阳市残联、退役军人事务局等政府部门发言后，爱心企业家也热情表态："我公司准备赞助两期，每期捐助三万元。"

"幸福蜗居"项目从几十人的小起步到全市范围的大公益，凭借国网品牌的感召力和虞向红及其志愿服务团队的影响力，加入的爱心人士越来越多，"幸福蜗居"项目在实践中已形成了一套可复制、可推广的运作模式。

会上，虞向红反映了他近期走访低保残疾人家庭时了解到的一个情况。家住东阳市南马镇南湖村的七旬老人胡桂师是名退伍军人，低保、视力残疾。独居的他每逢雨天就得攀着木梯上楼，用脸盆接水。这对视力残疾的老人来说，无疑是有很大安全隐患的。

虞向红看到胡桂师家墙上醒目地挂着一块"保卫祖国"的牌子。47 年来，每样和当兵时有关的物件，胡桂师都悉心珍藏。从"我爱你中国"到

"强国梦"，斑驳墙面上的老旧日历都展示着一个军人诚挚的爱国心。这一幕感染了很多人，尤其是同为退伍军人的虞向红。于是，会上当场就定下将胡桂师家列为第22期的"幸福蜗居"项目。不久后，虞向红带领团队汇聚社会力量为老兵胡桂师家翻新墙、盖新瓦。9月7日，胡桂师家的房子竣工了。乔迁那天，他激动地向大家敬了一个军礼，说道："感谢政府对我们退伍老兵的关心。"

故事三：

"授人以鱼不如授人以渔。"虞向红深知：安居不是终点，而是新的起点。于是他和志愿者们头脑风暴，提出因地制宜开展"阳光入心"光伏帮扶新模式。他们在为东阳市城东街道上屋村的杜德成家改造危房时安装了由爱心企业捐赠的屋顶光伏板。小小的"光明产业"不仅满足了杜德成家用电需要，也为他们增添了一份稳定收入。在2021年的重阳节回访时，杜德成笑得合不拢嘴："没想到我家的屋顶光伏还能挣钱，一年到头大概有六千多元的收入呢。"

"帮扶一户、满意一户、微笑一户"，这是虞向红的口头禅。"阳光入心"成功将"输血式"帮扶向"造血式"帮扶转变，提升了低保残疾人的生活质量和奔小康的信心。

8年来，虞向红带领他的志愿服务团队为残疾运动员"蜗居"变新居，实现了安居梦；为13岁的孤儿重建家园，完成了孩子父亲临终时的心愿；为有着60多年党龄的老党员夫妇修补屋顶，不再受漏雨之苦……当看到一幢幢老旧危房焕然一新时，当看到一张张愁眉苦脸的面容笑逐颜开时，虞向红还欣喜地看到，这个团队的每一个人在关怀服务他人的过程中不断地自我成长，思想境界不断地得到升华。

截至2023年，"幸福蜗居"项目累计撬动和募集各类资金900余万元，完成221户危旧房改造工作，修缮（重建）危房近7000平方米，吸纳社会志愿服务12215人次，助力推动浙江省开展困难残疾人家庭"净居亮居"改造提升，并出台5项配套政策。该项目荣获"浙江慈善奖"，入围中国公益慈善项目大赛前100强并荣获拾点公益优秀项目，荣获全国学雷锋"四个100"先进典型最佳志愿服务项目。2021年，"幸福蜗居"模式跨越千里，落地四川南江、甘肃甘南等偏远山区，在更多有需要的地方留下东电的"幸福足迹"。

与此同时，吴宁供电所积极构建"幸福花开"生态圈，于2020年12月成立东阳市向红社会工作服务中心，秉持"尊重、专业、协作、奉献"的价值观，通过公益生态特色主题实践，逐渐形成了以"幸福蜗居"为代表的"枢纽型"公益平台管理模式，吸引了更多社会力量向平台集聚，聚焦扶残、敬老、助学、纾困、赋智等5个维度，延伸开展以"助老、助困、助学、赋智"为主要内容的"三助一赋"志愿服务，开展7个公益子项目，形成全方位关怀帮扶机制，助力实现"物质富足、精神富有"的共富梦。截至目前，已累计资助56个残疾人家庭子女入学，与89户空巢残障老人结对，开展3期残疾人就业培训，开展18期直播助农义卖，累计销售农副产品80余万元。

"零费用"婚礼和百日宴

这是一个虞向红和他的志愿服务团队与一位坚强"轮友"妈妈的故事。

2022年3月4日，27岁的孙叶航和丈夫陈勇迎来了人生中又一个重要的日子。看着与志愿者们一起忙碌的虞向红，陈勇激动难抑："虞所长，谢谢您为我们操办孩子的百日宴，我的家人都在湖北老家，您就是我的家人。"闻言，孙叶航眼眶倏然湿润了："100天前我生孩子时，婆家人未能到场，您带着志愿者们全程陪同，您就是我的婆家人！"

"等等这孩子来之不易，今天能为她庆祝出生100天，我们大家也很高兴。"虞向红从孙叶航手中接过孩子，逗得她咯咯地笑。"您前几天送来的奶粉，等等每顿都吃得很欢。"坐在轮椅上的孙叶航笑着，白里透红的脸上洋溢着母性的幸福与满足。2014年的一场车祸让她高位截瘫，从此被禁锢在轮椅上。

客厅的电视屏幕上，滚动播放着北京冬残奥会开幕报道。一群同样坐着轮椅的高位截瘫"轮友"们也来参加这个特殊的百日宴，此时正在收看新闻，志愿者们忙着为他们倒茶水、递果品。

时间再追溯到 2021 年 3 月，正在忙碌的虞向红接到了东阳市残联工作人员的电话："虞所长，有一对新人刚办理了结婚登记，新娘高位截瘫，新郎是来自湖北的打工仔。我们想为他们策划一场'零费用'婚礼，希望你和你的团队能一起参与。"

"你说什么？新娘是高位截瘫？没问题，这事我来负责……"放下电话，虞向红的心情久久不能平静——2006 年，他的岳父因为车祸颈椎受伤，导致高位截瘫，虞向红深知高位截瘫病人无法言说的痛苦。

几天后，虞向红正式见到孙叶航和陈勇，姑娘甜美而阳光的笑容让他既心疼又感动。"放心，我们一定给你们办一场圆满的婚礼！"很快，虞向红就感召了 10 多家企业，大家为孙叶航和陈勇共同筹办这场"零费用"的助残公益婚礼。

是年 5 月 13 日，在东阳市文明办、民政局、残联、行政服务中心、婚姻家庭协会以及众多爱心商家、志愿者见证下，孙叶航和陈勇举办了简朴却隆重的传统婚礼。

"幸福到想哭！"回忆起那天的场景，孙叶航笑中带泪，"简直不敢想象会有这么完美的婚礼。"在走出车祸的阴影后，孙叶航决定自食其力，成为天猫客服。2020 年，她在网络上结识了在广东工作的湖北小伙陈勇，两人逐渐萌生爱意。"我是高位截瘫患者，是个残疾人。"当孙叶航道出事实后，陈勇没有退却："在我心目中，你是最完美的！"于是孙叶航同意了陈勇的求婚。

整个婚礼过程中，孙叶航反复地说"这太不好意思了"，但现场所有的人都回复她："婚礼一辈子只有一次，一定要让你满意。"

一年后，孙叶航和陈勇的孩子出生了。那一天，在漫长的等待后，孙叶航被推出手术室，在场的虞向红和志愿者们立刻上前协助。"母女平安！"东阳市人民医院产科主任医师杜舜兰疲惫的话语里满是欣慰，"这是我从事医务工作 30 多年来，遇到的首例高位截瘫产妇平安分娩，也是东阳市首例。小孙创造了生命的奇迹！"

在得知孙叶航怀孕了并坚决地要生下孩子后，整个孕期，虞向红他们派人接送陪同孙叶航每次产检，从初期的每月一次到后来的半月一次。不想麻烦人的孙叶航想自行去产检，没想到志愿者们早就记下了她的产检时间，提前打来电话联系。"在怀孕初期的惊喜过后，我更多的是不安。毕竟，高位截瘫孕妇有太多不可预测的危险。"由于胸部以下身体失去知觉，孙叶航无法自主感受到胎动、宫缩，而且在分娩后可能面临羊水栓塞、大出血等。为此，她一度打算放弃孩子。为了消除孙叶航的担忧，虞向红用艺术体操运动员桑兰的故事鼓励她，同时联系了经验丰富、技术高超的杜舜兰医生。

在孙叶航怀孕6个月时，杜舜兰就会同多个科室组建了强大的技术团队，制订并反复完善医疗方案。最初，考虑到孙叶航下体无知觉，杜舜兰制定了不上麻药行剖宫产方案。但经过团队讨论后，决定还是用麻药，防止手术过程中产妇有痛感。根据可能出现的羊水栓塞、产后大出血等，团队都制定了应对预案。在现代医学和众多爱心护持下，孙叶航圆了"母亲梦"。"我憧憬着将来有一天，孩子会跑了，我一边转动轮椅在后面追，一边喊等等我！等等我！"孙叶航给孩子起了个名字叫等等。

"其实，我不仅是在帮孙叶航圆梦，更是想以她的成功勉励广大高位截瘫者努力拥抱生活。"虞向红说，因为孙叶航，他接触了东阳高位截瘫"伤友群"，里面有五六十位"轮友"。孙叶航的成功，极大地鼓舞了"轮友"们。

因为路途遥远加上疫情防控，陈勇的家人没法前来参加这个百日宴。虞向红和队员们再次承担起"婆家人"的角色，为他们操办宴席，并把时间定在了3月4日北京冬残奥会开幕这一天。虞向红还争着当起了主厨，烧了满满的两桌菜。

经历了这件事，虞向红有了个想法，策划创新公益项目，让更多的"轮友"们也能像孙叶航一样拥有幸福生活。"幸福轮友"助残公益项目由此而生，旨在帮助高位截瘫的"轮友"们提高自理能力，重建拥抱生活、融入社会的信心。

光芒叙事

283

带着"轮友"坐轻轨、看大海、跑横马

2022 年国庆期间，金华轨道交通"金义东"线义乌东阳段完成建设投入试运行，这对从未通过火车的东阳市来说，无疑是件振奋人心的历史事件。为了让"轮友"们也能分享轻轨开通的喜悦，10 月 1 日，虞向红和他的志愿服务团队联合东阳市残联以及社会爱心公益组织共同策划了"'轮友'尝鲜乘轻轨，喜迎二十大"主题志愿服务活动，组织了包含全国第十届残运会女子反曲弓团体赛冠军胡欣妍在内的 10 余名残疾人前往试乘体验。

在志愿者和社会爱心人士的共同帮助下，"轮友"们从东阳市歌山站出发，通过直梯等无障碍设施顺利进入轨道车厢内部。在时速约 120 公里的列车内，"轮友"们新奇地眺望着窗外赏心悦目的风景，欣喜满面，赞叹连连。此时的虞向红按捺不住内心的激动，领头唱起了《我和我的祖国》，"轮友"们情绪高涨、齐声应和，车厢内久久萦绕着嘹亮的歌声，节庆氛围浓厚而热烈。

"从没想过，坐在轮椅上的我们居然还能组团来看大海。"刚刚和"轮友"们结束看海之旅的孙叶航又一次红着眼眶，难掩心中的激动。2022 年 10 月 8 日，舟山市普陀区迎来了一群来自东阳的特殊客人，22 名"轮友"在虞向红和志愿者们的组织下，来到海边吹海风、听海浪、品海味，释放自我，疗愈心灵。

看海之旅缘起于一次"轮友"座谈会。在那次座谈中，许多"轮友"表达了想去看大海的心愿。虞向红默默记在心里，悄悄筹划，不久后组织安排了一次特殊的旅行，给大家一个惊喜，实现他们的"看海"梦。

会后，他便紧锣密鼓地开始筹划，与志愿者们制定活动方案，反复推敲活动细节和应急措施。在虞向红的多方奔走下，活动得到了东阳市助残公益联盟爱心组织以及国网浙江电力（舟山普陀）红船共产党员服务队的大力支持，专门组建了一支包含出行辅助、医疗保障、心理咨询等多功能于一体的志愿服务团队。

"轮友"要出门，自身必须具备一定的自理能力和出行技巧，因此志愿者们多次组织"轮友"培训，还特别邀请了中国残联"全国首期金种子培训"专家传授自我卫生管理、轮椅出行、自主移位等技能，现场指导和演练，帮助"轮友"熟练掌握。看着他们独自出行的能力逐渐提高，虞向红欣然地说："看海之旅可以启程了。"

　　时值寒露，秋雨绵绵。经过3个多小时的车程，"轮友"们如愿见到了大海。在南沙景区，他们的激动溢于言表。"做最帅的自己！""向阳新生、'轮'我精彩！"他们对着大海呐喊，摆造型，打卡拍照。在大海宽广的胸怀中，他们表达着想要实现自我的强烈愿望。

　　欢笑声中，天色渐暗，篝火晚会开始了。"轮友"们与当地的"轮友"代表一起，围着篝火，吃着烧烤，聊着天，完全忘却了生活中的不幸与艰难，重新找回了对未来生活的信心。一曲《朋友别哭》把晚会的气氛推向高潮，眼前真真切切的大海让大家流连忘返。

　　看海的第二站是游玩朱家尖大青山国家公园。"轮友"们个个神采奕奕，观千岛海景、看四季花海、玩十里金沙，更有"轮友"在草坪上尝试着站立行路。置身心旷神怡的海景，心理咨询师带领"轮友"们开展互动游戏，为他们舒压解乏，鼓劲加油。

　　51岁的包大爷动情地说："谢谢你们放飞了我们的梦想，实现了我们的'妄想'。""轮椅妈妈"孙叶航坦言，希望将更多的"轮友"纳入这个群体，拥抱社会、拥抱明天。残疾人运动员胡欣妍年仅19周岁，腼腆地表达着对志愿者们的感谢，并表示将来也要尽自己所能去帮助其他残疾人。

　　活动中，志愿者们分工明确、各司其职，支撑着这次看海之旅。他们背着或抱着"轮友"上下车，推着"轮友"进出景区，还为篝火晚会准备菜肴。

　　"大力士"志愿者金海成不善言辞，憨憨地说："看他们开心，我也跟着乐呵。"小嘉是一对一帮扶"轮友"的志愿者，她说："原来我们眼中很普通的一次旅行，对残疾人来说竟然是这么困难。听到他们的一声声谢谢，我觉得再累也很值得。"

　　"这次看海之旅一共要上下车12趟，全靠人力'搬运'22位'轮友'

和22辆轮椅，还有各类物资，这都离不开我们团队每个人的辛苦付出。后续，我们将对这个群体在就业帮扶方面继续努力，真正实现'助人自助'。"虞向红说。

2023年3月26日上午，因为疫情延期的2022"中行杯"横店马拉松正式鸣枪开赛，近2.5万名跑友奔涌向前，其中包括了一群轮椅"战士"。"横店马拉松受到了全国残疾人朋友的积极响应，共有来自18个省市400多名残疾人通过我们的志愿服务参与到赛事中来。"虞向红说。本届横店马拉松设有全程马拉松（42.195公里）、半程马拉松（21.0975公里）、穿越跑（9公里）、欢乐跑（4公里）4个项目。比赛路线从明清宫苑出发，途经秦王宫景区、清明上河图景区、圆明新园春苑景区，终点在圆明新园夏苑景区。

"人生中第一次和这么多轮友一起参加马拉松，而且是在电影片场里快乐飞驰，感觉非常棒。""轮友"小丫说道，在没有任何家人的陪护下，她独立完成了4公里欢乐跑。第一次参加马拉松的海滨喜悦之情难以言表，原本因伤情变得沉默寡言的他，在"幸福轮友"志愿服务团队的共同努力下，通过专业心理疗愈慢慢变得开朗爱笑，"能跟偶像明星在同一片蓝天下跑步，真的很开心。"最引人注目的是"轮友"吴帆，在志愿者的接力全程陪护下，他以3小时50分53秒的成绩完成了42公里的全马。

为保障残疾人能够安全舒心地参加马拉松，国网东阳市供电公司红船共产党员服务队联合浙江艺都服务队、东阳市向红社会工作服务中心精心部署，专门组建了"有爱无碍"小分队，提前对沿途轻轨电梯、街道宾馆等地进行全面"排雷"，摸清各处交通无障碍设施情况，并通过实地探访短视频的形式向残疾人提供温馨提示。活动现场还配备了出行辅助、医疗保障、心理咨询等多个保障队伍。同时组建了陪跑小分队，将残疾人选手分为轮椅跑团、黑暗跑团（盲人）、刀锋跑团（假肢）、听障跑团以及肢体残缺跑团，由20余名志愿者全程陪护，及时给予他们帮助。

陪盲人"看"电影

"夜幕降临，一个俯拍的镜头下，主人公平安哥骑着他的小电驴，穿过高楼林立的街道，转上了跨海大桥……"2023 年 4 月 17 日上午，来自东阳和磐安的 112 名视障朋友在博纳国际影城（东阳银泰店）1 号观影厅，通过电影解说人的叙述，沉浸式感受着一场无障碍电影《保你平安》。

为了让视障朋友们同样感受到完整的观影体验，国网东阳市供电公司联合东阳市委宣传部、市残联、市新时代文明实践志愿服务总队启动了"幸福'光'影"活动，这是国网浙江电力（东阳吴宁）红船共产党员服务队与东阳市向红社会工作服务中心继"幸福蜗居""幸福轮友"系列助残公益项目后又推出的一个公益志愿服务项目。活动特别邀请了北京市红丹丹视障文化服务中心、心目影院的创始人王伟力来给视障观众解说电影。

这一天，虞向红和志愿者们早早将视障朋友们接到影院，或牵引、或搀扶，小心翼翼把他们安排入座。

"谢谢你们，我真的很喜欢'看'电影，对我来说这很美好。"27 岁的陈超男在小慧盲人医疗按摩所工作。她是先天盲，对世界的认知都建立在视觉之外的感官上。对于热爱的影片，她不仅要"看"电影，还要"看"原著、"看"剧情解说。

对于普通人来说，看电影是太正常不过的事了，但对于视障朋友来说，"看"电影却是一件很"奢侈"的事。电影放映前，王伟力对电影人物和事件背景做了简单介绍，便于视障观众厘清人物。电影开始后，在剧情和台词的空隙中，王伟力碎片化地加入选择给他们的信息描述。影片结束时，又有一段关于电影的总结评论。讲述电影看似稀松平常，其实不然。事先，虞向红和志愿者们提前多次观看了电影，尝试对着画面解说，但随着故事线切换，很快前言不搭后语，陷入混乱。

"我希望能参与到电影解说的志愿者队伍中。"向红社会工作服务中心唯一一位戴着义肢的志愿者蔡璐表示。当视障朋友离开影院时，幸福"光"影厅的公益铭牌已经悬挂在了影城 1 号厅门口，该影厅将为后续的无障碍观影活动提供场地支持。

"我们从一个多月前开始筹备，反复推演接送流程，还有志愿者的一对一服务。但整个活动的实际进度，还是比原先设想的慢了一截，视障朋友的行动不便程度远比想象的要高。原先预计 9 点半放映的电影，直到 10

点才开始。"虞向红说。为更好推行这项公益活动，国网浙江电力（东阳吴宁）红船共产党员服务队和向红社会工作服务中心将共同招募无障碍电影讲述志愿者，并给予专业培训。同时，该活动将延伸到各乡镇街道，由各供电站所的新时代文明实践点提供观影场地。"我正在联系阿里文娱公益，争取为活动提供免费的观影资源。"虞向红已经在思考下一步计划。

尾　声

外表朴实无华，内心火热赤诚。虞向红既是一面旗帜、是干部员工学习的标杆，又是一座灯塔，照亮和温暖弱势群体的心海。在虞向红身上，有着众多的光环，他先后获得了多项荣誉称号，2019年12月上榜"浙江好人"，2020年9月荣获"浙江省模范退伍军人"称号，2021年获评"浙江省最美志愿服务工作者"，同年4月上榜"助人为乐"类别"中国好人榜"，2021年9月获评第七届浙江省道德模范·助人为乐模范称号。

在2020年9月的"浙江省模范退伍军人"表彰大会上，在2021年11月的第七届浙江省道德模范表彰活动中，在2022年9月"幸福蜗居"助残公益项目荣获第七届"浙江慈善奖"的颁奖仪式上，虞向红三次受到时任中共浙江省委书记袁家军的接见。

2022年3月3日，中宣部公布了第七批全国学雷锋活动示范点和岗位学雷锋标兵名单，虞向红获评"全国岗位学雷锋标兵"。3月7日，时任国网公司董事、党组副书记罗乾宜在国网浙江省电力有限公司《公司员工获中共中央宣传部命名"全国岗位学雷锋标兵"称号》的值班报告上批示：祝贺虞向红同志荣获"全国岗位学雷锋标兵"称号！望积极宣传他扎根一线、爱心助残的感人事迹，激励广大员工以实际行动深入践行"人民电业为人民"的企业宗旨。

2023年4月28日，浙江省举行2023年庆祝"五一"劳动节暨表彰劳模先进大会，虞向红同志被授予全国五一劳动奖章和浙江省劳动模范称号，并受到时任中共浙江省委书记易炼红的亲切接见。

玉环岛猜想

赵金岗

2005 年 9 月 22 日 19 时 15 分，中国中央电视台《新闻联播》节目播出了一条事关中国电力工业发展的重要新闻《华能玉环电厂的火力发电新技术》。中央电视台把一个特写镜头推到观众的眼前：一个穿着黑色短袖 T 恤衫的中年男子，双眼炯炯有神，精神饱满，在标有"中国中央电视台"字样的话筒前，兴致盎然地讲述着浙江省火电建设公司（现更名为中国能源建设集团浙江火电建设有限公司）攻克华能玉环电厂百万千瓦超超临界燃煤机组 P92 钢焊接技术的美丽故事。他的身边滚动着两行竖排的字幕：华能玉环电厂焊接技术顾问、浙江火电建设公司职工包镇回。

攻克 P92 钢焊接技术的重大新闻在业内引起巨大反响，人们奔走相告，欢欣鼓舞。要说攻克 P92 钢焊接技术到底是怎么一回事，这还得从一个岛屿说起。

中国浙江，有一个美丽的岛屿，名玉环岛。

玉环岛是一个充满神奇的古老之岛。据史料记载，她古称木榴山，相传，宋高宗南渡时，遗玉环于此，故名玉环岛。新石器时代，就有先民在这里定居，并创造出发达的海岛渔耕文明。两晋和南北朝时期曾是当时名人的"打卡"之地，百姓称其为"乐土"，王羲之、谢灵运、陶弘景等名士，都在岛上留有游迹。宋代建设大盐场，开辟沿海盐业资源。明初和清初实施严厉海禁，到雍正五年（1727），玉环岛才获准开禁，与其他岛屿开禁相比，整整推迟了半个世纪。1728 年建立玉环厅，至辛亥革命后始改称玉环县。1971 年在玉环珠港镇三合潭遗址考古中，发现了干栏式建筑，距今约 2800—2400 年。主体堆积物为商周时期的遗存，距今也有着 3000 多年的历史，出土文物从新石器到春秋战国时期，延续 1800 多年。

玉环岛是一个盛享"东海碧玉"之誉的美丽之岛。西临乐清湾，北接楚门半岛，面积 169.51 平方公里，田螺山为岛上诸山之宗，海拔 357.5 米，是浙江省的第二大岛，位居舟山岛之后。岛上晨雾绕岛，形状如环；上有流水，洁如白玉；一年四季绿树葱葱，春夏秋冬鱼市不绝。

玉环岛是一个刻有红色印记的革命之岛。在抗日战争和解放战争期间，玉环及其附近区域活跃着一支对敌斗争的革命武装，为解放浙南作出了贡献，1988 年浙江省人民政府授予玉环县为"革命老根据地县"称号。

玉环岛是一个的蕴含发展活力的希望之岛。1977 年玉环完成漩门填海堵坝后，自此与大陆相连，变成一个半岛。改革开放的春风吹拂着玉环岛，岛屿建设似滚滚东海浪涛，一浪高过一浪。大麦屿港位于岛西侧海岸，为国家一类口岸，水深 10 至 30 米，南北长 14 公里，是浙中南唯一的天然避风深水良港。1992 年设立对台小额贸易；1993 年确定为省级经济开发区；2017 年 4 月，撤销玉环县，设立县级玉环市。港口基础设施建设因之由原来的群众渔港逐渐向商贸大港发展。

这是一块期待深耕的处女地，是一块适宜投资的热土，更是一块充满希望的田野。

2004 年，中国华能集团看中这块宝地，一座现代化大型火力发电厂——华能玉环电厂在这里破土动工。

神奇的猜想

华能玉环电厂工程是当时国内单机容量最大、运行参数最高的百万千瓦燃煤发电机组，也是国家高技术研究发展计划（简称 863 计划）中引进超超临界机组制造技术的依托工程。超超临界的火电技术主要运用高温高压高参数来实现机组的高效率。由于机组容量的增大，该工程蒸汽压力为 26.25Mpa（兆帕），锅炉最大连续蒸发量为每小时 2953 吨，主蒸汽管道其设计温度高达 605℃。这么高的压力，这么高的温度，采用什么钢材呢？经研究发现，P92 钢的工作温度正是在 550—650℃ 之间，能够满足超超临界火力发电机组的运行条件。为此，一个神奇的猜想由此诞生：华能玉环电厂决定采用 P92 钢新材料。

P92 钢是美国钢号 ASTMA335-P92，属于美标马氏体类耐热钢，是在 P91 钢的基础上，适当降低钼元素的含量（0.5%Mo），同时加入一定量的钨（1.8%W），将材料的钼当量（Mo+0.5W）从 P91 钢的 1% 提高到约 1.5%，同时加入微量的硼。经过如此严密的合金化改良后，与其他铬-钼耐热钢相比，P92 钢线膨胀系数低，抗疲劳损伤能力强，优于奥氏体不锈钢（如 347H），加工性能好，具有良好的物理性能；具有比 P91 钢有更高的高温蠕变断裂强度；具有优异的常温冲击韧性，明显优于传统钢种；具有优异的抗氧化性能，抗腐蚀性好，有较好的抗烟灰氧化和抗水蒸气氧化的性能。由此带来的主要优点是，可以提高耐热钢的工作温度，减少钢材厚度，降低钢材消耗量，降低管道热应力。在相同的工作温度、压力或设计寿命条件下，能够进一步降低电站锅炉及管道系统的重量；或者在同样的结构尺寸下，进一步提高结构的设计工作温度，从而提高系统的热效率。

但是，P92 钢的焊接难度是世界上最大的。P92 钢的焊接工艺已经成为国内超超临界发电机组安装中的重大技术难题。焊接接头是影响发电厂机组运行安全的最薄弱环节。由于 P92 钢合金元素含量高，焊接技术难度较大。如果焊接质量得不到保证，容易出现开裂，不但 P92 钢的优势将不复存在，并对电厂运行安全带来严重威胁。因此，提高焊接韧性是 P92 钢大口径厚壁管焊接的关键。

2005 年 1 月 16 日，中国西安。

中国首台百万千瓦超超临界火电机组——华能玉环电厂主蒸汽管道 P92 钢现场焊接攻关会议在这座古城召开。会议由中国华能集团委托西安热工研究院牵头负责。会议明确，由承担 1 号机组施工的浙江省火电建设公司负责完成 P92 钢焊接技术攻关。

时间十分紧迫。2005 年 2 月，浙江省火电建设公司成立了玉环电厂项目 P92 金属材料焊接工作领导机构及项目科研攻关小组，项目科研攻关小组核心成员由包镇回、张学锋、杨丹霞、徐百成、严永禾、翁建周、俞玮、庞云泉、金伊凡等 9 位工程技术人员组成，包镇回担任项目科研攻关小组领头羊。

P92 钢焊接技术攻关如同哥德巴赫猜想，其验证难度是可想而知的。从此，以 P92 钢焊接技术攻关为核心内容的"玉环岛猜想"，在共产党员包镇回的脑海时刻盘旋着。"这些材料我们从未接触过，中国华能集团组织西安热工研究院、浙江火电、天津电建，针对超超临界机组所使用的新型耐热钢进行了全面的研究和攻关。"包镇回回忆说。

P92 新钢种含有铬、钼、钨、钒、铌等多种金属元素，具有耐高温、抗高压、防断裂的强大作用，是高温性能最为优异的耐热钢钢种之一，在 600℃的环境下保持组织的稳定性和持久的强度，是超超临界大型发电机组主蒸汽、再热热段使用的新材质。但是，P92 新钢种化学成分复杂，性能独特，焊接技术要求高、难度大，易产生裂纹缺陷，在预热、焊接电流、层间厚度、焊接宽度、焊后处理等都有严格的工艺要求。这在当时，是一个全新的挑战。

浙江省火电建设公司为此集中各类资源优势，开展对 P92 金属材料焊接工艺的研究和探索，走上大胆猜想之路。

大 胆 猜 想

在焊接工艺评定上，项目攻关小组成员广泛收集国内外资料，并会集国内焊接及金属材料专家进行研讨交流，在此基础上取得第一手资料，并精心策划 P92 钢焊接方案，取得 P92 钢现场焊接工艺评定的资质。

将 P92 钢用于电厂主蒸汽管道为国内首例，尚无可借鉴的资料。国际上也没有相应的资料可供参考。

没有现成资料，一切从零起步。项目攻关小组对以往完成的工艺评定进行整理和分析，编制能覆盖玉环电厂焊接材料、规格的工艺评定目录，搞清玉环电厂工程必须进行的工艺评定项目、各类管材，进行相应的工艺评定。并根据华能集团的要求完成了 P92 钢焊接材料所用焊材熔敷金属的堆焊试验工作。同时，公司项目科研攻关小组在不同温度下，对 P92 钢焊材冲击韧性试验制订了详细的试验方案，对参加人员均进行技术方案的宣贯和规范的技术交底工作，过程中严格监督和控制焊接工艺。

P92 新钢种焊接工艺现场评定是"1000MW 级超超临界机组 P92 新钢种焊接工艺攻关及研究"的关键，当科研组领导将《P92 钢现场焊接工艺评定实施方案》的编制工作交给杨丹霞时，她还只是一名从班组技术员到焊接工程技术管理主管、工作不满 10 年的焊接工程师，而将要同她一起工作的科研人员，很多已是国家焊接专业领域里的专家级人物。一个名不见经传的工程师，因为有着充满自信、敢于挑战的坚定信念以及对专业岗位的无限热爱，所以毫不犹豫地接受了这项重任。因为，她心里明白，作为一个共产党员，这是应有的担当。

杨丹霞参与了许多钢种的焊接工艺研究和评定，对各种新技术、新材料、新工艺也有了更多的了解。令她没想到的是，国内首次使用 P92 新钢种的焊接工艺研究任务落在了浙江火电人肩上。作为一个焊接专业工程师，杨丹霞成为 P92 钢焊接工艺攻关小组的核心成员。这一年是 2005 年，正好是她参加工作后的第 10 年。

担子压在肩上。杨丹霞满脑子装着 P92 钢的特性。由于 P92 钢现场焊接工艺在国内是空白，国内没有这种金属的材料标准和焊接工艺标准。针对 P92 钢焊缝冲击韧性低、焊接性差，对预热及层间温度要求严、焊后热处理范围窄等特点，她想方设法收集相关 P92 钢的资料，并与小组成员一起进行多次小规模性能试验……

方案的编制工作就这样开始了。2005 年 5 月 15 日，浙江火电与西安热工院、苏源电力装备公司共同完成 P92 钢焊材熔敷金属堆焊试验工作，掌握了手工电弧焊用焊条的工艺性能，并取得了 P92 钢焊材第一手技术资料，确定了重要的热处理工艺参数。据此，杨丹霞撰写完成了《P92 钢焊条熔敷金属试验研究技术报告》。之后，杨丹霞又负责编制 P92 钢焊接工艺评定实施技术文件及实施方案。在方案编制过程中，杨丹霞和她的科研合作伙伴反复试验、深入讨论、仔细研究，不断对方案进行修改完善。

一个个验证数字，诉说着一个个探索故事。每个数字都是成长的见证，包镇回、杨丹霞、金伊凡和他们的团队伙伴在不懈地努力着……5个月后，《P92钢焊接工艺评定实施方案》终于得到专家和相关监督单位的认可。

艰难的猜想

2005年6月5日，P92钢焊接工艺评定在中国华能集团玉环电厂现场正式施焊。原电力部基建司教授级焊接专家张佩良、上海电力监理公司总监教授级焊接专家吴宣武等亲临焊接现场指导，对国内首次进行的P92钢焊接工艺评定工作给予极大的关注和技术支持。

杨丹霞和参与实施工艺的同事一道通宵奋战在现场。高温，再加上灼人的焊接弧光，施焊环境相当恶劣。试验并不是一帆风顺的。尽管方案编制过程中试想到了许多可能出现的问题，但是没有前车之鉴，没有经验可循，过程中，其他各项试验全部合格，但第一次施行方案后的试验结果没有达到标准要求，P92钢焊缝冲击功偏低，致使试验没有获得一次成功。首次焊接工艺评定宣告失败，它似乎告诉在场每一位工程技术人员要验证神奇的猜想，没有那么容易。

时间刻不容缓。杨丹霞与攻关小组技术人员马不停蹄地继续对神奇的猜想进行验证，艰难的猜想步履一步一步地向前推进。针对焊接工艺评定失败的原因，与浙江大学、西安热工院共同开展试验工作，其中包括小试样高温回火冲击试验，硬度（HB）与冲击功对比试验，加强了对热处理温度的准确控制及温度校核，并通过有效的途径，对热处理设备固有的系统误差进行补偿，以保证热处理温度的准确性，通过试验分析得出热处理不充分是首次工艺评定失败的致命点。根据试验分析得出的结论，杨丹霞再次修订了实施方案。作为攻关小组唯一的女同志，杨丹霞和攻关小组的其他成员一起，顾不得连日来的劳累，始终细心地观察方案的实施情况。几经试验失败、几经查找原因，方案再修订再实施。经过几天几夜的连续奋战，完成了焊接及热处理工艺的实施过程，接下来又是各种检验试验。其间，杨丹霞常常要工作到深夜，工作上的压力和身体上的极度疲惫，使她几乎喘不过气来。6月27日，第二次P92钢现场焊接工艺评定在杭州郭家塘——浙江火电焊接培训中心进行。7月11日，所有力学性能及理化试验工作全部完成，各项性能指标均符合标准要求。

7月26日，杨丹霞携带所有P92钢焊接工艺软件和硬件资料，包括熔敷金属堆焊试验记录及报告、焊接工艺评定过程控制原始资料、试样实物件、无损检测底片、浙江大学提供的力学性能试验报告等资料，与项目攻关小组领头羊包镇回一起赴西安参加由中国华能集团组织的P92钢焊接工艺评定专家评审会。评审专家用挑剔的眼神扫射着那一行行数据，郑重其事地讨论着。会场气氛十分严肃，专家们时而相互论证，共同推算；时而你看着我，我看着你，整个会场鸦雀无声，空气仿佛已经凝固。经过认真地严格评审，会议最终宣布评审结论：浙江省火电建设公司负责攻关的《P92钢现场焊接工艺评定实施方案》，技术文件资料齐全，实施过程规范，数据可信，各项检验及试验结果均符合要求。"小人物"终于挑起了大梁，小燕子终于飞起来了，坐在一边的年轻人杨丹霞听着听着，不禁热泪盈眶。她紧紧地闭着嘴，一幕幕绞尽脑汁的科研攻关情景在脑海里浮现，多少个不眠之夜，多少次艰难抉择，就盼望着今天这一刻。是激动，是欣慰，她百感交集……

"人从虎豹丛中健，天在峰峦缺处明。"杨丹霞是从家乡浙江诸暨燕至堂村飞出来的小燕子，也是一朵争艳怒放的铿锵玫瑰。

"宁知雪霜后，独见松竹心。"包镇回和他的团队历尽千辛万苦，终于成功破解这一世界性难题，在国内率先取得了P92钢焊接的第一手数据和宝贵经验，填补了国内空白，并为国内后续同类工程项目建设起到了示范和借鉴作用。

包镇回在学习的最高境界中，与团队人员一起攻克P92钢焊接技术难关，书写了中国焊匠的光辉篇章，为华能玉环电厂建设"中国美丽电厂"打造了强健的"骨骼"。孔子说："知之者不如好之者，好之者不如乐之者。"孔子在这里讲述了学习的三层境界：第一层境界是"知之"，相当于"要我学"，是学习的较低境界；第二层境界是"好之"，相当于"我要学"，是学习的较高境界；第三层境界是"乐之"，相当于"我爱学"，是学习的最高境界。如果一个员工，在平凡的工作岗位中，没有强烈的爱岗敬业精神，没有精益求精的工匠精神，能取得这样的职业资质和荣誉吗？包镇回之所以能在公司焊接专业的发展历程中，积极发挥"种子"作用，成为焊接技术攻关的领头羊，这与他对焊接专业感兴趣，以学习为乐事是分不开的；与他勤于学习、乐于思考是分不开的；与他在快乐中学习，变被动为主动是分不开的。

打响中国 P92 第一枪

精益求精是工匠精神的内涵，意思是事情已经做得很出色，但还是要在鸡蛋里面挑骨头，追求更加完美。作为一种精神，精益求精是优秀工匠们共同具有的思想特质和职业操守。

作为一名共产党员，金伊凡热爱焊接工作，把提高焊接质量作为自己的毕生追求。他走上焊接岗位以后，先后服务于 10 多个重点电力工程项目建设，累计焊接焊口近 3 万只，焊口一次合格率始终保持在 98% 以上。1996 年，金伊凡荣获全国技术能手称号。

大容量的高温高压机组，要求使用耐高温强度更高的钢材，涌现了多种铁素体热强钢和超细晶不锈钢等，及其异种新钢种的焊接，如 P92 钢等等。隔行如隔山，代号 P92，对外行人来说，真是云里雾里，可在金伊凡的脑海里，却像看自己的儿子，一清二楚。想当年，对研究和掌握这些材料的焊接工艺，他经历了一次又一次的挑战。在攻克 P92 钢焊接技术中困难重重。金伊凡明白，华能玉环电厂是全国首台百万等级超超临界火力发电机组，采用 P92 钢作为主蒸汽管道用钢，这是国内首次在火力发电机组的主蒸汽管道上应用 P92 钢，其管道焊接质量将会直接影响到整个机组的安全运行。遇事无难易，而勇于敢为。为了确保 P92 钢焊接工艺能达到国家标准，作为攻关小组主力队员，他与攻关小组其他工程技术人员一起，收集和翻阅大量相关科技资料，认真开展焊接技术攻关活动。为更贴近 P92 钢焊接工艺的施工大环境，把 P92 钢的焊接工艺评定放在项目现场进行。从焊材选择、焊前准备，到对口间隙、内充氩保护、焊接要领、采用小电流、快速焊、多层多道焊、有效控制焊接线能量、严格控制层间温度≤250℃、层间清理和打磨、焊接变形控制等等，一个个环节，他都严格把关。经过多次反复试验和分析，破解一道道工艺、焊接实际操作和热处理工艺的技术难题，最后成功完成了焊接性能评定试验，为 P92 钢的焊接工艺提供了重要的科学依据和技术支持。

2005 年 7 月 26 日，P92 钢焊接工艺评定通过评审。接下来，就是开始实战。

2005 年 12 月 28 日，玉环电厂一号机组主蒸汽管道 P92 钢焊接取证考试如期进行。

2006 年 1 月 12 日上午 9 时 34 分，中国焊接史上非常重要的时刻。中国第一只 P92 钢焊口、玉环电厂一号机组主蒸汽管道首只 P92 钢焊口开焊！

焊接位置为 2G（垂直固定），管道规格为口径 349 毫米×壁厚 72 毫米。4 位焊工组成一个组，两班倒连续施焊。技术员姜煌、王顺莹做记录，包镇回、金伊凡全程现场指导。这不仅标志着我国第一只 P92 钢焊口开始焊接，也标志着我国 P92 钢焊口焊接由工艺评定开始转入现场施工阶段，更标志着中国打响了 P92 钢焊接第一枪！

2006 年 9 月 10 日，玉环电厂一号机组主蒸汽管道 P92 钢焊口全部焊接完成。9 月 18 日，冲管顺利结束，10 月 13 日，玉环电厂一号机组并网发电成功。

玉环电厂一号机组组合安装受监焊口共计 154742 只，其中锅炉系统76412 只、汽机含四大管道约 3970 只、凝汽器钛管板密封焊接焊口 74360只。施工高峰期曾投入高压焊工 70 人、普通焊工 200 人，同时投用焊机300 台、热处理机 8 台。

金伊凡常常说："只要用心去钻研，就会将自己的工作做到极致。"

尾　声

2006 年 1 月 16 日，对浙江火电来说，是一个极不平常的日子。

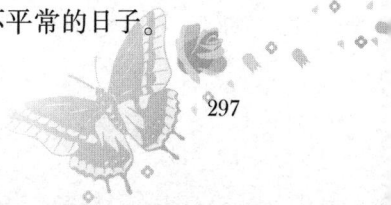

这一天，国内首台浙江华能玉环电厂"1000MW 级超超临界机组 P92 新钢种焊接工艺攻关及研究"科技项目成功通过浙江省科学技术厅组织的科技成果鉴定，先后被评为浙江省电力公司电力科学技术进步一等奖，浙江省科技进步奖二等奖、中国电力科学技术进步奖二等奖。这是浙江省电力系统迄今为止通过浙江省科学技术厅评审的第二个省部级科技项目，这项成果填补了国内空白。它的成功，倾注了参与该项目攻关的所有科研人员的心血和汗水，而杨丹霞是在现场攻关的唯一的女同志。男同志能啃的骨头，女同志也能啃。杨丹霞用她自己的努力，亲身见证了浙江火电飞速发展的艰难历程，遇到了她施展才华的大好时机。她说："国家重点工程建设使我得到了成长的动力，找到了我人生的坐标和价值。"2009 年，杨丹霞被评为浙江省劳动模范。

2006 年 3 月 20 日至 24 日，新钢种 P92 中德焊接工艺研讨会在杭州举行。浙江火电承办了这次意义非凡的研讨会，120 多位中外焊接专家、学者相聚西子湖畔，共同研讨新钢种 P92 焊接工艺，分享攻克新钢种 P92 焊接难题的成功喜悦。浙江火电从安装几万千瓦机组到安装百万千瓦机组，从一个小小的电力安装队到一个享誉全国乃至海外的电力建设排头兵，一路走来，筚路蓝缕，历经风雨见彩虹。

P92 钢焊接研究成果已经得到成功的推广应用，对我国发展超超临界发电技术产生了积极的促进作用，发挥了良好的经济效益和社会效益。

华能玉环电厂是我国首座国产百万千瓦超超临界火力发电厂，是新中国电力工业发展历史上的里程碑，作为国家 863 计划的依托工程和国家科技进步奖一等奖的获得者，华能玉环电厂的成功建设实现了我国电力工业在规划设计、装备制造、建设安装、调试运行方面的重大突破，标志着我国电力工业跨入了世界先进行列。一期工程于 2004 年 6 月 28 日开工，1 号机组于 2006 年 11 月 28 日投产，宣告了中国第一台单机百万千瓦超超临界机组诞生。2007 年 11 月，4 台机组全部建成投产，创造了 12 个月内建成投产 4 台百万千瓦超超临界机组的中国企业世界新纪录，实现了"技术水平最高、经济效益最好、单位千瓦用人最少、国内最好、国际优秀"的建设目标，为浙江省经济社会发展提供了坚强的电力保障。2019 年，"中国美丽电厂"的华能玉环电厂成为华能集团工业互联网火电板块试点企业。

气吞山河，山水为凭。不忘初心地砥砺前行，见证着玉环岛的现代化建设之美。2019 年 11 月 16 日，北京，在中国施工企业管理协会主办的工程建设行业庆祝中华人民共和国成立 70 周年宣传展示总结大会上，华能玉环电厂荣获"庆祝中华人民共和国成立 70 周年百项经典工程"荣誉称号。

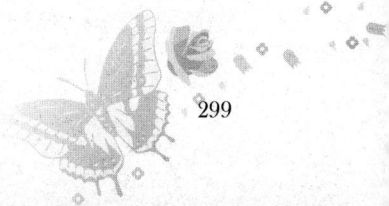

光芒叙事

明珠璀璨浙西红

——浙江第一座中型水电站黄坛口水电站建设史

周　萍

2021 年中国共产党百年华诞之时，中国有电 139 周年，浙江有电 125 周年，衢州有电 102 周年了！

沧桑巨变，一电可见。筚路蓝缕，百倍艰辛。

衢州的母亲河——衢江从西向东，横穿三衢大地，但是一直到 20 世纪 50 年代衢州市还没有一座中型以上水电站。

不干则已，一鸣惊人。始建于 1951 年，首台机组发电于 1958 年，位于衢江区黄坛口乡，沿乌溪江开发的黄坛口水电站成了新中国初期，浙江省最早兴建的一座中型水电站，被称为"中国水力发电的发祥地"、中国水电建设的摇篮、浙江第一颗夜明珠。源源不断的电力，为新安江电站、衢州化工厂、江山水泥厂等的建设立下了汗马功劳。

黄坛口水电站的建成发电是在中国共产党领导下建设有中国特色的社会主义的探索与实践，可以说是平凡的劳动者用实践诠释中国梦的精彩。

（一）

乌溪江是钱塘江上游的主要支流，从《乌溪江源流图》中看，逶迤曲折的乌溪江状如一条匍匐在浙西大地上的五爪乌龙。在这条苍龙未被人力束缚的千百年间，时而温顺，时而暴虐。温顺时它给浙西大地带来的是风调雨顺、鱼米膏粱和两岸百姓繁衍生息的生命之源；暴虐时则变得十分可怕，它呼风唤雨、翻江倒海，将那万顷恶水一股脑儿倾泻在浙西大地和百姓的头上。

通过对历代衢县县志记载的统计，自南宋绍兴十四年（1144）至新中国成立之前，乌溪江共发生重大洪涝灾害58次；自南宋淳熙八年（1181）至新中国成立之前，共发生重大旱灾68次，流域两岸生灵涂炭。

相传，唐代著名诗人杨炯做盈川（今衢州市境内）县令。他振兴农桑，关心黎民百姓疾苦，到任两三年时间，年年丰收。百姓丰衣足食，对这位父母官十分爱戴。不料，有一年，整整一年时间没下雨，池塘干涸，田地也裂开了，庄稼都死光了，没有收成，老百姓叫苦连天。杨县令亲自带衙役和老百姓一起抗旱，但衢江的水根本送不上来。他只有祷告上苍，朝着天穹长叹道："老天爷！我杨炯身为盈川父母官，却无力拯救百姓于水火，有何脸面活在世上呢?!"一纵身就跳入枯井中！有资料载：就在杨炯跳入枯井后，他的壮举感动了上天。顷刻之间，天便降下大雨，旱情缓解。这个发生在1300多年前的故事的真实性如何，已经无从考据了，但就其巧合性来看，无疑只是一个美好的传说。

就在杨炯县太爷跳井求雨的传说后不久，又一个悲壮的传说在乌溪江两岸传开了。在民国版的《衢县志》中，对宋乾道二年（1166）西安（今衢州）县丞张应麟率百姓引乌溪江水入千塘畈筑石室堰有载"宋南渡时创此堰，县丞张应麟董其事。三年工不就。"垂成时山水暴涨，张应麟策马赶到江边，仰天叹道："吾心尽计穷，无能为力矣！"言毕"跃马自沉中流以死，堰址始定。"

这个传说中的主人公叫张应麟，也是位县太爷，与杨炯不同的是，杨炯是为求雨沉井的，而张应麟则是为筑坝挡水而跳水的。也就是说，一个为没有水而死，一个为水太多而死。

（二）

水能载舟，亦能覆舟，水能使万物生长，死而复生，没有水则会使万物枯萎，直至死亡。昔日的乌溪江，穿行于崇山峻岭和金衢盆地，坡陡流急，流域内雨量丰沛，地质以流纹斑岩和花岗岩等分布为主，具备了建造中大型水电站的自然条件。

历史的车轮滚滚向前，驯服乌溪江的"梦"终于走了关键一步：1930年，衢县县长冯世模，同样一位县太爷，在省城杭州召开的省第七次建设会议上，冯县长那天发言的题目是"利用乌溪江水力筹建发电厂"。尽管这份被会议一致通过的提案在 20 年后的解放初期才迈出它坚实的一步，但它足以说明当年这位衢县县长的胆识、勇气和前瞻性。然而这个"梦"最终只是被冯县长锁进了抽屉，长达 16 年。

关于这个"梦"打开的过程，我国著名水电建设专家、"新中国第一代水电人""三峡大坝总设计师"潘家铮在其著作《潘家铮全集第十四卷春梦秋云录》——打响新中国水电建设第一枪中这样描述：钱塘江勘测处一致认为黄坛口的资料丰富、规模适当（9000 千瓦），'淘宜及早开发以利国计民生也'。一座大坝估价是 600 亿，是个典型的上马预算，但这也是浙江省头号大工程了。经过浙江省与当时燃料工业部的研究，黄坛口工程真刀真枪地干了起来。时任燃料工业部水电工程局的张铁铮副局长专程到杭，与顾厅长共同宣布将钱塘江勘测处改为浙江水力发电工程处，负责建设黄坛口工程。全处人员兴奋万状，那天晚上还美美地吃了一顿饭。接着，工程处开始招兵买马，上级派来了政工干部，面目一新。徐（洽时）主任也弄到一辆锃亮的专用三轮车，可以叮当叮当地出门拜客，不必临时雇人力车，办公室也迁到西浣纱路一座破大楼去了。就是我这个小小的实习员也升格为一个起码的设计员，可以设计点'边角料'工程，画几张配筋图。关于施工问题，徐主任找到上海颇有点名气的国华公司。公司的总经理吴锦安也是浙大校友，很富事业心，一头扎进这个宏伟工程中去。最后全公司迁到工地，并改组为公私合营，于是荒凉的黄坛口峡谷中炮声隆隆，新中国成立后第一座新建的中型水电站就这么开工了。

潘老的回忆带着文学色彩，有关志书官方记载如下：抗日战争胜利后，建设黄坛口水电站的呼声日益高涨，1946 年，浙江省水利局将黄坛口水电工程项目列为待筹建项目，1947 年，钱塘江水力发电勘测处勘测黄坛口水电工程，并在黄坛口设立水文站。是年 12 月 10 日，浙江省参议会一次三届大会通过了"兴建黄坛口水力发电厂案"。1948年，省政府历时年余，勘定了黄坛口水电站大坝的坝址，还在《东南日报》刊登了消息和照片，并函请国家资源委员会拨款兴建黄坛口水电站。1949年，钱塘江水力发电勘测处编制完成了黄坛口水力发电开发计划。

时任中共衢县县委书记兼县长石青回忆，解放初期，衢州工业基础极为薄弱，衢州城内只有一台柴油发电机，维系城里的用电。新中国成立后，浙江开始酝酿发展电力工业等基础建设，为大规模经济建设做准备。1951年5月，华东地方工业会议确定建设黄坛口水电站。6月，电站建设计划经华东军政委员会工业部部长汪道涵批准，在当年10月1日正式开工。

"1951年6月30日，我正在县里开土改总结会。下午开会当中，接到当时地委书记燕明的电话，'省里决定要搞黄坛口水电站，你马上到省里去接任务'。"1990年3月29日，石青在杭州接受乌溪江水力发电厂志编写人员采访时介绍，选择先进行黄坛口工程的原因包括工程有前期工作基础较好，分3年拨付的3000万元投资，省内能够负担。更主要的是，工程完成后，发电和灌溉效益十分被看好。

1951年7月，浙江省委、省政府决定改组钱塘江水力发电勘测处为浙江水力发电工程处，调中共衢县县委书记石青任工程处支部书记、副处长，工程技术人员徐洽时任处长，负责筹建黄坛口水电站。同月，衢州至黄坛口的公路建成，同时考察了解到私营上海国华工程建设有限公司有承接该工程的实力，对其实行公私合营，确定由国华公司承担黄坛口水电站工程施工。8月起，施工队伍陆续进场。石青回忆，施工队伍逐渐发展到4000多人，甚至衢县（现衢州市衢江区）本地樟树潭的船工、木排工人也加入了。

（三）

1952年1月，中共黄坛口工程委员会成立，原绍兴地区专员王醒调任工程管理委员会书记并兼任管理委员会主任，石青任副书记。

在当时的生产力条件下，建设黄坛口水电站极为艰巨，缺经验少技术，设备稀缺简陋，绝大多数建设者连水电站是啥样的都没见过。但在中国共产党的领导下，人们满怀建设社会主义的雄心壮志，在修建金华湖海塘小型水电站成功的鼓舞下，抱着艰苦创业的信念来建设黄坛口水电站。许多上海、杭州的工程技术人员和经验丰富的老师傅也以能参加水电站建设为荣，甘愿放弃大城市的优越条件，离家别子来到偏僻的浙西山区。浙江省委省政府机关和金华地委地区机关的干部向往参加水电站建设，有的找领导软泡硬磨，争着上工地；有的接到调令后，打起背包就出发。

"那时候，新中国刚成立不久，大家个个激情澎湃，建设热情高涨。"开工半年后，16 岁的周宗林来到黄坛口工程处实习，说起当年的情景，他声调都高了几分，"工地上，每天都是热火朝天，人声鼎沸。白天，头顶烈日，挑黄沙，抬石块，扛设备，开山挖土。入夜，一串串电灯照亮山坡，数千名工人像白天一样紧张地劳动着。晚上蜷缩在临时搭起的毛竹房里过夜。"

尽管黄坛口水电站初期进展顺利，采用的木笼围堰、水下爆破等都是国内首次设计建造及首创，但由于地质、水文两大基础资料太不足，电站建设还是遇到了挫折。

最大的问题是左岸坝头（西山）的滑坡问题。据乌溪江电厂退休干部、水工专家胡庚白回忆：1952 年春夏之交，工人们在黄坛口大坝西面开挖山坡时，发现西山的岩石特好挖，破碎得像瓦砾。下雨刮风，风化的碎石就噼里啪啦地往下掉。这样的岩石基础怎能牢固地结合坝头？经查，原来施工前主管部门并未对西山地质进行详细勘探，只在坝址勘探钻孔时发现岩石基础良好，便推断西山地质情况亦如此。施工的工程技术人员抱着侥幸心理，表面的岩石不理想，挖到里面总会好些吧。一番开挖后，结果仍然令人失望，工人们把里层的岩石比作豆腐渣。1953 年 2 月，在挖掉了16 万方土石后，还是不见完整的岩石。工程被迫停工。

国内顶尖水电专家、清华大学教授张光斗和施嘉炀。时值中苏友好蜜月期，燃料工业部派了刚到中国的苏联专家。他们都到工地调查研究……在大家都住茅草房的年代，苏联专家的待遇就在工地流传：苏联专家待遇真是好啊！横路大楼的房间专门铺了木地板给专家住，当时他工资每个月25 元，可是苏联专家每天的伙食费是 5 元，着实让工人们羡慕不已。但是大家都有高度共识：他们是来帮助我们建设电站的，我们自己艰苦点应该的。在工地上担任保卫任务郑全林老人回忆。后来，根据苏联专家建议，在西山加筑一道黏土堆石坝来稳定西山滑坡和西坝头衔接，工程得以顺利复工，并于1958年顺利完工。

与此同时，当时实测的水文数据也动摇了设计所依据的推算最大洪水值。家族世代以撑船为生的张雨生是1952年进入黄坛口水电站建设工地的，老人口述说："当时现有的水文资料都是伪造的，国民党时期，那个记录水文资料的人平时都在衢县，礼拜六再到黄坛口去伪造那个水文资料，记录。工程被迫停工后，他就留守在水文站重新观测水位。干旱期早8点、晚8点各观测一次水位，洪水期每个小时要观测一次水位。"

工程遭遇的第二次停工原因则为政策因素，1955年2月，因国家开发赣南钨矿，急需用电，而黄坛口水电站的用电对象——衢州地区计划建设的化肥厂和水泥厂尚未动工，于是，黄坛口工地的全部人员和设备被抽调前往支援江西上犹江水电站建设。

一波三折。1956年6月，华东地区经济发展迅速，用电形势趋紧。中央决定兴建新安江水电站，需黄坛口水电站提供施工电源。同时，衢州化工厂、江山水泥厂、龙游造纸厂等衢州地区用电大户纷纷上马。为此，黄坛口水电站又恢复建设，大部分建设者从江西返回，又从北京官厅水库工地调来一批骨干，充实施工力量。

1957年10月，水电站的施工进入高潮，大坝、厂房、土坝三大主体工程同时进行施工。1958年年初，在一间用毛竹架搭建的简陋工棚里，千名职工代表激情昂扬，举起右手宣誓："苦战150天，确保'五一'发电！"几经波折后，激动人心的时刻终于到来——1958年5月1日，黄坛口水电站首台机组正式投产发电。同年7月8日，黄坛口至新安江110千伏输电线路建成送电。输电线全长99.4千米，为浙江省首条110千伏输电线路。

梦想最终照进了现实！黄坛口水电站3万千瓦的装机总容量，为中国水电建设开启了新篇章。

光芒叙事

305

（四）

2019 年 10 月 13 日，34 名来自全国各大水电站的古稀老人自发组织回到"水电摇篮"黄坛口水电站，回到他们父辈工作过的地方，寻找孩童时的回忆：

"我的父亲 97 岁了，很想回黄坛口水电站看看，但是已经走不动了。今天我代表父亲来，替他看一看当年亲手造的大坝。"

"我爸爸就是当年上海国华公司（上海国华工程建设有限公司）负责人，1951 年带着 300 多人来黄坛口，刚开始住在黄坛口，后来搬至横路。"

"黄坛口水电站建设需要大批技术工人，从全国各地调集。我爸爸是江南造船厂的，当时就被调过来，我就是跟着父亲过来的。黄坛口不愧是水电建设的摇篮，全国各地的技术工人来到这里，建成电站后知道了水电站该怎么建，需要什么样的技术力量。然后大批技术工人从这里走向全国各地，建更多的水电站。"

"那时候，跟着父亲来到黄坛口，父亲当年是浇捣工。记得造大坝时，工人们抬着箩筐，将水泥、黄砂、石头按配比放到磅秤上称，苏联专家站在磅秤旁手把手教工人。称好后，班长签字审核，再由工人们肩挑手拿去浇捣。"

"当时去大山里采砂石料，砂石料里一点点黄土都要清理掉，专门派出民工将黄土挑出来，要求相当高。现在亲眼看到建于 20 世纪 50 年代的大坝，没有一点漏水，我们父辈们造的，自豪！"

…………

正如 1958 年黄坛口水电站首台机组投产发电时，浙江省副省长吴宪在庆祝典礼上的致辞：黄坛口水电站是全国水电建设大学校、练兵场，为新中国培养了一大批水电建设人才。从这里走出的潘家铮、柴松岳等，是新中国第一代水电专家的杰出代表。他们及他们的子辈及孙辈在新安江、富春江、湖南镇、三峡和龙羊峡等著名的大型水电站建设中成为骨干，有的更是成为国家的省部级领导干部，原浙江省省长柴松岳同志也是从这里起步成长的。

有光亮就有希望

——电力驰援地方抗灾抢险亲历记

谢 力

2015 年 11 月 13 日的夜晚和平常并无二致，微风吹拂，秋高气爽，小区除了偶尔一两个出来遛狗的主妇在走动外，一切都是那么宁静和祥和。当我关闭电脑，看完当日的报纸，洗漱完毕准备上床休息时。单位中层以上干部微信群里的一则消息引起了我的注意：雅溪片区发生了停电，具体地点、范围正在核实！

当时，我以为只是一起单线路或单台变压器的故障，没太在意。但接踵而来的信息让我一下子紧张了起来，据雅溪供电服务站站长报告：22 时 50 许，丽水市莲都区雅溪镇里东村发生山体滑坡，多栋房屋被冲垮，几十名在睡梦中的群众被埋。随后莲都区政府办公室的电话也打到我这里，要求电力部门尽快提供现场照明，全力配合抗灾抢险。于是，莲都供电公司抢险队伍紧急集合出动，一场真正实战的抢险保电"战役"在深夜打响……

紧 急 出 动

灾害发生在夜晚，当时我脑子里一闪而过的念头是我们电力：一是要尽快提供现场抢险照明，不然漆黑一片将极大影响抢险的顺利开展；二是要切断受灾区域的电源，以防受灾现场发生断落的电线被人碰到而发生触电事件。部署完这两项工作，我赶到单位，电力应急救援指挥部此前已迅速运转起来，各职能部门各司其职，按照应急预案连夜部署救援保供，相关人员分批赶往事发地。除了当地公安派出所的同志，当时，我们电力是第二个到达现场的单位。同时，我打电话给分管生产和抢修的副总经理陆文彪，让他马上带上几个人赶赴现场，靠前指挥、协调。他是电力生产、应急抢险的分管领导，也有着丰富的现场工作经验，熟悉农村电力线路的分布。同时，我们调集周边联城、碧湖、大港头等供电所人员，携带照明、抢修设备紧急驰援里东村。

雨夜的路，特别黑。

据先期到达的供电所同志描述，当时临近里东村，突然变得熙熙攘攘。与平时相比，原本宁静的小山村这个时间点车多了不少，人多了不少。透过零星的手电光，眼前的景象令人不寒而栗。半个里东村被泥石流夷为平地。

到 23 时 10 分许，我们供电公司陆陆续续 36 名应急人员携带 3 台柴油发电应急照明灯、7 台便携应急照明灯等设备物资，已抵达灾害现场，投入紧张的工作中。

"那边有几根电杆被压倒，赶紧过去看看。"抢修人员经过现场检查后，在所长的指挥下立即对故障点进行隔离，开始排除线路故障。我们抢修人员首先对里东村部分配变实施停电。

望着山上星星点点的手电光，时任雅溪供电服务站站长罗文华回忆说，当时想到的就是把照明设备运到一线，抢险绝不能耽搁。"弟兄们，跟我上！"罗文华一声令下，26 名先期到达的供电抢修人员投入"战斗"。可现场的区域得完全照亮这足球场般大小的泥石流堆才行！事发点地势陡峭，车辆寸步难行，可咋办好？他们只能四个人用手抬起 200 余公斤的手抬式应急照明灯，深一脚、浅一脚艰难地向前挪移。

雨夜的山区很冷，没有灯光的夜，更冷。

踏上崎岖不平的泥路，在黑暗中前行，湿滑的每一步，仿佛都要使出浑身的气力。不时有人摔倒，不时有人爬起，可应急照明灯向前传递却始终没有停止。

三台柴油发电应急照明灯陆续成功就位，打开架子、柴油机发动、电源闸刀合上，搜救现场的第一盏灯终于亮起。

刹那间，为蜂拥而至的抢险队伍提供了现场照明，人们原来在黑暗中探索着的脚步一下子加快了许多。塌方体堵塞了一侧河道，马路上早已"水漫金山"。在有序的指挥下，电力抢修人员昼夜作战，克服了恶劣的天气以及复杂的地质情况，冒着现场不时有滚石落下的危险，全力参与抢险。

14日凌晨2时20分，经多次排查受灾区域损毁线路隔离完毕，配变供电恢复，210户客户恢复供电。在另一头，为抢险指挥部等部门架设临时电源的工作也在同步进行。好在附近高速公路隧道里就有电源接口，为我们节省了大量的时间。经过连夜奋战，抢修人员共架设临时供电线路2000多米，安装碘钨灯等应急照明100余盏，满足了现场照明、抢险指挥等用电需求，并为中央电视台、浙江卫视现场直播铺设好临时电源线路。

我和党委书记张叶根在14日凌晨赶到事发现场，G25金丽温高速公路丽水西到缙云段已施行双向禁止通行。一路上全是前往事发地的各种车辆，堵塞严重，一般车辆都不让通行。好在我们临时换乘一辆黄色带警报器的电力抢修车，还算顺利抵达现场。和已守了一夜的陆副总经理进行了简单对接，进一步了解了现场的情况及后续的一些需求，并慰问了在灾区连夜奋战的电力抢险人员。

这时只见高速公路对面的山体滑坡现场已布满了穿橘红色衣服的抢险队员和穿迷彩服的武警战士，几台挖掘机开足马力发出嘶鸣的吼声，尾气散发的呛人柴油味弥漫在空中随风飘散。所有的人都抱着同一个愿望：尽快救出被埋在土里的人们！

在现场，我对后续工作进行了再明确，并就后勤保障尤其是夜间值守人员的防寒问题进行了布置，要求当天搭建好自己的帐篷，配置几张简易行军床供值班的队员临时换班休息。同时，公司班子成员每天轮流在现场值守，及时向指挥部和兄弟抢险单位了解他们对电力的需求，最大限度为他们提供电力服务。如联通公司在现场向我提出他们帐篷需要临时接照明灯，还需要借用我们的单兵可视设备，我们都以最快的速度满足了他们的要求。

打赢攻坚战

随着救援的深入，14 日 14 时，丽水供电公司应急基干队 30 余名队员抵达里东村抢险现场。基干队搭建临时指挥部，搜集抢险信息，为现场靠前指挥提供保障，这大大减轻了我们莲都公司的压力。同时，基干队紧急启用较为先进的移动灯塔，将移动照明塔布置到各抢险搜救作业面上。天黑之前，8 个照明点 10 余盏灯塔升到空中，点亮了整个作业面。

一方有难，八方支援。14 日 16 时 30 分，在浙江省电力公司的统一指挥、协调下，温州、金华、缙云供电公司等兄弟单位的 18 名应急基干队员、3 辆应急照明车和 9 台移动照明设备也抵达现场，开始参与抢险。当时我们莲都还没有一台造价上百万的应急发电照明车，只能请求兄弟单位增援。一台照明车可照亮一个足球场大的区域，而且可以随时移动、变换方位，同时还可以发电，为其他用电设备供电。里东事件后我们莲都公司在市政府的支持下也迅速配备了一台应急发电照明车，为全市各县市的应急救援照明提供了可靠的设备，同时也多次出征全省其他县市，为抗击台风等自然灾害立下了汗马功劳。

里东村的滑坡一直延伸到里东高速边，事故造成山体塌方 30 余万立方米，27 户房屋被埋，30 多人被困，303 户停电。当时的中共中央政治局常委、国务院总理李克强作出重要批示：要求抓紧全力搜救被埋群众，救治受伤人员，尽最大努力减少伤亡。

14 日 11 时 30 分，有 40 户用户恢复了供电。至此，恢复供电总数达到了 250 户，短时具备恢复条件的用户均已恢复供电。

14 日 21 时，我召集在电力临时指挥部召开会议，对工作进行布置。

14 日 22 时 50 分，已经在现场连续奋战一昼夜的电力抢修人员接到了一个紧急任务，为国土资源部专家设立的地质雷达监测仪拉一个临时供电电源。

"没事，没啥累不累的，救人要紧。"一听说是为地质雷达监测仪提供电源，刚刚从现场撤换下来的纪伟平师傅和其他几个抢修人员，没顾得上半点休息，拿起装备又重新投入这次新的抢修任务中。

临时电源接点位于滑坡区域旁边的一个小山洞顶。通往山洞顶只有一条垂直的爬梯。抢修人员只能一边扛着器具设备，一手握着梯子艰难爬至山顶。

"大家注意脚下，这里刺很多。"山顶道路布满荆棘，加之天色黑暗，队员们靠着手电筒微弱的灯光抹黑前行，几名队员都不小心被荆棘划出好几道血痕，但时间紧迫，抢修队员们已经顾不得这点疼痛，一路急速前进。

十几分钟后，抢修队员抵达电源接点，立即展开作业。但是由于连续阴雨，现场积水严重，同时被各种杂草覆盖，给接电拉线工作增加了难度。为了加快进度，纪师傅果断用对讲机呼叫了增援，随后，一支7人的队伍又到达现场。

两支队伍争分夺秒，快速分工合作，一路负责清理杂草和积水，一路负责跟进布线、接线。不知不觉中，现场所有队员的鞋子和裤子都被浸湿，当时能够清晰看见一些队员白色袜子被血给染红了。

半小时后，电源装接完毕。抹去脸颊上的汗水，纪师傅和其他抢修队员们迅速回到指挥部集结，耐心等待新的任务指令。

14日晚，我们电力救援一线临时指挥部向总指挥部主动提出了将照明向灾区核心区域进一步推进的建议，得到了救灾总指挥部的充分肯定。

经过连夜的施工方案设计、研讨和物资调配运输，一切准备工作就绪。

11月15日上午，莲都里东村泥石流现场的救援行动已经持续近36个小时，黄金救援时间过半，现场所有抢险人员都在争分夺秒救人。

"你们快回去休息一下，这里交给我吧！"9时许，20多名莲都公司电力抢险人员又奉命补充到抢险一线，队长柯俊与在现场通宵奋战的同事进行了简单交接，他们将接替担负此次照明线路架设工作。

15日9时57分，线路架设工作正式开始。3名抢险队员迅速登上一旁的山洞顶搭接电源，另外15名队员在高速路沿线一字排开，拉起了一堵近百米的人墙，布线、拉线工作很快有条不紊地展开。

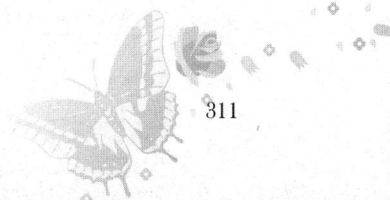

15 日 11 时 05 分，电源线路与增容工作顺利完成，照明灯安装工作快速衔接展开。由于照明灯要安装架设在高速路围栏上，扶梯无法倚靠，电力救援人员只能 3 人一组搭起人梯进行安装，而围栏下方就是湍急的河流和被毁的房屋。那一刻，他们已经顾不上危险，队长柯俊对我保证："看着对面被毁的村庄，想想现在还被埋在泥里的人亟待救出，我们无论如何必须加快进度，一刻不停。"

与此同时，他们还为水利部门成功完成 4 台水泵的电源接入。

同时，我们电力抢修人员在巡查中还发现自带发电机的消防指挥车续航能力严重下降。为满足现场抢险指挥用电，我们立即行动了起来，对消防指挥车进行线路搭接，以便提供临时可靠电源。

持续的降雨给抢修工作带来难度，雨水肆意地打在每一位抢修人员的身上，但他们却一刻也没耽搁手上的活，任凭雨水混合着汗水一直流着。

经过仔细检查，抢修人员确定指挥车的控制箱电源存在故障，抢修人员改变方案，调整接线方式。经过努力，终于让消防指挥车恢复正常供电。

15 日 14 时 15 分，照明线路设备全部安装并检查完毕，提前完成了总指挥部下达的任务。此次共架设电源线路 400 余米，安装碘钨灯 15 盏，节能灯 10 盏，全面代替原有移动式发电机照明灯，灾区照明在全覆盖的基础上，照明强度全面提升，有力地保障了夜间搜索救援工作的顺利进行。

15 日 16 时 40 分，电力救援人员紧急调配临时照明设备，为现场救援开辟第三个大型机械作业通道提供用电照明保障。

15 日 17 时 25 分，随着救援工作的深入，靠近山体的地势低洼侧急需更强的照明。灯塔无法直接越过满是巨石和泥浆的塌方体，电力救援人员绕道走了十几公里的崎岖山路，将灯塔运抵塌方处。

15 日 18 时 20 分，搜救人员发现一处废墟有生命的迹象，急需照明，我们电力救援人员及时送上照明设备，确保了搜救工作的正常开展。

15 日 19 时 35 分，应指挥部要求，电力人员迅速调来一台照明灯塔，增加现场光亮度，配合加快抢修进度。

15 日 21 时 20 分，电力救援人员对所有布出去的线路负荷、电流情况进行巡查，及时查找问题，消除缺陷隐患。

15 日 22 时 05 分，电力应急指挥部召开会议，进一步明确救援力量部署及防雨等事项。

15 日 22 时 26 分，电力基干队员分批对现场的汽油应急照明灯添加油料，为夜晚的抢险提供充足的电源保障。

截至 15 日 22 时，莲都供电公司共投入 120 余名救援人员，24 小时坚守在事故现场。在事故救援期间，丽水供电公司共出动大型应急照明车辆 8 辆，移动照明设备 28 台，应急发电机 5 台，架设现场临时供电线路 2000 多米，已恢复 250 户用户的供电，实现了救援现场电力供应全覆盖。

11 月 15 日 22 时 30 分，夜幕已重，离里东村突发山体滑坡灾害虽已过去 48 小时，依然有 20 多名失踪人员等待寻找。48 小时，争分夺秒，救援仍在继续……

16 日 8 时，天空下起了雨，救援难度加大。我们电力抢险救援队主动作为、提前谋划，专门为政府、军队两个应急指挥部进行带电搭接，为救援提供双电源保障，进一步提高了供电的可靠性。同时，面对随时可能发生洪水和塌方的危险，在里东核心灾区右侧有一条通往山下的重要救援通道，主要供救援人员通行和简易装备运输。由于一半道路位于高速公路下方，虽已有灯光照明，但光线较昏暗，给救援人员夜间出行造成一定不便。我们得知这一问题后，迅速调集人员、物资，准备新搭建一条照明线路，强化道路照明，进一步保障夜间救援工作顺利进行。

16 日上午，灾区开始下起阵雨，雨量逐渐增大。此时，从总指挥部传来了一个更坏的消息，气象部门预测未来 5 日，丽水将出现持续性降雨，并有大暴雨等恶劣天气出现，这不仅增大了救援难度，也给这次照明线路建设行动带来了安全问题。

"我们要施工的地点位于塌陷山体下方，并处于滑坡形成的堰塞湖下游，一旦出现极端暴雨天气，很有可能受到山体二次塌方和洪水的危害，大家要协作配合，行动迅速，也要保证工作质量。"当时此项工作负责人与应急队员交代了此次行动的危险性和注意要点。为了最大限度保证队员安全，抢险总指挥部要求在恶劣天气来临前快速完成工作任务，我们在现场电力应急指挥部制订了详细的应对方案，明确了遇险时的处置方法和疏散路线。

中午12时30分，搭建工作正式开始，队员们熟练操作，紧密配合，高效执行着既定工作计划。工作负责人时刻保持与指挥部联系，密切关注天气和山体情况。13时45分，照明线路搭建工作顺利完成，共拉设照明线路200米，安装照明灯20盏。14时，全体队员安全撤回营地待命。

"这里需要新搭6顶帐篷，请求电力帮助连夜接电。"16日19时30分，我接到现场总指挥部的任务通知。接到任务后，在现场值班领导的协调下，十几名抢险人员冒雨进行现场勘察。

一公里外的隧道口放着新到的增援部队的6顶帐篷，20时08分，现场勘察完毕。抢险人员兵分两路，开始冒雨布线、安装电灯、插板……

"大家不要自行接线，如果有需要，随时过来找电力抢险队员，也不要在帐篷内使用大功率设备。"忙活的同时，电力抢险队员也不忘叮嘱大伙儿注意用电安全。

21时10分，6顶帐篷全部通电。明亮的灯光照亮了每一顶帐篷。

17日，持续的大雨给救援造成困难，由山体滑坡形成的堰塞湖水位暴涨。里东村原有的一条小河穿村而过，堵塞河流。为防止发生次生灾害，救援人员抢排疏通河流。为保障排险照明，我迅速调集人员、物资，增加5盏照明灯，为桥下排险提供照明。

保 障 救 援

为了解决现场救援人员手机充电难问题，我们在抢险第二天就在现场不同区域设立了四个"电力加油站"，站内配有不同型号的手机充电端口，可同时为60台手机进行快速充电，基本满足了灾区工作人员手机的充电需求。

夜色，像一张巨大的网，连绵不绝地延伸开来。山谷中的阵阵寒风频频袭来，让人禁不住裹紧衣服，抢险人群中有人已穿上了军大衣。随着时间的推移电力面上的工作已稳定下来，作为夜间值班领导的我让大家安排好设备巡视人员，其他队员进临时帐篷休息。

夜深了，本来是人们进入梦乡的美好时刻，虽然大家睡意渐浓，但耳畔不间断地传来大型挖掘机隆隆作业的声音和飘散在空气中的浓烈柴油味，让人难以入睡。对面山坡上救援人员仍然坚持奋战在岗位上，官兵们主要采取手工作业和大型机械相配合的方式实施救援，采取机械不休息、人员轮番倒的方式，昼夜实施连续作业，争取最快的速度救出生还者。这既是对逝者生命的尊重，也是对自己职业的恪守。

睡意全无的我只得在公路上来回走动。附近的隧道里面已铺满了亮闪闪的防潮垫，参与抢险的部队官兵们累了就躺卧在防潮垫上休息，但已过22时了里面仍然空无一人。争分夺秒是大家共同的心愿，人们多么希望在现场听到"又出来一个"这样的声音。

越来越多的社会救援力量汇聚到这里，让救援现场四处传递着爱心的关怀。距离现场指挥部500米不到的地方有三辆餐车在24小时营业引起了我的注意，原来是杭州的志愿者赶过来了，带着上千份的速食和饮料，为抢险队员提供热腾腾的包子、水饺、馄饨、豆浆、发糕等点心。那天深夜，我要了一碗水饺，准备付钱时对方说是免费的不收钱，想吃，来就是了！片刻一股暖流涌上心头，带着热度的餐点，让冬夜里的里东处处洋溢着爱的暖流。抢险是揪心的，爱心是暖心的。

17日中午，应急基干队员李叶峰在巡视设备过程中，发现由于长时间超负荷运作，为水泵供电的发电机出现异常。在电力应急指挥部的协调下，迅速从别处调用了一辆发电车，解决了现场抽排水用电问题。当天11时30分，电力救援发电车到位。受现场环境限制，发电车离施工地点较远。抢修人员重新规划线路，从隧道上方敷设电缆。经过大家的努力，水泵终于重新启动。看着不断下降的水位，供电抢修人员紧锁的眉头渐渐舒展开来。

在接下来的救灾工作中，供电抢险人员的工作重心转向协助排险与灾害治理。供电员工做好临时场地的线路拆除、受灾群众临时安置点变压器及线路架设等工作，确保临时安置点按时投入使用，为灾区群众恢复生产提供电力保障。

19 日，部分救援工作告一段落，一些救援队伍陆续撤离，但我要求供电保障人员仍然坚守在救援现场。"只要还有一个帐篷在，我们就要坚守到底。"为帐篷安装照明灯的郑伟国拍着胸脯对我说。

截至 20 日 16 时，丽水供电公司共出动 406 名救援人员、13 辆大型应急照明及发电车辆、32 台移动照明设备、5 台应急发电机，安装碘钨灯等应急照明 100 余盏，架设临时供电线路 4000 多米。

我们电力抢险队的工作也得到了各级领导和兄弟抢险单位的肯定和赞扬。

"感谢你们！因为你们的辛勤付出，为抢险救灾工作顺利开展提供了重要保障！"11 月 17 日 22 时许，时任丽水市委书记王永康、代市长朱晨、区委书记葛学斌等领导来看望电力抢险人员。临走时，王永康书记握着我的手说："无论白天还是夜晚，灾区的抢险救援和现场指挥，均离不开电力的有效供应，感谢供电公司为抢险救灾所提供的电力保障，希望继续发扬不怕疲劳、连续作战的精神，认真做好各项工作的点滴细节，努力夺取最后抢险救灾的胜利。"他同时嘱咐电力抢险人员要保重身体，合理安排好值班与轮班。

11 月 22 日整个抢险工作告一段落。8 时多完成里东村救援任务的最后一支部队——武警交通部队撤离。14 时金丽温高速公路丽水西至缙云段正式解除交通管制，恢复正常通行。

"我们电力最后一个撤离！"在现场，我下达了本次抢险工作的最后一道指令。

原本机器轰鸣、人声鼎沸的现场一下子停顿了下来，寂静得一时让人难以适应。一家家朝夕相处、相互帮助、携手共进的抢险单位陆续撤离，原本拥挤的现场突然显得空旷、冷清起来。我和队员们一边收拾工具，一边拆除临时导线装车，最后把我们的临时营地清扫得干干净净。

16 时，我们撤离现场，车队离开魂牵梦萦的里东村回到公司大院，圆满完成本次救援抢险任务。

我不禁又想起了 2001 年 7 月 2 发生在云和县境内的一起交通事故抢险救援工作。那时，我从丽水供电公司下派到云和电力局任副局长，第一次参与地方的应急救援抢险。当时事故也是发生在夜里，一辆从丽水开往龙泉的大巴车在丽浦线 77 公里处与一辆大卡车发生刮擦，大巴车在云和赤石岭的地方坠入山崖。得到县政府要求现场提供照明的指令后，我们电力应急抢险人员迅速组织起来在我的带领下赶赴现场。当时，我记得出发前问了好几遍五节手电筒带足了没有？因为当时五节手电是我们最高级的机动照明工具了。虽然已是炎炎夏日，但夜里山谷的冷风加上高度紧张还是让我有点瑟瑟发抖，周围除了不断晃动的手电筒亮光，远处便是伸手不见五指的茫茫黑暗。

　　时任县委、县政府的领导均先后赶到现场，县委书记还亲自过来跟我说，要尽快把照明灯拉到山崖下面，以便搜寻伤亡人员。我们在现场看到公路边有民房，决定从民房接电直通事故现场。时间一秒秒地过去，我从山上一脚高一脚低地在乱石堆里爬到了山下，在提供手电筒照明的同时也目睹了医护人员在七零八落的车厢里抢救重伤员。当我们急急忙忙把电线拉到山下以为大功告成时，接上灯泡时竟然是不亮的。原来我们采用的民用电线中间竟然出现断线，等到城里新的导线送来时，现场救援工作已经告一段落，参与救援的人们已陆陆续续开始撤离现场。望着一下子寂静下来的山谷，我当时真的是懊恼无比，为那盏最终没能亮起来的灯而深深自责。这起交通事故造成了 4 名乘客死亡，12 名乘客受伤。现在想来当时要是有便携式发电机该多好，能快速提供照明。现在五节手电筒早已经看不见了，都改成锂电池能充电的手提多功能照明灯了，方便又可靠，照明强度也大了许多。时代在发展，电力尤为如此，真的是今非昔比。

　　通过里东这次实打实的电力应急救援，给我们带来了许多经验和教训。我思考的第一个问题是：如果里东村不在公路边，附近没有可接的电源点怎么办？如果不通公路，车辆不能到达现场我们沉重的照明设备如何进去？

　　2022 年 3 月 21 日东方航空 MU5735 客机事故救援中的一则报道引起了

我的注意，由于事发地在山林中，初期夜间救援采用了一种新型的无人机照明，升空 120 米能保障提供一个足球场区域大小的照明，并可停留 12 小时以上。在大型电力设备还没到位的情况下发挥了很大作用，值得我们地处丽水山区的供电部门借鉴。这些设备我们莲都也应该进行配置，为今后更好地开展应急救援提供技术支撑。

青山着意化为桥

陈　雄

2022 年，疫情依然延续，防疫抗疫依然成为硬仗，"阵地战""保卫战""拉锯战"艰难而艰巨。共和国的每一个部门、每一位公民都责无旁贷。

但 2022 年还有一场更大的考验在等待着我们，一切又都在预料意想之外。

我们经历了有气象观测史以来，或者说是有气象记录以来最热的夏季，而且没有之一。六月中旬，阴历二十四节气的夏至还未到，夏天的帷幕还未开启，但我国较大范围的热浪却呈排山倒海的态势，一波一波地来袭。过了夏至，过了初伏，这热浪一波高过一波，一浪强过一浪，温度节节攀升，高温纪录不断地被刷新。高温红色预警成为这个夏季极端气候最醒目的词语。全国有 28 个省级行政区出现了 40 度以上的高温，旷日持久多达 68 天。

极端的天气、紧缺的电力和骤升的用电负荷就像一张艰难试卷的三大考题，摆在了党政机关和职能部门的面前，电力首当其冲。在浙江省杭州市萧山区，2021 年全社会最高负荷是 363.2 万千瓦，创历史新高，同比增长9.7%。到 2022 年，因为连续的高温，因为空调负荷的剧增，使得萧山区的最高负荷，达到了史无前例的 382.1 万千瓦。这期间，萧山单日最大负荷缺口达到 80 万千瓦，占萧山最高负荷的 1/5，相当于整个浙江省缺口的 7.3%。

这是一份百万萧山百姓做主考官的答卷，也是一份保民生、保稳定、保发展的综合考卷。这也是一份几乎难以圆满完成的考卷。如今秋风已起，高温逐渐退去，当我们再回首酷暑高温的近百个日夜所经历的惊心动魄，萧山区委、区政府和每一个政府职能部门，以及国家电网萧山供电公司的每一位建设者都可以自豪地说，为了人民的利益，萧山交出了一份满意的答卷。

家住北干二苑红枫小区的金阿根老师当年已经年近八旬，曾先后担任过萧山二轻系统的一家工艺鞋厂和一家石英厂的负责人，对曾经的用电困难体会很深。他又是萧山小有名气的作家、笔杆子，也曾经是很多部门的行业作风监督员，当问及对 2022 年电力能源紧缺政府与职能部门对保供电的措施是否到位时，金老师竟表现出一脸的惊讶和迷茫：“当年的电力有那么紧张吗？我们北干二苑可是一次电也没停过。我也没有听见其他的居民说过有什么拉电、事故停电，或者电压不稳的事。多亏有了萧山电力的保障，家家户户都有电可用，有空调可用，不然不知道会热死多少人。”说着金老师就打开了话匣子，记忆犹新地讲起发生在 20 年前，2003 年开始的那场电荒给社会和经济生活带来的巨大影响和深刻教训。

2003 年，对于萧山来说，对于萧山电力来说，无疑是痛苦的一年。

也几乎是同样的状况和类似的自然灾害，2022 年比 2003 年那一年更严重。那年，一场 50 年一遇的高温和干旱，电力供应出现前所未有的短缺危机，缺口几近用电负荷的一半。全区共 498 条供电线路，频繁拉闸限电，最多的一天拉电超过 250 多条次，部分线路成为连续多日停电的重灾区。因为缺电和拉电，线路“停三供四”和“开一拉一”成为常态，导致了企业无法组织生产，不敢接生产单子，机器无法正常运转，商场宾馆无法正常经营，老百姓也常常无电可用，给生活带来了极大的困难和不便。

那一年，萧山因为频繁拉闸限电，少供电量至少在 2 亿千瓦时。

除了因为电力缺口拉闸限电，由于电力设施建设滞后的陈账太多、线路超载而拉电，配变台区因超载而烧毁的事故也频繁发生，又在一定程度上加大了百姓生活用电和企业生产用电的停电频率。

这之后的 2004 年，在萧山区委、区政府的坚强领导和指导下，萧山供电局在其他职能部门和镇、街道的密切配合下，制订了一套有序用电管理体制改革的重大方案。萧山的拉限电情况得到了根本性改变。

这套有序用电管理体制方案以“重心下移、权责一致、包干使用”为原则，以停机不停线，确保老百姓"有灯可点，有饭可烧，有电视可看"，由供电局一家管电变为政府指导下的多家管理，核定用电基数，将负荷指标分配到全区各镇、街道、农场、开发区等30个包干单位，形成大家自我管理、各负其责、互相监督的局面。

管理体制调整后，各乡镇、街道的主要负责人都亲自参与本单位有序用电的制定和实施工作，抽调相应工作人员，建立专门工作班子。全区上下形成了纵横交错的管理网络，使得有序用电方案更细化、电量分配更合理、发现问题更及时、群众监督更直接，管理力度得到了根本性的加强。

尽管目标进行了细化，但供电局的压力并没有因此而完全分解，反而增加了一项重要工作——管理。如何保证公开、公平、公正，并且细化为分配指标公平、执行限电公正、实施情况公开，这同样是一件困难事。供电局与上海协同科技有限公司联合开发了电力负荷分配与监测系统，应用现代信息技术，对全区30家包干单位的用电情况进行实时监控。一个单位一块模块，其分配指标和用电情况均在网络系统上显示，正常情况下，模块为蓝色，一旦超标用电，模块即显示红色，供电局就按规定严格执行"谁超限谁"的措施。

至此，萧山有序用电的一整套管理体制形成了"萧山经验"在全国得到了推广应用。

进入2005年，电力供应的矛盾有所缓解，但电力的剧痛、阵痛仍客观存在，一场电荒所暴露的电力短缺警示着我们。

2005年的寒冬，电荒的余悸还在，"迎峰度冬"的工作一刻也不能够松懈。时任中共浙江省委书记的习近平同志来到了杭州市电力局，他站在杭州电力局电力调度大厅硕大的屏幕前，忧心于浙江省会城市杭州乃至整个浙江的能源卡口之紧和电力缺口对经济民生的影响之困，对浙江电力人提出了"宁肯电等发展，不要发展等电"的重要指示。

他对电力发展和经济发展紧密关系的阐述，既是对电力发展现状的关切，也是对电力发展未来的期望。电和发展的关系深化了"人民电业为人民"办电宗旨的内涵，是对新时代我国能源发展理论的崭新探索，开辟了中国特色新能源发展的新道路。

光芒叙事

萧山电力在从 2002 年到 2022 年的 20 年间，掀起了一次又一次的电网建设热潮，实现了萧山电网从数量到质量上的大跨越、大飞跃和大提升。20 年来，就是在这"不要发展等电"的重要指示引导下，萧山电力以建设坚强、低碳、智慧的网为己任，不忘初心，大刀阔斧建设萧山电网。

数字的比较是最具说服力的。

在 2001 年底，萧山有变电站 45 座，其中 220 千伏变电站 3 座，110 千伏变电站 14 座，35 千伏变电站共计 28 座，总变电容量为 231.67 万千伏安。

20 年之后，到 2021 年底，萧山拥有变电站 80 座，其中 500 千伏变电站 3 座，220 变电站 12 座，110 千伏变电站 55 座，35 千伏变电站 10 座，总变电容量达到 1839.6 万千伏安。

这是一个惊人的数据。20 年间，萧山输变电网络的变电容量增加了 1607.93 万千伏安，2021 年比 2001 年增加了 6.94 倍。

供售电量的变化更是巨大。

2001 年，萧山全社会供电量是 42.93 亿千瓦时，售电量是 39.94 亿千瓦时。到 2021 年，全社会供电量达到了 214.26 亿千瓦时，售电量达到 183.45 亿千瓦时。20 年，供、售电量分别增长 399% 和 359%。

这巨大的变化后面，是萧山区委、区政府和有关职能部门为实现电网适度超前而付出的艰苦劳动和卓越的工作。

孙济平见证了萧山电网的发展和变迁。如今即将退休的他回忆起进入 21 世纪以后，萧山电力热火朝天的建设场景，依然热血沸腾，心情激动不已。

萧山是全国经济领先的县市，是全国百强县之一，工业超千亿冲双千亿等都是萧山经济发展经历的辉煌，这些独特的区域经济发展优势，造就了规模日益扩张，实力不断提升的萧山电力，但也给萧山电力的建设和发展提出了很高的要求。尤其是在电力紧缺性拉电的矛盾过后，电网又陷入受送拉电的困境。

怎么办，必须大刀阔斧地建设，而且要超前规划，超大投入，超常规建设。可喜的是这种理念很快成为从萧山政府到电力部门决策者的共识，并制订了决定萧山电力未来发展的专项规划方案。在萧山电力专项规划评审会上，来自全区各镇的领导建言献策，对萧山电力未来的发展充满了希望。

2006年春节以后，区委领导调研第一个单位是萧山供电局，全区性第一次重要会议是电网建设工作会议，区政府与各镇街道职能部门签订军令状，区领导十分明确提出：供电局要多争取项目，因争不到项目而导致缺电，追究供电局责任，有项目而无法建设，建设受阻，追究镇街道政府的责任，协调不好工作由区政府负责任。社会上下都深刻意识到电力的重要性和迫切性，一切均在为电力建设铺平道路，开启绿灯。

那几年，萧山的电网建设如火如荼。

以萧山电网建设史上值得大书特书的一页——2006年为例，在开年后5个月的时间里，就先后有越王、红山、白浪等3座110千伏变电站投入运行，投运主变容量25万千伏安。

110千伏越王变电站，这座在湘湖休博园区内的专用变电站，从开工建设到通电投运仅用了180天时间，为杭州世界休闲博览会的顺利召开提供了有力的电力保障。

110千伏红山变电站，这项启动于2003年的工程，曾经由于外界因素干扰，迟迟无法顺利投运。2006年，萧山区委区政府全力支持电网建设，采取强制措施，使这项久拖不决的工程在当年5月25日通电投运，解决了该地区用电紧张矛盾。

110千伏白浪变电站，这座建在东片工业经济发达地区的变电站投产，代替了原35千伏金星临时变的运行任务，极大地提高了该区域的供电可靠性和设备安全运行水平。

2006年6月初，220千伏祝桥变电站迁建及进出线路迁改工程顺利投运，不仅减轻了萧山电厂和220千伏宁围变电站的压力，而且有效改善了萧山中部地区特别是萧山主城区的供电结构，区域供电可靠性大为加强。

110千伏城东变电站自1996年投运以来，一直由萧山发电厂供电，并转供后来投运的110千伏丽都变电站。由于南片此前供电需求增长较快，致使萧山发电厂在年初出现了有史以来的最高负荷，供电压力大增，220千伏祝桥变电站迁建及进出线路迁改工程迫在眉睫。为此，萧山供电局将迁建及进出线路迁改建设列入2006年上半年的重点工作，加班加点，抢赶进度，终于在 5 月底完成了线路施工并于 6 月初投运，结束了萧山电厂 10 年来电力北送的历史，从而为萧山南部经济的发展，提供了更为充裕可靠的电力保障，也大大减轻了 220 千伏宁围变电站的压力。

而这只是萧山电网建设高潮中的一个细小片段。在近 20 年中，萧山电网建设刷新了一个又一个历史纪录，电网建设投资超过百亿元，呈现"投资大、范围广、周期短、见效快、技术新、布局好"的显著特点。

到 2021 年底，萧山超强电网框架基本形成。区域拥有涌潮、萧东、昇光 3 座 500 千伏变电站，并分别以这三座变电站为中心，构成由 12 座 220 千伏变电站组成的三个 220 千伏框架网络。而这几乎就是改革开放 30 年周年时整个杭州地区的电网现状，只是设备比那时更加先进，结构更为合理完善。

坚强的电网犹如一个人的骨骼、体魄，它是电力运行的基础和必要条件。改革开放以来，特别是近 20 年来，萧山大地上这些电力建设者们，以前无古人的超前意识和非凡魄力，使萧山电网成为国内首屈一指的坚强输电供电网络。从一个赢弱多病的少年到健康健硕的壮年，一步步走来，每一步凝聚的都是萧山各级部门领导和广大老百姓对电力的支持和无数电力建设者所付出的心血汗水。

历史的车轮滚滚向前，势不可当。在世界第四次工业革命浪潮风起云涌的时候，中国已毫不犹豫地、也无可争议地站在这次工业革命的波涛浪尖与世界齐舞。

中国电力也昂首走到了世界舞台的中央。

这是坚决贯彻"推动能源消费革命、能源供给革命、能源技术革命、能源体制革命和全方位加强国际合作"这"四个革命一个合作"能源安全新战略最坚定的行动。

电力是国民经济的"温度计"与"晴雨表"，电力需求的变化可折射出区域经济运行情况。在新一轮数字经济的浪潮中，电力指数正见证着萧山经济的全新蜕变。据统计，从行业用电情况来看，2020 年萧山区全行业累计用电量近 170 亿千瓦时，其中第三产业用电比例不断扩大。与此同时，萧山区涌现出钱江世纪城、万向创新聚能城、临空经济示范区、科技城核心区、湘湖及三江汇流区块等用电热点区域，现代物流业、软件和信息技术服务业、科技服务业等第三产业用电需求正在不断攀升。随着萧山产业结构优化，新旧动能转换，萧山制造正在朝着萧山创造、萧山智造转变。而电力作为经济发展的排头兵，面对新时代、新环境、新形势，萧山供电公司必须适应这种变化，努力做好电力先行官，为萧山经济实现赶超跨越发展贡献电力智慧。

2021年2月2日，杭州萧山区正式印发《杭州市萧山区关于加快实现电力能源领域"双碳"目标行动纲领》。这使杭州市萧山区成为浙江省首个出台电力能源领域"双碳"目标行动纲领的区县。

为推动加快实现碳达峰、碳中和目标，国网杭州市萧山区供电公司会同萧山区政府紧紧围绕能源消费革命战略，精准把握萧山区发展定位，率先研究"双碳"路径和举措，促成行动纲领出台，并将进一步联合政府相关部门和单位，推进落地实践，为浙江省率先实现碳达峰、碳中和目标提供萧山样本。

行动纲领以碳达峰、碳中和目标为引领，按照"政府主导、电力主动、企业主体、社会主流"的"四位一体"工作机制，通过机制、政策、管理、技术等多维变革，推动能源生产和消费领域改革，形成"创新能力更强、能源效率更高、资源消耗更少、环境影响更小、市场响应更快、体制机制更优"的具有萧山特色的电力能源低碳发展新局面。

曾经是钱江供电所所长，后来担任萧山供电公司发展计划部主任的朱磊深知新的产业结构调整对新能源革命、对新电力的挑战和需求，深知电力在新时代新形势下对经济发展和人民对美好生活向往的责任担当。当谈起电力的新使命新作为时，他说："清洁低碳是新阶段能源发展的主旋律，我们将紧扣'双碳'目标，先行先试，为美好生活充电，为美丽中国赋能。而且我们要在其他各个方面紧跟时代步伐，发挥国家电网的国际领先优势，以做得更加尽善尽美。"

2021年6月29日，国内首个城市级新型电力系统示范建设行动方案在杭州市萧山区发布。这个方案聚焦东部沿海典型能源受端城市特征，搭建以弹性电网为核心的多网融合型基础网络平台，围绕承载大规模清洁能源受入、支撑城市清洁能源替代需求两大问题，推进供应清洁化、终端电气化、用能高效化。

萧山是典型的工业强区，也是典型的能源输入城市，能源消费90%以上依赖外部输入，外来电占比接近95%，且区域负荷波动较大，日峰谷差率达35%，区域能源亟待低碳转型。为此，国网浙江电力有限公司着力构建萧山城市级新型电力系统，以期打造"广泛互联、安全互动、多网融合、数字赋能"的城市级新型电力系统示范标杆。

该方案围绕能源、工业、建筑、交通、农业、居民生活六大领域，通过构建12个指标，实施28项落地工程，推动能源领域的率先脱碳，支撑工业、建筑、交通等各领域碳中和目标达成。

清华大学电机工程及应用电子技术系主任康重庆表示，杭州萧山的城市级先行实践对于省域甚至全国的新型电力系统示范建设都有推广借鉴意义。他说："推进'双碳'目标下的新型电力系统建设，需要进行多领域、多层级的探索。许多央企已经发布了行动计划，各省也陆续公布了'双碳'目标，而推进城市级、县域的新型电力系统建设，则更为基础。"

时任萧山区发改局局长吴远东在接受访谈时兴奋地说："根据计划，杭州萧山将在2025年全面建成城市级新型电力系统先行示范，并实现电力系统率先碳达峰。届时，清洁电能占比超过50%，分布式电源100%消纳，五年累计减少二氧化碳约296万吨。"

前文提到的2022年的高温和电力缺口，对萧山电力于前不久安装的新技术装备是一次测试和考验。2021年的7月3日，国网杭州市萧山区供电公司的员工殷建波和相关配合单位一起成功为杭州前进齿轮箱集团安装上了电力需求响应终端，这也意味着全杭州市的首个工业负荷被接入需求响应平台。

从具体功能上来说，殷建波口中的电力需求响应终端，不仅能采集用户每分钟负荷，同时可以监控用电尖峰与低谷的负荷，最终结合多方数据分析计算后作为供电公司发放补贴的依据。通过应用经济杠杆，电力需求响应用"小终端"撬动"大市场"，积极引导用户用能管理精细化，进一步优化能源配置架构，推进资源场景灵活应用，实现电源、电网和用电负荷的互动，增强电网弹性。

对于这个功能的优势，殷建波是这样解释的。"以前遇到包括迎峰度夏电网供电紧张等一些用电高峰，我们会对供区非连续生产工业用户无差别负荷压限，以保障电网的稳定运行，有一定的强制性。现在用户装上电力需求响应终端后，我们的负荷调整策略就转变成了'邀约'性质。打个比方，今天我们恰好需要通过降低工业能耗配合公司变电站检修，而杭州前进齿轮箱集团愿意响应，我们就会对其进行专项经济补贴予以激励。"

在其中的一次变电设施检修过程中，杭州前进齿轮箱集团实现了2500千瓦的可调负荷响应，相当于3200台壁挂式空调同时运行的功率。如果持续通过调整生产计划参与需求响应，累计补贴算下来也是一笔不小的收入。这既保障了民生用电，也使得企业经营利益不受损失。

杭州前进齿轮箱集团老电工卢峰回忆起这次调峰补贴，心里是禁不住地高兴："我们作为区域内老字号工业企业，过去限电拉电影响不小、损失也不小，相比以往限压负荷，现在供电公司推出了市场化激励手段，我们可以根据实际生产情况和统筹安排生产计划调节响应负荷，既把电让给民生，又可以获得丰厚的响应补贴，真正实现了双赢和多赢。"

在常规情况下，工业要用电，商业要用电，居民也要用电，电力部门为了尽可能满足多方用电需求，会投资建设更多的变电站。现在得益于高弹性电网的建设，把传统的需求侧响应模式变成多方互动的新业态。国网杭州市萧山区供电公司将面向区内所有用户建立负荷资源库，在库中存入全区不同类型但均有意向参与需求响应的用户。后续一旦出现区域用电紧张、电网紧急风险等情况，可以第一时间与资源库用户取得联系，动态平衡用电需求，以实现供电需求侧的安全可靠、公正平等和开放透明。

而这些，只是当年供电公司全新"机制赋能、布线行针、刚柔并济、群山四应"有序用电机制中几笔生动的注脚之一。滴水窥海，2022年的酷暑高温，居民无感地用上幸福电，充分证明了这套机制的科学高效。

如今，面对萧然大地上那一座座现代化的变电站，面对那一基基高高耸立的输电铁塔，面对那一根根纵横交错的飞舞银线，我们会想到一些什么？我们的内心又会涌起怎样的思绪？

几年前，萧山的一位知名的本土作家俞梁波在深入体验了电力职工的工作、生活后，在他创作的报告文学《布网的人们》中曾这样写道：

"按照通俗的说法，供电部门的员工是一群架网的人，是架一张安全、高效、洁净电网的一群人。或许，在日常生活中，我们偶尔会对天空的电线有些思绪，仿佛听到电流的欢快的声响；或许，我们会在某个偏远的地方，看到一座变电站安静地伏蹲着；或许，我们有一天站在某个大厦的顶层，静静地俯视城市夜景，那是我们的家园。

"有一天，当我们看到一只飞鸟在空中掠过，我们突然想到那些布网的人们，他们让这一片天空更加宁静，他们让夜晚如此精彩，他们让千家万户与光明相伴。"

如今，作家俞梁波笔下所说的萧山电网已经变得更加坚强，更加低碳环保，更加科学智慧。通过这张网，萧山的经济发展更有保障，萧山的城市夜空更加美丽，萧山的人民更加安居乐业。

在微信朋友圈，我曾看到一位年轻人写的一段话，我不知道他写的算不算是诗，也许他的语言还不够精美，也还缺乏诗歌的韵律，但他所表达的对萧山电力这 10 年、这 20 年非凡的发展成就由衷的赞美，恰像诗歌一样，如山中清泉，如悠扬的旋律，自然地流淌。

"轻风抚摸清晨的湘湖，泛起涟漪四散，整齐划一的充电桩是往来游客出行的保障。

"阳光洒落午间的梅林，孕育绿电不断，鳞次栉比的光伏是美丽乡村画卷上最绿的一笔。

"华灯照亮夜晚的城市，呼应灯火千万，秀美的亚运三馆是现代萧山最闪耀的名片。

"这是杭州萧山平凡的一天，这是国网杭州市萧山区供电公司不忘初心砥砺前行的光辉岁月。"

青山有情，青山做证。萧山电力励精图治，建设世界一流的坚强电网，把萧山送到康庄家园的幸福之桥。

（原载《我的二十年：萧山 2002—2022》，杭州出版社，2023 年 7 月第 1 版）

灯火阑珊处

徐芝婷

光影。碧波。古桥。

璀璨的灯光下，眼前这座 300 多年的风雨廊桥焕发出夺目光芒，古朴典雅，宛如一幅精心绘就的工笔画。与廊桥亭阁遥相对望的江南供电服务站，站长徐筱卿眺望着阑珊的灯光一如往常，安心地走出了静悄悄的办公楼。夏夜的江南，空气中萦绕着浓郁的香樟树芳香，令人心神俱爽。这是他深爱着的家乡，一路前行的道路上，徐筱卿不禁思绪飞扬。

初 出 茅 庐

1999 年，带着兴奋与期待，徐筱卿走出了浙江大学的校门。和同学们一样，意气风发的他积极寻找施展才华的机会与平台，凭着四年扎实的计算机信息专业知识和技能，他的心里满怀着美好的憧憬。但是，命运此时给了一个考验。与报考市级机关公务员的岗位失之交臂，经过慎重考虑与几经选择之后，他跨进了永康市供电公司大门。

2000 年 1 月，异常严寒的冬季。徐筱卿拎着简单的行李，来到离城 15 公里的芝英供电所，开始了基层农电工的生涯。上岗的第一天，北风刮来刺骨的寒冷。带教的王师傅初次见到白白皮肤、瘦瘦个子的徐筱卿，就说："小徐，你刚来，还是待在办公室，先熟悉一下咱们的管理规程吧。""王师傅，我就想跟着你去现场。"不由分说，徐筱卿就戴上了安全帽，穿上了棉大衣和防滑鞋。这执拗的性格、利落的行动让王师傅一个愣神，这年轻人身上的一股子干劲让他既陌生又熟悉。

"行！行！"爽朗的王师傅笑眯眯地带上了徐筱卿，两人一前一后来到了芝英镇胡库村农网升级改造现场。由于村子里政策落实还没有全部到位，影响到了施工进度。现在最主要的就是要解决村民们的矛盾和问题。一路上，王师傅向徐筱卿简单地介绍了今天的工作任务。

两人很快来到了胡大爷家。"大爷，现在大冬天的，家里的取暖器开了没？年纪大了，身体最要紧，一定要注意保暖。"一进门，王师傅就拉起了家常。胡大爷笑着回答："是的。是的。谢谢你的关心。这大冷天的来看我。咦，今天带了个小年轻？"王师傅赶紧说："来，小徐，和胡大爷打声招呼。他是咱村子里有威望的老人，大大小小的事都是他操心着呢，村民们都听他的。""大爷，我刚来所里上班，以后您老有啥事，可以找我。"徐筱卿握着胡大爷手，感觉有些冷。他赶紧看了一下取暖器，却发现没有打开开关。这时，胡大爷说："家里电压不稳，最好早点改好电线。让大家伙都能暖暖地过冬。""正是这个理啊。可是，有两户村民之间有意见，不同意把户联线脚架安装在家门口，所以，就耽搁下来了。施工队都在等着呢。我今天过来，就是想和您商量一下，想个办法解决。顺便帮你检查一下家里的线路、灯具和电器。"

听着王师傅和胡大爷敞开地聊，徐筱卿熟练取出了验电笔和螺丝刀，逐一检查电表箱、线路和开关。胡大爷微笑地说："小伙子，谢谢你。在咱农村要当好电工，是很辛苦的。你的王师傅，和别人不一样，就是多走走、多看看、多干干。咱村里都把他当自己家人一样。这事我来想办法，我和这两户的老人关系好，能说上话。你们不用操心了。让施工队准备好继续干活就行了。"走出胡大爷家，徐筱卿心里牢牢记住了这一番话。他意外的是，自己的师傅和村民们关系如此融洽，把电力施工中最难的问题顺利解决了。这靠的是平时和用户之间一点一滴的服务积累起来的。他惊喜的是，师傅没有直接告诉他多年来的工作经验，胡大爷却全都指点出来，这让他一下子明白了怎样在农村做好电力服务的方法。

在寒风中，两人又走了十多分钟，才来到施工现场。见到三位施工人员正在整理散乱在地上的电线和工器具。"'有电危险，正在作业'警示牌一定要挂好。村里有不少老人和小孩，现场安全组织和技术措施要到位。安全员要做好监督。"刚刚和颜悦色的王师傅，此时面容沉着，语气格外严厉，这让徐筱卿和施工人员心里一凛。

"王师傅，我们知道的。哪能忘记呢？不然，让你一发现，就直接处罚我们了。"施工员李师傅赶紧解释。"电工这个活，安全就是第一。不能马虎。必须严格按照现场工作票来执行。这是对大家负责。"检查过后，王师傅又一次强调。

"小徐，你要记住施工现场安全的管理规定，把条规印在脑子里。"一回到所里，徐筱卿按照王师傅的要求把安全规程反复地读了一遍又一遍。也正是从这一天起，徐筱卿渐渐养成了每天翻阅安全规程的习惯。

2001年9月，徐筱卿顺利竞聘上方岩供电所营业主责。他跟着师傅们把125平方公里辖区范围内的90个行政村跑了个遍，供用电情况也摸了个清楚。"小徐师傅，大热天的，来我家休息会。""小徐师傅，我们村为啥一遇到暴风雷雨天气就停电？而且一停电就是老半天。""小徐师傅，你先坐一会，累了吧？先喝口茶。""你有啥好办法能让我们村不停电？"徐筱卿走村串户多了，为乡亲们修个灯、装个开关成了顺手的事，"小徐师傅"成了乡亲们对他的爱称。热情的乡亲们也让他感受到家人般的关心和温暖，慢慢和他说起了心里话。

是啊，村里为啥老是停电呢？徐筱卿带着疑问，来到故障停电较多的方岩镇青后叶村，沿着供电线路来回走了一趟又一趟，检查了25根电杆、3台变压器和配电箱，发现村里有20多户村民家近年都盖起了新房，买了新的家用电器，这用电量一增长，原来导线线径小、又老化哪能承载得了呢?! 这得需要新增加一台变压器，并改造线路。徐筱卿向师傅汇报了村里的情况后，把自己的整改思路写出了一份报告，并附上了手绘的线路图。

"小徐，青后叶村的用电情况你咋了解得这样清楚?""嗨，小徐这大学生就是不错，真是用心做事。""以前还没有年轻人能做到这样的。"所里召开周例会时，林所长把徐筱卿题写的报告进行了讨论，并决定上报公司营销部列入整改计划。在同事们佩服的目光和赞扬声中，徐筱卿的脸红

光芒叙事

331

扑扑的。"我爱这里的山山水水和淳朴的老乡们，想让咱农村也能用好电，用上放心电。"会后，徐筱卿向王师傅悄悄地说了心里话。

方岩镇是中国历史文化名镇，又是永康五金产业的重要发源地，点多、线长、面广，供用电的服务质量和效率靠什么来提升？徐筱卿敏锐地察觉只有提高专业能力和服务技能。

练 就 绝 活

徐筱卿在宿舍摆了张大桌子，又去农村的集市上买了两个一人多高的大书架，营业管理、安全生产、表计计量等各类专业图书一摞一摞地摆得满满当当。

"小徐，忙了一整天，下班了一起去前村的溪里钓鱼去。"所里的程敏热情地邀约。"不去了。吃完晚饭我得抽时间看会书，准备考试。"徐筱卿笑着婉拒。上班时一遇上办用电手续的、交电费的乡亲们，徐筱卿总是热心地讲解和指导，老乡们一说起来没个停。晚上，他就关门潜心学习。有一次，同事胡波值班，半夜抢修回来后，发现整个宿舍楼还有一个窗亮着灯。"不用猜，一准就是徐筱卿。"仅用了半年时间，电费电价、营业管理等电力经营管理的政策法律法规他已了如指掌。此时，徐筱卿的目光被计量管理的理论知识和专业操作技能深深地吸引了。

一天，他接到为一家企业调换三相四线电能计量表的任务。他和师傅一到现场，心里却感觉发慌。"师傅，我……"一眼看到有些紧张的徐筱卿，同行的师傅心里明白了，他拿出了《电能计量装接单》，现场核对了户名、户号，对电能计量器具的规格、编号进行了检查无误后，打开了表柜。"你来测试万用表，并检查电能表内电流回路通断情况。"在师傅监护下，徐筱卿平静下心情，在用户确认完止度后，他开始停电、验电和更换电表，一步一个操作要点，此时在脑海里渐渐清晰起来。

这件事给个性强的徐筱卿极大的刺激，这也促使他下决心要练就过硬的业务技能。凭借一股子钻劲和拼劲，徐筱卿从"零"开始，认真研读《电能计量》《电能计量装置及其正误接线》等专业技术图书。为了向装表接电技师学艺，精益求精的他顶着高温酷暑，从乡下到城里，20 多公里的路一天跑上个两趟也从不说累。边干边学边练。学校里养成的良好习惯和钻研劲头让他在农电领域如鱼得水。炎炎夏日，跟着前辈们去施工现场汗流浃背。刮风下雨，他第一个冲去抢修不怕辛苦。"小徐，你是名牌大学生，和我们泥腿子一样干活，累不累啊?""师傅，我啊，就是喜欢和大家一样做农电这活。"真诚坦率、踏实勤恳的年轻人让大家都非常喜欢，愿意把自己的经验和技能传授给他。

仅半年，他的技能突飞猛进。2006 年县级电能计量技术比武中，徐筱卿获得了理论第二、全能第三的好成绩，在专业技能领域崭露头角，取得了一张漂亮的成绩单：20 分钟准确完成现场故障计量装置的抄表与异常判断；40 分钟顺利完成计量装置反极性故障数据采集、查找原因和追补电量；60 分钟完成三相四线电能计量装置安装，工艺规范、美观。

专业技能和优质服务的道路如同登高，达到一个顶峰后，徐筱卿眼前出现的是另一座高峰。2005 年 5 月，他再次通过竞聘当上了计量管理主责。

精湛的技能专长和严谨规范的管理为消除违规用电、维护农村供用电秩序起到极为重要作用。一次，徐筱卿在一家企业的例行检查中，发现了六时段三费率的表计出现异常。"电表计量是维护国家利益的重要技术措施。我们必须谨慎规范操作。"在得到计量中心的支持下，徐筱卿带着技术人员经过多次现场查验和检测，发现表计在有功脉冲指示灯跳动很快、用电负荷高时，A 相却显示断流，也没有告警，封印有被拆的迹象，该用户窃电事实确凿，为国家挽回了 64000 多元经济损失。

时光如白驹过隙。10 多年农电基层经历，徐筱卿辗转芝英、龙山、方岩等多个偏远山区的乡镇供电所。在这块丰沃的土地上，他汲取勤劳的智慧和增长聪明才干，一次又一次挑战自我，实现一个又一个飞跃，努力朝着奋斗的目标迈进。

2008 年，在浙江省农电工岗位知识及技能竞赛中，以营销专业理论考试、个人全能（理论和技能）两项第一的优异成绩脱颖而出，成为 40 多名参赛选手中的佼佼者。2009 年，他凭着优良的业绩和综合管理能力走上

光芒叙事

龙山供电所所长的管理岗位。

积累经验并开展技术创新——这是徐筱卿突出的工作特点。有一次，他在方岩镇岩下村的线路改造现场，看到师傅们顶着大太阳，全身湿透，跨过田埂和道路放线，速度慢而且效率低。"有没有一种技术，能提高放线速度？"永康是中国著名五金之都，电动工具、园林器具等五金产业制造发达，徐筱卿认真观察了工具制造生产过程，受到启发后，他和同事一起构思设计出了放线架的雏形。在首次应用后，这台放线架使百米电线的放线时间一下子缩减到了6分钟以内，半年能节约209个工时！"我们真是没想到，这个小发明小创造居然既能大大减少工作时间，又能提高劳动效率。真的是项实用好技术。"当年QC项目的小组成员程敏多年后说起来还是非常兴奋，赞不绝口。

厚 积 薄 发

"我宣誓：忠诚于党的光明事业，为之奋斗终身。"2010年，徐筱卿站在鲜红的党旗下，光荣地成为一名共产党员。这一天，脸庞映照得格外通红，他的心也深切地感受到前所未有的光荣与使命。

"我的成长来源于公司注重优秀农电技能人才培养和发展的良好环境。现在，我一定把自己的经验成果传授给年轻的员工们，尽自己的最大努力教带出更多的技术人才。"2011年，徐筱卿被浙江省电力公司选聘为国网公司农电工岗位知识及技能竞赛集训与竞赛的全程随队教练，进驻集训的第一天，他就把自己的心声通过短信发给了负责集训工作的一位领导。

国家电网公司开展的农电员工技能教育和培训，是发现和培养青年农电人才的重要平台之一。通过技能比武成长起来的徐筱卿非常珍惜这样的机会："我参加过两次比武，每次备战，都要系统性地学习理论知识，对工作经验进行梳理、概括、总结，不断充实和完善专业素质。这是年轻人成长的最佳途径之一。"来到培训基地后，他经常和年轻学员们交流分享自己的心得体会。

"徐老师，我装表时接线速度有点慢，工艺也不太美观。别人都比我好。咋办呢？"一天，第一次参加全省农电工岗位知识技能竞赛的许挺挺直接找到了徐筱卿。看着内心有些泄气又有些焦急的年轻人，徐筱卿微笑地陪着他散步，迎着山间吹来的微风，交谈变得轻松："小许啊，我这里有本整理好的接线规范手册，你拿去认真看，我把注意要点和接线的步骤都作了详细说明。实操时，你集中注意力多训练。"在充分了解选手专业知识储备和实操技能水平后，徐筱卿及时给出改进措施，这给了许挺挺坚持下去的信心和勇气。

在近两个月的集训里，徐筱卿白天给选手们作技能指导，晚上又出理论题、批改试卷。既是选手们技能上的教练，又是生活上的"保姆"，还是心理上的"医生"。功夫不负有心人。此次竞赛，金华公司一举摘得集体第一的桂冠。许挺挺获得营销服务专业个人全能第一名，一同参赛的贾海明和鲍成运分获第二名、第六名的好成绩。

"徐老师耐心细致、善于观察与沟通，示范讲解到位。只要他在，我心里就有底气，他就是我们成长的航向灯。"至今，许挺挺回想起当年的竞赛，记忆犹新，感激之情溢于言表。

徐筱卿成功进入国网公司和省公司人才储备库，承担起农电人才教育培训管理更多的责任和义务，在农电专业更高层次的技术教育与培训等管理领域，留下了他坚实、勤奋的足迹，并取得了累累硕果——

2012年，获评国家电网公司"爱岗敬业争先创优农电之星"。

2014年，作为浙江省电力公司选派专家，担任国网技术学院兼职培训师，承担国网新进员工培训的教学工作。

2015年，负责编写浙江省电力公司乡镇供电所岗位知识及技能竞赛（营销服务专业）理论题库，技能操作竞赛项目内容设置、任务书与评分标准以及竞赛实施方案。担任浙江省电力公司集训队营销服务专业教练组长组织开展集训工作，在国家电网公司乡镇供电所岗位知识技能竞赛荣获团体三等奖（第四名）。

2016年，专业负责开发国家电网公司《农电管理考试题库》。

2018年，专业负责浙江省电力公司全能型供电所业务人员调考题库。

2019—2022年，参与《低压分布式光伏电源并网技术与运维管理》

光芒叙事

《电网企业员工安全技术等级培训（电力营销）》教材、《新型智能融合终端不停电安装操作手册》教材及题库开发。这些均已由中国电力出版社出版发行。

2018 年，与浙江省电力公司培训中心联合开发"全能型供电所综合技能培训装置"，获国家实用新型专利。

2016—2019 年，在国家级期刊《电力研究》《农村电工》等杂志上相继发表了《提升台区线损正确可算率》《提高供电所电力故障抢修效率》《供电企业反窃电管理工作的对策分析》等论文。

2012 年，获金华电业局"工人先锋岗"称号。

2013 年，获评浙江省电力公司首师技师。

2014 年，获评国网技术学院优秀兼职培训师。

2014 年，获评浙江省电力公司农村用电安全管理和技能知识调考优秀教练。

2015 年，获评浙江省电力公司乡镇供电所岗位知识和技能竞赛优秀教练。

2019 年，获金华市技能之星。

2022 年，获评金华市"八婺金匠"。

电靓乡村

在同样是农电管理岗位工作的妻子眼里，丈夫能够放下手头工作，安静地在家陪伴自己和孩子的时间是不多的。"这些年我都习惯了。他不是在现场，就是在去现场的路上。"虽然口头上有些埋怨，但是，志同道合的妻子更多的还是理解和支持，默默撑起了家的琐碎和劳累。

"咱们服务美丽乡村，就是为农村富裕、农业发展、农民幸福供好电。"这样的信念让徐筱卿无时无刻不牵挂着养育了他的这片热土的发展与建设。

风光秀丽、山水相间的浙中名山方岩风景区，拥有惊心动魄的险峰绝壁、鬼斧神工的天然石雕像、星罗棋布的岩洞室和异彩纷呈的飞瀑平湖风光。8 年前，国家 4A 级旅游风景区方岩实施小城镇环境综合整治，时任方岩供电所所长的徐筱卿付出了无数的心血与汗水，也为他的职业生涯写下浓墨重彩的一笔。

"徐所长，我们镇就在方岩景区内，开展综合整治的时间紧、难度大、压力大，你们电力是重头戏，一定要全力协助啊。"一天，方岩镇分管整治的副镇长来到所里，一见到徐筱卿就直奔主题。坐落在景区内的方岩镇有 5000 多家商户和小工业企业，还有银行、学校和上千居民，而方岩小城镇电力配套改造工程涉及 2 条 10 千伏主支线，20 多条分支线改造升级，有变压器 30 多台。这样大规模的小城镇电力基础改造，不仅工程量大，政策处理、工程建设都是难点。

"这个硬骨头咱们无论如何要啃下来。"定下决心，徐筱卿紧紧握住了镇领导的手，"我们所里会向永康公司领导汇报，制定出科学合理方案，请大伙放心。"

上千家的农户要从景区核心村落搬迁出来，要离开祖祖辈辈生活的方岩山，乡亲们在感情上一下子难以接受。但是为了子孙后代的幸福生活必须实施国家的政策。徐筱卿和同事们立即脚不沾地开始了忙碌。

在听取徐筱卿的汇报后，永康市供电公司主要负责人立即表态："方岩镇综合整治是永康市重点工程，乡村振兴，电力先行。咱们公司全力支持和响应。"永康公司组织多部门联动，提前谋划布局、成立相关领导小组。设计规划，现场查勘，物资采购，进场施工，竣工验收，协同作业，充分发挥协调作用，与政府协调统筹，全力提升配网建设改造质量和实施进度。

吃了定心丸的徐筱卿，这下心里有了底。他和 20 多位技术人员顶着烈日，分组分区下现场。因地制宜，确立了"上改下"、杆线移除、隐患治理和一般整修四种综合整治方案，作为小集镇城镇环境综合整治行动的重点，通过对电力架空线路落地、杆线拆除、新增环网箱和老旧表箱更换、进户线改造等手段，实现配套电网规范有序、整洁美观，优化网架结构，提高整体环境：新增环网箱（10 千伏开闭所）3 座，新建电缆线路 2.8 千米，拆除线杆 20 多根，移除架空线路 2 千米，改造低压线路 4 千米。电力

光芒叙事

基础配套焕然一新，大大减少了安全隐患，全面提高和提升小镇生产生活生态环境质量。

"以前这条街上电线杆有 10 多根，电线像蜘蛛网一样，不安全。现在全部从地下走，你看，整条街道变得又宽阔又整洁，还装上了明亮的路灯，我们老百姓生活幸福多了。"方岩镇小城镇电网改造工程完成后，村民程林方看到家门口巨大变化不禁喜笑颜开，连连称赞。

"能够为我们企业扶危解困，真的是雪中送炭。这份情我至今记着。"永康联钢工贸有限公司负责人吕振荣说起多年前的经历双眼泛红。作为龙山镇一家生产拉钢带的重要企业，生产经营出现了困难。徐筱卿和同事们来到车间，了解生产情况后，量身定制用电方案："把变压器减容到 500 千伏安，每个月的基本电费可以从 3 万元减至 1.8 万元。24 小时生产开启 3 台拉带机实行错峰用电，在低谷时段把原本空置的 2 台机器同时开启，这样一个月就节省下了 5000 多元电费。"小小的建议为企业渐渐积累起了新生的力量。

情系"非遗"

"打铜、修锁、补铜壶哟——"这句永康五金手艺人代代相传的方言伴随着徐筱卿成长。保护和传承永康传统的铜艺文化这项国家级非物质文化遗产是他的一个情结，也因此认识了不少铜艺匠人。

芝英镇胡祖坑村的五金工匠胡周全，走南闯北 39 年，制作的铜壶、铜罐、荸荠铜壶一系列精湛的手工技艺作品让徐筱卿打心里喜欢。

"胡工，听说你刚刚完成了一把新的荸荠铜壶？"夏天的一个傍晚，想一睹为快的徐筱卿兴冲冲叩开了胡周全的家门。

"哈哈，你的消息真灵通。是一位福建的客户定制的。来，看看。"刚刚摘下工作服的胡周全开心地分享自己的成果。

"这壶花了多少时间呀？"

"这个我做了 2 天多，纯手工打制，10 多道工序呢。"两人一边喝茶一边聊了起来。

"若是能采用电气设备加工，工艺上可以改进不少。"

"不是没想过，可是，这是老手艺了。真的用机器设备改进，这得需要计划的。"

"胡老师，我支持你创新。"共同的话题让两人越聊越兴奋。

线路？改！三箱电表？装！再装个剩余电流动作保护器，为生产增加一道安全"防护墙"。两人一拍而合。

很快，胡周全的铜艺创作室里，两台崭新的冲床设备与传统的手工打磨工具摆在了一起，传统与现代在这里融合了。

让胡周全没想到的是，增加了电力生产加工环节，让他的小作坊焕发出大光彩。以往手工制作时，壶颈部分处理起来难度较大，也最费工夫。用模具定型加工后，壶颈光滑柔和，线条流畅，一下子让产品品质和工艺有了较大改观。第一只壶出来后，胡周全心里乐开了花："漂亮，真的漂亮！一天能做个 5 只没问题。"

2017 年 9 月，胡周全精心制作"浙江铜壶""荸荠铜壶"参加第五届金华市工艺美术精品展，获得了金奖和铜奖。从昔日带着淳朴气息的乡间小儿郎成为远近闻名的永康铜艺创作室带头人，永康铜艺这项国家级非物质文化遗产熠熠生辉。

2018 年大年初一，全国生态文化村永康市前仓镇大陈村要煮粽子邀请村民和外来游客免费品尝欢庆春节，用啥锅煮呢？这时，有人提议用胡周全制作的大铜罐。当天，大陈村的村口摆上了 1.7 米高、400 多斤重的大铜罐，村民们用 1500 多公斤的糯米制作了 1 万多只粽，煮了 10 多个小时，引来了全国多家媒体争相报道，永康铜艺一时声名远扬。

为什么我的眼中常含着泪水？是因为我对这片土地爱得深沉。在田野、在农家、在企业，徐筱卿和他的红船共产党员服务队成为山乡一道道亮丽的风景线，深深印入人们的目光里，更镌刻在老百姓的心中，点亮了绿水青山幸福的前方。

光芒叙事

铁汉"柔"情

——记国网浙江电力科学研究院柔性电力技术专家裘鹏

谢浩铠

2022 年 5 月 9 日，浙江台州。

太阳已从东边的海面上冉冉升起，金色的光芒透过薄雾，冲破云霞，洒在大陈岛上。宽阔的海面，停泊着一艘巨大的敷缆船。波浪一个接着一个，拍击着船舷，激起一阵阵雪白的浪花。借助着电动转盘和高压水泵的力量，一条粗大的低频海缆像一条巨龙，正缓缓伸向大海，进入水下 3 米多深的海底通道。

这里是全球首个柔性低频输电示范工程——台州 35 千伏柔性低频输电示范工程的施工现场。这一天，中央电视台财经频道正在这里向全球直播。一位头戴黄色安全帽，身穿工作服的青年技术专家正在接受记者的采访，他用通俗的语言向全世界的观众介绍什么是柔性，什么是低频，我国为什么要建设柔性低频输电工程。这个人就是国网浙江省电力有限公司电力科学研究院（以下简称国网浙江电科院）柔性电力技术室主任、高级工程师裘鹏。

回首 2011 年夏天，裘鹏结束了 6 年半的浙大求学之路，通过层层选拔，成为当年浙江省电力试验研究院（国网浙江电科院前身）系统所唯一的一名新职工。机缘巧合，这一年，浙江舟山多端柔性直流输电示范工程项目正式确立，师从国内外知名交直流输电领域专家徐政教授的裘鹏，命中注定般地开启了他与柔性电力技术的一段情缘。

柔性电力技术应用先进的电力电子装备为电网提供灵活的控制手段。

其中，柔性直流输电以电压源换流器为核心，具有响应速度快、运行方式灵活等优势，是世界输配电技术领域的明珠，鲜有技术资料公开。舟山五端柔性直流输电工程作为当时世界上电压等级最高、端数最多、单端容量最大的柔直工程，一切无先例可循，各项工作都是在摸着石头过河。对于刚入团队的裘鹏，虽有一定的理论基础，但仍是步履维艰。

"当时看着我们团队的带头人陆翌博士经常在实验室里踱步思考，尤其是遇到新问题时又增加几分焦虑，我就告诉自己，一定要抓紧成长，一定要给大家帮上忙。"裘鹏回忆道。

自那时起，裘鹏像个拼命三郎，不分昼夜地学习与工作。小至闸刀、开关的联闭锁条件，大到五端系统互联的协调控制逻辑，裘鹏和团队成员逐一验证、优化，并出色完成了厂内站系统测试、系统联调测试等任务。在这过程中，裘鹏逐步加深了对电力系统运行和系统实时仿真的理解把握，开始总结属于自己的一套理论与实际相结合的经验。

2013年，舟山柔直进入现场调试阶段。裘鹏从舟山本岛出发，第一次乘坐快艇，踏上了有着"风车之岛"美誉的衢山岛。

"根据以往坐车的经验，我选择了快艇的前排座位，没想到晕得更厉害。"一个半小时的船程让裘鹏格外煎熬，但登岛后见到换流站的兴奋，让裘鹏忘记舟车劳顿，马上投入紧张的工作中。

裘鹏有七八个月的时间都在舟山群岛上忙碌着。他好像是一个铁打的人，早出晚归，不知疲倦地工作着，有时为了不影响海岛供电更是彻夜调试。那段时间，正好是他妻子的孕期，裘鹏没来得及照顾，有时忙碌得连妻子的电话也匆匆挂断，只有等夜深人静时给妻子发上几句消息，表达愧疚和思念之情。

"如果故障不能快速隔离，柔直的运行灵活性肯定受到影响。"舟山柔直工程投运后，已成长为浙江电科院技术骨干的裘鹏，开始钻研全球首个高压直流断路器的研发应用。作为实验室负责人之一，他极力引进仿真装备，逐步建立起一个省内规模最大、设备最全的电力系统实时仿真实验室。也正是充足的仿真分析，由裘鹏牵头编制的高压直流断路器工程技术方案和可行性研究报告，顺利通过国网公司组织的专家评审。

2019 年 5 月，一个特殊的短路试验在舟山海岛进行。裘鹏指引着无人机在舟定换流站释放了引弧线。在银线与正负极搭接的刹那，橙黄色的电光爆射，高达 6400 安培的电流在 3 毫秒内被成功切断，速度比人眨一次眼还快 100 倍，世界首次高压直流双极短路试验顺利完成。这不仅验证了高压直流断路器的实际能力，更标志着中国自己的高压直流断路器技术已进入实战化领域，也为后续开展各类型人工短路试验提供了借鉴。

2020 年，国网浙江电科院电网技术中心（前身为系统所）组建柔性电力技术室，师傅陆翌已提任为中心副主任，裘鹏接过师傅陆翌的接力棒，担任室主任。同年 9 月，"双碳"目标振聋发聩，能源互联网形态下多元融合高弹性电网高端研讨会紧随其后在杭州 G20 会场召开，包括 5 位中国科学院和中国工程院院士在内的数百位专家、学者齐聚杭州，柔性电力技术成为会场焦点之一，以其广泛的应用前景大放异彩。裘鹏暗暗告诉自己，一定要加强新型电力电子应用技术的攻关，让大容量新能源能够稳定经济可靠地送出，为用户带来更加清洁、稳定高效的电力供应，不负"电等发展"使命。

全球首个 220 千伏分布式潮流控制器示范工程是裘鹏接棒室主任后的第一项重大任务。该技术运用全控型电力电子装备，向系统注入百千伏电压撬动百兆瓦级潮流，可灵活、高效、经济地解决断面潮流超限问题，是柔性电力技术在传统交流输电领域的又一首创应用。

工程建设面临时间紧、任务重、技术难的挑战，裘鹏给自己上紧了发条，30 天时间内，必须完成湖州和杭州两大示范工程的 885 项联调项目。为此，裘鹏与团队成员一道在攻坚横幅上签下"保质保量完成试验任务"的庄严承诺。

在工程现场，裘鹏就像一根定海神针，似乎只要他在，各个困难和问题就能很快被化解。在分布式潮流控制器的解锁试验中，裘鹏发现了辅助设备不合理导致的异常问题，与厂商技术人员据理力争，并着手对一次设备进行改造，顺利保障了工程的按期投运。

担任室主任后，裘鹏时常与团队成员开展技术交流，一起讨论新技术是否有合适的应用场景，也时常会给大家分享自己在互联网、期刊上看到的"新鲜"技术，在微信群里引起一阵热烈的头脑风暴。同事有时会与裴鹏打趣："不是全球首个你不会看不上吧？"此时，裴鹏会爽朗一笑："解决实际问题的，都看得上。"能解决海上风电经济高效送出的柔性低频输电技术就是其中之一。

"低频究竟该多低？"这个问题裴鹏一直在思考。频率降低可以提高线路载流能力，显著降低电缆线路的充电无功，提升功率输送能力。但随着频率降低，变压器、断路器等核心装备的研发难度、制造成本都将增大，导致柔性低频输电技术的经济优势减弱。

"既然有实际的需求，就应该从实际出发。"裴鹏向团队提议考虑海上风电建设的容量趋势以及当前风电最远离岸距离，以百万千瓦风电实现200公里有效输送为优化目标，结合技术、经济多种因素，反复分析，迭代优化。20赫兹，与国网智能电网研究院背靠背的计算结果不谋而合。将其用作海上风电柔性低频送出时，在离岸70至180公里的中远海范围内，柔性直流输电将比传统输电更具经济性。这让裴鹏无比振奋，意味着国际上争论了多年的概念或许将变为现实，属于中国的全新输电方式好似已在眼前。

崭新的输电频率得到了中国科学院院士陈维江等专家组肯定，也给裴鹏带来了新的挑战，该如何实现全新技术的研发设计和应用。裴鹏带领团队充分论证了省内11项示范工程方案的可行性、创新性和实际效益，提出了从低压到高压，从实现风电送出到实现大容量并网的"两阶段三步走"技术示范路线。

"这就好像电磁弹射技术是先在陆地上试验成功，再应用到航母上一样。"裴鹏向大家解释示范路线。把晦涩难懂的技术和理念，用接地气的语言表达出来，是裴鹏最为擅长的，领导专家们也都乐意与裴鹏作技术交流。

于是乎，海岛风电送出柔性低频输电工程——台州35千伏工程和城市供区互联柔性低频输电工程——杭州220千伏工程箭在弦上，公司向裴鹏和团队委以重任，开展柔性低频输电工程的成套设计工作。这是第一次以省属电科院为主体力量开展大型工程参数设计。裴鹏带领团队倾尽全力，

光芒叙事

连续数月没有放过一次假。每一个双休日，每一个寂寞的深夜里，伴随着他们的只有讨论声和"哒哒哒"清脆地敲击键盘的声音。百余次技术讨论会，256000 余次的仿真验证，这些数字见证了两大工程主设备参数设计圆满完成。浙江海上风电的充分消纳，从此有了良好的基础。

2022 年 5 月 25 日，35 千伏台州柔性低频输电示范工程顺利投运。2022 年 12 月 23 日，杭州工程亭山换频站建成投运。其间，中央电视台《清洁能源，风光无限》专题片和新华社视频新闻上多次出现裘鹏的身影。面对记者的采访，裘鹏的声音总是特别洪亮清晰，他对柔直电力技术的执着、对待工作的热忱溢满屏幕。

"爸爸，我又在电视上看到你了，爸爸真棒。"听到女儿的声音，裘鹏心花怒放。这一瞬间，他觉得以往所有的付出都是值得的。

2023 年 6 月 30 日，杭州 220 千伏柔性低频输电工程顺利投运。工程实现杭州富阳、萧山两大负荷中心互联互通，能为杭州亚运会主场馆所在区域提供 30 万千瓦的灵活电能支撑，满足赛事期间尖峰用电需求。

"你们这是 20 赫兹柔性低频输电献礼党的生日啊！"有同事对他说。

"那是，我们与时代同频共振！"裘鹏微笑着答道。

2023 年 7 月 1 日，中国共产党成立 102 周年。当晚，中央电视台《新闻联播》播出"我国首个 220 千伏柔性低频输电工程在浙江杭州投运"的消息。聚集在电视机前的裘鹏和团队成员齐声欢呼，激动的泪水在眼眶中打转。裘鹏感慨万千，在微信朋友圈留言道：2021 年至 2023 年，又一个新的征程！

在杭州 220 千伏柔性低频输电工程顺利投运后，裘鹏将自己的微信头像改为工程最为关键的低频换流阀的图片，新编了个性签名"大鹏一日同风起，扶摇直上九万里"，意为柔性低频输电技术、柔性电力技术终会在日复一日的创新突破中展现出更大的作为。我理解，这也是他对自己的一种激励和鞭策。

一路走来，裘鹏辛勤的汗水浇灌出丰硕的果实。《多端柔性直流输电关键技术、装备研制与工程应用》获得浙江省科技进步奖一等奖，《柔性直流输电核心装备抗电磁干扰关键技术及工程应用》获浙江省科技进步奖二等奖，《柔性直流输电系统直流故障快速隔离与系统恢复关键技术及工程应用》获得了中国电力科技进步奖二等奖。《柔性低频交流输电技术、系列装备及应用》经中国电机工程学会鉴定，整体达到国际领先水平，建议进一步加快推广应用。裘鹏个人先后荣获国网浙江省电力公司科技创新先进个人、浙江电力优秀青年工程师等荣誉。

2023 年 4 月，国网浙江省电力公司授予裘鹏"青年五四奖章"，给他的颁奖辞是：从舟山柔直到杭州低频，他心怀赤诚、目光坚定，用一腔热爱、百般试炼、千万次迭代精进，攻克一个又一个技术难题、创造一个又一个工程奇迹，鹏抟九天翱翔在创新最前沿。

怀揣着浙江"柔性"技术打响全国乃至世界的梦想，裘鹏还将带领着电网青年们一道，继续开展发输配用全电压等级柔性输配电技术的创新与实践，持续探索电网发展的新形态，矢志通过柔性电力技术，推动"源网荷储"协同互动。

这或许又是一段漫漫征程，前路艰险，但鹏抟九天，又有何憾。

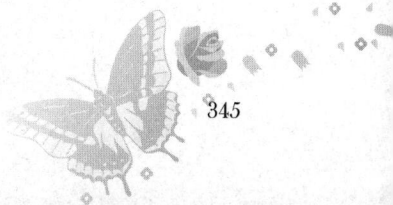